La Belle Famille

Du même auteur

Nage libre, recueil de nouvelles, éditions Thot, 2018.

Laure de Rivières

La Belle Famille

roman

Flammarion

ISBN : 978-2-0802-6238-7

À Manon.

« La femme a une puissance singulière qui se compose de la réalité de la force et de l'apparence de la faiblesse. »

Victor HUGO

Chapitre 1

Manon Jackson, été 2013

Quand j'ai répondu à cette petite annonce, et Dieu sait qu'à cette époque j'aurais pris n'importe quoi, je n'aurais jamais pu imaginer ce qui allait m'arriver.

D'ailleurs, personne n'aurait pu s'en douter.

Et je ne sais pas si quelqu'un aurait pu m'en protéger.

Chapitre 2

MANON JACKSON, novembre 2002

Le cours de compta s'éternisait une fois de plus. Ce prof ne nous faisait jamais sortir à l'heure. Résultat, la moitié de l'amphi séchait, Anouk la première, et tous les copains se retrouvaient place de la Cathédrale pour boire des bières et critiquer les polards qui, comme moi, restaient sagement en cours.

J'aurais évidemment préféré traîner avec eux, mais ce n'est pas trop comme si j'avais le choix. L'école avait déjà été sympa de m'accepter malgré mes notes pathétiques, et j'avais dû leur écrire une lettre de motivation bien tournée pour leur expliquer que je m'assumais entièrement, y compris financièrement, et vivais seule depuis mes seize ans, et que c'était la raison pour laquelle je sollicitais un peu de leur « infinie clémence ». Bla-bla-bla…

Honnêtement, depuis mon installation, je galérais pas mal niveau thunes. Strasbourg, c'est quand même bien la zone niveau emploi, faut dire ce qui est, et pas tout à fait l'eldorado promis en termes de petits boulots. Du coup, depuis quelque temps, et en attendant de commencer mon année en alternance, je prenais tout ce qui passait. Je m'étais même inscrite dans une agence de baby-sitting en désespoir de cause. À bac + 3, ce n'était quand même pas la gloire, mais bon…

À la sortie du cours, Jérémy m'attendait dans le hall, ses écouteurs dans les oreilles, super sexy dans son nouveau blouson en cuir. On s'est embrassés, il m'a un peu pelotée, et on s'est dirigés vers la cafétéria. À ce moment-là, mon téléphone a bipé.

« Baby-sitting à 17 heures précises
chez M. Leprince. Cinq enfants. Merci
de confirmer immédiatement. »

J'ai regardé Jérémy, et il a tout de suite vu dans mes yeux que j'allais le planter pour ce soir.

« Je te jure que demain, je dis non à tout, même si on me propose le job de mes rêves, promis !

— Demain, il y a le match de ton père à Dijon, évidemment que tu ne vas pas me planter, il a grommelé. Il joue sa saison sur cette rencontre, j'imagine bien qu'on sera aux premières loges avec toute ta famille. Et accessoirement, t'as besoin que je t'y emmène…

— Exactement, j'ai répondu en minaudant. On prend ta voiture juste après les cours, et on file. Trois petites heures de route, rien que nous deux… »

Je l'ai embrassé : « Allez, sois cool, j'en ai besoin, ne fais pas la tête… » Il a remis sa mèche d'un air désapprobateur : « T'es vraiment chiante, tu sais ! Tu m'envoies un message dès que tu es rentrée ce soir, je verrai si je me pointe… » et je suis partie aussitôt.

Les Leprince habitaient une grande maison en pierre de taille dans le quartier chic de la ville, avec de la glycine qui recouvrait tous les murs et plein de volets à persiennes peints en gris. Le petit portail blanc en bois était ouvert, un Espace garé devant la porte du garage et, à côté, une voiture de sport décapotable rutilante, et une quantité incroyable de vélos jetés en vrac au pied du perron. Il devait bien y en avoir une dizaine, de toutes les tailles et pour tous les âges, du tricycle au VTT. J'ai posé ma mob comme j'ai pu contre le mur, monté les marches du perron et sonné. Après une minute, comme je n'entendais aucun bruit, j'ai revérifié l'adresse sur mon téléphone, sonné à nouveau et, comme j'étais bien au bon endroit, j'ai ouvert la porte. Je me suis aventurée dans le hall en m'annonçant pour ne prendre personne par surprise.

« Bonjour… C'est la baby-sitter, il y a quelqu'un ? »

Pas de réponse, alors j'ai avancé prudemment un peu plus loin, et passé une tête dans la pièce de gauche.

C'est la première fois que je les ai vus. Je n'oublierai jamais cette image.

Ils étaient tous à genoux, en cercle sur le tapis du salon, et se tenaient les mains, la tête baissée, le père, la mère et les cinq enfants.

« Seigneur tout-puissant, Toi qui es pure miséricorde, accorde à Agnès la force de s'occuper de sa maison, qu'elle la transforme en foyer de lumière et d'amour. Donne-lui courage et patience, apprends-lui, comme la Très Sainte Vierge Marie l'a fait avec son fils bien-aimé, à chérir ses enfants et à les faire grandir dans la foi, et dans Ton infinie bonté, apprends-nous, à nous pauvres pécheurs, le sens du devoir. *Amen…* »

J'étais totalement interloquée, et je n'ai pas osé dire un mot. Je suis restée plantée devant la porte vitrée du salon, ne sachant pas si je devais partir, me cacher pour ne pas les gêner et leur donner l'impression que je les espionnais dans un moment intime, ou au contraire me manifester. J'ai été baptisée et j'ai fait ma première communion, c'est ma mère qui voulait faire tout ça, par superstition j'imagine plus que par conviction, pour que je sois bien « protégée au cas où », mais ce qui est sûr, c'est que je ne m'étais jamais retrouvée en cercle à genoux avec mes parents, du coup j'étais un peu perdue sur ce qu'ils faisaient. Dans le doute, je me suis tue.

Ils ont tous répété « *Amen* », le père a donné une pichenette en souriant sur la tête du garçon à côté de lui, il s'est levé, a tendu la main à sa femme pour l'aider à se relever et, ensuite, tous les autres se sont mis debout.

C'est à ce moment qu'ils m'ont vue. J'ai bredouillé :

« Pardon, je ne voulais pas vous déranger... Je suis la baby-sitter, c'est l'agence des Lutins qui m'a demandé de venir... Pour garder les petits. Ils m'ont demandé d'être très à l'heure, alors je me suis permis d'entrer, comme personne ne répondait...

— Ah ! Manon... n'est-ce pas ? a dit le père en s'avançant. Je le sais, je vous ai choisie à cause de votre prénom.

— C'est gentil, merci.

— Je ne sais pas ce qu'il y a de gentil là-dedans. Vous étiez la seule de la liste à avoir un prénom catholique. Et j'étais pressé. Je me suis dit que c'était une garantie suffisante. »

Il m'a dévisagée avec les sourcils froncés, comme si quelque chose dans ma tenue clochait. J'ai tiré sur mon pull instinctivement pour le rallonger au cas où. L'homme était très grand, aussi grand que mon père qui est basketteur, ce qui est rare, et ça m'a frappée. Une espèce de carrure de géant qui se dépliait quand il s'est relevé. Sous son allure de banquier austère, avec son costume sombre, sa cravate rouge serrée comme une corde à son cou, et sa raie impeccable sur le côté, on devinait un homme athlétique et fort. Il était beau, sans doute, mais je ne sais pas... rigide disons. Il a hoché la tête d'un air dubitatif en faisant tourner d'un geste nerveux la chevalière à son doigt, puis il a continué :

« Je vous présente mon épouse, Agnès. Elle va vous expliquer votre travail. Je compte sur vous pour être irréprochable. Nous avons besoin d'aide trois heures chaque soir à partir d'aujourd'hui. De la sortie des classes au coucher des plus petits. »

La femme m'a souri gentiment, un bébé dans les bras et une tache de purée au niveau de la poitrine. Elle s'est approchée et a murmuré : « Ce n'était pas la peine de venir, je l'ai dit à Thierry, je peux très bien me débrouiller toute seule, ça va mieux maintenant. Mais il n'en fait qu'à sa tête... Venez, je vais vous montrer la maison et vous présenter les enfants. Vous allez voir, il y en a beaucoup, mais ils sont très sages. »

La maison était grande, joliment décorée, avec des peintures à l'ancienne partout sur les murs, des rideaux à rayures et des meubles d'époque compliqués, et dans un désordre effroyable : on enjambait des cartables et des manteaux un peu partout. À l'entrée il y avait une grande caisse en bois avec des dizaines de paires de bottes en caoutchouc, toutes les mêmes, jetées en pagaille dedans, des chaussons en tas à côté, et des trottinettes éclafoirées près du mur. La cuisine n'était pas mieux rangée, avec des pots de confiture encore ouverts, des miettes de pain recouvrant la table et une chaise renversée. Je l'ai remise droite tandis que la femme m'expliquait d'un geste las où se trouvaient les choses dans les placards.

« On fait toujours simple pour le dîner des enfants. Une soupe maison, une quiche, un gratin de légumes, ce genre de choses. Vous savez cuisiner ?

— Euh, pas très bien, j'en ai peur », ai-je répondu.

C'est vrai, sorti des pâtes bolo et des croque-monsieur, j'avais une alimentation assez… industrielle, disons.

« Vous pourrez utiliser ma bible de cuisine », dit-elle en me montrant un livre qui tombait en ruine, taché de graisse avec un reste d'épinards collé sur la couverture. « C'est là-dedans que j'ai tout appris. Moi non plus, je ne savais pas faire cuire un œuf avant d'épouser Thierry. Mais il a bien fallu que je m'y mette… Les femmes aux fourneaux, les hommes au boulot, c'est la tradition dans sa famille, que voulez-vous, et ce qu'un Leprince veut… Dieu le veut ! Avec un peu de bonne volonté et en y mettant du cœur, on y arrive, vous verrez… »

J'ai cru qu'elle allait se mettre à pleurer. Pour une histoire d'œuf. Quand même… Ça m'a refroidie. J'ai souri malgré tout, gênée devant la larme qui perlait à ses yeux, mais la perspective de faire à manger pour cinq enfants, trois fois par semaine, me rendit tout à coup sceptique sur ma capacité à prendre ce job. Si elle, elle n'y arrivait pas, je ne vois pas comment moi j'allais m'en sortir. On a fait un crochet par la lingerie. Vision cauchemardesque.

« Je n'ai pas eu le temps de faire tourner les machines, pardon, je suis désolée. Je ne suis rentrée de l'hôpital qu'hier et quand je ne suis pas là, la maison s'arrête, Thierry n'aime pas trop s'occuper des tâches ménagères… Mais dans le fond, ce n'est pas plus mal. Comme ça, je vais pouvoir vous montrer comment ça marche. Il faudra faire bien attention au linge ancien, d'accord ? Les draps en lin viennent de la famille de Thierry, et il y tient beaucoup. Il y a leurs armes brodées dessus.

— Leurs armes ? » J'étais sciée. « Pour quoi faire ? »

Elle étouffa un petit rire, et m'expliqua :

« Leurs armoiries de famille, si vous préférez. Leur blason, quoi. Autrefois, la mariée apportait ça dans sa dot. Mais dans ma famille, on n'avait pas ce genre de choses, alors ma belle-mère a donné ses propres draps à Thierry le jour de notre mariage, pour compenser en quelque sorte. Et maintenant, ce sont nos draps. On ne dort que dans ceux-là. Souvenez-vous-en, sinon Thierry serait bien capable de vous faire défaire et refaire le lit…

— Ah… Je devrai faire le ménage aussi ?

— À terme, oui, j'imagine. »

À terme ? Comment ça « à terme » ? À terme de quoi ? Je n'aimais pas trop la direction que tout ça prenait, ou alors il allait falloir revoir le tarif horaire. Il fallait que j'en parle avec l'agence ce soir.

On continua la visite, et alors qu'on s'apprêtait à monter à l'étage, on entendit le bébé pleurer dans la cuisine. Agnès l'avait installé dans sa chaise haute pendant qu'elle me montrait où se trouvaient les choses. Je me suis arrêtée, l'ai regardée en souriant en disant : « Je crois qu'il y a le petit qui pleure.

— Oui, oui, c'est normal. Elle pleure beaucoup pour une dernière, je ne comprends pas… J'ai dû lui manquer pendant mon hospitalisation. »

Et puis elle s'est arrêtée de parler, comme si elle réfléchissait, les bras ballants, le long du corps.

« J'espère que vous allez mieux surtout, c'est ça qui compte, j'ai dit, histoire de combler un vide qui devenait encombrant.

— Oh… ça finira bien par aller, je n'ai pas le choix de toute façon. Mais je crois malheureusement qu'il y a des choses qu'on ne peut pas soigner à l'hôpital… » Son regard s'est perdu, et elle a continué : « Des rêves qui se sont évaporés… Des ambitions qu'on a oubliées… Mais tout ça n'est rien par rapport au fait d'avoir une belle famille, n'est-ce pas ? dit-elle dans un soupir fatigué.

— C'est sûr », j'ai répondu, un peu déstabilisée.

Je m'attendais à ce qu'elle aille chercher le bébé, mais elle a commencé à monter l'escalier et la petite s'est mise à pleurer plus fort.

« Vous voulez que j'aille la chercher ? j'ai proposé.

— Ce n'est pas la peine… Comme vous voulez. On peut la laisser aussi, elle ne risque rien, vous savez… Bon… dit-elle en me voyant changer de direction. Je vous attends sur la marche. C'est que je suis encore si fatiguée… »

Je suis repartie vers la cuisine. La petite était rouge de colère, elle hurlait à présent, sa petite main tremblante crispée sur un morceau de pain qu'elle brandissait comme une épée. Je me suis approchée d'elle tout doucement en lui murmurant des mots doux, je l'ai détachée et prise dans mes bras. Elle s'est calmée aussitôt. Elle hoquetait encore tellement que ça lui faisait tourner la tête par secousses. Il fallait la changer en tout cas. Elle était trempée. J'ai remonté la manche de ma chemise, et je l'ai portée à sa mère. Elle a soupiré en nous voyant arriver, la petite a tendu les bras vers elle, « Plus tard ma chérie, plus tard, Maman n'a pas la force, là… », puis elle s'est retournée et a monté les marches. Sa jupe plissée bordeaux lui battait les talons dans un petit bruissement synthétique, et elle s'agrippait à la rampe d'escalier comme si elle craignait de tomber. Chaque marche semblait lui coûter un effort monumental. Elle a fait une pause devant la première chambre, pris une longue bouffée d'air comme avant une plongée en apnée et a ouvert la porte.

« Ici, c'est la chambre de Luc, c'est écrit dessus. Il y a leurs noms sur toutes les portes, comme ça, vous ne vous tromperez pas. C'est mon aîné. Il est né neuf mois jour pour jour après notre mariage. Ma belle-mère était ravie : Thierry avait un héritier ! Je crois d'ailleurs qu'elle a commencé à m'aimer un petit peu ce jour-là… Luc, je te présente Manon, c'est elle qui va venir vous chercher à l'école et s'occuper de vous à partir de maintenant. Tu dis bonjour ? »

Le garçon était allongé par terre en train de jouer aux Lego. Il avait construit une sorte de château magnifique, avec un pont-levis, et il avait installé ses petites voitures tout autour. C'était vraiment bien. Il a soufflé, visiblement pas content d'être interrompu, mais il s'est levé pour venir me serrer la main. J'ai ri, et je lui ai dit :

« Tu peux m'embrasser, tu sais. Il est incroyable, ton château. On jouera ensemble tout à l'heure si tu veux, j'adore ça moi aussi.

— Merci madame. Mais c'est pas la peine de jouer avec moi. Personne ne sait jouer comme il faut.

— Ah bon ? Je suis sûre que moi je sais jouer, tu verras ! J'ai deux sœurs, et avec elles on a construit des villes entières de Lego, tu sais…

— C'est bon, je peux y retourner maintenant ? » demanda-t-il en regardant sa mère, les mains croisées dans le dos, comme s'il était au garde-à-vous ou quelque chose comme ça.

Sa maman fit un geste de la main. « Et tu me rangeras tout ce bazar avant de passer à table ! Si Papa monte et voit ta chambre dans cet état, tu risques de le regretter. Tu sais ce qu'il dit : la propreté d'une maison est le miroir de l'âme des gens qui l'habitent… »

Elle me regarda, gênée. « Vous devez vous dire que mon âme est bien sale après avoir vu ma cuisine… » J'ai éclaté de rire : « Ah mais si vous aviez vu la mienne, vous seriez rassurée ! Mais ne vous inquiétez pas, j'ai vite ajouté en ayant eu le sentiment de faire une énorme gaffe, je rangerai la cuisine et les chambres chaque soir. Ma mère nous a toujours demandé de le faire à la maison, j'ai l'habitude. » Je ne voulais pas lui donner l'impression que je n'allais pas être capable de m'occuper de son ménage. Si l'agence acceptait de me payer un peu plus, je ferais le ménage avec plaisir.

Luc était déjà reparti à ses Lego et il ne nous adressa plus la parole. Sur la porte de la chambre d'à côté il y avait un petit écriteau peint à la main, « Gabrielle et Blandine », avec des cœurs à la place des points sur les *i*. Le bébé, toujours dans mes bras, s'était calmé, mais il commençait à peser lourd et à sentir mauvais.

« Je crois que ce serait bien si on changeait la petite, elle est toute mouillée… Je peux le faire si vous voulez, j'ai proposé, comme ça, je vous montre comment je m'y prends, ça vous rassurera.

— Je vais d'abord finir de vous présenter les enfants, et ensuite vous lui donnerez son bain pendant que j'irai me reposer cinq minutes, ça vous va ? Vous savez, c'est fou le nombre de couches par jour qu'on doit mettre à un bébé. On vient à peine d'en remettre une qu'il faut à nouveau en changer. J'ai l'impression de n'avoir fait que ça ces dix dernières années. Changer des couches... Si on m'avait dit... »

Elle parlait d'une voix douce et marchait sans faire de bruit, comme si elle volait légèrement au-dessus de la moquette. Elle était plutôt jolie, blonde, fragile et toute menue, la peau presque transparente, et son joli regard bleu flottait avant de revenir vous observer comme si elle vous découvrait pour la première fois. Elle me prit le bébé des bras et ouvrit la porte de la chambre des filles. Elles étaient à deux sur un bureau qu'elles partageaient, appliquées à faire leurs devoirs. En nous entendant, la plus grande s'est levée et est venue m'embrasser tout de suite : « Bonjour, Manon ! » et après m'avoir inspectée quelques secondes, elle rendit son verdict : « T'es drôlement belle, dis donc. Tu voudras bien jouer avec moi quand t'auras fini ton travail ? Blandine et Maman disent que je les embête avec mes jeux, et du coup, je m'ennuie un peu le soir... » J'en ai conclu que c'était Gabrielle. Je l'ai aimée instantanément. Son regard franc, ses petites dents blanches, ses minuscules mollets de coq et sa frange brune, « une petite vite tournée » aurait dit ma grand-mère. Le courant entre nous est passé tout de suite. « Et comment tu sais comment je m'appelle ? lui ai-je demandé en m'agenouillant pour me mettre à sa hauteur.

— Parce que j'ai entendu Papa et Maman se disputer à cause de toi ce matin.

— Gabrielle, enfin... ! » lui dit sa mère. Et s'adressant à moi :

« Je suis désolée, quand Thierry est fatigué, il a tendance à se fâcher un peu vite, il travaille énormément... Et il n'aime pas le désordre. Je fais très attention à ne pas l'éner... à le préserver, lui éviter mes soucis domestiques, le pauvre, il a déjà tellement de pression au bureau... Nous n'avons décidé que ce matin de prendre une baby-sitter. Il dit que sinon, je vais y laisser ma peau... Et que si je refuse, il se débarrassera de moi pour en prendre une plus efficace ! C'est une blague, bien sûr...

— C'est évident que cinq enfants en bas âge, c'est du boulot ! j'ai répondu en riant. Je suis contente de venir vous aider un peu ! Ils ont quel âge, tous ? »

Blandine, l'autre petite, s'est retournée, agressive :

« "Ils" ont dix, neuf, huit, trois et un an. Moi je suis le huit. Gaby le neuf. Et la petite là, c'est le un. Mais ça, ça se voit, non ? »

Puis elle s'est retournée vers son bureau. Je me suis dit qu'elle avait dû se faire gronder avant que je n'arrive et que c'était la raison pour laquelle elle ne parlait pas gentiment. « Tu fais plus grande que ton âge en tout cas... » Pas de réponse. Puis Agnès m'a emmenée dans la nursery où la photo d'une gamine rieuse était punaisée sur la porte avec « Constance » écrit en lettres de bois. Un lit à barreaux à gauche, un petit lit d'enfant à droite, et au milieu un tapis épais recouvert de jouets, de peluches. J'ai reconnu l'enfant de la photo aussitôt. La petite Constance était assise là, au milieu, sage comme une image dans sa robe à fleurs, minuscule, essayant de faire rentrer un cube dans une tour percée qui n'acceptait que les ronds. Concentrée, elle réitérait son geste consciencieusement, sans s'énerver, précise mais têtue. Agnès s'est illuminée d'un coup à sa vue, elle a posé le bébé par terre sur le ventre, et s'est accroupie à côté de Constance, l'embrassant sur la tête en fermant les yeux, comme si elle voulait aspirer son odeur à pleins poumons. Elles ont commencé à jouer toutes les deux, le reste du monde semblant avoir cessé d'exister. Sans parler, elle a attrapé des ronds sur le tapis, et elle lui a montré comment les introduire dans la tour. Elle a guidé sa petite main, lui a montré la forme, qu'elle lui a fait comparer avec le cube, puis elle l'a regardée faire en souriant, l'encourageant d'un regard, d'une caresse sur son dos : « C'est bien ma chérie, c'est très bien. Tu comprends tout, toi… » Agnès semblait partie dans un monde parallèle, les yeux rivés sur sa fille, sans pour autant paraître la voir.

Je n'ai pas osé les déranger, alors j'ai pris la petite-sans-nom et je l'ai installée sur la table à langer. Au-dessus de son berceau avait été accroché un crucifix naïf peint en violet, avec la mention « Dieu t'aime » sur la barre horizontale de la croix. J'ai commencé à la changer, mais vu l'étendue du désastre dans sa couche, je me suis dit qu'il valait mieux aller la baigner directement. La mère et la fille continuaient de jouer, comme si elles m'avaient exclue de leur champ de vision. J'ai emmailloté le bébé dans sa serviette, et j'ai poussé la porte d'à côté, coup de bol c'était la bonne, et je l'ai baignée comme j'ai pu, rangeant sur les étagères les bateaux Playmobil et les Barbie décapitées qui gisaient au fond de la grande baignoire de leur salle de bains dans des auréoles de savon mal rincé. C'était une gentille petite fille, ronde et douce, qui ne lâchait pas mon regard, comme si elle était inquiète de se prendre un jet d'eau glacé par surprise. Gabrielle est entrée à ce moment-là comme une tornade. « Mathilde-chou ! C'est qui mon bébé ?! » et la petite s'est mise à gazouiller instantanément. On a fini de la baigner toutes les deux, Gabrielle était drôle, bavarde, essayant de m'expliquer tout ce que j'aurais à faire dans la maison, les choses faciles comme préparer le goûter, et les choses plus compliquées comme baigner les petites tout en ayant déjà préparé le dîner et mis le couvert. « Maman dit que c'est le coup de feu du soir, l'heure la plus dure où tout doit être fait en même temps pour tout le monde à la fois. Elle déteste ce moment, je crois que c'est ça qui l'a fatiguée... Mais Papa dit qu'avec cinq femmes à la maison, il ne voit pas pourquoi on n'y arriverait pas. Il ne demande jamais rien à Luc. Parce que c'est le seul garçon. » Ça m'a fait rire qu'elle ait une opinion sur ce genre de sujets. On a ramené le bébé Mathilde dans sa chambre.

Et là... J'ai trouvé Agnès en larmes sur le tapis, la petite Constance dans ses bras, et le père debout devant elles qui disait : « Mais calme-toi enfin, calme-toi... » Il avait l'air déboussolé, il remettait sa mèche en place de manière mécanique, et se tapait la paume de la main avec son poing fermé, et elle, elle pleurait vraiment. Et moi je ne savais plus où me mettre. Alors, j'ai fait comme si de rien n'était, comme si je n'avais pas vu, et j'ai habillé le bébé sans me tourner vers eux, en prenant dans les tiroirs ce que je trouvais. Ils sont restés là, tous les trois, finalement enlacés assis par terre, à se murmurer des choses inintelligibles et à renifler. Gabrielle m'a fait un geste, j'ai pris Mathilde avec moi, et je l'ai suivie à la cuisine. Elle n'a rien dit, pas commenté, pas donné de mode d'emploi ni d'explication cette fois, et on a juste discuté du menu à faire. J'ai opté pour des coquillettes-jambon, et j'ai commencé à ranger la cuisine pendant que l'eau chauffait.

Quand Agnès m'a rejointe, elle s'est servi un verre de vin, comme si rien d'incongru ne venait de se passer, s'est assise sur une chaise à côté du bébé Mathilde pendant que je continuais à m'activer, et elle a commencé un long monologue : « Vous verrez, je suis sûre que ça se passera bien. Luc est une tête de pioche, il se croit déjà grand mais c'est un cœur d'or. Très serviable. Mais pas très sociable sans doute. Vous n'aurez pas de problème avec lui. » Ses yeux repartirent dans le vague un instant, puis elle continua : « Quant aux deux grandes filles, peut-être que vous l'aurez même déjà remarqué, elles sont aux antipodes l'une de l'autre, c'est étonnant ! Une brune, une blonde. Une optimiste, une pessimiste. Une forte, une plus fragile. C'est comme si elles avaient pris chacune nos défauts et nos qualités et se les étaient partagés équitablement mais sans jamais les mélanger. Enfin, elles ont le temps de changer... Quand j'avais leur âge, j'étais très différente de ce que je suis devenue aujourd'hui. J'étais encore gaie comme un pinson, aventureuse... Mes parents étaient sûrs que je serais présidente de la République un jour, ils disaient toujours : "Tiens, voilà madame la présidente !" en me voyant arriver quelque part... Les gens changent beaucoup avec le temps, vous ne trouvez pas ? Moi en tout cas, j'ai beaucoup changé, je ne m'y attendais pas... » Elle marqua une pause, regarda son bébé qui mâchouillait gentiment son bout de pain, et continua : « Et puis ensuite, il y a Constance... Un cadeau du ciel. Elle est venue pile au bon moment. Vraiment, je le pense. Elle est tellement... vive. Et sensible. Intelligente surtout. Il faut lui donner beaucoup d'attention, d'amour, de tendresse. Vous vous souviendrez bien de tout ce que je vous raconte, n'est-ce pas ? C'est important, tout ça, pour bien les comprendre, pour bien s'en occuper. Constance particulièrement.

— Et Mathilde ? j'ai demandé en finissant de mettre le couvert.

— Ah, ma Mathilde... Elle est encore trop petite pour savoir. C'est un bébé. Sorti des couches et des câlins, il ne se passe pas encore grand-chose, vous savez. C'est plus tard que ça vient... Elle est jolie, n'est-ce pas ? Je ne me lasse pas de la regarder... Sa fossette, là, ça m'émeut aux larmes parfois. Ce sera mon dernier bébé, je n'en veux plus, je n'en peux plus... »

Elle a fini son verre de vin d'un trait et s'en est servi un autre. Puis les enfants sont venus à table, c'était un bazar chaleureux et plein de vie, ça m'a rappelé chez moi quand on était petites. Le père n'est venu qu'à la fin du dîner, pour me serrer la main. Il s'était changé, il avait noué un pull sur ses épaules et enfilé des mocassins, et il a dit aux enfants, qui s'étaient tus instantanément, sans les regarder : « Vous débarrassez le couvert et vous montez dans vos chambres ; dites au revoir à Manon. » Il a voulu me donner de l'argent directement, et je lui ai expliqué qu'il fallait passer par l'agence. Il a pris mon numéro de téléphone, et a dit qu'il me recontacterait pour me confirmer le planning définitif. C'est lui qui s'en chargeait visiblement.

Agnès m'a raccompagnée à la porte, elle me tenait les mains, elle était intense, c'était un peu gênant même.

« Si vous avez des questions, n'hésitez pas à m'appeler. Avant samedi surtout, ce serait mieux, parce que ensuite je ne serai plus disponible. Ça va aller ?

— Aucun problème, ils sont adorables et super bien élevés. À la semaine prochaine, alors ! »

Et je suis partie.

Chapitre 3

Thierry Leprince, novembre 2002

Ô Seigneur,

Aie pitié de moi. Guide mes pas dans ces ténèbres qui m'accablent. Éloigne de moi la violence et la haine.

Mon Dieu,

Protège-moi de moi-même. Aide-moi. Je suis perdu !

Pardon mon amour pour tout le mal que je t'ai fait.

Pardon, pardon, pardon.

Je donnerais n'importe quoi pour revenir en arrière. Pour te faire revenir. Tout effacer, tout recommencer.

Je suis devenu fou. Je n'arrive pas à repenser à ce matin-là sans sentir ma poitrine qui se déchire. Je vois ton reflet dans toutes les fenêtres de la maison, je sens ton odeur. Ta vision me hante.

Je ne peux pas expliquer ce qu'il s'est passé. Comment a-t-on pu en arriver là, comme ça ? Il n'y a pas de mot pour décrire ce que j'ai ressenti, la violence intérieure. La panique. L'état de choc.

Ils ont fini par débarquer à la maison en force. Le SAMU, les pompiers, les policiers, tous criant des ordres, claquant des portes, envahissant l'espace.

Ils m'ont immédiatement isolé dans une pièce à part. Ils m'ont interdit de te toucher, ils ont enfilé des gants de plastique pour mettre nos habits de la veille dans un sac pendant que d'autres te hissaient sur un brancard et te branchaient des tuyaux, alors que c'était trop tard. Ça, je le savais, j'étais là ! Ça m'a rendu fou de les voir s'activer autour de toi, toi et moi ça ne pouvait pas finir de cette façon-là, c'était forcément un malentendu, alors je me suis débattu, je voulais voir ton visage une dernière fois, m'excuser. Ils m'ont repoussé violemment. « Calmez-vous, monsieur, ou sinon c'est nous qui allons vous calmer ! Vous n'ignorez pas qu'on pourrait soupçonner ici un cas de violence conjugale ? Alors, un conseil, n'aggravez pas votre cas ! Écartez-vous, et laissez-nous faire notre travail ! » Si tu avais vu leur regard en me disant ça, j'ai cru devenir dingue… J'ai pris sur moi, je me suis poussé. Et tandis qu'ils t'emportaient en ambulance, toutes sirènes hurlantes, ils m'ont emmené au poste directement pour m'interroger. Je n'ai pas pu te dire au revoir. Ni te demander pardon.

Ils ont fini par me laisser partir en fin de journée. Ils n'ont rien pu prouver. Évidemment.

J'étais épuisé. J'ai tout de suite appelé Maman en sortant du commissariat. Au début, les mots avaient du mal à sortir, ils étaient comme coincés au fond de ma gorge, la violence de ce que j'avais à dire était trop intense. Et puis je lui ai craché la vérité, il fallait que ça sorte, j'ai éructé des mots horribles, des mots qui restent. Elle ne m'a posé aucune question, comme si elle avait toujours su que ça nous arriverait. « Ressaisis-toi, Thierry, immédiatement, m'a-t-elle ordonné. Rentre chez toi et ne parle à personne, laisse-moi le temps de réfléchir à quelque chose de sensé à dire aux gens. » Rigoureuse comme toujours, elle a aussi tout de suite pensé aux détails pratiques et m'a dit qu'elle allait tout organiser avec Oncle Thaddée pour l'enterrement. Qu'il serait sans doute d'accord de célébrer la messe, il suffisait de rester discret. Son sang-froid m'a glacé, même si je savais qu'elle avait raison. Elle m'a conseillé de ne rien dire encore aux enfants, le temps de décider de la version des faits qu'on leur raconterait.

Je ne suis allé les chercher aux Grands Chênes que le lendemain. On leur a annoncé à ce moment-là. Maman avait eu raison, en retardant de vingt-quatre heures ce que j'avais à leur dire, j'avais eu le temps de me ressaisir, de me composer un visage moins tétanisé d'angoisse, de bien me souvenir de tout ce qu'il s'était passé pour ne rien leur raconter d'absurde. Car il était évidemment hors de question de leur dire la vérité.

Je suis arrivé vers midi au château, et nous les avons rassemblés dans le grand salon. Maman était nerveuse, Papa tendu, et moi j'étais encore sous le choc. Mathilde, notre dernière, s'est mise à pleurer instantanément, comme si elle sentait que ce qu'on allait lui dire était irréversible. Que le mal qu'elle aurait dans une minute ne serait que le début d'une maladie vicieuse qui ne la quitterait plus jamais. Un mal qui allait lui coller à la peau, se fondre en elle jusqu'à s'inoculer dans chacune de ses respirations. Un mal qui allait tous nous engloutir à jamais et dont personne n'allait se relever intact. Ses pleurs m'ont agacé. J'étais perdu. Il a fallu attendre de la calmer avant de pouvoir parler, il y avait une tension palpable dans la pièce. C'est Gaby qui a fini par la prendre sur ses genoux.

Et je leur ai dit l'indicible.

Ça n'a pas duré longtemps.

J'ai trouvé des formules, des circonlocutions. J'ai expliqué que leur Maman nous avait quittés, qu'elle était partie d'un coup, sans souffrir, mais qu'elle nous regardait de là-haut, qu'elle nous protégeait et nous protégerait toujours, et qu'on la retrouverait à la fin des temps. Que le Bon Dieu l'avait choisie pour être à ses côtés, parce qu'elle était tellement gentille qu'Il en avait eu besoin pour Lui. Je ne me souviens plus exactement de ce que je leur ai dit, mais en gros, c'était dans cet esprit-là. Ç'a été rapide.

On a dit un *Ave Maria* tous ensemble face à la Vierge du salon, et nous sommes partis. Maman leur avait préparé un pique-nique pour la route. Elle avait mis des friandises pour leur remonter le moral. Mais ça n'a pas marché.

En arrivant à la maison, ils se sont couchés gentiment. Pas de cris, pas de drame. Ils se sont lavé les dents sans un mot. Je suis allé les embrasser chacun à leur tour. Luc mutique, raide comme la justice dans son lit. Allongé tout droit, les mains jointes, le regard au plafond. Je me suis assis au bord de son lit : « Il va falloir être fort, mon grand. Montrer l'exemple à tes sœurs. Ne pas pleurer. Être un homme. » Il m'a regardé droit dans les yeux : « Oui, Papa, je te promets. » Il n'a pas cillé, pas pleuré. Je lui ai posé un baiser sur le front, et j'ai murmuré : « Je suis fier de toi, tu es mon fils unique, je compte sur toi, c'est toi qui reprendras le flambeau le moment venu... » Les grandes s'étaient mises dans le même lit, blotties l'une contre l'autre. Je n'ai pas eu le courage de les séparer même si je n'apprécie pas ce genre d'intimité en famille. Je les entendais renifler sous la couverture. On s'est serrés tous les trois sans rien dire. Leurs petits corps minces tremblants dans leurs pyjamas à motifs, les cheveux en bataille et les yeux rougis d'avoir été trop frottés. Quant à nos deux petites, elles dormaient quand je suis allé les voir. Gaby avait dû les coucher pendant que je sortais les sacs de la voiture. Tétine et doudou dans la bouche. Innocentes, pures. Préservées. Constance m'a entendu, elle a ouvert ses grands yeux et m'a demandé d'une voix pleine de sommeil : « C'est dans longtemps la fin des temps ? », et je l'ai rendormie d'une caresse sur les cheveux. « Non, mon ange, ce n'est pas dans longtemps, rendors-toi. » Que voulais-tu que je lui dise ? Elles n'ont sans doute pas compris ce que j'avais expliqué. Trois ans et un an. Tant mieux, le plus tard elles comprendront, le mieux ce sera.

Je n'ai pas osé retourner dans notre chambre. Ton absence prend déjà tout l'espace.

Alors, j'ai eu besoin de faire le vide, d'oublier tout ce cauchemar car rien de tout ça n'aurait dû arriver. Je t'aimais bien trop pour ça. J'ai pris la petite voiture. L'Alfa Romeo que je me suis achetée après la naissance de Mathilde pour nous remettre. Et j'ai conduit. Comme un fou. Je l'ai poussée au-delà de ses limites. Presque au-delà des miennes. J'ai fait hurler le moteur, rien ne pouvait m'atteindre ni me détruire. J'étais invincible, tu étais morte, je n'avais plus rien à perdre, l'avenir ne pouvait que m'éclater au visage. Je conduisais, et je la sentais nerveuse sous mes pieds, réactive, attentive. Plus j'accélérais, plus le bruit dans ma tête devenait étouffé et se calmait. Je ne sais pas combien de temps j'ai conduit comme ça. J'ai pris les petites routes vers Sarrebourg, tu sais, celles qui serpentent entre les vignes, si étroites qu'on peut à peine s'y croiser. J'ai éteint les phares, j'ai fait le noir en moi et autour de moi. Il n'y avait que ce bruit du moteur qui m'envahissait et me remplissait. Et toi. Toi partout. Toi omnisciente. Omniprésente. Toi, mon Éternelle.

Chapitre 4

MANON JACKSON, novembre 2002

Le pire coup de fil de ma vie.

J'étais revenue à Dijon voir les parents pour le week-end et, comme Daddy avait gagné son match, il y avait des discussions dans l'air pour savoir s'il allait encore changer de club ou non. Changer de club voulait dire déménager. Maintenant qu'ils étaient séparés avec Maman, ça ne voulait pas forcément dire que tout le monde devait bouger, mais comme ils continuaient à se voir tout le temps et à prendre toutes les décisions ensemble, à leurs yeux, c'était une discussion à avoir en famille ; mes deux sœurs étaient radicales : c'était hors de question. Babeth arguait qu'elle était en terminale et que de toute façon, pour elle, c'était trop tard : l'année prochaine elle commençait sa fac de psycho à Strasbourg, et elle s'en fichait pas mal de savoir où Daddy allait habiter. Du coup, ç'a énervé Daddy qui lui a dit que si elle ne lui parlait pas plus gentiment, il ne paierait pas ses études, non mais sans blague… Et c'est parti en embrouille. Évidemment, je n'ai pas pu m'en empêcher, je m'y suis mise, rappelant au passage que lui et Maman trouvaient parfaitement normal de payer les études de mes sœurs, alors que moi j'avais dû me débrouiller toute seule depuis mes seize ans. « Oui mais toi, ma chérie, m'a rétorqué Maman, solidaire de Daddy comme d'habitude, on te rappelle que tu es partie vivre avec ton copain à un âge où la plupart des filles sont encore dans les jupes de leur mère. C'était ton choix, pas le nôtre. Tu assumes. Et je te rappelle qu'à l'époque tu trouvais l'arrangement parfait. Tu es partie, tu t'es affranchie. Point à la ligne. Tes sœurs n'ont pas fait les mêmes bêtises que toi. »

Ce à quoi j'ai répondu que ç'avait été loin d'être une bêtise, qu'au moins comme ça, j'avais échappé à leurs interminables disputes précédentes à leur divorce qui avaient plombé l'ambiance à la maison et m'avait empêché, accessoirement, d'avoir une adolescence heureuse et sereine, et une confiance inébranlable en l'amour.

Bref. Les sempiternelles mêmes discussions. Toujours est-il qu'il fallait décider si Daddy devait accepter l'offre du club d'Auxerre ou non, parce qu'il était visiblement très clair que s'il bougeait, il considérait que Maman et les filles devaient bouger aussi. Je ne suis pas sûre que tous les couples qui divorcent après trente ans de mariage restent aussi solidaires, et j'avais envie de leur rappeler qu'ils étaient séparés et qu'il serait bon pour leurs nouveaux compagnons respectifs de le voir sous cet angle-là aussi. Déjà que Solange, la compagne de Daddy, avait du mal à s'intégrer dans le paysage, ce n'était peut-être pas la peine d'en rajouter une couche. Je ne sais pas comment on s'était retrouvés dans une situation pareille : mes parents continuaient à s'aimer, même si c'était devenu complètement platonique, et ils prenaient toutes les décisions nous concernant à deux, et ça ne posait de problème à personne, sauf peut-être à Solange qui aurait voulu que mon père s'affranchisse un peu plus de son « ancienne » famille. Comme si on pouvait avoir des anciennes et des nouvelles familles. On a une famille, point. Avec parfois des éléments nouveaux.

Quand on est tous allés voir nos grands-parents paternels à Seattle l'année dernière, on pensait évidemment que Solange serait du voyage. On ne la connaît pas trop encore, mais elle vit avec Daddy, donc pour nous, la question ne se posait pas. Et je dois dire qu'on a été bien étonnés quand elle a accepté de nous laisser tous partir sans elle. Elle a quand même accompagné Daddy à l'aéroport, et elle nous a dit au revoir à travers la fenêtre alors qu'on passait la sécurité tous les cinq. Je pense que l'image n'a pas dû être très agréable pour elle, et je comprends un peu quand même qu'elle demande sans arrêt à mon père des preuves concrètes de son amour, des trucs qui, à nos yeux, nous paraissent complètement nuls comme passer ses dimanches après-midi devant la télé à regarder une émission qui l'ennuie au lieu d'aller coacher les petits de la ZUP qui ne demandent que ça et qui, sinon, passent leur dimanche à caillasser des bagnoles. Bref.

C'est le meilleur été qu'on a passé depuis longtemps. C'était marrant d'entendre Daddy parler américain avec sa mère et ses frères, de faire des blagues mais le mieux c'est quand on est allés à Sacramento, dans le nord de la Californie, visiter son ancien club de basket. C'est là qu'on a tous réalisé le joueur que Daddy avait été. On a été accueillis par son ancien coach, Bob Rucksel, légende mondiale du basket,

2,08 mètres, et premier coach noir de l'histoire, une espèce de Mandela du sport. Et Bob se met à nous raconter toute l'histoire de Daddy : à 17 ans, mon père rejoint l'équipe des Kings de Sacramento, une grosse équipe dont les matchs sont retransmis à la télé et tout. Mais les résultats tardent à venir. Daddy est un *rookie*, comprendre un bébé, et il est stocké sur le banc des suppléants, il n'a pas fait ses preuves. Bob enrage, il veut des résultats, vite, sinon les sponsors vont partir. Alors il prend un risque inouï, un truc jamais fait à ce niveau de jeu, et il met Daddy-le-débutant sur le parquet, en attaque. Les résultats décollent aussitôt, Bob raconte que c'est grâce à Daddy que les Kings gagnent la saison. Mon père devient un héros national, on l'acclame, on parle de génie. Et ça recommence l'année d'après, et celle encore d'après, mais lors de la quatrième saison, en plein match, catastrophe : Daddy se blesse ; rupture du tendon d'Achille. Ça veut dire fin de saison, voire fin de carrière. À l'époque, la chirurgie des tendons n'était pas aussi aboutie qu'aujourd'hui, paraît-il. Bob l'envoie en Italie, à Montecatini, se remettre d'aplomb après son opération, loin des médias, et faire une cure de remise en forme. Or à cette époque, dans ce petit village italien, ont lieu les championnats du monde de pentathlon auxquels ma mère participe et que mon père va regarder, histoire de passer le temps entre deux séances de rééducation. Ma mère est pentathlète. Dit comme ça, on dirait une maladie, mais en réalité, c'est une sportive de haut niveau. Avoir une mère dont le job est de se battre en duel à l'épée, courir des marathons, nager, tirer au pistolet et monter à cheval, c'est quand même particulier ! Un genre de Calamity Jane en Alsace… Bref, ils se rencontrent. Romance à l'italienne, dolce vita et tutti quanti… Et tout a changé. Daddy se rend bien compte qu'il ne pourra jamais plus jouer à un aussi haut niveau et, auréolé de son prestige américain, il se tourne alors vers l'Europe pour occuper un poste de coach dans un club en Division 1, et les propositions ont plu : on lui a offert Milan, Séville, Andorre, Varsovie, Munich. Mais il a choisi Dijon !

Dijon, 150 000 habitants, sa moutarde et ses maisons à colombages. Capitale mondiale du *nowhere*.

Dijon, sous-division de basket local. À cause de Maman. Il venait de la rencontrer et ils étaient tombés fous amoureux. Elle la pentathlète blanche alsacienne, lui le basketteur noir américain. Maman a dit qu'elle l'aimerait pour toute la vie, mais pas ailleurs qu'en Alsace. Dijon avait paru comme le meilleur compromis. Et il dit qu'il n'a jamais regretté, sauf quand il a commencé à la tromper, mais bon. Qu'il a sans doute fait le meilleur choix de sa vie. Voilà, ça, c'était mes parents. Comme Maman au bout de trois ans ne savait toujours pas dire bonjour en anglais, c'est lui qui s'est mis au français, et c'est dans cette langue qu'ils nous ont élevés. Il a gardé un petit accent que moi je n'entends plus mais qui fait craquer tout le monde.

Inutile de dire qu'on dénotait un peu en ville avec ce père de 1,97 mètre, noir d'encre, ma mère de 1,63 mètre, blanche choucroute, et leurs trois filles, café au lait, en grappe derrière eux au marché du dimanche matin. On ne passait pas franchement inaperçus, résultat, tout le monde nous connaissait. Mes sœurs et moi avions monté une équipe de basket féminine à l'école, chacune dans une catégorie différente, et on avait des dizaines de copines. Enfance heureuse, parents sportifs, famille normale.

Mon téléphone a sonné en plein milieu de toute cette discussion de changement de club. Numéro inconnu.

« Manon Jackson ? Je suis désolé, je vous appelle tard… Il est tard, n'est-ce pas ?

— Non, ça va. Qui est à l'appareil ?

— Pardon, bien sûr, excusez-moi… C'est Thierry Leprince. Vous êtes venue la semaine dernière à la maison.

— Bien sûr, oui, comment allez-vous ? »

Et là, j'aurais aimé être ailleurs, n'avoir jamais posé cette question, n'être jamais venue chez eux. Mon visage s'est décomposé, j'ai balbutié : « Je suis désolée, mon Dieu, c'est terrible… Dites-moi si je peux vous aider. Ah ?... C'est que je ne sais pas si… Oui, bien sûr, je vais réfléchir, je vais trouver une solution. J'attends votre appel », et j'étais si visiblement bouleversée que tout à coup, tout le monde s'est mis à me regarder. Mes sœurs, mon père, Maman, ils s'étaient tous tus et me fixaient d'un air inquiet.

Quand j'ai raccroché, j'ai balancé d'un seul trait :

« Elle est morte. D'un coup. Et le père me demande de venir garder ses cinq enfants à temps plein. Bientôt. Mais il ne sait pas quand. »

La tête de mes parents ! Ils se sont pris dans les bras comme si c'était à eux que c'était arrivé ! Ils se sont écriés : « C'est épouvantable, pauvre homme, que s'est-il passé ? » Mais moi, je ne savais rien de plus. Morte comment, morte de quoi, je n'avais osé poser aucune question. On a passé la soirée à parler de ça. On a émis toutes sortes d'hypothèses : elle était peut-être décédée à cause de son séjour à l'hôpital, des suites d'une opération qu'elle aurait eue ? Ou bien morte d'une longue maladie, c'est pour ça que je l'aurais trouvée pâle, ou bien encore d'une crise cardiaque, d'une intoxication alimentaire, dans un accident de voiture, on a tout envisagé, même un meurtre ! Après, ils m'ont tous demandé de décrire Agnès, la mère, précisément : elle était blonde comment ? Pâle comment ? Légère sur la moquette, ça veut dire quoi, légère ? Elle était anorexique ? Alcoolique (j'avais raconté les verres de vin dans la cuisine) ? Ils m'ont demandé de raconter exactement mes impressions, est-ce que j'avais vu ou ressenti quelque chose le jour où j'y étais allée ? Est-ce que j'aurais pu m'en douter ? Est-ce qu'il n'y avait pas un indice, quelque chose qui aurait pu me mettre la puce à l'oreille ? « Rappelle-toi bien tout ce qu'elle t'a dit, elle a forcément dit un truc, fait allusion à quelque chose, non ? » Mais non, je ne voyais rien, pas d'indice. Ou alors si, à travers ce nouveau prisme, je trouvais que tout était un indice potentiel. Donc rien.

J'ai essayé de scanner de mémoire les quelques heures que j'avais passées chez eux, essayant de repérer des signes qui, dans le fond, n'existaient certainement que dans mon imagination, mais nous étions tous sous le choc, et il fallait qu'on trouve une explication. C'est terrible d'être face à une situation aussi dramatique, d'en avoir, à trois jours près, presque été le témoin, et de n'avoir rien à en dire. Je pense que le cerveau humain a besoin de rationnel, de concret, de quelque chose à quoi se rattacher pour accepter les faits, sinon ils restent abstraits et vides de sens. Alors, c'est ce que nous faisions, nous tentions de trouver du rationnel dans ce drame. Je trouvais qu'elle m'avait parlé de Constance plus que des autres, que le lien qui les unissait semblait très fort, que la petite Mathilde la dévorait du regard, que Monsieur Leprince avait l'air d'être un homme bien en plus d'avoir de la prestance, qu'on sentait en lui le père de famille, responsable. Un Papa, quoi. Je l'avais trouvée fatiguée, bien sûr, mais sur le moment, ça m'avait paru normal : elle sortait de la clinique et c'est elle qui devait gérer toute la maison. Elle avait dit un truc du genre « l'hôpital ne peut pas soigner mes ambitions perdues », je ne me souviens plus exactement, mais ce ne sont pas des ambitions déçues qui tuent quelqu'un, donc on faisait fausse route. Et puis, dans le fond, qui ne serait pas épuisé avec cinq enfants en bas âge ?

S'est ensuite posée la question de savoir ce que je devais faire. Accepter l'offre de Monsieur Leprince ou non ? Et on a tous été d'accord : on ne pouvait pas le laisser tout seul, il avait besoin d'aide, ça se saurait si un homme comme lui pouvait gérer seul cinq enfants et un boulot. J'ai demandé ce que ça voulait dire « un homme comme lui », et Daddy m'a dit : « Un mec, quoi. » On a failli s'embrouiller encore, mais on a laissé nos revendications féministes sur le côté pour une fois. On a essayé de peser le pour et le contre, mais la décision s'est imposée assez rapidement. Je n'aurais qu'à suivre mes cours par correspondance au début, le temps que les Leprince, enfin je veux dire le temps que Monsieur Leprince trouve une solution pérenne. Les parents allaient écrire au proviseur de mon école et expliquer la situation. Très honnêtement, j'avais aussi besoin de cet argent. Un job à temps plein, c'est ce qu'il me fallait. Jérémy voulait qu'on parte l'été d'après en road trip en Espagne avec sa moto et, comme il n'avait pas un rond et ne projetait pas d'en gagner, il m'incombait donc d'en trouver. Et puis, ça ne serait que temporaire.

J'ai dormi chez Maman à deux dans le lit de ma petite sœur Nelly, et on a passé la nuit à parler de ça, chuchotant dans le noir, effrayées et curieuses à la fois. Je revoyais Agnès Leprince, ses gestes lents, ses regards hésitants, et ses larmes devant son mari et sa petite fille. Est-ce qu'elle avait eu peur de quelque chose ? Eu mal ? Est-ce qu'elle savait qu'elle allait mourir ? Qu'elle était malade ? En y repensant, j'étais aussi perturbée par la voix, blanche, qu'avait eue M. Leprince au téléphone. Il paraissait absent, froid, factuel : besoin de vous tant d'heures, pour faire ci et ça. Sans doute pour empêcher l'émotion de le submerger. J'imaginais les cinq enfants ce soir-là, tout seuls dans leur grande maison, tout seuls dans leur lit, sans le baiser du soir de leur maman, je me suis demandé si depuis le décès, la tour percée avait été rangée ou si Constance avait continué à essayer de vouloir faire rentrer des ronds dans des carrés, et ça m'a crevé le cœur de savoir que maintenant, sa maman ne s'assiérait plus avec elle sur le tapis pour lui montrer comment faire.

Chapitre 5

GABRIELLE LEPRINCE, janvier 2003

Je m'appelle Gabrielle Leprince, et j'ai neuf ans. J'ai un frère aîné et trois sœurs, dont une qui a un caractère de cochon, et j'habite à Strasbourg. On n'a pas d'animal domestique parce que Maman trouvait qu'on était déjà suffisamment nombreux comme ça. Même pas un poisson rouge.

Maman nous a quittés il y a trois mois pendant qu'on était en week-end chez nos grands-parents aux Grands Chênes. Quand on est rentrés, elle n'était plus là. Elle était « partie », je cite.

Elle a rejoint le Bon Dieu.

Oncle Thaddée, qui est prêtre dans une église où il nous tourne toujours le dos, dit qu'elle a été choisie par Dieu pour venir l'aider là-haut, que c'est un grand honneur pour nous d'avoir une maman choisie par Dieu, et qu'il ne faut pas montrer qu'on est triste parce que Maman peut nous voir (même si nous, on ne peut pas), et que ça la rendrait inconsolable de nous savoir malheureux. Alors, il dit qu'il faut lui prouver qu'on va bien, qu'il faut sourire le plus possible, même rire si on y arrive. Du coup, dès que je ris quand je me force un peu, je regarde en l'air pour que Maman voie bien que je suis heureuse et qu'elle ne s'inquiète pas trop pour nous en plus d'être morte. Enfin, je *joue* à être heureuse, même si c'est elle qui est partie, parce que dans le fond, je n'y arrive pas du tout. Oncle Thaddée dit qu'elle peut nous entendre aussi, et donc qu'il faut faire attention à ce qu'on raconte aux gens et s'en tenir à ce qu'on nous a dit, mais là aussi, ça ne marche que dans un sens. Nous, on ne peut pas l'entendre. Il dit que dans le secret de mon cœur, si je fais un effort et en écoutant bien, je vais pouvoir l'entendre me parler. C'est compliqué à comprendre, d'abord, je n'ai pas particulièrement de secret, à part à propos de Blandine qui n'est pas gentille, mais ça, je l'avais déjà dit à Maman donc ce n'est plus un secret, et ensuite parce que je ne comprends pas comment un secret pourrait me parler. Mais bon.

En tout cas, j'essaie d'écouter le secret de mon cœur, au cas où. Pour le moment, je n'entends rien.

Quand on est retournés à l'école une semaine après l'enterrement, tout le monde nous a regardés bizarrement, genre c'est louche d'avoir une mère qui est partie vivre avec Dieu. Je sais très bien que c'est une façon de parler, « vivre avec Dieu », et qu'elle est morte, si on doit se dire les choses. Mais toujours est-il que les copines ne voulaient plus trop jouer avec moi ou me posaient des questions insistantes tout le temps sur Maman, et sur la façon dont elle était morte. Papa nous avait recommandé de ne pas répondre à ce genre de choses, de toute façon une morte c'est une morte, c'est raide et blanc dans un cercueil, je ne vois pas ce qu'elles voulaient savoir de plus.

Au début, Papa est resté avec nous à la maison tellement il était triste. Il a arrêté d'aller au travail, et c'est lui qui venait nous chercher à l'école. C'était nouveau pour nous tous, papa ne s'étant jamais beaucoup occupé de nous avant ça. Il ne connaissait pas le nom de nos maîtresses, par exemple, et il avait fallu lui expliquer plusieurs fois où venir nous attendre. C'était compliqué, il en oubliait toujours un quelque part. Soit Mathilde à la crèche, soit Constance à la maternelle. Ou alors il oubliait la poussette et il devait porter le bébé, donner la main à mon autre petite sœur de trois ans, et nous surveiller en même temps, nous les trois grands, sur le trottoir pendant tout le chemin du retour. Et bien sûr, ça finissait toujours en dispute : Papa nous grondait tous à la fois, soit on avançait trop vite soit on traînait, mais en tout cas, ça n'allait jamais, et quand on finissait par arriver à la maison, il était furieux, disait qu'on était impossibles et égoïstes, qu'on ne se rendait pas compte que c'était lui qui devait tout faire, même les courses, et c'était chacun dans sa chambre et le premier qui en sort a une claque. Même pas de goûter, et les deux petites en pleurs derrière la porte de leur chambre, l'une dans son lit à barreaux et l'autre sur le tapis au milieu de ses cubes. Après un petit peu de temps, on avait le droit de descendre et là, ça allait mieux, on était tous calmés et Papa n'était plus énervé, donc on pouvait dîner tranquillement à la cuisine avec lui, et même, il nous racontait des trucs nouveaux comme si on était tous grands et qu'on pouvait tout comprendre. Dans ces moments-là, c'était bien, parce qu'on était comme une vraie famille. Mais depuis le départ de Maman, malgré tous nos efforts, et on en faisait beaucoup, il faut bien dire que ce n'était plus comme avant parce qu'on voyait bien que Papa n'était plus très gai.

On va dans une école où on met des uniformes, où on est tous habillés pareil, où on va à la messe tous les matins, et où on fait une prière avant le déjeuner à la cantine. Je n'ai pas trop le droit de le dire, mais quand même, on s'embête énormément pendant ce temps chaque fois.

Et puis, je trouve ces prières hyper compliquées. Je comprends rien. C'est même pas comme une poésie qu'on pourrait réciter en faisant un peu des gestes ou du théâtre. Et quand on dit le *Benedicite* tous en même temps au réfectoire, je crois que je n'ai jamais entendu rien de plus triste : on dirait que tout le monde vient d'avoir une mère qui les a quittés. Tout le monde dit la prière d'une même voix toute plate, sur le même ton, genre j'ai commis un énorme péché et je n'ose pas trop l'avouer, c'est déprimant. Et dire qu'Oncle Thaddée nous explique qu'on trouvera le bonheur dans la prière... J'ai du mal à le croire ! Ou alors, il ne nous a pas donné les bonnes prières. Et auquel cas, je veux bien avoir les autres.

La vie à la maison est devenue pas très drôle. Papa reste des heures sur son fauteuil à regarder par la fenêtre comme s'il ne nous entendait pas ou ne nous voyait pas mais, en revanche, il sursaute dès que le téléphone sonne, comme si ça lui faisait peur et qu'on allait lui annoncer une autre mauvaise nouvelle. Il oublie toujours de se raser maintenant, parfois même aussi de se doucher, et il pique quand il vient nous embrasser le soir, moi je n'aime pas trop ça, il ne met plus jamais de cravate, il reste en pyjama, et je trouve qu'il ressemble un peu à un vieux monsieur. C'est moi qui dois m'occuper de faire goûter tout le monde, quand on y a droit. Évidemment, Luc ne fait rien, même si c'est l'aîné, rien de nouveau de ce côté-là. C'est un garçon, c'est le roi. On mange beaucoup de pâtes le soir maintenant, et on met nos habits plusieurs jours de suite parce qu'on fait un peu moins de lessives en ce moment.

Bon-Papa et Bonne-Maman viennent plus souvent nous rendre visite et ranger un peu la maison, regarder nos devoirs, mais comme ils sont vieux pour de vrai, eux, ils ne comprennent pas très bien nos livres de maths et ils n'arrivent pas bien à décrypter nos écritures dans nos cahiers, alors souvent, ça se finit en gronderies et chacun dans sa chambre là aussi.

Je m'occupe beaucoup des deux petites, c'est moi qui baigne Mathilde, la change et l'habille souvent, et j'essaie de jouer avec Constance, mais elle ne va pas très bien depuis tout ça. Elle est devenue toute molle, elle ne veut jouer à rien et rien ne l'intéresse. On dirait qu'elle est là comme un petit chien qui attend son maître, et elle ne bouge pas, elle nous regarde sans rien dire ni rien faire, elle ne joue même pas, c'est venu d'un coup, avant elle était normale et rigolote, et je pense qu'elle est très, très malheureuse du départ de Maman, comme Blandine et Luc qui restent enfermés dans leur chambre et passent leur temps à jouer aux Lego sans se parler ou à regarder leurs livres. J'ai dit à Papa que Constance avait l'air malade de tristesse, mais il lui a pris sa température et il a dit qu'elle allait très bien, et il n'a plus voulu en parler. Il a dit : « Chacun son deuil. »

Heureusement, depuis dix jours, Manon est revenue s'occuper de nous. Manon, c'est la baby-sitter qui était venue une fois à la maison, juste avant que Maman ne parte, et je me souviens avoir été très étonnée parce que je ne m'attendais pas du tout à ce qu'elle soit comme ça. D'abord, on n'a jamais eu beaucoup de baby-sitters avant elle, d'habitude c'était Maman qui s'occupait de tout, mais une ou deux fois il y a des jeunes filles qui sont venues, mais c'était soit la fille de la boulangère, Estelle, tellement trop moche, ou soit Émilie, la fille d'un de leurs amis, gentille mais si timide qu'elle n'osait pas nous parler. Manon, ça n'a rien à voir. Comme si elle venait d'une autre planète. Planète Bonheur. On dirait un mannequin. Je n'ai jamais vu une fille aussi belle. Elle s'habille tellement bien... Elle est à la mode. J'adore la mode. J'adore les magazines, regarder les dames bien habillées et sourire sur les photos, parfois je fais le même sourire devant ma glace, mais ça ne rend pas pareil. Manon, elle met des mini jupes super mini avec des grandes bottes qui remontent haut, et des grands pulls tout doux et des collants noirs. Elle se tire très fort les cheveux en queue-de-cheval, et ça lui fait des yeux en amande comme ceux d'un chat. Elle a une immense bouche, et quand elle rit, et elle rit beaucoup, ça prend toute la place sur son visage. Elle a des dents incroyablement blanches, je ne sais pas si c'est à cause de la couleur de sa peau que ça contraste autant, mais c'est vraiment le plus joli sourire du monde.

Manon est revenue, et depuis je dois dire que ça va beaucoup mieux à la maison. C'est comme si on avait ouvert les fenêtres et que l'air était entré à nouveau, que le vent avait balayé notre chagrin un peu plus loin et qu'on pouvait respirer un peu mieux.

Déjà, elle a commencé par faire un grand ménage. Elle a mis la musique à fond dans le salon, et elle chantait à tue-tête, elle a donné le balai à Blandine et l'aspirateur à Luc, et elle et moi on devait enlever la poussière. On a tellement rigolé ! Je ne savais même pas qu'on pouvait rire en faisant le ménage. Là, je pense que Maman a bien dû voir qu'on riait pour de vrai. En une demi-heure, le salon était rangé, et comme neuf. On avait changé la place de certains objets, secoué les coussins, plié les plaids, changé les ampoules, aspiré les tapis, bref, on y était bien à nouveau.

Pour nous récompenser, elle nous a fait des crêpes. Elle ne connaissait même pas la recette, et ça je dois dire que c'est incroyable ! On était habitués à Maman qui connaissait toutes les recettes par cœur et qui n'avait même plus besoin de livre pour préparer le dîner tellement elle était forte en cuisine. Manon a trouvé la recette dans la bible de Maman, et c'est moi qui lui dictais les étapes. Genre elle m'a fait confiance sur toute la ligne. On a eu le droit de mettre du Nutella dessus, alors que d'habitude c'est réservé pour le dimanche, le Nutella et, du coup, on n'a même pas dîné le soir parce qu'on n'avait plus faim. Luc a débarrassé la table sans même qu'on lui demande, comme quoi elle est un peu magique, je pense, Manon, parce que ça n'était jamais arrivé avant. Je le soupçonne d'être un peu amoureux d'elle. Mais bon, il n'a aucune chance. Elle est bien trop belle.

Même Blandine a rigolé avec moi. Ça, c'était chouette. J'étais contente de retrouver ma sœur, et de parler avec elle un peu. Elle m'a raconté comment ça se passait pour elle à l'école aussi. Il paraît qu'elle a donné une claque à un garçon de sa classe qui lui avait dit que Maman était malade et que c'était pour ça qu'elle nous avait quittés. Résultat, elle a été collée et a dû aller se confesser dans la foulée. Papa avait été prévenu et ç'avait fait tout un drame mais, curieusement, j'ai l'impression que c'est le petit garçon que Papa a grondé et pas Blandine. Elle m'a dit que même, ils avaient eu une conversation tous les deux, et qu'il lui avait dit que c'était vrai, que Maman était morte de sa maladie. Je n'ai pas compris de laquelle il s'agissait ni comment elle l'avait attrapée ni si c'était contagieux ou héréditaire ou quelque chose comme ça. Mais quand même première nouvelle, je ne savais même pas que Maman était malade avant de nous quitter.

Le soir, Manon est venue nous embrasser dans notre lit, c'était pas aussi bien que Maman, bien sûr, mais quand même, c'était drôlement agréable de ne pas devoir éteindre la lumière toute seule et de ne pas avoir à courir dans le noir jusqu'à mon lit. Là, c'est elle qui est venue, elle a tiré la couette sur nos épaules, elle a parlé tout bas avec Blandine en s'asseyant sur le bord de son lit, ensuite elle est venue me voir, et elle m'a demandé comment j'allais m'habiller demain. Je lui ai expliqué l'histoire des uniformes, et ça l'a beaucoup fait rire quand je lui ai dit que dès que j'arrivais à l'école, je relevais le col de ma chemise pour faire plus joli. Elle m'a dit que la mode à son école à elle c'était des petits tee-shirts qui remontent au-dessus du nombril. Bref, on a parlé de ça, et j'aime bien parce qu'elle ne me prend pas pour un bébé, on a des vraies discussions, et on sent que ça l'intéresse aussi. Ensuite, c'est elle qui a éteint la lumière. Je l'ai entendue parler avec Papa en descendant. Ils se mettaient d'accord sur le planning des semaines à venir, et c'est comme ça que j'ai su qu'elle allait rester avec nous pour longtemps.

Pour une fois, je me suis endormie sans problème.

Chapitre 6

Élizabeth Leprince, février 2003

Depuis les fenêtres du grand salon, je regarde les arbres du parc qui se languissent sous la pluie, agitant leurs branches comme de longs bras désarticulés, dégingandés, maladroits et nus. Il fait presque nuit, il n'est pourtant pas 15 heures. Les rosiers ont très peu donné cette année et, comme l'hiver a été particulièrement froid, je ne suis guère sûre de pouvoir les faire refleurir aussi bien que l'an passé. J'ai du mal à croire à cette histoire de réchauffement climatique dont on nous rebat les oreilles quand on voit les températures polaires auxquelles nous avons dû faire face cet hiver encore. Moins dix degrés dès le mois de novembre cette année, et de la neige jusque dans la paille des écuries. Jacques et moi avons passé de rudes journées à tenter de rentrer le fourrage à la fin de l'été, mais je ne regrette pas nos efforts. Les chevaux sont au chaud, la paille est sèche. Espérons que le temps devienne plus clément. Et puis, depuis qu'ils sont arrivés, les petits me fatiguent, je n'ai le courage de rien.

Quand Thierry m'a demandé de prendre les enfants au château pour les vacances de février, je n'ai pas eu le cœur de le lui refuser bien entendu. Pas après ce qu'il vient de traverser. Je lui ai juste demandé de me les livrer avec la jeune fille qui s'occupe d'eux, que je sois au moins secondée dans ma tâche.

Ils sont tous arrivés par le train de 16 heures, Jacques est allé les chercher car Thierry n'avait pas pu se libérer et faire le trajet pour nous les amener. Je suis heureuse de le savoir retourné au travail dans un environnement qui lui fait du bien. Le pauvre est passé par une phase épouvantable, la brutalité de la mort de sa femme, et ses circonstances bien sûr, l'ont terriblement ébranlé. Je comprends, bien entendu. Il s'est retrouvé du jour au lendemain à devoir gérer tous les tracas administratifs post-décès, sans parler des judiciaires, ainsi que les cinq enfants qui sont devenus pour le moins incontrôlables. Il a pu obtenir un arrêt de travail de deux mois de la part de son médecin, et il est resté pendant tout ce temps enfermé dans sa maison de Strasbourg à tenter de faire un deuil impossible, entouré de toute sa marmaille.

Cette pauvre Agnès... Elle nous aura causé bien du souci tout du long... Je me souviendrai toujours quand Thierry nous a appelés depuis le commissariat, on revenait d'une promenade dans les bois avec les petits qu'ils nous avaient déposés la veille – ils voulaient partir en amoureux pour le week-end faire une retraite silencieuse au monastère de Sainte-Claire pour aider Agnès à se remettre de leurs prob... de son hospitalisation – et je me souviens, on avait trouvé des dizaines de cèpes magnifiques, les paniers débordaient, Constance n'arrivait même pas à porter le sien tellement il était lourd, et on les a mangés en omelette au déjeuner, un vrai régal ! Bref, Thierry nous appelle à ce moment-là, et il était totalement hors de contrôle.

On a eu un mal fou à comprendre ce qu'il disait, il criait et pleurait si fort, j'ai bien cru que les policiers allaient le piquer pour le calmer. Quand on a fini par arriver sur place, il était trop tard, la petite avait succombé à une hémorragie interne. Atroce. Mais ce n'était que le début des ennuis.

Comment allait-on l'annoncer à notre entourage ? Je déteste que la famille soit au centre des commérages. Nous en avons beaucoup parlé entre nous, avec Thierry et Thaddée, et je crois que nous avons pris la bonne décision. « C'est terrible, elle est partie d'un coup », ça remplace toutes les explications et ça protégeait Thierry. Thaddée a été remarquable, comme chaque fois. Quel bonheur d'avoir un prêtre dans la famille, c'est quand même bien pratique, surtout quand c'est son propre frère, les choses peuvent rester entre nous ; il a accepté de la bénir *post mortem* et, encore mieux, de donner la communion lors de l'enterrement, ce qui, bien évidemment, aurait été impossible autrement. Heureusement que Thaddée est un homme de confiance et Thierry obéissant ; nous n'avons évidemment rien dit de plus aux enfants. Enfin… Je m'étonne encore qu'après dix ans passés dans notre famille, nous en soyons quand même arrivés là. Après tout ce que nous lui avions offert ! Après l'avoir accueillie en notre sein comme si elle était des nôtres. Alors que franchement… Petit milieu, honnêtement. Petit esprit, aurait dit Papa. J'aurais dû être plus attentive, et ne pas me laisser attendrir par son pedigree académique. Je savais instinctivement qu'il ne sortirait rien de bon de cette union, que ça faisait courir un risque à Thierry.

Quand j'y repense, que de complications il avait fallu aplanir pour que leur mariage se déroule au mieux ! Encore une fois, il avait fallu intervenir. Elle tenait absolument à ce que son père assiste à la messe de mariage avec sa compagne. Le père de la mariée, divorcé et en concubinage... Au mariage de mon fils ? Aux Grands Chênes ? Impossible, bien évidemment, pas devant l'évêque venu célébrer leur messe. Dans l'intimité, bien sûr, pas de problème, j'aurais eu grand plaisir à rencontrer ce monsieur et sa maîtresse. C'est pourquoi j'ai suggéré l'idée qu'il vienne seul au mariage, ce qui aurait été sans doute la solution la plus simple. Mais il a refusé catégoriquement, et a voulu nous imposer sa concubine. Jacques a été intraitable, il a mis son veto, et Thierry a fini par amadouer Agnès, mais il s'en est fallu de peu, et c'est finalement bien Jacques qui a mené la petite à l'autel. Son père, vexé, n'est pas venu du tout, tant pis pour lui. Mais je trouve qu'il aurait pu faire un effort pour s'adapter, au moins pour faire plaisir à sa fille. Quand on grimpe socialement, il me semble qu'on devrait s'en donner un minimum les moyens. On a dû raconter qu'il était souffrant, et Dieu sait pourtant combien je déteste le mensonge, mais là, franchement, il ne nous a pas laissé le choix. La mère de la mariée, une femme discrète, a eu l'air perdue toute la journée, et je regrette de ne pas avoir passé plus de temps avec elle ce jour-là pour lui présenter nos amis, mais je n'ai pas vu le temps passer, nous avons été accaparés en permanence, soit par nos invités, soit par la gestion des serveurs en cuisine. Je me souviens de la façon qu'elle avait de se cramponner à son petit sac à main, dans son tailleur rose pâle coordonné. Touchante... Elle n'avait pas invité grand monde « à la noce » comme elle disait, pas les moyens, et elle a fini la soirée seule avec les enfants et la jeune fille au pair.

Pourtant, je dois l'admettre, la mère et la fille avaient la même bonté naturelle. On sentait dans leurs attitudes un grand amour de leur prochain, une véritable empathie, quelque chose de profondément bon et chrétien, bien qu'elles ne l'aient sans doute pas été beaucoup. Et c'est certainement ce qui a séduit mon Thierry en premier chez Agnès. Il l'aimait pour ce qu'elle était vraiment, pas pour son héritage, c'est le moins qu'on puisse dire ! C'est bien là la preuve de son grand cœur sans doute, mais je crains que ça ne puisse devenir aussi la cause de sa perte quand je vois ce qu'il s'est passé ensuite. J'étais si contente qu'il fasse une prépa pour intégrer Polytechnique, ç'allait le structurer, lui qui a été un jeune chien fou toute sa jeunesse et pour qui on s'est tant inquiétés ! J'ai toujours eu peur du pire avec lui, mais je crois que je n'ai jamais voulu l'admettre, Thierry est notre seul héritier. Il enchaînait les bêtises, les frasques dangereuses et les accointances peu recommandables. Il avait un caractère de feu, susceptible, mais grandiose ! Je n'imaginais pas une seconde qu'il rencontrerait sa femme si jeune ! Inenvisageable. Je pensais qu'il aurait pris son temps, qu'il en aurait profité un peu plus avant de se marier. Mais on ne va pas refaire l'histoire. Ce qui est fait est fait. Ils se sont fiancés juste avant d'intégrer chacun son école, lui l'X et elle Sciences-Po.

Avec Agnès, on a eu du pain sur la planche pour la mettre à niveau. Pas intellectuel, bien sûr, pour ça, c'était une lumière. Mais en revanche sur les traditions familiales et les codes sociaux, mon Dieu, j'ai bien cru qu'on ne s'en sortirait jamais ! Je me souviens que la première fois qu'elle est venue aux Grands Chênes, je lui avais fait une visite guidée de la grande galerie, et expliqué l'histoire de chacun de nos ancêtres en nous postant devant chaque portrait, et je revois encore ses yeux émerveillés quand elle a appris les faits d'armes de chacun. C'est sûr que de son côté, à part s'enorgueillir d'avoir le meilleur charcutier-traiteur de la région dans la famille, il ne devait pas y avoir grand-chose de marquant…

Cela dit, je dois reconnaître qu'elle a toujours su tenir sa place et intégré assez rapidement le B.A.-BA. Elle se tenait par exemple impeccablement à table, on n'aurait jamais pu deviner ses origines : dos droit, mains sur la table, et une connaissance parfaite de l'ordre des couverts à utiliser. Et un esprit vif et charmant. Je ne suis pas très étonnée qu'elle ait pu intégrer une école aussi prestigieuse. C'était une travailleuse, je pense qu'elle a dû énormément travailler pour y arriver, mais elle avait envie de s'en sortir. Je dois dire que ça m'a même mis un certain baume au cœur. J'étais plus ennuyée pour Thierry qui, lui, était arrivé presque dernier de sa promo, car il n'est jamais bon dans un couple que ce soit la femme qui porte la culotte. Mais Thierry a toujours été plus besogneux que brillant, il faut bien l'avouer. Son visage d'ange en faisait plus le roi des rallyes et des tournois de tennis que de l'école. Ah, ce succès auprès des femmes… Ça nous distrayait bien, Jacques et moi ! Je me souviens de lui, en smoking, qui partait en soirée, comme il était séduisant ! Il embaumait le parfum, il en mettait toujours trop, et il partait en conquérant dans la petite voiture de sport que nous lui avions offerte pour son bachot, sûr de lui, de son charisme. C'était un jeune homme séducteur, qui attirait autour de lui toute une faune d'admirateurs, largement féminine il va sans dire. Jacques lui donnait toujours discrètement un petit billet, qu'il lui glissait dans la poche l'air de rien juste avant qu'il parte et, dans un clin d'œil complice, lui disait : « Pour les faux frais... » J'ai encore une photo datant de cette époque sur le buffet de l'entrée. Et puis, il a toujours été le meilleur en sport. Aviron, équitation, tennis, ski, c'était un athlète accompli. Ça lui donnait un charme fou, c'est évident. La petite Agnès a dû bien se ronger les ongles d'angoisse avant leur mariage. Ce n'était pas gagné pour elle.

Et puis maintenant, tout ce drame... Comment se remarier après une... histoire pareille, je vous le demande ? Non, vraiment, heureusement que nous avons su garder la chose relativement discrète, je prie la Vierge qu'il soit remis bien vite et puisse passer au chapitre suivant de sa vie. Le pauvre garçon doit tout gérer seul maintenant, c'est bien difficile pour lui. Mais c'est un Leprince, il saura faire face. Il a déjà eu le bon réflexe en embauchant une gouvernante, la preuve qu'il se ressaisit et gère la situation.

Évidemment, je ne m'attendais pas à ce qu'il choisisse une mulâtre ! Mais je le connais, je pense qu'il n'a pas eu le choix : il a fallu faire vite, et c'était sans doute la seule disponible. C'est de toute façon une situation provisoire.

Cela dit, elle a l'air efficace et les enfants l'adorent. Depuis qu'elle s'en occupe, ils semblent aller mieux et sont bien plus tenables. Cependant elle n'a visiblement, reçu aucune éducation religieuse et s'est montrée incapable de réciter le *Benedicite* avec nous. Car elle prend ses repas avec nous... Quand elle a mis le couvert, elle s'est très naturellement mis une place pour elle ! Bien entendu, je pensais qu'elle aurait dîné à la cuisine avec les enfants, pour moi la question ne s'était pas posée et je ne pensais pas, en acceptant de prendre les enfants au château, prendre aussi la décision d'avoir une étrangère à ma table, mais je n'ai rien osé dire. Les temps changent, il faut savoir s'adapter, j'imagine. En tout cas, et c'est sans doute le plus important, pour la sainte messe du matin à la chapelle, les enfants sont lavés, coiffés, habillés et à l'heure, là-dessus, je n'ai rien à redire. Ensuite, je ne sais pas comment elle les occupe, mais je ne les entends plus jusqu'à l'heure du déjeuner, ce qui me laisse tout loisir de m'occuper de la vente de charité pour les petites bonnes sœurs du couvent sans être dérangée.

Thierry va nous rejoindre ce week-end, il prendra un train depuis Strasbourg, c'est plus sûr, car les calmants qu'il prend depuis Agnès le laissent un peu trop engourdi pour qu'il puisse conduire longtemps. On ira le chercher à la gare, en déposant la métisse qui, elle, rentrera chez elle pour le week-end avant de revenir la semaine d'après. C'est un bon système, au moins Thierry et les enfants seront entre eux un moment avec personne d'autre dans les pattes.

Chapitre 7

MANON JACKSON, février 2003

Ce jour-là, l'ambiance est devenue franchement bizarre au château. Ça chuchotait entre les portes, ça se taisait dès que je m'approchais, la grand-mère m'envoyait faire des corvées d'un bout à l'autre du domaine alors que j'avais des tonnes de trucs à faire avec les petits, et qu'on avait commencé un atelier dessin/peinture dans les dépendances vu qu'il pleuvait des trombes et qu'on ne pouvait pas mettre un orteil dehors. J'avais même réussi à motiver Blandine de peindre avec nous, et d'ailleurs, elle est assez douée.

Je n'ai pas compris tout de suite ce qui s'était passé. Ce n'est que plus tard, quand finalement ils m'ont demandé de rester pour le week-end alors que j'étais censée faire un break de deux jours, repartir à Strasbourg avant de revenir le lundi matin, que j'ai deviné. Personne ne me l'a dit, bien sûr, ils sont très discrets dans cette famille, j'ai l'impression.

On était nombreux au château : les grands-parents, Jacques et Élizabeth, l'oncle curé le père Thaddée et Delphine, la sœur de Monsieur Leprince avec ses trois grands enfants. Au début, j'étais un peu dépassée par tous ces gens, je ne savais pas si je pouvais les appeler par leurs prénoms ou s'il fallait dire « Madame » ou « Monsieur », les tutoyer ou les vouvoyer. Bref, pas évident, d'autant plus que même entre eux, certains se vouvoient et d'autres pas. Par exemple, le curé dit « tu » à tout le monde, mais tout le monde le vouvoie, sauf la grand-mère. J'ai opté pour n'appeler personne, c'était plus simple, sauf Delphine que j'ai appelée par son prénom d'office vu que c'était la plus jeune des adultes. En tout cas, ça faisait du monde à table et en cuisine.

Mon emploi du temps était clair : dès qu'un des enfants sortait de son lit le matin, je me levais aussi et je gérais tout. Heureusement, je ne m'occupais que des enfants de Thierry car pour les autres, leur mère était là, et tant mieux, car ceux de la tante Delphine sont assez… particuliers. En tout cas, elle les surveillait comme de l'huile sur le feu, et on la sentait très inquiète pour eux, tout le temps. Elle voulait absolument savoir où ils étaient chaque minute, ce qu'ils faisaient, avec quoi ils jouaient. Ses enfants sont des adolescents au visage ingrat comme le sont souvent les enfants à cet âge-là, mais je les trouvais introvertis, bizarres. Parfois ils me faisaient peur, c'était un sentiment vague, que je n'arriverais pas précisément à décrire, mais comme s'ils avaient été dangereux. Ils jouaient à dépecer des lapins à vif, à capturer des tourterelles pour leur briser les ailes, à reboucher les trous de taupes non pas pour sauver le parc, mais plutôt pour voir combien de temps les pauvres bêtes mettraient à s'asphyxier. Des enfants un peu morbides, je pense, cruellement intéressés par la douleur, je dirais. Quand j'ai vu les cicatrices au poignet du dernier, j'ai mieux compris pourquoi sa mère ne le lâchait pas d'une semelle...

Je restais en dehors de tout ça, car j'étais déjà suffisamment occupée du soir au matin avec « les miens » : les habillages, les lavages de dents, les petits déjs (avec rangement de la cuisine ensuite), les activités comme les balades en forêt ou dans le parc, la lecture, les devoirs – la grand-mère faisait très attention à ce que tous les enfants, même Constance qui est en petite section de maternelle, fassent leurs devoirs tous les jours, cahiers de vacances empilés sur la table et vérifiés chaque soir. Je leur racontais des histoires, je les consolais quand ils se disputaient, quand ils se faisaient mal ou quand leur maman leur manquait trop, je les cajolais, les faisais rire autant que je le pouvais parce que je trouvais qu'il régnait au château une ambiance assez étrange. Sans doute parce que je n'étais pas habituée à ces grandes maisons, et parce que c'était la première fois que je dormais dans un vrai château, avec écuries, arrière-cuisine, couloirs et tapisseries. J'avais visité les châteaux de la Loire avec les parents une année pendant les vacances de Pâques, on avait aussi fait un voyage de classe à Chenonceau, je m'en souviens surtout parce que j'avais été malade pendant tout le trajet en car, mais sinon, ma vie de château s'arrêtait là.

Il m'a fallu quelques jours pour m'adapter, me repérer et prendre les bonnes habitudes. Aux Grands Chênes, par exemple, on ne hurle pas dans les étages pour appeler tout le monde à table, on sonne la cloche. Je ne parle pas d'une petite clochette argentée qu'on secoue délicatement, non ; je parle d'une grosse cloche en fonte et à battant qu'on tire par une corde et qui tonne dans la tourelle ouest. Trois coups, répétés une fois à trente secondes d'intervalle. Les enfants sont supposés arriver dans la minute, où qu'ils se trouvent, que ce soit au fond du parc ou au grenier ; et le plus dingue, c'est que ça marchait ! Les huit enfants convergeaient aussitôt à la cuisine, se précipitaient tous à l'évier pour se laver les mains et s'installaient dans un bruit du tonnerre sur la grande table de la cuisine. J'ai appris à faire la bénédiction avant chaque repas et, si au début je trouvais ça bizarre, je dois dire qu'après quelques jours, je trouvais cette tradition plutôt touchante : remercier d'avoir à manger, ne pas trouver ça normal, laisser une assiette pour le pauvre, j'ai pensé que c'était inculquer de bonnes valeurs aux enfants, et j'ai fini par apprendre la prière et même à apprécier le moment.

Le château était une merveille à mes yeux, il regorgeait de trésors en tous genres, et j'organisais des expéditions dans les différentes ailes pour occuper les enfants. Dans les dépendances, on trouvait entassées les caisses de déménagement des uns et des autres, de tous ceux de la famille qui s'étaient servis du château comme d'un garde-meubles éternel. On découvrait de tout, des fragments de vies et d'époques, empilés, emmêlés dans un désordre poétique ou inquiétant, comme autant de petits fantômes qu'on viendrait réveiller et sortir de leur bulle. Des berceaux en fer forgé, une énorme machine à coudre boulonnée sur un meuble en bois, un cheval à bascule recouvert de vrai crin, tout mité, des livres en cuir, des vieux canapés déglingués dans lesquels on se racontait des histoires d'horreur. Je n'y allais qu'avec les grands pendant la sieste des deux petites parce que j'avais trop peur qu'ils tombent à travers le plancher à cause d'une poutre pourrie, et on fouillait tous ensemble ces amoncellements de trésors avec l'excitation des pirates qui découvrent une grotte secrète. Mais ma pièce préférée, c'était le grenier au-dessus du dortoir des enfants qu'on atteignait via l'escalier de service en bois. Dans cette immense pièce sous les toits, avec la charpente apparente, trônaient trois énormes malles en osier remplies de déguisements. Que des vrais habits anciens, abîmés, puant la naphtaline et le moisi, entassés en vrac dans les malles, et avec lesquels des générations d'enfants semblaient s'être déjà amusées. Une véritable caverne d'Ali Baba. Des tenues militaires dépareillées, des casques de moto des années 1970, des bottes de cheval en cuir moulées sur des formes en bois, des petits bibis de mantille et des hauts-de-forme en poils rangés dans de vieux cartons à chapeaux, des robes années 1930 et d'autres du siècle précédent, un vrai sabre, des chemises plastronnées à col cassé, des crinolines, des chaussures en satin à talons bobines, jaunies et râpées. Mais que de merveilles… Que d'histoires à inventer, de vies à fantasmer…

Un jour, on s'est tous déguisés, ça nous a pris l'après-midi. Luc en cavalier de l'infanterie, bien que je ne sois pas sûre que l'uniforme ait été réglementaire, moi en duchesse, ou en tout cas comme j'imaginais que serait une duchesse, Blandine et Gaby en petites servantes avec d'adorables petits tabliers blancs carrés épinglés sur des jupes à rayures rouges et petite charlotte sur les cheveux, et les deux petites en enfants modèles avec barboteuse à dentelle et chaussons en feutrine. On a tellement ri qu'on en a oublié le goûter. J'ai organisé une séance photo autour de l'arbre rouge du parc, et je nous ai mitraillés avec mon appareil. On a pris des poses officielles, Luc s'appuyant gravement sur le sabre, main sur la hanche et menton haut, moi abritée sous mon ombrelle, les deux petites à nos pieds et Gaby et Blandine avec un petit plateau d'argent à la main.

Le château en lui-même était un bizarre mélange d'objets d'époque, genre meubles XVIIIe, tableaux anciens, lits à baldaquin et de trucs bricolés qui dénotaient totalement dans le décor, et qui laissaient imaginer que la fortune des châtelains n'était pas aussi immense qu'on aurait pu le supposer : plan de travail à la cuisine assemblé avec des vieilles planches, carrelage rafistolé au scotch dans l'entrée, fenêtre cassée colmatée au sac plastique. J'avais remarqué que la grand-mère n'aimait pas trop que je touche aux bibelots, par exemple, j'imagine qu'ils devaient donc avoir de la valeur et que j'avais raison de faire attention à tout. Un jour que je jouais à cache-tampon avec Constance au petit salon, ce jeu marrant où l'on cache un objet et où l'autre doit le trouver en fonction des indications qu'on lui donne, Élizabeth est arrivée dans la pièce et, instantanément, elle a vu que la petite statuette du guéridon avait disparu. J'ai souri, et lui ai fait « chut » pour lui faire comprendre que c'était l'objet que j'avais caché. Mais ça ne l'a pas du tout fait rire, et elle m'a ordonné d'un ton assez sec de « lui rendre » immédiatement la statuette. Ce que j'ai fait bien évidemment ; elle a pris la statuette dans les mains et l'a inspectée sous toutes les coutures avant de finalement l'emporter avec elle. Constance était déçue, et j'ai fini par cacher ma chaussure, c'était moins compliqué.

Ça faisait maintenant deux mois que je travaillais à temps plein chez les Leprince à Strasbourg. Je me souviens que les premiers jours, ça me faisait un peu bizarre d'être dans la maison d'une morte, de toucher les trucs qu'elle avait touchés, de manger dans les mêmes assiettes. J'avais l'impression qu'elle était là, qu'elle me regardait, qu'elle me jugeait, alors je faisais super attention à ne rien casser, à être polie, à dire bien tout ce qu'il fallait aux enfants, comme si elle pouvait me voir et m'entendre. Un jour, je cherchais du désinfectant pour Constance qui s'était fait mal, et j'ai dû aller dans leur chambre où se trouvait l'armoire à pharmacie. L'odeur était différente du reste de la maison. Légèrement acidulée. Des restes de son parfum sans doute. Ça m'a fait flipper, comme un signe venu de l'au-delà. Et puis ce fauteuil à fleurs roses face à la coiffeuse, que j'ai trouvé moche et pas très viril pour une chambre d'homme célibataire maintenant… Au début, Thierry, le père, était encore en arrêt maladie, il paraît qu'après le deuil d'un conjoint, la Sécu vous paie un congé, et du coup à cette époque, je le voyais souvent pendant la journée. Il me faisait tellement pitié, le pauvre ! Je le voyais là, assis tout tassé dans un fauteuil, mal rasé, un journal fermé sur les genoux, et le regard vide. Il ne me posait aucune question, ne s'intéressait pas vraiment aux enfants mais il était toujours content quand l'un d'entre eux venait lui grimper sur les genoux, il le prenait dans ses bras, et le serrait fort contre lui sans rien dire, puis l'enfant repartait, et il remettait ses yeux dans le vague. J'avais l'impression qu'il cherchait sa femme à travers les nuages. Alors j'ai cherché à lui faire plaisir, et j'ai repositionné vers l'avant sur la commode de l'entrée les cadres qui représentaient Agnès, je m'étais dit que ça lui ferait du bien de voir sa femme souriante qui l'accueillait quand il rentrait, comme un petit clin d'œil amoureux, mais je ne suis même pas sûre qu'il ait fait attention. Ils me donnaient l'impression d'avoir formé un couple heureux, équilibré, je les trouvais beaux. Toute cette tristesse, ça le rendait touchant. On aurait dit un poète romantique, le cœur plein d'une mélancolie silencieuse, étranger au monde qui l'entourait. Je ne sais même pas s'il se souvenait de qui j'étais ou de ce que je venais faire. Je continuais à faire tout ce qui était en mon pouvoir pour lui donner des petits instants de bonheur et de répit, comme de lui amener un thé bouillant, ou le courrier dès que le facteur arrivait. Il me remerciait d'un hochement de tête, mais toujours sans me parler. J'aurais aimé avoir une baguette magique et être capable de lui enlever ce poids qui semblait l'écraser. Mais je le voyais rétrécir un peu plus chaque jour, et ça me bouleversait.

Je m'entendais bien avec les enfants, j'aimais bien venir les garder, j'avais l'impression d'être utile et ça, ça me faisait plaisir, même si je m'en sortais à peine avec mes cours à récupérer le soir et que j'étais crevée. Les gamins étaient tous différents, avec des personnalités déjà marquées. Bien sûr, c'était clairement une maison de filles, ça piaillait, ça se coiffait toute la journée, ça se mettait des élastiques dans les cheveux toutes les secondes, ça se disputait les poupées, et j'avais un mal de chien à dire quelle robe appartenait à qui, vu qu'elles étaient toutes habillées pareil et qu'elles avaient toutes les mêmes habits, juste dans une taille différente. Il paraît que ça se fait dans ce genre de famille, d'habiller les enfants tous pareils. Agnès en tout cas le faisait. Blandine m'a dit que sa mère avait appris à coudre auprès d'Élizabeth, et que c'est elle qui leur avait cousu toutes leurs robes à smocks. Ça m'a impressionnée, je veux dire qu'elle ait pris le temps de tout coudre elle-même, dans des tissus coordonnés, alors que c'est quand même plus facile d'aller au Monoprix acheter des tee-shirts. Je me suis rendu compte comme elle avait dû les aimer, ses enfants, pour leur consacrer autant de temps, pour arrêter même son travail, qu'elle adorait il paraît, pour ça, et que ç'avait dû être une maman incroyable. Moi, ma mère, elle ne m'a jamais rien cousu, par exemple, mais elle a toujours continué à travailler. C'était vivant chez les Leprince, pas un temps mort, pas une seconde de calme, jamais de répit : il y avait toujours quelque chose à faire pour quelqu'un.

Luc, l'aîné et seul garçon, était du genre « nerveux qui se cache ». On ne l'entendait pas et, tout à coup, il pouvait se mettre en colère parce qu'on n'avait pas compris ce qu'il venait de dire, ou parce qu'on lui demandait un service qui ne tombait pas au bon moment. Il rentrait alors dans une rage folle et brusque, qui ne durait que quelques minutes, mais qui était toujours disproportionnée par rapport au sujet de la dispute. Il partait en criant, claquant des portes s'il en trouvait sur son passage, shootant dans tout ce qu'il trouvait, puis une fois dans sa chambre, on n'entendait plus rien. Silence radio. Je montais, frappais doucement à sa porte, je m'approchais de lui sans rien dire ni le gronder, je lui caressais les cheveux, et je lui parlais d'autre chose. Je faisais diversion. Ça marchait la plupart du temps. À dix ans, c'était un petit garçon sérieux comme un pape, passionné d'histoire de France, capable de réciter les dates de tous les chefs d'État, de Clovis à Napoléon, dans l'ordre et sans se tromper. Un petit garçon maniaque aussi, qui ne pouvait pas se mettre au lit sans que sa chambre soit parfaitement rangée, ses habits pliés sur sa chaise, son cartable prêt pour le lendemain et, sur son tableau blanc accroché au mur de sa chambre, la liste de tout ce qu'il lui restait à faire pour être bien, même les choses les plus évidentes : se lever, se laver les dents, s'habiller, prendre des céréales avec du lait, mettre des bottes, penser à ranger sa chambre. Tout était décomposé, écrit, anticipé, réfléchi, maîtrisé. Il avait hérité la peau mate de son père, et les yeux clairs de sa mère, le tout sous une crinière blonde et bouclée. Il avait une jambe légèrement plus haute que l'autre, une sorte de malformation bénigne mais gênante m'avait-on dit, alors on faisait attention à ne pas le brusquer et, dans les cours de récré, il s'était naturellement tenu éloigné des jeux de garçons violents comme le foot, ce qui avait accentué son côté solitaire. C'était un bel enfant, très maigre, sec et seul. Il m'a vite fait confiance, je crois et, après à peine une semaine, j'ai eu le droit de jouer aux Lego avec lui. Je l'ai impressionné avec ma technique pour monter les murs en quinconce. On a commencé à construire une vraie ville, avec des rues et des commerces, mais ce qui était parti pour être un jeu est devenu une obsession et un sujet de tension : il ne supportait pas que je m'occupe de ses sœurs ou que je passe du temps à jouer à autre chose qu'aux Lego. On a trouvé un compromis. Un soir qu'il boudait dans sa chambre et que je finissais de préparer le dîner, M. Leprince est rentré du bureau plus tôt que d'habitude. Il a posé ses affaires dans l'entrée, puis il est venu me rejoindre à la cuisine et me demander comment la journée s'était passée.

« Tout va bien, le dîner sera bientôt prêt. Mais Luc fait la tête dans sa chambre, il veut encore jouer aux Lego ! Si vous êtes d'accord, je resterai un peu après le dîner pour faire une petite maison avec lui avant de le coucher.

— Je n'aime pas que les enfants se couchent après l'heure dite, m'a-t-il répondu. Pourquoi ne pas faire la maison tout de suite ?

— Parce que les quatre autres ont faim ! j'ai répondu sans me démonter et en riant. Mais si vous voulez, vous pouvez aller construire la maison avec lui tout de suite, ça nous ferait gagner du temps et on pourrait passer à table dans quinze minutes... »

Il m'a regardée comme si j'étais une extraterrestre.

« Ah, mais c'est une drôle d'idée, ça... Une bonne idée, je crois. »

Et il est allé dans la chambre de Luc. Je l'ai vu poser minutieusement sa veste sur la patère de l'entrée, défaire sa cravate, et monter les escaliers en remettant sa mèche en place. Classe. Je crois que c'était la première fois qu'il jouait tout seul à quelque chose avec son fils. Quand ils sont descendus pour le dîner, Luc était radieux, heureux comme je ne l'avais encore jamais vu. Ensuite, c'est devenu un rituel. Les jours où Monsieur Leprince rentrait tôt, il montait « se faire une petite maison » avec son fiston comme il disait.

Gabrielle, la seconde, était assez différente du reste de la fratrie. À neuf ans, elle faisait déjà preuve d'une grande maturité. Elle réfléchissait avant de parler, avait une opinion sur tout, qu'elle exprimait doucement mais fermement, sans se laisser impressionner par les avis contraires, même s'ils venaient d'un adulte ou de son père. Tout l'intéressait, la rendait curieuse ; elle rêvait de tour du monde et de gloire, de vacances infinies avec ses copines sur des plages vierges, elle passait son temps à découper les photos de mode des magazines et les punaisait au-dessus de son lit. Son idole était Lindsay Lohan que sa sœur Blandine appelait « la petite salope » dès qu'elle voulait la faire enrager. Et ça marchait à chaque fois... Je n'en revenais pas comme Blandine savait appuyer exactement sur les boutons qui déchaîneraient son frère ou ses sœurs. Elle savait où taper et comment faire mal. Tout le temps. Et j'étais surtout très étonnée de la quantité de gros mots qu'elle maîtrisait à la perfection. Je ne voyais pas qui pouvait les lui avoir appris. Car dans l'ensemble, les enfants étaient parfaitement bien élevés. Aimables, sages, obéissants, travailleurs. Je trouvais qu'Agnès avait fait du bon boulot avant de mourir, et que Monsieur Leprince, même s'il n'était pas très affectueux avec ses enfants, était un père protecteur, rassurant et semblait être un homme de confiance.

Blandine, j'ai eu plus de mal au début, c'est vrai. Je n'ai pas compris tout de suite comment elle fonctionnait, pas trouvé les terrains communs, je n'ai pas su comment lui dire que j'étais là pour m'occuper d'eux seulement, et que je ne voulais pas remplacer sa mère, jamais, que je voulais juste qu'ils se sentent rassurés le soir en rentrant de l'école, et heureux à la perspective d'un dîner en famille ; j'étais tellement nulle en cuisine que j'ai fini par ouvrir le livre de recettes d'Agnès et, en bonne polarde que je suis, j'ai décidé de faire toutes les recettes, dans l'ordre du bouquin. Et curieusement, c'est là que j'ai trouvé Blandine ; à côté de moi, en cuisine. Je me souviens de notre « premier jour », elle est arrivée furieuse, fouineuse au-dessus des fourneaux :

« Qu'est-ce qu'on bouffe encore ce soir ? De la merde, comme d'habitude ? »

J'avais le nez plongé dans un dico, dépitée, en quête désespérée d'une traduction en vocabulaire normal de cette fichue recette.

« Ah, Blandine, tu tombes bien… Tu sais ce que ça veut dire toi, "blanchir les légumes et les remiser avant de brider le poulet" ? C'est des malades, ces gens, je me demande comment ta mère a pu apprendre par cœur ce truc, ça devait être une tronche ! »

Blandine est restée interloquée. Je ne sais si c'est parce que j'avais parlé de sa mère ou parce qu'elle n'en revenait pas de mon ignorance. Elle a fini par se marrer, malgré elle, un petit rire contenu, et elle a maugréé :

« Blanchir, ça veut dire ébouillanter. C'est des connards, ils font ça pour qu'on les admire, mais dans le fond il s'agit toujours de faire cuire un truc à feu plus ou moins fort. Basta. Je te montre. »

Jamais on n'aurait pu croire que ce petit bout de bonne femme avait huit ans. Elle était aussi grande que Luc, et presque en passe d'être formée. J'imaginais la bataille des hormones à l'intérieur de ce jeune corps, rajouté à la violence du décès dans son petit cœur pas encore bien protégé, et je ne pouvais pas m'empêcher d'éprouver une sympathie sincère pour elle, d'admirer son courage, sa force de caractère, sa volonté de ne pas plonger. Elle est devenue mon roc. Je savais qu'elle serait forte en toutes circonstances. Dure, intraitable mais toujours là, solide pour ses frère et sœurs. De ce jour, elle est devenue ma partenaire en cuisine, et mon pilier. Elle me laissait des listes de courses le matin avant de partir à l'école de sa petite écriture enfantine, avec des consignes très précises sur ce qu'il fallait que j'achète et l'heure à laquelle elle serait là pour m'aider. Les dîners sont devenus des fêtes. Monsieur Leprince rentrait affamé le soir, humant dès la rue le fumet de ce que nous préparions, et il arrivait, son imper encore sur le dos, sa mallette à la main, et il disait, en grognant comme l'ogre dans *Le Petit Poucet* : « Hum, ça sent la chair fraîche par ici ! » Blandine gloussait, lui ordonnait d'aller se laver les mains et de monter aider Gabrielle qui donnait le bain aux petites tandis qu'on finissait de tout préparer. On se parlait, on rigolait, d'un commun accord on avait décidé qu'elle était le Chef, je faisais semblant de ne rien comprendre, et je crois que rien ne lui faisait plus plaisir que de devoir tout m'expliquer. Bien sûr, sortie de la cuisine, elle reprenait souvent son air renfrogné et sa tête de caboche, mais je savais que si je devais lui parler, je pourrais toujours le faire en faisant un gâteau au chocolat.

Mais aux Grands Chênes chez les grands-parents, où j'étais pour le moment, je n'osais pas trop faire d'expérimentation culinaire, par peur de prendre un ingrédient prévu pour le repas des adultes, et je restais dans le combo gagnant bifteck haché-purée pour ne pas faire d'impair.

Et c'est le vendredi après-midi de la première semaine des vacances, que j'ai commencé à les entendre murmurer.

Tout à coup, les portes se sont fermées sur mon passage, et je voyais tous les adultes passer d'une pièce à l'autre, le visage fermé, le pas pressé, le téléphone collé à l'oreille avec des airs de conspirateurs. Je me suis dit, Tiens, il se passe quelque chose, mais je n'ai pas fait plus attention que ça. Luc, qui cherchait partout la scie à bois pour continuer à bricoler son banc, est entré sans frapper dans le grand salon. Son grand-père lui a donné une de ces corrections, mon vieux, comme ça, sans prévenir ! *Bam*, une fessée : « Sors d'ici tout de suite, qui t'a donné l'autorisation d'entrer ?! » Le pauvre chou était en larmes, et j'ai passé un temps fou à le faire sortir de sa cachette pour le consoler. J'avais remarqué que dès qu'il avait le cafard, il se cachait dans la soupente des escaliers, dans le petit réduit autrefois destiné au charbon. Une cachette à la Harry Potter, minuscule, mais sûre. C'était notre secret, je ne disais jamais à personne où il était quand on le cherchait, et j'allais doucement le prévenir qu'il pouvait sortir sans se faire voir. Je l'ai pris dans mes bras, et il m'a dit d'une voix blanche, terrifié :

« Ils cherchent Papa. Il a disparu. J'ai tout entendu.

— Qu'est-ce que tu racontes, mon chou ? je lui ai demandé

— Il n'est pas allé au bureau aujourd'hui, et Olivier, son meilleur ami, n'arrive pas à le joindre. C'est ce que tante Delphine était en train de dire au moment où je suis entré dans le salon.

— Ne t'inquiète pas, il a dû partir se promener avant de prendre son train pour venir ici vous rejoindre. Il fait beau à Strasbourg aujourd'hui. Tu te fais des idées.

— Ils ont appelé la police… »

Ça m'a fait un coup au cœur. La police ? Je me souviens avoir eu comme une contraction dans les poumons, comme une intuition qui vient vous percuter avant même qu'on ne se rende compte qu'il se passe quelque chose. Le corps qui parle en premier. Je me suis tendue. Pauvre gamin, lui, il était paniqué. Je l'ai calmé, rassuré comme j'ai pu, je lui ai dit qu'il était peut-être allé au cinéma puis au restaurant retrouver des amis, et qu'il serait là ce soir comme prévu, mais évidemment ça m'a mis la puce à l'oreille. On a trouvé la scie à bois, et on est partis tous les deux bricoler son banc.

Peut-être une heure plus tard, Élizabeth la grand-mère m'a appelée, et m'a demandé si je pouvais rester le week-end m'occuper des enfants. J'avais organisé des plans avec Jérémy et Anouk pour sortir, pris mes billets de train pour rentrer, je trouvais étonnant de changer le programme et de me prévenir à la dernière minute. J'ai un peu hésité à répondre, mais j'étais trop intimidée pour poser des questions, et j'ai dit oui.

J'ai appelé Jérémy. Ça ne s'est pas trop bien passé. Il était furieux.

« Depuis que tu bosses pour ces bourgeois, on ne se voit plus, il a crié. Tu t'en rends compte au moins ? Tu es à leur botte, tu leur obéis au doigt et à l'œil ! T'es devenue leur boniche, ma pauvre fille. Tu torches leurs gosses, tu les fais bouffer et tu laves leurs chiottes… Et moi alors ? T'en fais quoi ? »

Je savais qu'il avait des raisons d'être furieux, je n'arrêtais pas d'annuler les plans qu'on avait parce que soit Thierry rentrait tard de son travail et me demandait de rester pour la soirée, soit j'étais tellement épuisée après le boulot qu'en rentrant chez moi je n'avais même plus le courage de me mettre à mes cours par correspondance, j'avalais une soupe en boîte et je me couchais habillée.

Ma vie me manquait, mes amis me manquaient, le soleil et les bières sur la place de l'église me manquaient, la légèreté qu'on devrait avoir quand on a vingt ans me manquait, mais le chagrin des Leprince m'avait envahie, je voulais les en débarrasser, les aider, leur rappeler que la vie est longue et qu'elle peut être douce. Je ne sais pas ce que je me disais en vrai, je crois que je n'avais pas réfléchi à tout ça. Je vivais les choses comme elles venaient et, par instinct, je laissais faire et allais là où je me sentais le plus utile. Je m'attachais aux enfants, je les trouvais fracturés, abîmés, tristes et beaux. Je les voyais se débattre avec leur douleur sans savoir quoi en faire ni comment la gérer. Je les voyais cacher leurs larmes, s'effondrer dans leur oreiller quand ils pensaient être seuls dans leur chambre. Je les voyais embrasser en secret la photo de leur maman sur le cadre de la commode de l'entrée, et je me sentais démunie.

J'avais développé pour Agnès, que je n'avais pourtant vue qu'une fois, une sorte d'affection mystique. J'avais l'impression de la connaître, d'être son alliée. Je vivais chez elle, je m'occupais de ses enfants, j'ouvrais ses livres, je cuisinais ses recettes et, pendant les premières semaines, j'utilisais les produits ou la nourriture qu'elle-même avait achetés, choisis, payés. J'aurais presque pu sentir son contact sur les flacons de plastique qu'elle avait touchés. Peu à peu, j'ai appris à la reconnaître dans tous les objets du quotidien, à la manière qu'elle avait de roulotter les paquets de céréales entamés, de plier les nappes en accordéon, d'écrire au marqueur les dates de péremption sur les boîtes de conserve ; j'apprenais à la comprendre à travers les yeux de ses enfants, je percevais son influence dans les réactions des uns et des autres, et j'ai fini par assimiler ses goûts et me disais : « Agnès aurait bien aimé ça » ou au contraire : « Agnès n'aurait jamais fait ça comme ça ». Au fil des semaines, elle était devenue une complice, et parfois je lui demandais secrètement conseil ou je me demandais ce qu'elle aurait fait à ma place. Pour moi, elle représentait l'idéal de la mère, affectueuse, tendre, patiente, toujours là pour ses enfants. J'avais le sentiment d'apprendre d'elle, je sais, c'est absurde, on ne peut pas apprendre des morts, mais disons que j'avais le sentiment de perpétuer son rôle, de lui rendre hommage, de faire comme elle aurait aimé qu'on fasse, bien que je n'en aie eu aucune idée concrète. Et pour ses enfants, c'était le moins que je puisse faire car je n'avais rien d'autre à leur donner que ma bonne humeur et l'enfance que, moi, j'avais eue intacte. Et je les leur donnais, sans compter, sans réfléchir. Parce qu'à vingt ans, on ne réfléchit pas toujours. On n'a pas le recul, on ne mesure pas les événements de la même façon qu'à trente, l'échelle est différente, la vue plus courte. À vingt ans, on donne sans compter, et on ne se demande pas ce qu'il en résultera. On ne sait rien de la vie.

Jérémy a fini par comprendre, on s'est réconciliés au téléphone, de toute façon, il savait très bien que l'argent que je gagnais allait nous servir à tous les deux, il est allé au Pacha Club avec toute la bande et il s'est pris une cuite d'après ce que m'a raconté Anouk le lendemain.

Bref, ce vendredi soir aux Grands Chênes où tout le monde agissait si bizarrement, les adultes ont fini par nous convoquer au grand salon. Ils étaient assis sur des fauteuils installés en demi-cercle sur le tapis épais. Les enfants de Delphine n'étaient pas conviés à la réunion, et avaient été priés de rester dans leurs chambres. Rien que cette mesure n'augurait rien de très bon. C'est le père Thaddée qui a pris la parole en premier

« Mes chers enfants, nous vous avons rassemblés ici ce soir pour vous parler comme à des grands. Votre Papa ne pourra pas nous rejoindre au château ce week-end comme prévu...

— Il est mort ? a hurlé Luc. Il nous a quittés lui aussi ?

— Mais non, voyons, qu'est-ce que tu dis ? s'est aussitôt indignée Élizabeth. Et on ne coupe pas la parole !

— Alors il est où ? » a continué Luc.

Les adultes avaient l'air très gêné. Au lieu de répondre, ils se sont mis à gronder Luc qui les avait interrompus, puis Blandine s'est mise à pleurer, d'un coup, bref, c'est parti totalement en vrille, tout le monde s'est énervé, s'est mis à crier, à s'inquiéter. Au bout de quelques minutes de chaos, Élizabeth a fait sortir les cinq gamins, mais m'a attrapée par la manche : « Restez, Manon, j'ai à vous parler. Vous expliquerez vous-même aux enfants, ils sont insupportables ! »

J'ai demandé aux grands d'emmener les petites devant la télé de la lingerie, et je me suis retrouvée seule face à eux tous, debout en plein milieu de la pièce. La grand-mère s'est raclé la gorge, qu'elle avait toujours sèche, et m'a expliqué d'un trait : « Thierry a fait une sorte de malaise, il a été transporté à l'hôpital. Il n'est pas en condition pour venir nous rejoindre ce week-end. Et probablement pas de toutes les vacances. Nous souhaiterions que vous restiez au château pour vous occuper des enfants jusqu'à la fin des vacances. Thierry vous dédommagera certainement en conséquence à votre retour. J'espère que ça ne vous pose pas de problème. » Un malaise ? Un gros malaise alors sans doute… Là encore, je n'ai rien osé dire. J'étais impressionnée par son air autoritaire, et par sa demande qui n'en était pas une, mais plutôt un ordre. Je n'ai toujours pas posé de questions, et j'ai dit :

« Oui, bien sûr, je vais rester. Je suis désolée pour Thierry…

— Pour Monsieur Leprince, vous voulez dire… » m'a-t-elle reprise aussitôt.

Et c'est ainsi que j'ai passé la fin des vacances dans une atmosphère étouffante, entourée des enfants qui me collaient comme jamais parce qu'ils avaient bien senti une espèce de danger planer au-dessus de leurs têtes. On m'a chargée de leur expliquer que leur père était tombé malade, rien de plus. Ce que j'ai fait. Mais je n'avais pas grand-chose à en dire, je ne pouvais broder sur aucun bout d'information. Quel genre de maladie ? Aucune idée. Comment il l'a attrapée ? Aucune idée. Combien de temps ça va durer ? Aucune idée. Est-ce qu'il est à l'hôpital ? Aucune idée. Alors, on jouait, tout le temps. Chaque matin à la messe de la chapelle célébrée par le père Thaddée, on faisait une intention de prière pour Monsieur Leprince, mais sinon, aucune autre allusion.

Je lui avais écrit un petit texto pour prendre de ses nouvelles, et je lui ai envoyé par mail quelques-unes des photos prises sous l'arbre rouge quand on était déguisés.

Je n'ai jamais eu de réponse, mais j'ai continué à le tenir informé du déroulement des vacances, et je lui racontais les anecdotes qui auraient pu le faire sourire.

Je ne savais même pas s'il était encore en état d'ouvrir son téléphone. Mais instinctivement, je savais ce qu'il s'était passé.

Chapitre 8

THIERRY LEPRINCE, février 2003

Même ça, je l'ai raté.

J'avais pourtant tout préparé. Minutieusement. Militairement presque.

Mais j'ai agi dans le désordre. J'aurais dû prendre la vodka en dernier. Erreur de débutant. Pourtant, ce n'est pas comme si c'était la pr…

Pardonne-nous nos offenses comme nous pardonnons aussi à ceux qui nous ont offensés.

PARDONNE-NOUS. PARDONNE-MOI !

Seigneur Dieu, quand cesseras-Tu donc de me mettre à l'épreuve ? Pourquoi s'acharner sur moi ? Pourquoi ne me laisses-Tu pas partir ? Laisser derrière moi le tumulte et le chaos. Laisser aux autres, à ceux qui ont la force de les supporter, la tristesse, le remords et la douleur ? Pourquoi me retenir ? Je n'ai rien ici-bas qui vaille la peine de vivre. Mes enfants sont plus forts que moi. Ils me survivront. Ils m'oublieront. Ils continueront leur chemin. Ils sont cinq, ensemble ils iront de l'avant.

Moi, je suis seul. Je ne leur suis d'aucune aide.

Je suis faible.

Je n'ai pas la force d'âme de mon grand-père. Je ne suis pas ce héros magnifique qui porte une nation, sauve un peuple malgré lui. Je ne suis pas un brave. Je plie, je ploie et je tombe. Je leur fais honte, je le sais.

Partir d'un coup, décider enfin de son chemin et de sa fin, et ne plus jamais revenir. Ne plus les entendre murmurer leur déception, ou leurs soupçons, ne plus les voir hausser les épaules d'un air entendu en me regardant, ne plus avoir à leur prouver ma lignée, mon sang, mon honneur. Rien. Disparaître.

Pardonne-moi, ô mon Dieu, car j'ai failli. Je T'ai trahi. Je sais que je n'aurais pas dû. Pas dû douter de Toi, de Ton pardon, de Ton amour, de Ta lumière. Je me suis laissé tenter par les ténèbres, et j'ai voulu y aller, descendre plus bas, me brûler car je ne mérite pas Ton amour.

Je n'en pouvais plus. Comme si toute la tristesse d'Agnès était entrée en moi et m'avait envahi pour m'anéantir. Ou bien est-ce moi qui ai contaminé Agnès ? Je suis mauvais, je suis un être mauvais, une mauvaise graine. Je suis l'ivraie, elle était le grain. Je suis le chiendent, elle était la rose.

Je suis le chien.

Je ne suis rien. Moi, l'héritier, je ne suis rien que salissure et blessure.

Et je Te demande pardon.

Qu'auraient-ils dit ? Accident de chasse ? Avec une arme, difficile de dire autre chose. Une arme enregistrée, légale. Pas celle des officiers bien sûr, pas celle avec laquelle j'ai défendu mon pays, ils ont refusé de me la laisser quand j'ai quitté l'armée, ces connards. J'ai toujours dit qu'un jour ils allaient le payer. Me virer, moi, Thierry Leprince, fils de général, petit-fils d'une légende ? J'ai été le seul à m'insurger, à dire NON, ne pas se laisser faire, ne pas accepter d'être le symbole de la faiblesse d'une nation qui a perdu son honneur. Héros de père en fils. C'était ça, ma lignée ! Ces petits bâtards à galons m'en ont privé, m'ont écarté de mon Destin, réduit en bouillie sous leurs écrase-merdes. Je vous conspue, tous autant que vous êtes, vous les petits milis de supermarché, sans ambition, sans vision, sans courage. Vous avez vendu notre pays au plus offrant, et vous avez fait acte d'obédience. Vous conspirez dans l'antre des petits marchands d'argent. Vous me dégoûtez, moi qui vous avais tout donné.

Je suis resté très peu de temps à l'hôpital, j'étais déjà à la maison quand les enfants sont revenus des Grands Chênes. Ils n'ont rien su. Trois jours à l'hôpital, un lavage d'estomac, un vague entretien avec un psy que j'ai congédié vite fait, pas de traitement, surtout pas leur saloperie d'antidépresseurs qu'ils essaient de me refourguer chaque fois, et retour à la case départ.

J'étais épuisé, c'est vrai. Toute cette charge émotionnelle, je crois que c'est surtout ça qui m'a le plus fatigué. Se préparer à l'acte est la partie la plus... excitante, mais aussi certainement la plus éreintante. Elle requiert toute notre énergie, qu'il faut canaliser dans une seule et même direction. Une volonté de fer. Ne pas céder à la faiblesse de l'âme, et continuer à suivre le plan. Ne pas se laisser amadouer par l'odeur d'un enfant au détour d'une écharpe ou par le souvenir de leurs sourires. Ne pas penser au corps de Manon. Jamais.

Il paraît que c'est Olivier qui a appelé les secours *in extremis*, à la demande des parents qui n'arrivaient pas à me joindre. Ils ont défoncé ma porte. En plus de tout le reste à gérer, il a fallu que je la fasse réparer avant mon retour, je ne voulais pas que les enfants sachent. Ça ne les regarde pas. J'ai l'impression qu'au bureau, personne non plus n'est au courant. Olivier me jure qu'il n'a rien dit, et je lui fais confiance, c'est un homme de cœur et de parole. Mon témoin de mariage, le parrain de Luc. Il ne m'aurait pas trahi. Il est resté avec moi jusqu'à mon réveil. On a parlé.

Il comprend, mais il a peur pour moi, et je ne peux pas tout lui dire. Il y a des choses que je ne pourrai jamais dire. À personne. Pas même à lui.

Il a toujours peur pour moi. Aux manifs du Front où l'on est parfois appelés pour superviser le service d'ordre, je vois qu'il me serre de près parce qu'il sait que je suis un sanguin, et que je peux réagir vite et fort. Mais je connais bien le job : on est là pour encadrer les militants de notre section et les protéger : sécurisation des zones du tracé, protection rapprochée des huiles du Parti, géolocalisation des éléments perturbateurs. Avec les présidentielles qui viennent d'avoir lieu, on a eu énormément d'événements à gérer, tout le monde s'est énervé, ça s'est tendu à tous les niveaux. On est passés à un doigt de l'élection, on n'est jamais arrivés aussi près du but. Ç'aurait été phénoménal. Le Front n'est là que pour rappeler notre droit le plus basique : celui de s'exprimer librement. C'est la base de la démocratie, or il n'est plus respecté dans ce pays. Pensée uniforme, lobotomisée, c'est malheureusement la norme. Petitesse universelle.

J'ai repris le chemin du travail l'air de rien, et j'ai aussitôt fixé de nouveaux objectifs en interne. C'était important de montrer à mes équipes que j'étais bien là, aux commandes et actif. Moi, lieutenant de réserve Thierry Leprince, médaillé de la croix de guerre, patron de la section R&D Industry. Jolie boutique. Après dix ans sous les drapeaux, retomber sur mes pieds aussi vite et aussi bien m'a mis du baume au cœur. Je n'ai jamais autant gagné ma vie. Bien mieux qu'à l'armée, c'est indéniable. Prochaine étape : prendre la direction de la BU à Lyon. C'est mon objectif. Partir d'ici. Quitter mon passé, Agnès, me reconstruire, voir plus grand, plus haut. Je reviens plus fort de ma petite... sortie de route. Si elle ne m'a pas détruit, si j'en ai réchappé, par la volonté de Dieu, c'est que mon destin m'attend plus loin. Je vais le leur prouver. Je suis plein d'une énergie nouvelle.

Les enfants sont rentrés le dimanche soir du château, je les ai attendus à la gare. Quand je les ai vus sur le quai, l'une dans les bras de la nounou, l'autre dans sa poussette et les derniers tirant les valises, souriants, reposés, une vague d'émotion m'a submergé. Comment ai-je pu envisager de les quitter ? Plus jamais. Je me le suis juré. Je ne vous ferai plus jamais ça.

Je suis heureux d'avoir forcé Agnès à prendre une baby-sitter juste avant la fin. Parfois, je me demande si ce n'est pas un signe du destin. Si Agnès n'avait pas tout prévu, dans les moindres détails. Jusqu'à anticiper ma résurrection, ma guérison. Manon est providentielle. Agnès est miraculeuse.

La première fois que je l'ai vue, on terminait de dire les vêpres dans le salon. Agnès venait de rentrer de l'hôpital, j'étais ébranlé par ma prise de conscience de sa fragilité. À sa sortie, le médecin avait demandé à me parler en privé. J'ai entendu ce qu'il a dit. Ses mots résonnent encore, ils me hanteront jusqu'à la fin de mes jours, mais je ne peux plus rien en faire et, bien évidemment, je ne l'ai confié à personne, ils seraient capables de me tenir pour responsable. Je ne peux plus rien réparer. Il est trop tard avec elle. Je n'aurais même pas eu le temps d'essayer de me racheter.

Quand on a relevé la tête, je l'ai vue, et j'ai cru à une hallucination. Je n'ai pas compris tout de suite qui elle était ni ce qu'elle venait faire là. Sans doute à cause de la couleur de sa peau. Je ne l'avais jamais envisagé. Ça m'a déstabilisé. Je n'ai pas aimé ça. L'agence aurait dû me prévenir, mettre un astérisque sur son profil, une remarque, enfin quelque chose qui nous dise. Laisser aux gens le choix. Ne pas les mettre devant le fait accompli. Je ne critique pas, mais je veux être libre dans mes décisions. Je n'impose mon mode de vie à personne. Je ne force personne à rejoindre mes convictions. Qui m'aime me suive.

Toujours est-il qu'elle est là maintenant. Et qu'elle est devenue indispensable. À moi comme aux enfants. Elle a cette façon très particulière de poser un regard doux et bienveillant sur tout. Candide. Elle ne s'étonne jamais de rien, rien ne lui paraît difficile ou compliqué. En à peine deux jours, elle avait compris les règles de la maison, appris le nom des enfants, repéré les trajets pour les écoles. Elle est arrivée dans une maison pétrifiée de douleur, raide, fermée et, doucement, c'est comme si elle nous enlevait le plâtre qui nous avait ensevelis. On s'étire, on se regarde, on s'étonne de se voir, on se reparle. Manon ne pose aucune question, elle vit, c'est tout. Elle fait, et elle vit. Elle prend les choses comme elles viennent, sans se demander pourquoi elles viennent, ni d'où, ni combien de temps elles vont durer. Elle arrive le matin juste après que les grands sont partis à l'école avec la voisine, elle range la cuisine en attendant que les petites se réveillent.

Avant que je ne parte à mon tour pour le boulot, je descends prendre un café. Souvent, elle me l'a déjà servi, et est en train de boire le sien. Je ne suis pas très à l'aise, et j'ai encore du mal à parler aux gens, marre de leurs questions et de leurs regards apitoyés, mais elle, elle m'apaise. Je sens qu'elle ne me juge pas, je n'ai pas besoin de m'inventer un personnage.

Elle est d'une beauté irradiante, bien sûr, ça joue forcément sur le regard que je lui porte. Elle est insensément belle. Comme seules les blacks peuvent être belles. Les seins bombés, les jambes infinies. Elle est très grande, moi qui étais habitué à Agnès, si petite, si tonique, si... rebondissante. Elle, elle est plutôt comme un immense roseau, long et flexible, ondulant. Certains jours, elle a l'air d'avoir fait une nuit blanche, comme si elle n'était pas rentrée chez elle la veille. J'imagine qu'elle fait ce que font tous les jeunes de vingt ans. Ils sortent. Fument. Boivent. Baisent. Avec qui baise-t-elle ? Avec ce petit minable qui l'attend devant la maison parfois le soir ? Un nabot, plus petit qu'elle, qui se donne des airs de voyou avec son pauvre blouson en skaï ? Au mieux, il doit rouler en Peugeot. Je n'en peux plus de la médiocrité de ce monde ! Il l'attend, appuyé sur notre barrière, un casque sur les oreilles qu'il ne retire même pas quand elle le rejoint. Bonjour la galanterie. Ils s'embrassent, il lui prend la bouche comme on mange un gâteau, elle rit, elle met sa main dans la poche arrière de son jean, et ils partent, je les perds de vue au coin de la rue. Je me sers un whisky, les enfants sont couchés, je suis à nouveau seul.

Je me souviens de mes vingt ans. C'était hier. À l'époque, je n'avais encore déçu personne. Au pire, j'avais brisé des cœurs, et quelques voitures.

J'y croyais encore. Prépa. Puis l'X. Puis Agnès. Puis l'armée parce que je me disais que pour marquer l'Histoire, il fallait l'écrire soi-même. Puis le Tchad. Puis la merde. Toute cette merde. Cette putréfaction du monde qui m'a éclaté à la gueule. J'ai parlé à Oncle Thaddée dans le secret du confessionnal militaire, essayé de lui expliquer ce qui avait motivé mon geste, ce besoin vital que j'avais de les rendre fiers, eux, ma famille, à n'importe quel prix, pour avoir un statut. Il m'a raconté une énième fois son père, mon grand-père. Il a essayé de me convaincre que l'obstination et la rébellion étaient dans notre famille depuis la nuit des temps, que je n'avais fait que suivre le chemin de nos ancêtres, et que j'avais bien fait de m'insurger. Mais j'ai échoué. Ils m'ont jeté comme un moins que rien. Comme une poussière indélicate posée sur leurs médailles. Je suis le seul à avoir échoué. Tous des héros de guerre dans la famille. Moi, héros de rien. C'est une cicatrice dont j'aurai du mal à guérir. Ils ont tué en moi ce que j'avais de plus précieux : ma confiance. Mon orgueil. Ma fierté.

Manon a remis notre vie en marche. C'est comme si elle m'avait présenté à mes enfants. Grâce à elle, je les découvre au fur et à mesure. Elle me raconte tout d'eux. Elle les observe, les écoute, puis elle m'explique, me les décrypte. J'apprends à comprendre leur chagrin, leurs colères, leurs angoisses. J'apprends à partager les miennes. Je suis entré dans une nouvelle phase de ma vie, j'ai l'impression de me découvrir aussi. Le soir maintenant, j'aime rentrer plus tôt pour avoir un moment avec eux.

Je suis en train de devenir père. Je ne sais pas où j'étais avant. Au bureau, j'imagine.

Chapitre 9

MANON JACKSON, avril 2003

Thierry m'a demandé de le tutoyer. Autant, ç'a été facile de l'appeler par son prénom, mais le tutoyer… C'est plus intime, ça ne me vient pas naturellement, je trébuche encore sur le pronom à employer. Je l'aime bien, on s'entend bien, là n'est pas la question, mais il reste quand même pas mal plus âgé que moi, et par moments je sens bien la différence d'âge. Quinze ans de plus quand même. Quand il me voit débarquer chez lui avec des cernes jusqu'aux pieds et que ça se voit comme le nez au milieu de la figure que j'ai fait la fête toute la nuit et qu'il me demande de lui raconter ma soirée, je vois bien qu'on vit à des millénaires l'un de l'autre et qu'il ne comprend pas les trois quarts de ce que je lui dis. Je ne suis même pas sûre qu'il soit déjà sorti en boîte de sa vie ! Alors, je lui raconte, et je constate que ça le fait autant marrer que ça l'intrigue. Je lui détaille les folies d'Anouk, ça, il adore, les plans bières et clopes sur le toit du théâtre, bref, je lui explique un peu la vie telle que les gens normaux la vivent, quoi. Ça lui fait du bien, je pense, ça le remet dedans.

C'est perturbant comme cet homme a deux visages pour moi : d'un côté, il y a l'homme d'affaires stressé, toujours en costume-cravate et chaussures cirées, boutons de manchettes et petite pochette pliée sur la veste, la mèche brune qu'il se remet sans arrêt sur le côté de façon presque maniaque. Coincé. Sérieux. Soucieux. Le père pas tendre avec ses enfants, arc-bouté sur des principes éducatifs hyper stricts (un enfant, ça ne parle pas à table, ça laisse la place aux adultes, ça se couche à 20 h 30, les filles ça ne met pas de maquillage, ça ne couche pas avant le mariage, ça fait la cuisine, etc.), se tenant droit comme un I, bavard, érudit, détestant qu'on le contredise ou qu'on l'interrompe, colérique, et fermant les yeux en disant les prières le soir en famille. Et de l'autre, il y a le sportif qui part courir tous les matins avec du matériel de marque, des chaussures de footing ultra perfectionnées, une grosse montre en acier au poignet, qui fait attention à son poids, à ce qu'il mange, qui revient en sueur, les cheveux en bataille et le sourire aux lèvres, content de boire un café dans la cuisine et d'écouter mes histoires et racontant des blagues. Le mélange de ces deux aspects est déstabilisant. Comme s'il était jeune et vieux en même temps. Un enfant dans une vie d'homme. Quand je pense à son apparence si classique... Incroyable que Gaby soit sa fille, elle qui adore littéralement tout ce qui touche aux fringues et au style ! Elle doit être dégoûtée, la pauvre, parce que franchement, niveau look, il a tout faux ! Mais sinon, honnêtement, il a beau avoir trente-six ans, il est encore pas mal. Une fois, on est allés courir ensemble parce qu'il m'a lancé un défi débile, que bien sûr j'ai relevé, et *bam*, j'étais bonne pour 15 kilomètres avec lui au petit trot à 6 h 30 du matin. J'étais persuadée que j'allais devoir ralentir le rythme. D'abord pour ne pas le vexer, car j'ai bien compris qu'il avait pas mal d'orgueil et qu'il ne fallait pas trop le chatouiller là-dessus, et ensuite, juste parce que quand même à son âge, je ne voulais pas qu'il me fasse une crise cardiaque en rase campagne. Je suis obligée d'avouer qu'il m'a mise minable ! Non seulement je n'ai pas tenu le rythme mais surtout il m'a bien mis quatre minutes dans la vue. On en a entendu parler pendant des semaines ensuite, merci bien ! Il paraît qu'à l'armée, il était parmi les plus endurants.

Quoi qu'il en soit, nos relations sont devenues plus amicales maintenant, j'arrive à bien lui parler, et de tout, et j'ai l'impression qu'il m'écoute. Il commence à aller mieux surtout, et ça, ça me fait plaisir. Je ne le vois plus jamais traîner dans le canapé, à moitié endormi et déprimé ; il lit, beaucoup, il joue avec ses enfants, un peu, il prie pas mal aussi, je crois, ça fait partie de sa vie. Il m'a d'ailleurs demandé de faire faire leurs prières aux petits le soir en les couchant ; j'ai dit que je ne savais absolument pas comment faire, que je n'en connaissais pas une, et que je ne le sentais pas trop, et j'ai lu une vraie déception dans son regard. Il a proposé de m'apprendre. Je n'allais pas dire non, ç'aurait été trop blessant pour lui.

Ce soir-là, j'ai couché les enfants comme d'habitude : un baiser à Luc, un secret à Blandine murmuré à l'oreille, des gratouilles à Gaby, une histoire à Constance et son doudou à Mathilde, puis je suis descendue. On s'est installés dans le salon. Il m'a demandé de m'agenouiller à côté de lui en face du crucifix au-dessus de la cheminée. J'étais effroyablement gênée et, en même temps, je le trouvais touchant. Que Dieu ait une place si grande et si active dans la vie de quelqu'un me paraissait tellement fou que j'ai trouvé ça beau, empreint d'une vraie générosité.

Il a commencé à me parler de son amour pour Dieu d'une voix basse et posée, sans me regarder, la tête inclinée, les yeux fermés, les mains jointes, concentré sur ce qu'il disait. La maison était calme, rangée, les rideaux étaient tirés, il y avait juste la lampe de la console allumée, ça faisait une ambiance douce et chaleureuse, intime.

« Croire en Dieu ne protège pas des vicissitudes de l'existence, Manon, des problèmes quotidiens, bien sûr que non, sinon tous les croyants seraient épargnés, et Agnès ne serait pas morte. Et pourtant, Manon, dis-moi, quoi de plus joyeux, de plus profondément dynamisant que de vivre sous le regard d'un Dieu qui aime, pardonne, attend, accompagne ? Alors, oui, il est bon de croire, parce que tout ce qui survient est habité de cette espérance folle : Dieu est présent, quoi qu'il arrive. Et répondre, à mon tour, à cet amour, irrigue toute mon existence, décuple mes forces, me fait accomplir des prouesses, comme de vouloir vivre encore, survivre, continuer. Croire, c'est une aventure formidable, laisse-moi te guider ! »

Je ne sais ce qu'il s'est passé, je me suis mise à pleurer, j'étais bouleversée qu'il s'ouvre à moi aussi sincèrement. Autant de pureté et d'innocence dans sa conviction, autant de profondeur dans la manière de penser sa vie, j'ai trouvé ça proprement incroyable, et je me suis trouvée tout à coup minable avec mes petites ambitions, mes petites amours, mes petits soucis. Ensuite, il a récité un *Notre Père* en me demandant de répéter chaque phrase après lui. Puis il me l'expliquait en la sortant de son contexte figé.

Notre Père qui êtes aux Cieux...

Et je répétais :

« Notre Père qui êtes aux Cieux...

— Manon, on dit "Notre Père", parce que c'est une manière de se rappeler que nous sommes tous de la même famille, enfants du même Dieu. C'est un mot d'amour qui nous rassemble, qui nous conforte : nous ne sommes pas seuls, il ne faut jamais l'oublier, nous sommes des milliards d'êtres humains liés par ce même amour. Les jours où tu te sens seule, dis un *Notre Père*, tu sentiras la force de la communauté t'envelopper... »

Ç'a bien duré une heure, je n'ai pas vu le temps passer.

« Et délivrez-nous du mal, *Amen*.

— *Amen.* »

Je n'ai même pas eu mal aux genoux. Je suis rentrée chez moi un peu chamboulée, je n'ai pas appelé Jérémy. Je me suis fait à dîner rapidement en ouvrant une boîte de thon, et je me suis couchée. Là, dans le noir, je ne sais pas ce qui m'a pris, j'ai récité le *Notre Père*. Tout doucement, en prenant mon temps, pour me rappeler tout ce qu'il m'avait dit à propos de chacun des versets. Et je me suis assoupie juste après. J'ai dormi comme un bébé. Le lendemain en arrivant chez les Leprince, j'ai découvert un livre de prières pour enfants posé sur la table de la cuisine, avec un petit Post-it scotché dessus : « Tu vas voir, c'est fun ! » Fun, peut-être pas, je me suis dit. Mais intéressant, c'est possible. Depuis, je fais faire leur prière aux enfants le soir, et ça ne me coûte pas. J'apprends.

Je n'ai pas trop parlé de tout ça à Jérémy, il ne comprendrait pas. Déjà qu'il n'adore pas que je travaille là-bas, si en plus je lui raconte que je me mets à prier et que je trouve ça pas mal, alors là, je pense qu'il irait carrément défoncer la tête de ce pauvre Thierry. Il ne l'appelle que « le vieux » ! « Et le vieux, il gagne combien par mois, tu crois ? Et ton vieux, pourquoi il a fait cinq gosses à sa femme ? Il connaît pas les capotes ou quoi ? C'est interdit par sa religion, c'est ça ? Et le vieux, tu crois qu'il va hériter du château ? » Au début, ça me faisait rire, parce que franchement, il posait toujours les questions justes ou drôles, et puis ça ne faisait de mal à personne, mais à la longue, ç'a commencé à me saouler, ça devenait presque obsessionnel et malsain. Un soir qu'on dînait au resto tous les deux, une petite saladerie de la rue piétonne, on s'est disputés à mort à ce sujet. Je lui ai demandé d'arrêter de l'injurier comme ça tout le temps, qu'il ne faisait de mal à personne avec ses gamins et ses bondieuseries, et que je ne voyais pas en quoi ça le dérangeait que je fasse réciter leurs prières aux petits si ça pouvait les aider à aller à mieux et à faire leur deuil. Il m'a dit que je n'avais rien dans la tête, que j'étais influençable, qu'on avait l'impression que ce type était devenu mon gourou, et que je ferais mieux de cesser d'aller travailler chez lui. Sur ce, je lui ai rappelé que c'est moi qui payais l'addition ce soir, comme tous les autres soirs d'ailleurs, et que je voulais bien quitter ce boulot et retourner à la fac avec tous mes autres copains si lui se trouvait un job digne de ce nom qui me permettrait de faire autre chose que la nounou. J'y suis sans doute allée un peu fort, c'est vrai que ce n'est pas sa faute s'il a arrêté ses études en seconde, ses parents l'ont mis de force en CAP cuisine, lui qui a des allergies alimentaires, ce n'était pas le meilleur des choix, mais il s'est quand même vexé à mort, on a fini le dîner dans un silence plombé, et il m'a fait la gueule pendant une semaine ensuite.

De toute façon, on traverse une passe compliquée avec Jérémy, ceci n'est qu'un exemple parmi tant d'autres. Il est devenu d'une jalousie maladive, et maintenant, c'est à peine si on peut aller en boîte. Il a l'impression que la Terre entière veut me sauter, et j'ai beau lui rire au nez et lui dire qu'il prend ses rêves pour la réalité, il est devenu parano. On continue à planifier notre voyage cet été en août, et il voudrait que je passe mon permis pour qu'on puisse être deux à conduire au cas où. Je lui ai dit que j'avais à peine le temps de faire mes cours, alors passer le code et le permis, même pas en rêve. Évidemment, ç'a clashé de nouveau, et c'était reparti pour un tour. Je ne comprends pas ce qui déraille. On s'entendait vraiment bien avant... On s'est rencontrés à un concert, je venais d'arriver à Strasbourg, je ne connaissais pas encore grand monde, c'est lui qui m'a présentée à Anouk, son amie d'enfance, et de là, tout s'est bien enchaîné entre nous deux. Il est débrouillard, drôle, il n'a peur de rien, il sait faire mille petits boulots, il pourrait être plombier, maçon, vendeur, il pourrait monter sa boîte de n'importe quoi, mais depuis quelque temps, plus rien ne le tente, il m'épie. Ça lui prend tout son temps. Et moi, je n'en ai plus beaucoup pour lui, c'est vrai.

Je m'accroche pour mes cours à l'IUT, je me donne du mal, j'ai vraiment besoin de valider mon année et de réussir mes exams fin juin. J'ai dû me débrouiller toute seule pour récupérer les polys et les PowerPoint des cours, et je taffe toute seule le soir en rentrant. Anouk me donne un coup de main quand vraiment je suis larguée et que je ne comprends rien, mais dans l'ensemble, j'arrive à peu près à suivre. Mais c'est dur. Quand je rentre, je suis HS, mon appart est vraiment minuscule et les bouquins de cours prennent toute la place sur le bureau, du coup je bosse sur mon lit. Où je dîne aussi. L'année prochaine, je devrai faire six mois de stage en entreprise, et je ne sais pas encore comment l'annoncer à Thierry. On a le temps, d'ici là, l'agence lui aura sans doute trouvé quelqu'un d'autre.

Depuis quelques semaines, les deux petites dernières m'inquiètent. Elles ont l'air triste. Si elles n'étaient pas si petites, je dirais qu'elles font une dépression.

Mathilde, le bébé, refuse toute nourriture autre que sucrée. Elle a un an et demi maintenant. Je l'ai passée aux petits pots dès que je suis arrivée en janvier parce qu'elle était encore toujours cent pour cent au biberon, ce qui m'avait paru bizarre pour son âge, comme si personne n'avait fait attention à elle depuis le décès de sa mère. Je me suis renseignée à la pharmacie, et je me suis rendu compte qu'effectivement il était grand temps de diversifier son alimentation. Au début, tout s'est très bien passé, elle a goûté à tout, elle semblait tout aimer, mais depuis un mois, rien ne marche plus. Elle repousse les purées, la viande hachée, les légumes. Elle ne veut plus rien avaler. Elle tourne la tête si j'approche une cuiller de sa bouche. Le seul moyen de la nourrir, c'est de la prendre dans les bras et de lui donner un biberon de lait sucré. Au début, j'ai laissé faire, j'ai pensé qu'elle avait des coliques, et qu'elle avait besoin de s'habituer. Mais ça dure maintenant depuis un mois. J'en ai parlé à Thierry la semaine dernière quand on discutait dans la cuisine avant que je ne parte. Il m'a regardée comme si j'étais folle :

« Qu'est-ce que ça peut faire ? Si elle ne veut que du lait, très bien, où est le problème ? Les orangs-outans allaitent bien leurs petits jusqu'à huit ans !

— Euh, oui, mais elle n'est pas un singe. Et je ne suis pas sa mère, je ne lui donne pas le sein, j'ai répondu en souriant. Thierry, sérieusement, je crois qu'il faut l'emmener chez le psy. »

Il s'est arrêté de boire, le verre en suspension vers sa bouche, puis il a éclaté de rire. Un énorme rire qui venait du fond du cœur. Il est étonnant, cet homme-là. Il rit de choses qui ne m'auraient jamais fait rire. Je crois qu'on ne peut pas faire plus opposé comme humour, nous deux. Et pourtant, il a un rire tellement communicatif ! Dès qu'il se marre, je me marre. Il a une façon tellement absurde de raconter les histoires. Franchement, il ne les raconte pas très bien, donc avec les enfants c'est très rare qu'on rie quand il les raconte. Et comme on reste de marbre, il dit : « Attendez, non, mais je crois que vous n'avez pas compris la blague. Je recommence ! » Et il recommence, il raconte la même histoire, qu'il raconte de la même façon. Alors bien sûr, nous, on ne rigole toujours pas. Alors il recommence une troisième fois, et là, je ne sais pas ce qu'il se passe, là, on est tous morts de rire, mais littéralement pliés de rire ! Et du coup, il la raconte une quatrième fois ! Et c'est toujours tellement aussi nul qu'on rit encore plus. Bref, il appelle ça son comique de répétition, et souvent quand Gabrielle n'est pas d'humeur, elle le prévient : « Papa, je vais rire tout de suite, car là, j'ai pas la patience de t'écouter quatre fois de suite ! » Ç'a le don de le vexer, du coup, souvent, il part bouder au salon avec un verre de whisky. Comme si je n'en avais pas assez à gérer comme ça et que j'avais besoin d'un sixième gosse !

Bref, il s'est mis à rire sur l'histoire de Mathilde chez le psy, et là, au lieu de me laisser envahir par son rire comme d'habitude, j'ai dit tout ce que j'avais sur le cœur. Après tout, c'est lui le père, c'est à lui de gérer.

« Thierry, vous ne vous... Tu ne te rends pas compte de ce que traversent tes enfants, on dirait ! Leur maman est morte brutalement il y a six mois, et personne ne leur a jamais vraiment expliqué ce qu'il s'était passé, ils passent leur journée à se demander où elle est, pourquoi elle est partie et pourquoi elle les a "quittés" comme vous dites, et aux dernières nouvelles, il paraîtrait qu'elle était malade... mais ça, personne ne leur a expliqué ! Comment tu crois qu'ils le vivent ?

— Je fais ce que je peux, Manon, tu l'auras remarqué, non ? Les trois grands vont chez le psy, c'est déjà bien, non ? Deux fois par semaine, tu le sais, c'est toi qui les y amènes. Et Constance et Mathilde sont bien trop petites pour comprendre et encore moins d'avoir besoin d'aller chez le psy !

— Mais pourquoi tu ne leur as pas expliqué la raison de la mort d'Agnès, pourquoi ?

— Dieu est un mystère sacré, et il n'y a rien de plus à en dire. Et ça ne te regarde en aucun cas.

— Tu sais pourquoi Constance pleure tous les matins quand je vais la chercher dans sa chambre ? »

Ça faisait des semaines que je l'avais prévenu du comportement bizarre de Constance. Dès que je l'entendais se réveiller, je montais pour la lever. Et, à peine je franchissais la porte de sa chambre, elle se mettait à fondre en larmes. Je mettais un temps fou à la calmer. Puis elle a arrêté de sourire, d'un coup. Et de jouer. Elle pouvait rester assise sur son tapis des heures en regardant ses cubes sans les toucher, en attendant que ça passe. Complètement amorphe, atone. Puis elle est devenue méchante avec les autres. Tirant les cheveux de Mathilde dès que j'avais le dos tourné, déchirant les dessins de Gaby, détruisant les maisons de Luc. J'étais perdue, je voyais bien que la pauvre gosse était en souffrance, j'essayais de lui remonter le moral comme je pouvais, j'essayais de lui consacrer plus de temps, mais c'est difficile avec un bébé dans les pattes, et la maison à tenir, de se concentrer sur un seul enfant. Bref, je trouvais que les deux petites filaient un mauvais coton, comme un après-choc six mois après le décès, et je me faisais du souci.

Thierry m'a regardée, méfiant. Il n'était pas habitué à ce qu'on lui tienne tête et, en même temps, il était à l'écoute.

« Et pourquoi Constance pleure quand tu rentres dans sa chambre le matin selon toi ? a-t-il fini par demander.

— Ce matin, elle m'a demandé en pleurant : “Mais c'est toujours pas aujourd'hui la fin des temps ?” “Quoi, la fin des temps ?” je me suis dit. Et puis, je me suis souvenue de ce que vous leur aviez dit ! T'imagines la pauvre gamine ? Tous les matins, elle espère que ce soit la fin des temps parce que tu lui as promis qu'elle retrouverait sa mère à ce moment-là, et tous les matins, c'est moi qu'elle voit débarquer à la place de sa mère et elle est dégoûtée ! Qu'est-ce que tu veux qu'elle comprenne ? »

Thierry n'a rien eu à dire. Il a pris rendez-vous chez le psy pour Constance dans la foulée, il n'en était plus à une consultation près.

Chapitre 10

Ève Jackson, juin 2003

Manon a quitté son petit copain. Elle dit que ça n'allait plus depuis quelque temps déjà, et qu'il était devenu trop jaloux. J'espère que ça ira, qu'elle n'a pas fait ça sur un coup de tête. Ça faisait quand même presque un an qu'ils étaient ensemble. Coup de chance, ils ne s'étaient pas installés dans le même studio, et ils se sont épargné l'étape douloureuse du déménagement. Ma fille… Toujours en couple, incapable de rester seule. Pourvu que le prochain ne soit pas un toquard. Un type bien, ça nous changerait. Il était gentil, Jérémy, bien sûr, j'ai fini par m'attacher et, de toute façon, Manon choisit de vivre avec qui elle veut, mais Scott et moi on s'inquiétait un peu de ne le voir se passionner pour rien d'autre que les jeux vidéo et les voitures. Elle qui s'intéresse à tout, que tout amuse, je ne suis pas étonnée que l'écart entre eux se soit creusé. Entre son job de nounou, la fac et son copain, on l'a très peu vue ces derniers temps. Depuis qu'elle est partie à Strasbourg, on compte sur les doigts d'une main les week-ends où elle est venue nous voir à Dijon. Heureusement qu'elle revient encore pour les matchs de Scott, sinon ce serait le néant !

Elle est venue déjeuner avec ses sœurs le week-end dernier à la maison. Enfin… Déjeuner… Disons plutôt m'apporter son linge ! La pauvre chérie, elle qui doit bien faire dix-huit lessives par semaine à son travail n'a plus une seconde pour faire ses propres machines. Elle en a aussi profité pour nous dire qu'elle ne passerait pas de vacances avec nous cette année et qu'elle s'était engagée à travailler tout l'été pour les Leprince.

Elle nous a fait rire en nous racontant les anecdotes concernant les enfants qu'elle garde, bien que Babeth ait été hors d'elle quand elle a appris que les gamins n'étaient pas au courant de la cause du décès de leur mère.

« Manon, je ne veux pas jouer la maîtresse d'école, a dit Babeth visiblement remontée, mais “la vérité joue un rôle aussi déterminant pour la croissance de la psyché que la nourriture pour la croissance de l'organisme. Une privation de vérité entraîne une détérioration de la personnalité”. C'est Bion qui l'a dit. Et je suis bien d'accord. Tu devrais intervenir, leur dire la vérité.

— Tu nous fatigues avec tes cours de psycho, Babeth, j'ai répondu. Le pauvre homme gère certainement comme il peut.

— Sans vérité, l'appareil psychique ne se développe pas, il meurt d'inanition, elle a continué. Ces gosses vont mourir de chagrin, je vous aurais prévenus ! Manon, dis-moi que toi au moins tu as parlé aux enfants ? »

Manon s'est marrée. Elle se marre toujours. Elle s'est levée nonchalamment, et est partie se servir un verre d'eau à l'évier. Elle s'est appuyée sur le plan de travail, et elle nous a regardées en souriant. Quelque chose en elle avait changé. Un peu de maturité, je dirais, une espèce de douceur qu'elle n'avait pas autant avant. J'étais la seule à qui elle avait raconté ce qui s'était réellement passé au château pendant les vacances de février ; ça m'a catastrophée. Qu'un père de famille puisse vouloir se suicider, ça dépassait mon entendement. Surtout quelques mois à peine après le décès de sa propre femme. Ça m'a beaucoup déstabilisée, je dois l'admettre, je me suis inquiétée pour les petits, et pour ma fille : dans quel genre de maison allait-elle travailler chaque jour ? Mais Manon de son côté était déjà passée à autre chose. « Il était au fond du trou, et c'est passé, il va mieux. Il a eu un passage à vide. Ça peut se comprendre. Les gens guérissent, Maman, arrête de les cataloguer aussi vite », m'avait-elle expliqué, et on en n'avait plus parlé. Cette assurance…

« Oui, je leur ai parlé, a dit Manon. Mais je n'en menais pas large parce que je suis allée à l'encontre de tous les principes de leur famille où l'on n'a pas trop le droit de parler de ça. Chez eux, la mort est presque une bénédiction, quelque chose qu'on attend avec ferveur, qui va vous mener vers le paradis. J'ai expliqué de façon plus "biologique", disons, ce qu'est la mort aux cinq enfants. Je ne suis pas entrée dans les explications religieuses, ce n'est pas mon rôle, même si je trouve que la religion leur apporte beaucoup de bonheur et de réconfort. C'est peut-être nous qui n'avons pas tout compris… »

Nelly, qui a dix-huit ans, est montée sur ses grands chevaux aussitôt :

« On n'a rien compris ? Mais tu délires, Manon, totalement, qu'est-ce qui t'arrive ? Tu crois vraiment qu'il y a un type là-haut planqué sur son nuage qui aurait rappelé leur mère pour faire du jardinage avec elle parce qu'il s'emmerdait tout seul et qu'il avait besoin de compagnie ?

— Je dis juste que l'idée de résurrection n'est pas si absurde, c'est tout. Mais ne t'emballe pas, j'ai juste expliqué qu'on n'en savait rien, et qu'on avait bien le droit de croire ce qu'on voulait et, surtout, je leur ai raconté ce que Thierry m'avait expliqué en privé, à savoir que leur mère ne les avait pas abandonnés, mais qu'elle était malade, dépressive. Que ce n'était pas à cause d'eux qu'elle était partie, et j'ai bien insisté là-dessus. Ils sont tombés des nues. Mais l'effet a été radical.

— C'est-à-dire ?

— Mathilde le bébé, un an et demi, celle à qui on a le moins expliqué les choses parce qu'elle est trop petite soi-disant, a pris, dans la foulée, un repas normal. *Hop*, purée et yaourt. Fini les biberons. Je vous jure, c'est comme si elle avait tout capté. On n'en revenait pas ! Gaby en riait aux éclats ! »

Babeth a approuvé d'un air docte : « Évidemment, c'est logique.

— Ensuite, j'ai dit à Thierry que Constance allait mal et qu'il fallait arrêter de la mettre à l'école l'après-midi. J'ai proposé de la garder avec moi toute la journée.

— T'es une grande malade, en fait, a lancé Nelly. T'avais la possibilité de n'avoir qu'un seul enfant à la maison pendant deux heures, et tu t'es dit : « Tiens, je me fais un peu chier, si j'en gardais un de plus ? », c'est ça ? Et le soir, tu te récupères les cinq… T'es complètement folle, c'est clair…

— Elle fera sa rentrée en septembre. Elle a trois ans et demi, ce n'est pas une catastrophe de rentrer à quatre ans en petite section de maternelle, mais là, elle était vraiment trop malheureuse, et elle se faisait harceler à l'école parce qu'elle était la seule qui n'avait pas de mère pour venir la chercher.

— Et le père, il a dit oui ? a demandé Babeth, incrédule.

— Il a eu du mal à céder parce qu'il pensait que rater un an de scolarité à trois ans allait lui faire prendre du retard pour le reste de sa vie, mais j'ai eu gain de cause. La petite revit en restant avec moi à la maison, c'est un bonheur de la voir jouer à nouveau, et interagir avec ses frère et sœurs.

— Sainte Manon, priez pour nous », a ironisé Nelly, sceptique.

Ma fille m'étonnera toujours. La voilà qui s'improvise mère de famille et assistante sociale avant l'heure. J'admire sa générosité, sa spontanéité. Avec Scott, on a peut-être été un peu sévères avec elle. On lui a coupé les vivres très tôt, c'est vrai. Mais à seize ans, elle voulait vivre sa vie. Et Scott a pensé que c'était le meilleur moyen pour qu'elle s'en sorte. Qu'elle apprenne la liberté, pas à pas, au lieu de l'avoir eue en cadeau, gratis. On a eu raison quand je vois comment elle évolue aujourd'hui. C'est une fille responsable. Et, c'est peut-être bête mais ça parle bien d'elle je trouve, c'est comme si elle ne savait pas qu'elle était belle, et qu'elle s'en fichait. C'est là où je me dis qu'on a réussi. Elle voit que l'essentiel est ailleurs.

Les filles ont passé l'après-midi ensemble, cloîtrées dans la chambre de Babeth, toutes les trois sur le lit double à rire et à glousser. Elles se sont fait les ongles sur le lit, Babeth a coiffé Manon pendant des heures, essayant de discipliner sa tignasse, de la tresser, de la huiler mais le résultat n'était pas très probant. Elle a hérité des cheveux crépus de son père quand mes deux autres filles ont mes cheveux raides et lisses. Bizarre, la génétique, quand même ! Ensuite, elles sont parties au club de basket parce que Babeth avait un entraînement avec les benjamines de son équipe. Mes *girls*... De dos, quand elles sont parties, on aurait dit les Dalton : une grande, une moyenne, une petite. Les trois avec leurs petits shorts de sport, leurs brassières et leurs baskets, riant sur leurs téléphones, taquines. La prochaine fois qu'on sera tous les cinq réunis, ça sera à Noël prochain... C'est long. J'espère que Solange acceptera de venir réveillonner avec nous.

Je ne sais pas dans quelle histoire elle s'est embarquée avec ce Thierry Leprince et sa cohorte d'enfants malheureux. Quand on a appris la nouvelle, on était tous d'accord pour qu'elle s'en occupe à temps plein, bien sûr, pauvre homme, il avait besoin d'aide, et c'était facile pour Manon de se mettre en cours par correspondance.

Mais j'ai peur qu'elle s'attache un peu trop aux enfants et qu'elle n'ait plus assez de temps pour travailler correctement à la fac. Je l'ai rencontré une fois, ce Leprince, en déposant Manon à la gare un matin où elle devait les rejoindre dans leur château de famille ; il m'a paru respectable, là-dessus aucun problème, mais je ne sais pas... Je l'ai trouvé très autoritaire envers ses enfants, et pas très aimable avec Manon. Un peu comme s'il la considérait comme la bonne, et je n'ai pas aimé ce sentiment du tout. Peut-être que je me trompe.

Chapitre 11

Élizabeth Leprince, août 2003

J'ai conseillé à Thierry de changer d'attitude immédiatement. On ne se comporte pas ainsi, encore moins huit mois après la disparition subite de sa propre femme, je ne sais pas ce qu'il lui arrive ! On a déjà eu toutes les peines du monde à faire taire les cancans à la suite de la mort d'Agnès, je ne voudrais pas que ça recommence. On ne sait jamais ce qui peut arriver. La rumeur est la pire des souillures. Jacques est épouvanté des répercussions que cela pourrait avoir.

La métisse et les enfants sont arrivés pour l'été aux Grands Chênes, et tout se passait très bien. Les week-ends, quand Thierry nous rejoignait, elle rentrait chez elle comme convenu, puis elle revenait le lundi quand il repartait. Mais au fur et à mesure des semaines, Thierry a eu tendance à revenir plutôt le jeudi soir, soi-disant pour voir plus ses enfants. Tu parles !

J'ai bien vu que cette fille a pris une place de plus en plus centrale dans l'organisation de leur famille, c'est absolument étonnant. Il semblerait que pas une décision ne soit prise sans qu'elle soit consultée, et l'autre jour quand j'ai demandé un service à Blandine, elle a eu le toupet de demander à la fille si elle lui donnait la permission de le faire. C'est le monde à l'envers, ma parole !

C'est à se demander si elle n'a pas une idée derrière la tête. Des chasseuses de magots, j'en ai vu, et plus d'une... Je les repère à cent kilomètres. Qu'elle ne s'imagine pas une seconde que je ne remarque pas son petit manège. J'ai bien vu comment elle inspectait le château, fouillant toutes les pièces, cachant même certains objets comme la statuette du petit salon, sous prétexte de jeu... Elle et Thierry se comportent ensemble comme s'ils se connaissaient depuis toujours, c'est indécent. On dirait des amis ! Autrefois, le deuil d'un veuf durait au moins un an. Et les rapports avec les subalternes devaient rester distants. Où se croit-il ? Chez elle, à Dakar ? C'est inouï...

Quand j'en ai parlé à Thierry, il s'est fâché, nous avons eu des mots. Violents. Je lui ai dit que chez moi, on respectait ma façon de vivre et mes valeurs, que j'en avais assez de le couvrir pour tout depuis toujours et que s'il voulait se saborder, libre à lui d'aller passer ses vacances ailleurs s'il n'était pas d'accord avec ma façon de voir les choses. Ça s'est mal fini.

Thierry a changé ses plans. Il est parti ce matin à la gare avec les enfants chercher son Africaine. Il dit qu'il a loué une maison à Annecy et qu'il finira ses vacances d'été là-bas.

Delphine va être déçue, ses enfants vont s'ennuyer au château sans ceux de Thierry, mais elle me soutiendra, c'est sûr. Toujours est-il que si j'étais Thierry, je me méfierais de cette fille. Je suis sûre qu'elle manigance quelque chose.

Chapitre 12

MANON JACKSON, août 2003

Les choses ont pris une tournure inattendue. Tout s'accélère. Je ne sais pas encore quoi en penser.

En arrivant à la gare le lundi matin, Thierry m'attendait comme d'habitude sur le quai, mais là, il était entouré de tous les enfants.

« Changement de programme, Manon, on part au bord du lac, j'ai loué une maison pour le reste des vacances. J'avais envie de faire du bateau et de changer un peu d'air… Et puis, je n'en peux plus de tous ces cons au château ! »

C'était bien la première fois que je l'entendais parler de sa famille comme ça, d'habitude c'était toujours « mon grand-père ce héros, ma mère vénérée, ma famille si grandiose… ! » Je ne sais pas ce qui s'est passé, mais j'étais ravie, bien sûr, qu'on soit aux Grands Chênes ou ailleurs, pour moi ça ne changeait pas grand-chose et mon travail restait le même, et tant qu'à faire je préférais changer de cadre, même si j'adorais aller au château. Mais je n'avais pas du tout prévu de valise en conséquence : pas de maillot, pas de robe de plage, rien. Du coup, on s'est arrêtés chez Carrefour en route pour faire le plein de nourriture pour la maison de location, et j'en ai profité pour m'acheter un maillot ainsi que des bouées et de la crème solaire pour les enfants. Thierry pour une fois n'a pas regardé à la dépense, et j'ai pu acheter ce dont nous avions besoin. Même des oranges pour faire du vrai jus d'orange, c'est dire… ç'allait nous changer de la marque distributeur que je trouvais infâme et qu'il nous infligeait toute l'année. Il avait cette manie d'ergoter sur des dépenses de base, mais de dépenser sans compter sur d'autres sans que je puisse y voir la moindre logique. À part celle de son plaisir exclusif, car les dépenses en général se faisaient pour des choses dont il rêvait. Je me disais qu'Agnès avait été bien sympa de le laisser s'acheter une voiture de sport alors qu'elle continuait à se taper ce jus d'orange dégueu tous les matins sans broncher.

Il avait loué une grande maison savoyarde à côté de Sévrier, à quelques centaines de mètres du lac, avec pour jardin un immense champ plein de vaches et de pommiers, un puits et une table de ping-pong gondolée par la pluie mais très suffisante pour notre niveau ! On allait à la plage à vélo le matin, les petits en siège bébé, les grands devant sur la piste cyclable. Il faisait une chaleur de bête, je crois qu'on a bien frôlé les 38 °C. Comme on arrivait assez tôt, on trouvait toujours un petit ponton sur lequel s'installer, ou une petite crique à côté des bateaux amarrés, et on déballait notre barda comme si on allait rester jusqu'au soir. D'ailleurs souvent, c'est ce qu'il se passait : Thierry restait là toute la journée à bouquiner et se baigner, il disait qu'il avait besoin de se reposer, c'était ses seules vraies vacances, pendant que je ramenais les enfants pour les faire déjeuner et coucher les petites pour leur sieste. On y retournait en fin d'après-midi pour rejoindre leur père et, souvent, on lançait quelques lignes de pêche en regardant le soleil se coucher. Les enfants étaient au paradis, je ne les avais jamais vus aussi sereins, et gais. Ils jouaient sans se chamailler, passaient des heures dans l'eau, Luc faisait des concours de plongeon avec son père, ça pouvait durer des heures, il fallait les noter sans vexer le père ni le fils – mission impossible – les chronométrer, les filmer, le tout sous les hourras et les bravos des filles. Blandine s'était de son côté lancé le défi de traverser à la nage le lac d'une rive à l'autre, ce qui était bien entendu hors de question à son âge, mais Thierry ne l'ayant pas fermement interdit, la pauvre chérie s'entraînait comme une forcenée, persuadée que le dernier jour des vacances son père traverserait le lac avec elle.

J'ai senti que les choses changeaient peut-être trois jours après notre arrivée. Ce jour-là, il faisait particulièrement chaud et le soleil tapait fort. On était sur le sable, les enfants étaient tous en train de jouer au bord de l'eau, et Thierry s'est approché de moi avec le tube de crème solaire en me demandant de lui en mettre dans le dos. Je pense qu'il a vu à ma tête que j'étais surprise.

« Ça te gêne ? il m'a demandé en riant. Ouh là là, je ne savais pas que tu étais si prude, Mademoiselle-de-vingt-ans ! »

J'ai ri, un peu jaune, c'est vrai : « Mais pas du tout, voyons, aucun problème ! » Je lui ai étalé la crème, vite fait bien fait, et j'ai filé rejoindre les enfants pour les aider avec leur château de sable. Lui toucher le dos, sentir le grain de sa peau, son odeur, je ne sais pas, ça me faisait bizarre. Nos relations étaient devenues plus cordiales, c'est sûr, j'arrivais maintenant à le tutoyer complètement, je lui racontais un peu ma vie, lui la sienne, on se parlait pas mal en faisant la cuisine le soir, mais ça restait mon boss, le mari d'Agnès, et je n'avais jamais envisagé les choses autrement.

Et puis la semaine suivante, là, on a carrément franchi une étape.

On avait passé une journée fabuleuse en bateau, Thierry avait loué un Zodiac suffisamment puissant pour tracter les enfants sur une bouée derrière nous. On a sillonné le lac dans tous les sens, les grands se sont éclatés comme jamais ! À un moment, Thierry a voulu essayer lui aussi de faire de la bouée et il m'a demandé de prendre le volant du bateau.

« Ah non, ça va pas être possible, j'ai répondu. Je suis désolée, Thierry, mais je n'ai même pas mon permis de conduire, alors un bateau, même pas en rêve !

— Mais si, tu vas voir, c'est facile comme tout, ça ne risque rien et j'ai très envie d'essayer !

— Je te jure que ce n'est pas raisonnable. » J'ai tenu bon. « En plus, pas avec les enfants à bord, c'est trop dangereux ! »

Il a énormément insisté, mais j'ai refusé. Il était furieux : « Je me ruine pour vous offrir des vacances de pacha, et je ne peux même pas en profiter deux minutes ?! Un tel égoïsme, je n'en reviens pas ! », il a fait la tête une demi-heure, ça tombait bien, c'était l'heure de la sieste, il n'a plus dit un mot à personne, on a jeté l'ancre et on s'est posés sur une plage à l'ombre et puis, en se réveillant, il avait oublié sa frustration, et on a continué la journée comme si de rien n'était. Le soir, après avoir couché les petites, et alors que j'étais en train de finir de ranger la cuisine, je l'ai vu arriver avec une bouteille de champagne.

« Laisse tomber ta vaisselle, Cendrillon, je viens me faire pardonner…

— De quoi ? j'ai répondu en souriant, l'éponge à la main, et toujours en robe de plage.

— D'avoir boudé. Je suis désolé, c'était ridicule de ma part, complètement enfantin et hors de propos. J'ai acheté une bouteille chez le caviste en rentrant de la marina, elle est frappée, pile à point ! Je nous ai installé une petite table sous les pommiers, tu vas voir, c'est charmant ! »

Je suis montée me changer et mettre quelque chose de plus chaud, et je me suis dit : « Il va mieux, il reprend goût à la vie, je suis heureuse pour lui », et je l'ai rejoint sous les pommiers. On a bu la bouteille tranquillement, en refaisant le monde. Les enfants dormaient, il faisait bon, ça sentait l'herbe chaude, on entendait les grenouilles croasser, le ciel était plein d'étoiles. Nous étions allongés dans nos transats, il m'a expliqué les constellations, la Voie lactée, Neptune et les anneaux de Saturne, il connaissait le nom de toutes les étoiles, il a pointé la Grande Ourse et la Petite, et il m'a montré Vénus, « déesse de l'amour et de la beauté… comme toi ! » Et puis, il s'est fait tard et si lui pouvait envisager une grasse matinée le lendemain, moi je devais être debout pour Mathilde qui se réveillait à 6 heures tous les jours et qui hurlait pour avoir son biberon, du coup, je me suis levée pour monter me coucher. On était un peu ivres, j'ai trébuché en me levant, on a ri comme des gosses.

« Je crains que mademoiselle ne soit pas en état de rentrer », a-t-il dit en me tendant la main.

Je riais, je gloussais plutôt parce que je ne voulais pas réveiller la maison, en mettant ma main devant la bouche, je n'arrivais pas à m'arrêter, et il m'a raccompagnée jusqu'à ma chambre en jouant au garde du corps, en faisant semblant d'écarter une foule de fans sur notre passage. Arrivée devant la porte de ma chambre, j'ai commencé à l'ouvrir, doucement, mais il m'a attrapé doucement le bras.

« Manon... »

Je n'ai eu le temps de rien dire, je n'ai pas réalisé ce qui se passait. Il m'a embrassée. Sans prévenir.

Je ne m'y attendais pas une seconde. Je me suis dit : « Au secours ! Qu'est-ce que t'es en train de faire, là, Manon ? Arrête-toi tout de suite ! C'est la connerie du siècle ! » Et en même temps, j'étais incapable de lui faire de la peine, de dire non, de le rejeter, je sais que ça l'aurait énormément blessé si je lui avais refusé ce baiser. Il avait traversé le pire des chagrins, avait essayé de se tuer, et il commençait à aller mieux, je ne pouvais pas briser son fragile équilibre, pas à ce moment-là, si ? Je pensais à tout ça tandis qu'il m'embrassait, toutes les pensées fusaient à mille à l'heure et s'entrechoquaient dans mon esprit. J'ai même pensé à Agnès, et j'ai été très gênée. « Je suis désolée, ce n'était pas du tout prévu, je n'y suis pour rien, c'est toi qu'il aime ! » Il m'a regardée en souriant, il m'a caressé la joue, les yeux embués, m'a pressé les mains, a murmuré en souriant : « Bonne nuit, Cendrillon. » Et je suis entrée dans ma chambre.

J'ai débourré d'un coup. J'étais complètement perdue, je ne savais absolument pas quoi penser ni comment gérer la situation. Je me suis assise sur mon lit, en état de sidération presque. « Et merde... » Je n'ai pas fermé l'œil de la nuit, j'ai essayé de me convaincre que ça n'était qu'un tout petit baiser de rien du tout, sans aucune signification, et que demain serait un autre jour, qu'une fois le soleil levé, nous allions reprendre nos esprits et que les choses allaient redevenir comme avant. Je me disais que ce serait un drôle de souvenir entre nous, et qu'un jour on en rirait.

Le lendemain, j'étais un peu parano. Je cherchais à l'éviter sans le lui montrer pour autant. Je me suis occupée des petites, mais tout me semblait suspect, j'avais l'impression que les enfants m'espionnaient. À un moment, Luc s'est caché derrière un vieux tonneau à vin dans la grange, et je le cherchais pour passer à table ; quand je suis passée devant le tonneau, il m'a lancé un petit bout de bois en criant : « Traîtresse ! » sur le même ton qu'il aurait pu crier : « À l'abordage ! » Je l'ai grondé parce que j'avais eu peur, et je me suis imaginé toute une histoire en me disant qu'il avait dû nous voir hier soir à la porte de ma chambre, qu'on avait dû faire trop de bruit en montant, et qu'il m'en voulait, qu'à ses yeux je volais la place de sa mère.

Au bout de quelques jours pourtant, je me suis rendu compte que Luc n'avait rien vu, et Thierry et moi avons continué à nous embrasser en secret, dans les embrasures de porte, derrière le linge étendu sur le fil, dans le lac. Baisers secrets. Mais ce n'étaient plus des baisers volés. Je découvrais une autre facette de cet homme qui m'avait au départ inspiré tant de pitié. Je le découvrais fort et viril, tendre, drôle, inattendu, romantique. Moi qui n'avais connu que des garçons de mon âge, hésitants, débutants, qui ne savaient pas ce qu'ils voulaient faire de leur vie, qui ne gagnaient pas un rond et n'avaient aucune perspective d'avenir, j'étais impressionnée par sa maturité et par son expérience. Je me sentais en sécurité. Son charisme me rendait fière, la façon qu'il avait de s'adresser aux gens, quels qu'ils soient, la boulangère comme le loueur de bateaux, avec cet air convaincu et sûr de lui, ce sourire charmeur au visage, certain d'obtenir ce qu'il voulait : « Vous savez que vous faites la meilleure baguette de tout le lac d'Annecy ? Vous m'en mettrez douze, je vais les distribuer sur le port, il faut que les gens sachent ! » Son raffinement naturel, sa politesse délicate, sa prestance magnétique… Ses cheveux presque longs maintenant, mal coiffés, ébouriffés par le soleil et la mer, ses bras puissants, marqués par des veines sombres et des muscles qui se dessinaient sous la peau mate… Le Thierry d'Agnès, cet homme d'affaires austère et sévère, avait tellement changé. Mais surtout, nos nuits étaient brûlantes, incandescentes. Je découvrais un plaisir que je n'avais jamais eu avant, j'avais l'impression d'être une femme, fatale, désirante et désirée. Je me fondais dans son corps gigantesque et bronzé, les jeux qu'il inventait étaient nouveaux, interdits, plus rien n'avait d'importance. Il m'embrasait, je disais oui à tout, il était insatiable. Je le rendais heureux, la nuit j'avais ce pouvoir-là. Et j'avais ce sentiment, absurde certes, qu'Agnès était d'accord, quoique sans doute un peu étonnée.

Et ensuite, je n'ai jamais trouvé le bon moment pour lui dire qu'on devrait arrêter tout ça, chaque fois on embrayait sur autre chose. On vivait une jolie histoire d'été, cachée, une petite romance agréable et sexy, mais rien de plus. Je pensais sincèrement qu'à la rentrée, nous arrêterions, mais en même temps, je le voyais renaître un peu plus chaque jour. Même son visage changeait. Il était détendu, drôle, attentionné. Plus on s'embrassait plus il passait du temps avec les enfants, comme si notre histoire le remplissait d'une vitalité nouvelle, d'un amour neuf, et qu'il le redistribuait à tout le monde. Il m'aidait, il débarrassait la table, il allait chercher des croissants le matin en revenant de son footing, il racontait des histoires le soir à Constance, et il a vraiment nagé avec Blandine d'une rive à l'autre le dernier jour. Il était enfin serein, je crois. On a passé une fin de vacances hors du temps, j'en garde un souvenir très doux et tendre.

Nous sommes retournés aux Grands Chênes pour la dernière semaine des vacances. Je crois que tout le monde s'est douté de quelque chose car le changement sur Thierry était visible et radical. Ce n'était plus le même homme. Il était parti de chez ses parents triste et en colère, il y est revenu gai et rayonnant. Delphine a voulu me parler, elle a essayé d'en savoir plus, elle a cherché à me soutirer des confidences, mais je n'ai rien dit. Thierry avait été très clair là-dessus, il voulait que personne au château ne le sache, c'était notre secret, notre histoire, ça ne regardait personne. Moi, je m'en fichais un peu, je continuais de me dire que de toute façon, ce serait fini dans huit jours.

Chapitre 13

Delphine de Saint-Blanquys, née Leprince, septembre 2003

Je m'appelle Delphine de Saint-Blanquys, je suis la fille aînée de Jacques et Élizabeth Leprince, la sœur de Thierry.

J'ai trois enfants, âgés de dix à quinze ans.

J'ai trente-huit ans, et j'habite à Lyon dans le 3e. Je ne travaille pas, mon mari, Gonzague de Saint-Blanquys, gagnant suffisamment bien sa vie dans l'entreprise familiale.

Cet été aux Grands Chênes, dans notre maison de famille, j'ai fait la connaissance de la jeune fille au pair de Thierry, elle s'appelle Manon, elle a vingt ans.

Je pense qu'ils ont une aventure. Et je suis inquiète. J'y pense beaucoup. Je ne sais pas comment lui dire. J'ai essayé de lui parler, de la mettre en garde. Mais elle m'a évitée.

Je me sens responsable de ce qu'il peut lui arriver.

Surtout après Agnès.

Parce que moi, je sais qui il est.

Je le sais depuis qu'il est tout petit. Dès l'enfance, j'ai eu l'intuition que quelque chose de plus fort que lui l'habitait, que ça n'était pas uniquement lié à son tempérament compliqué et qu'il fallait le soigner. Qu'il était malade. J'ai essayé de prévenir les parents, plusieurs fois. Ils n'ont jamais rien voulu savoir. Ils m'ont punie. Ont dit que j'étais médisante, et jalouse de mon propre frère. Que je cherchais à le rabaisser. Qu'ils ne voulaient plus jamais en entendre parler.

J'étais une fille, ce que je pouvais dire avait moins d'importance que ce que leur fils avait à accomplir en perpétuant leur nom. Ils m'ont fait taire pour ne pas interférer dans le projet qu'ils avaient pour lui. Quitte à sacrifier sa santé mentale.

Mais moi, je sais comment il est.

Mes enfants sont pareils.

Chapitre 14

THIERRY LEPRINCE, octobre 2003

C'est un animal sauvage et délicat, que je vais apprivoiser et dompter. Elle me fait penser à ces antilopes du désert, au front haut et fauve, au regard doux, sur le qui-vive, alerte et innocente, à la merci du premier lion qui passe. On a l'impression qu'avec ses chevilles si frêles elle va se briser au moindre pas, qu'elles ne pourront pas supporter le poids de tout son corps. Ses mains sont graciles, presque fragiles, comme des petites baguettes de tambourin qui dansent autour d'elle, et qui vous effleurent en laissant derrière elles un parfum vanillé. Elle est crépusculaire, envoûtante, mystérieuse. Elle est belle à en mourir. Mais je ne veux plus mourir. Je veux vivre avec elle, la sentir, la toucher, la regarder, l'écouter, la dévorer. Je la veux à moi, entière. Elle est mienne. Sa vie m'appartient.

Personne n'est encore vraiment au courant, même si j'ai de plus en plus de mal à m'en cacher. Manon et moi vivons comme des clandestins de l'amour. C'est Agnès qui me l'a envoyée. Ma femme, mon Éternelle. Toi qui as toujours su ce qui était le meilleur pour moi. Toi qui as fusionné en moi. Tu es moi. Ta mort nous a scellés dans un destin commun. Et je ne te trahis pas, je t'honore. Ensemble, grâce à Manon, nous ressuscitons. Je suis ton rédempteur et ton salut. Nos fautes sont pardonnées.

Ce qui s'est passé avec Manon cet été, et ce que nous continuons de vivre, tient presque du miracle ; C'est comme si nous nous sauvions mutuellement.

Manon, cette adorable biche sans racines ni histoire, est entrée dans nos vies comme un rayon de soleil, et les enfants et moi lui avons offert la stabilité, la douceur, le foyer qu'elle n'a jamais eus. Livrée à elle-même depuis ses seize ans, contrainte de gagner sa vie tout en étudiant, mal entourée, mal aimée, cette beauté errait dans l'univers jusqu'à notre rencontre. Je vois comme elle a soif de culture, de spiritualité. Tout l'intéresse, ma famille, la religion, les voyages, les enfants. Elle absorbe tout avec gourmandise et curiosité. Elle pose des questions, elle ne juge pas et j'ai le sentiment de combler en elle un nombre infini de cases que ses parents ont laissées en jachère pendant trop longtemps. Je suis son mentor et son amant, son ami et son père, je suis son Tout, je le sens. Je ressens son attachement, mais je sais aussi sa pudeur. Elle est discrète, elle n'ose pas encore me dévoiler entièrement ses sentiments, elle n'ose pas dire les mots qui font peur, sans doute craint-elle que je ne puisse pas les lui dire en retour aussi rapidement. Elle se protège, elle a peur de souffrir, elle se retient. Elle reste silencieuse sur notre histoire d'amour, elle ne veut pas en parler autour d'elle à ses amis, de peur sans doute qu'on la jalouse. Quel ange !

L'autre jour, nous étions tous les deux dans mon lit, elle avait eu une longue journée avec les enfants, elle était fatiguée, je l'ai vu, et nous nous sommes aimés en silence, recueillis, remerciants. Et j'ai voulu l'aider, libérer sa parole, laisser s'exprimer son amour en dehors pour qu'il ne l'asphyxie pas au-dedans, et je lui ai parlé.

« Dis-moi que tu m'aimes, Manon... C'est important de se dire les choses, c'est la preuve de notre confiance mutuelle. Tu peux me parler, tu dois me parler sinon on va se perdre... Et tu ne veux pas me perdre, je le sais. N'est-ce pas, mon ange, que tu ne veux pas me perdre ? Parle-moi de ton amour pour moi, raconte-moi ton cœur, offre-moi ton âme. Ne crains rien, je suis là. »

Elle m'a regardé de ses grands yeux de chat effaré, et n'a rien pu me dire tant l'émotion la submergeait. Elle n'a pu que m'embrasser sans prononcer un mot, détournant les yeux, incapable de soutenir mon regard, incapable de dire un « je t'aime » qui l'aurait libérée. On est fragile quand on a vingt ans, on a peur, je comprends... Mais ça m'a quand même un peu tendu. Il arrive aussi un moment où il faut faire face à ses sentiments, et accepter qu'ils vous envahissent, c'est la preuve qu'on est adulte et qu'on est honnête face à soi-même, qu'on ne se ment pas. Je lui ai expliqué que j'étais déçu qu'elle ne me fasse pas plus confiance, même si je sais bien que ce n'est pas vraiment la raison de son silence.

Agnès, puis Manon. Deux petites âmes en peine que je ramène à la vie. Enfin, Agnès, ce n'est pas tout à fait ce qu'il s'est passé, bien sûr... Peut-être est-il là mon destin. Peut-être est-ce là mon chemin ? Sauveur des causes perdues.

Au boulot, les affaires marchent bien aussi. Je suis rentré après l'été plein d'une énergie nouvelle, j'ai réorganisé l'équipe, fixé de nouveaux protocoles. Mon équipe est au garde-à-vous, ils travaillent sans compter, ils se donnent corps et âme à la mission que je leur ai fixée, et j'en suis très fier. Grâce à quoi, on vient de décrocher le plus gros contrat jamais signé à Strasbourg. Très logiquement ensuite, on m'a proposé la direction de la BU de Lyon qui n'arrive pas à décoller. Comme je le voulais.

Tout n'est qu'une question de volonté dans la vie.

J'ai eu ce que j'avais dit que j'aurais. L'X, malgré les échecs ou les errances, vous ouvre toutes les portes, je le constate encore des années après en être sorti. Je prends mes nouvelles fonctions le mois prochain. Je vais en parler aux enfants demain. Je prendrai le TGV de 7 heures le lundi matin, arrivée à 11 heures au bureau en ayant travaillé quatre heures dans le train, et je rentrerai le jeudi soir à Strasbourg. Maman a dit qu'elle me laisserait leur petit studio de la rue Victor-Hugo à Lyon, c'est parfait, et surtout, pendant ce temps, Manon viendra habiter à la maison avec les petits, elle pourra s'en occuper plus, et mieux. Ça arrange tout le monde. Elle va rendre son petit appartement insalubre et récupérer l'argent du loyer, ça lui fera un peu de surplus car même si pour le moment je la paie encore en tant que nounou, c'est une situation étrange dont nous allons devoir parler. On ne se fait pas payer pour coucher, si ? Ou alors, il faut revoir la position… joli jeu de mots ! C'est une boutade, un raccourci, bien sûr. Elle s'occupe merveilleusement des enfants, c'est une perle, mais quand même. Elle y trouve bien aussi son compte vu qu'elle les aime beaucoup. Ce n'est pas comme si c'était uniquement une corvée.

Dieu merci, elle a enfin arrêté ses cours à la fac, ça lui prenait trop de temps et je trouvais que le travail à la maison s'en ressentait. J'ai à peine eu à le lui imposer. Quand on révise ses examens toutes les nuits, on est forcément moins patient avec les enfants, ça me paraît évident. Et ce n'est pas acceptable. Je ne veux pas ajouter ça au stress que les enfants ont déjà sur le dos. Leurs écoles sont très exigeantes, et avec le prix qu'elles me coûtent, quatre écoles privées hors contrat, il est hors de question de ne pas mettre toutes les chances de leurs côtés, c'est-à-dire de leur offrir un foyer calme où toute l'attention qu'ils méritent leur est donnée. De plus, à cause de ses cours qu'elle ne pouvait étudier que le soir, on n'arrivait pas à se voir autant que je voulais. Or ce n'est évidemment pas moi qui allais arrêter de travailler et c'était donc à elle de s'adapter. C'est mieux ainsi, elle reprendra ses études une autre fois, et elle dit d'ailleurs qu'elle est bien soulagée.

Je l'ai emmenée avec la petite Alfa Romeo faire la route des vins le week-end dernier, j'avais casé les enfants chez Delphine. Pour une fois qu'elle me rendait service, je dois dire que j'ai sauté sur l'occasion. Ma sœur est rongée par une jalousie maladive, depuis l'enfance, qui l'empêche de profiter sereinement de la vie. Tout lui pose un problème. Et surtout moi, d'ailleurs, comme si j'étais responsable d'avoir été le préféré des parents. Honnêtement, quand on la regarde aujourd'hui, aigrie et suspicieuse, on peut les comprendre. Un petit sac en cuir sanglé sur le porte-bagages arrière, cheveux au vent dans la douceur de cette fin d'automne, écharpe en cachemire et gants de cuir, Manon et moi avions l'air de deux acteurs hollywoodiens. Petite auberge discrète, dégustation de grands crus, visite des caves, restaurant étoilé, rien n'est trop beau pour elle. Ma tigresse était d'une beauté flamboyante, je l'ai dévorée tout le week-end. Un véritable conte de fées.

Chapitre 15

GABRIELLE LEPRINCE, novembre 2003

Je ne pensais pas qu'on pouvait passer de « si malheureuse » à « à peu près très heureuse » en si peu de temps. Il y a pile un an, Maman nous quittait des suites d'une maladie soudaine. J'ai cru qu'on allait tous mourir aussi, que nos faux rires ne sonneraient jamais assez justes pour que Maman ait envie de revenir nous chercher, qu'elle allait préférer rester là-haut avec le Bon Dieu, et qu'on allait tous mourir de faim ici-bas.

Et puis Manon est venue s'occuper de nous, et on n'a plus eu faim du tout, jamais. On a eu le droit de manger du Nutella le mercredi ou le jeudi si on voulait, pas uniquement le dimanche, elle a cuisiné dans l'ordre tout le livre de recettes de Maman avec Blandine, jusqu'à la dernière page où on a fait un grand festin dans le jardin pour célébrer le Z avec un *zuccoto* italien tellement délicieux ! Maintenant qu'elle sait tout faire, on peut lui demander ce qu'on veut, et au lieu d'avoir tout le temps les mêmes plats comme avant, on n'a que ce qu'on aime à la condition qu'on respecte l'équilibre des cinq fruits et légumes par jour, car Manon, elle rigole pas avec ça, elle dit qu'il faut manger équilibré et faire du sport pour aller bien. Du coup, c'est nous qui choisissons les menus, et c'est à nous de compter nous-mêmes le nombre de fruits et légumes présents dans les plats. On les additionne et on voit si ça colle avec sa règle, et ensuite elle dit oui ou non. Elle dit que comme ça, ça nous habitue à voir par nous-mêmes ce qui est bon pour nous et ce qui ne l'est pas. Elle dit que c'est d'accord de manger du Nutella si on a eu des pommes au petit déjeuner et des carottes au dîner, par exemple. Moi, je trouve que ses règles, elles sont plus intelligentes. En tout cas, moi, ça va m'aider pour quand je serai mannequin, je saurai toujours quoi manger pour ne pas être grosse mais être en bonne santé quand même. Dans la mode, ils font très attention à ce genre de choses, et c'est bien que je sache déjà cela, ça me fait gagner du temps, comme ça, je pourrai partir de la maison plus vite que tout le monde.

C'est pas que c'est pas bien à la maison, ce n'est pas ce que je dis, bien sûr, surtout maintenant que Papa et Manon s'embrassent dans le même lit – je le sais, on les a espionnés – c'est devenu encore mieux. Ce que je veux dire, c'est que je veux avoir ma vie toute seule, et faire ce que je veux, m'habiller comme je veux et arrêter d'aller chez tante Delphine que je déteste avec ses garçons qui sont si méchants et qui n'arrêtent pas de jouer à se couper avec des couteaux. D'ailleurs, la dernière fois, j'avais tellement pas envie d'y aller que j'ai pleuré, et alors Manon, au lieu de me forcer, elle a dit à Papa : « Allez-y sans nous, j'emmène Gaby faire du shopping, j'ai des trucs de fille à acheter. » Je n'en croyais pas mes oreilles mais elle est comme ça, Manon, toujours de notre côté. Et

Papa a dit oui, je n'ai même pas eu besoin de le supplier. Il est tout le temps d'accord avec elle, sauf quand il se fâche, mais ça, c'est comme d'habitude.

On est allées dans la rue commerçante piétonne, la Grand-Rue, on est entrées dans tous les magasins. Manon essayait des petits habits, et elle sortait de la cabine pour me montrer et me demander mon avis, ou bien elle me tendait ce qui ne lui allait pas en sortant juste la tête de derrière le rideau de la cabine, et elle me disait : « Gaby, s'il te plaît, tu peux aller me choisir un pantalon plus joli ? », et c'est moi toute seule qui allais dans les rayons choisir ce que j'aimais, de la bonne taille, de la bonne couleur et tout. Finalement, elle n'a rien acheté pour elle, mais à moi elle a acheté du vernis. De la même couleur que son rouge à lèvres, comme ça on pourra les assortir, elle a dit. Elle ne me prend vraiment pas pour une petite fille, c'est quand même agréable de voir que quelqu'un me comprend sur cette Terre. C'est vraiment mon amie. C'est presque ma maman. Ça me fait bizarre de dire ça, bien sûr que je sais que ce n'est pas ma mère, mais on a fait un conseil d'administration avec Luc et Blandine, comme Papa fait à son nouveau travail à Lyon et, justement, on en a parlé. Et on est tous d'accord. Ce serait la meilleure chose qui puisse nous arriver. J'espère que Papa avec ses colères ne va pas tout gâcher. Ou tante Delphine avec ses cadeaux méchants.

Parce que le mercredi dont je parle, quand ils sont revenus de chez les cousins, Papa nous a montré le cadeau que lui avait fait tante Delphine : une jolie photo de Maman dans un cadre argenté. Il a demandé à Manon de mettre le cadre sur le meuble de l'entrée en disant : « C'est une des photos d'Agnès que je préfère, c'était vraiment la plus belle femme du monde, non ? Surtout avant… » Avant quoi ? On se demande, mais bon. Il avait l'air très touché comme on dit, mais moi, je ne sais pas, ça m'a fait de la peine ce cadeau, alors que j'adore ma vraie mère bien sûr, et que je suis très contente d'avoir plein de photos d'elle partout. Mais je me suis mise à la place de Manon qui embrasse Papa gentiment et qui doit l'aimer, et je me suis dit que ce n'était pas très gentil de lui coller des photos de Maman sous le nez partout dans la maison. En plus, il y avait déjà trois cadres avec des photos d'elle sur ce meuble. « Il aurait peut-être dû emporter celui de Delphine pour le mettre dans son studio où il va dormir à Lyon », je me suis dit. Mais Manon n'a pas fait de commentaire, et elle a posé le cadre où il a dit.

J'ai fait une nouvelle réunion avec Luc et Blandine le soir même, après que Manon nous a couchés, et on a parlé de l'affaire du cadre. Blandine a cherché à faire des histoires, bien sûr, en disant qu'on n'avait pas à choisir entre Manon et Maman, qu'elle ne voyait pas où était le problème de mettre des photos de Maman partout. Luc s'est énervé parce qu'il a dit que si on ne parlait que de Maman tout le temps dans cette maison, Manon allait nous quitter aussi. J'ai dit que Manon ne ferait jamais une chose pareille, Blandine a dit : « Si, bien sûr que si, espèce de grosse fayote, elle s'en fout de toi, et de nous tous d'ailleurs, elle partira le jour où elle trouvera des enfants plus gentils ! » Bref, on s'est disputés, et on a laissé le cadre sur la commode.

Chapitre 16

MANON JACKSON, décembre 2003

Bientôt Noël.

Je n'ai pas vu le temps passer, trop occupée, trop amoureuse, trop pressée.

Amoureuse…

Moi qui croyais que cette histoire n'irait nulle part. Voilà quatre mois que nous sommes ensemble. Tout a changé dans ma vie, et pourtant, aujourd'hui tout me paraît si naturel, normal. C'est comme si je devais être là.

On l'a annoncé aux enfants le mois dernier, juste avant le départ de Thierry pour Lyon et le début de son nouveau job. C'était fort. J'avais préparé un grand apéro de fête avec Blandine, sans lui dire ce qu'on célébrait, champagne et Champomy, chips et tomates cerise, et j'avais tout installé sur la table basse du salon. Thierry était impatient de le leur annoncer, le secret lui pesait, il n'en pouvait plus de devoir se cacher. Les nuits sans sommeil, les faux départs le matin aux aurores pour que les enfants ne me trouvent pas dans la chambre de leur père au réveil, moi en pyjama dans la rue, me ruant chez moi prendre une douche et repartant juste après chez les Leprince, cheveux encore mouillés, pour lever les petites. J'avais l'impression de vivre dangereusement, c'était tellement excitant ! Crevant, car c'était à moi de me planquer et de déménager en trombe, Thierry restait peinard dans son lit, mais tellement romantique ! On manigançait comme des adolescents, on s'envoyait des baisers avec les yeux, et comme par hasard, on s'est mis à faire beaucoup plus de footings matinaux… J'étais tellement heureuse de voir Thierry rire à nouveau, ç'a transformé l'ambiance à la maison. C'est comme si une bonne fée nous avait tous ensorcelés : Constance était épanouie à l'école, Mathilde dévorait mes purées maison, Luc parlait à table, Blandine était moins furieuse et riait avec moi aux fourneaux, et Gaby et moi sommes devenues encore plus proches. *La Mélodie du bonheur*, mais en vrai. Et je défie quiconque, Babeth en premier avec ses théories féministes et psychanalytiques à deux balles, de me dire que la force des femmes ne réside pas aussi en leur capacité à rendre une famille heureuse. Quiconque. Je me sens forte et combative, j'ai le sentiment d'avoir un pouvoir absolu entre les mains car je suis capable, à moi seule, de les ramener vers le bonheur. La réussite n'est pas qu'une question de salaire ou de promotion professionnelle. La réussite, c'est d'atteindre ses objectifs.

Thierry avait préparé un petit speech, il a attendu que tous les enfants se soient servi un verre, et soient bien attentifs. Je voyais qu'il était ému, ça me touchait tellement, alors que pour moi tout ça me paraissait normal, je ne sais pas comment l'exprimer.

« Mes chéris, il a commencé, la voix hésitante. Ça fait pile un an que Maman nous a quittés… Et vous savez bien qu'il ne se passe pas un jour sans que je prie pour elle, ou que nous pensions tous à elle. »

Les enfants écoutaient, mais ils savaient bien que ce n'était pas le message principal. Les prières pour Agnès étaient quotidiennes, pas la peine d'en faire un speech pour autant. Ils attendaient la suite, un demi-sourire en coin.

« Agnès m'a envoyé le plus beau cadeau qu'il soit possible de recevoir... » Il m'a regardé, visiblement chamboulé, et il a enchaîné : « Votre Maman a envoyé Manon dans ma vie pour que je sois heureux à nouveau, pour que je retrouve goût à la vie et au bonheur, pour que je trouve la force de lui survivre et de m'occuper de vous. »

Toujours pas de réaction du côté des enfants.

« Bref, on voulait vous dire... Papa et Manon sont devenus amoureux et maintenant, elle va vivre avec nous.

— Jusqu'à la fin des temps ? » a demandé Constance aussitôt.

On a tous éclaté de rire, on s'est embrassés, on a pleuré, Thierry m'a prise dans ses bras pour la première fois devant ses enfants, et ils sont tous venus nous entourer de leurs petits bras minuscules. J'ai senti à cet instant-là un amour puissant, une vague de tendresse immense pour cette incroyable famille toute cassée qui se reconstruisait morceau après morceau, jour après jour dans une résilience imposée et difficile. Je les trouvais beaux, courageux et dignes. Et je me suis dit que je ferai tout ce qui était en mon possible pour les aider, pour les aimer, pour les épargner.

À partir de là, les choses se sont déroulées comme dans un rêve. Les filles sont venues m'aider à faire mes cartons et à vider mon studio tandis que Luc et Thierry faisaient les manutentionnaires. On a déménagé tous les sept ensemble, on a cassé plein de trucs mais on s'est beaucoup amusés. Anouk, à qui je refilais la moitié de ma déco ainsi que quelques autres affaires que Thierry ne voulait pas chez lui, est venue passer une tête et elle n'est pas tombée au meilleur moment : Thierry venait de se prendre une amende avec son Espace garé en double file en bas de chez moi, et il était furieux, ce que je peux comprendre, du coup, il lui a à peine dit bonjour vu qu'il fallait se dépêcher de partir. Tant pis, je me rattraperai une prochaine fois. Mais c'est dommage, parce que ça fait longtemps maintenant que je n'ai pas eu de ses nouvelles ; je ne la vois presque plus, et encore moins depuis que j'ai rompu avec Jérémy avant l'été. J'ai l'impression qu'elle m'en veut. Que ça l'énerve que je vive ma vie, et que tout à coup, je sois sortie de ma petite vie étudiante. Mais c'est vrai que je n'ai plus aujourd'hui les mêmes soucis qu'il y a six mois où je ne pensais qu'à faire la fête les week-ends avec toute la bande, et à gagner un max de fric la semaine pour pouvoir me payer des coups à boire en boîte. Je suis tellement contente d'être sortie de tout ça, c'était complètement vain comme vie, absurde, ça n'allait nulle part, Thierry a raison. Là, je me sens vraiment utile. Et je me marre aussi. Thierry est différent. Il est beaucoup plus mature que mes copains, je ne supporterais plus de passer ma vie avec eux comme avant, leurs discussions me paraissent si futiles maintenant. C'est comme si en six mois, j'avais grandi de vingt ans.

On apprend à se connaître, chaque jour est différent. Je l'ai découvert en amant quand je ne le voyais qu'en veuf éploré. Et de ce côté-là, il est boulimique ! Peu importe l'heure et l'endroit, quand il veut, il veut ! Il se débrouille, il complote, on se cache, mais il trouve toujours une solution, même si ça ne m'arrange pas ou que je ne suis pas forcément d'humeur. Bon, bien sûr, il a parfois des réactions que je ne comprends pas, ou des colères qui sortent d'on ne sait où... Comme cette fois où, juste après l'été, il m'a demandé de lui dire « je t'aime ». On rentrait de vacances, on avait vécu une jolie histoire sous le soleil, et pour moi, ça n'allait pas encore beaucoup plus loin, mais je voyais bien que lui, en revanche, avait besoin de réassurance, de réconfort. C'était gênant, il a insisté et m'a presque suppliée de lui dire « je t'aime ». Or à cette époque, je n'étais pas encore amoureuse, alors je n'ai rien pu lui dire. Je n'ai pas eu le courage de lui mentir. Mais j'ai bien vu à quel point ça l'a blessé, et je me suis trouvée dégueulasse de faire ça ; de sortir avec un homme qui a tellement souffert, de lui redonner un peu goût à la vie et puis au moment où il en a le plus besoin, de ne même pas pouvoir lui dire un mot d'amour. Alors, une semaine plus tard, uniquement pour lui faire plaisir, je lui ai dit « je t'aime », un soir, dans le jardin. Et là, je n'ai pas compris sa réaction. Il s'est reculé, m'a regardée comme si j'étais une extraterrestre et il m'a dit :

« Tu m'aimes ? Oh là, ça va beaucoup trop vite, Manon, tu t'emballes, là. Il n'est pas question d'amour entre nous, tu prends tes rêves pour la réalité ! »

Je croyais qu'il blaguait, bien sûr, mais je l'avais visiblement rendu furieux, car il m'a demandé de rentrer chez moi sur-le-champ, disant que les choses devenaient hors de contrôle, que j'avais pris la grosse tête. Il m'a dit qu'il m'écrirait au matin pour m'indiquer si je pouvais revenir. Comme quoi, il a parfois des réactions étranges, mais j'imagine que c'est comme ça pour tous les couples. Évidemment, il m'a écrit dans la nuit en me présentant ses excuses, et quand je suis revenue le lendemain, et il était encore plus amoureux. Bon, j'espère que ça ne va pas trop se reproduire, parce que maintenant je n'ai plus d'appart et je doute qu'Anouk, vu ce qu'il s'est passé, serait OK pour m'accueillir un jour si j'en ai besoin.

Thierry habite maintenant la semaine à Lyon pour son nouveau job, et je suis seule avec les enfants du lundi au jeudi soir, bien occupée, parce que je gère tout toute seule. Au début, ça m'a fait bizarre de venir habiter complètement chez eux. J'étais la première femme après Agnès. Et même si Thierry ne disait que des gentillesses à mon sujet, je sentais bien parfois qu'il était comme surpris par ma présence au petit déjeuner ou sur le banc à côté d'eux à la messe. Une fois, en faisant un grand ménage, j'avais retrouvé une caisse d'habits qui lui avait appartenu. C'était ses robes de soirée, sans doute trop belles pour envisager de les donner aux Petits Frères des Pauvres. J'ai caressé les étoffes, et j'ai essayé de l'imaginer dedans. Elle faisait du 34 et chaussait du 35. Moi je tiens à peine dans un 38 avec mon mètre quatre-vingts et je chausse du 40. Des robes sages et chères. Pas d'extravagance, pas de décolleté profond ou de jupe courte. Mais des belles matières, des coupes impeccables. Je l'ai imaginée dansant le rock avec Thierry, virevoltant autour de son bras dans ses ballerines plates, les yeux pétillants de joie, il dit toujours qu'elle était une danseuse hors pair, qu'elle était « rebondissante ». Moi, je ne sais pas danser le rock, je ne suis jamais allée dans leurs rallyes pour l'apprendre. J'allais au Pacha Club plutôt, et je buvais des bières, pas du champagne. « M'accordes-tu cette danse, ma chérie ? » devait-il lui demander dans un baisemain. J'imagine qu'on fait ce genre de phrase avant de danser le rock, non ? Je me suis demandé s'ils faisaient l'amour en rentrant de soirée, s'il lui faisait les mêmes choses qu'à moi. Si elle aimait, si elle était tournée vers la chose comme lui ou si elle subissait ses assauts, comme moi parfois. J'ai eu honte de ces pensées. Bien sûr qu'ils aimaient coucher ensemble. Ils s'aimaient tout court. Comme lui et moi nous aimons aujourd'hui. Et d'ailleurs, je n'avais aucun doute sur la sincérité de l'amour de Thierry à mon égard, aucun. J'ai rangé la caisse d'habits là où je l'avais trouvée, et je n'y ai plus repensé.

Avec son nouveau travail, Titou est débordé et m'a demandé si je pouvais me charger d'acheter tous les cadeaux de Noël qu'on mettrait au pied du sapin aux Grands Chênes pour les enfants. Il m'a donné un budget précis par tête de pipe, pas énorme j'avoue, et je cours les quatre coins de la ville pour les trouver au meilleur prix. Mais dans le fond, ça m'amuse, c'est nouveau pour moi d'acheter des cadeaux pour des enfants, même si ce ne sont pas les miens, et je trouve ça responsabilisant, j'aime bien me demander ce qui leur ferait plaisir, et j'essaie de trouver des idées à moi, pas forcément celles qu'Agnès aurait eues. Je trouve que ce serait bien pour eux maintenant si on ne faisait pas toujours tout en fonction de ce qu'aurait dit ou fait Agnès. Je pense qu'ils ont besoin d'un peu d'air frais pour se sortir la tête du deuil. Qu'on parle un peu d'autre chose, quoi, même si évidemment, ce sera un Noël compliqué pour eux, le premier sans elle…

Je me réjouis à l'avance de ces vacances tous ensemble, officiellement en couple pour la première fois au château. J'ai vraiment hâte. Il paraît que Noël chez eux, c'est toute une grande tradition, avec messe de minuit célébrée par le père Thaddée dans la petite église de campagne à côté du château, bol de bouillon avant et gros réveillon tous ensemble après, puis ouverture des cadeaux le matin au coin de la cheminée avec des brioches et du chocolat chaud. On sera très nombreux parce que Delphine sera là aussi avec ses enfants. Élizabeth et Jacques vont avoir bien du travail pour préparer les chambres à notre arrivée. Je vais leur écrire pour leur dire de ne pas s'inquiéter pour nous, nous ferons nos lits en arrivant, les enfants nous aideront.

Je ne suis pas encore très à l'aise avec les parents de Thierry, ils m'intimident, je ne sais jamais si j'ai dit la bonne chose ou fait le bon geste, j'ai l'impression d'être constamment observée, ce qui est forcément faux, ils ont évidemment bien d'autres choses à faire, et en même temps, j'ai de l'affection pour eux. Je trouve qu'ils ont réussi à bâtir une famille solide et unie, avec de vraies valeurs et des traditions qui les rassemblent. J'admire leur savoir, leur raffinement. On ne parle jamais dans le vide à leur table, on parle d'art, d'histoire, de religion et de livres. Ils sont intelligents et cultivés et, quand je repars du château, j'ai appris plein de choses. J'en sors grandie. Élizabeth n'est pas très aimable au premier abord, c'est vrai, ni très avenante, mais elle a du charisme, c'est indéniable. Elle est plutôt grande et élancée, toujours impeccablement habillée, et coiffée de la même façon : un petit chignon poivre et sel sur la nuque d'où s'échappent quelques mèches brouillonnes, une paire de lunettes demi-lunes pendues à son cou par une chaîne en or, un pantalon à pinces en toile beige et des mocassins en daim, une chemise blanche d'homme dont elle relève le col et une grosse ceinture. Parfois un pull, beige aussi, sur les épaules. Comme Thierry. Ç'a dû être une belle femme, elle est encore incroyablement chic. Si elle n'était pas aussi classique et guindée dans ses attitudes, elle serait magnifique. C'est elle qui s'occupe de la grande fête annuelle du couvent des Clarisses à côté, il paraît que c'est un énorme truc auquel tous les gens de la région assistent. Il y a des chorales, des conférences, des rencontres spirituelles et, surtout, la vente du miel qui rapporte une fortune. Il paraît qu'il est connu bien au-delà de nos frontières. Bref, c'est un gros événement à organiser, et c'est Élizabeth qui gère tout. Ça doit être quelque chose…

En attendant, ici à la maison à Strasbourg, on a installé la crèche sur la commode de l'entrée, à côté des quatre cadres d'Agnès, avec des petits moutons que les enfants avancent d'un pas chaque soir s'ils se sont bien tenus à l'école. L'autre jour, j'ai surpris Luc, les mains jointes en prière, les yeux fermés, devant la crèche. Je me suis demandé pour quoi ou qui il priait. « Tu demandes un train électrique au bon Dieu ? » je lui ai dit en passant, mais il n'a même pas souri et a continué avec ferveur… Je me demande toujours ce qu'il Lui raconte quand il prie. Moi, au bout de deux minutes, je n'ai plus rien à dire. Une fois que j'ai demandé « pardon » pour deux trois broutilles, dit « merci » pour tout ce qui m'arrive de formidable en ce moment, et « s'il vous plaît » pour les quelques trucs que j'aimerais bien avoir, je sèche. C'est fou comme cette crèche polarise nos énergies, dans le bon sens sans doute. Tout se mesure à l'aune de l'avancement des petits moutons. Moi, je n'en ai pas encore un, Thierry n'a pas voulu, il a dit que ce serait blasphématoire, par rapport à Agnès je pense… Parce qu'elle, elle a toujours son petit mouton dans la crèche. « Ç'aurait été comme la tuer une seconde fois que de l'enlever si vite après sa disparition », m'a expliqué Thierry, d'ailleurs je n'ai pas aimé l'expression « la tuer une seconde fois », ça m'a mise mal à l'aise. Parce que ce n'était pas comme si on l'avait tuée, et c'est lui qui le fait avancer chaque jour d'un pas, l'air recueilli, et quand il fait ça, il lui parle au petit mouton, il lui demande pardon. Il dit qu'elle sera la première à arriver jusqu'à la mangeoire. Je ne vois pas trop l'intérêt de filer un mouton à Agnès, qui n'est pas là, et de m'en priver, alors que je suis là et que je fais tout, mais on ne va pas faire des embrouilles pour une histoire de mouton dans une crèche, j'ai d'autres chats à fouetter. De la même manière que ça ne me déplairait pas d'avoir moi aussi ma photo dans un cadre sur le buffet de l'entrée, mais bon… Je ne suis pas morte et nous ne sommes pas mariés, disons que ça doit être pour ça.

Il neige depuis maintenant quinze jours, les toits des maisons sont blancs, les voitures roulent au ralenti dans les rues à peine déblayées, il règne cette ambiance incroyable des marchés de Noël en Alsace, et c'est une féerie à laquelle je goûte encore plus cette année. Samedi soir dernier, on a emmené les enfants au marché de Colmar, on leur a offert des chocolats chauds qu'on a bus en mettant les mains autour du gobelet pour nous réchauffer puis, à l'un des petits chalets qui vendent des souvenirs, on a acheté une poupée de chiffon en patchwork écossais pour Mathilde et un petit casse-noisettes en bois pour Constance. Thierry avait mis l'écharpe marine que je lui avais offerte et il n'a pas enlevé sa main de la mienne pendant toute la balade. J'étais tellement fière, je nous enviais d'être là, tous ensemble. Je crois que j'étais heureuse. Ça doit être ça la magie de Noël. En tout cas, ça y ressemble beaucoup.

Chapitre 17

ÉLIZABETH LEPRINCE, décembre 2003

Alors là, trop c'est trop !

J'ai dit non, non et archi non.

« Noël ou pas, *TA* Manon ne mettra pas les pieds chez nous. C'est elle ou nous. » De qui se moque-t-il, franchement ? Nous imposer ça, à nous ? C'est à se demander s'il ne se souvient déjà plus de son propre mariage et de l'histoire avec son beau-père. PAS DE CONCUBINAGE CHEZ MOI, il me semble pourtant que Jacques et moi avions été clairs.

Je savais bien qu'en acceptant qu'ils viennent au château à leur retour d'Annecy cet été, je faisais une erreur. À voir sa mine réjouie et son air stupide, j'aurais dû me douter que cet idiot était passé à l'acte avec cette fille, et je lui ai sans doute envoyé le mauvais message en les hébergeant, chacun dans une chambre bien entendu, mais j'aurais dû me douter. J'ai vraiment été bien gourde de les laisser fricoter sous mon toit, moi qui ne transige d'habitude jamais avec la bienséance.

Bien évidemment, j'ai immédiatement appelé Thaddée pour en discuter avec lui. Il est venu déjeuner au château après la messe, et comme toujours, il a eu des paroles sages et réconfortantes.

« Thierry est encore un homme jeune, dans la force de l'âge, Élizabeth, m'a-t-il gentiment rappelé. Et certes, les rapports hors mariage sont interdits, mais quel homme, à part moi, n'a pas batifolé dans les champs avec la bonne, honnêtement ? »

Je me suis rappelé les frasques de mon grand-père, qui à l'époque avaient déjà défrayé la chronique, et je dois avouer que ça m'a mis du baume au cœur. Quelque part, la lignée se vérifiait.

« En revanche, je vais lui conseiller d'officialiser son union au plus vite. Il ne peut certainement pas continuer à vivre ainsi dans le péché. Les portes du paradis sont fermées aux mécréants. »

Cette simple pensée m'a fait frémir d'horreur. La pensée de l'avoir pour belle-fille, je veux dire. Qu'il rate le paradis, bien sûr… Mais c'est moins urgent.

Mon Dieu, comment pourrait-elle être ma belle-fille ?

Son père est noir… Et américain !

Mes enfants ne m'auront pas épargnée, je crois que j'aurai tout subi. Mais qu'est-ce que j'ai fait au bon Dieu pour mériter une peine pareille ? Mon père doit se retourner dans sa tombe.

« Élizabeth, rends-toi à l'évidence, a continué Thaddée. Ces enfants ont besoin d'une mère pour s'occuper d'eux. Thierry seul n'y arrivera jamais. Souviens-toi de la frayeur qu'il nous a faite en février, j'ai bien cru en la catastrophe. Que Dieu nous préserve ! Ce serait bien malheureux d'en arriver à de pareilles extrémités à nouveau. Marions-les, et n'en parlons plus. Cette jeune fille, bien qu'elle ne soit pas notre premier choix, me paraît douce et dévouée. Elle fera une mère attentionnée pour ces pauvres petits. Et notre Thierry pourra se consacrer pleinement à son travail. Qu'en penses-tu ? »

Je n'ai pas su quoi répondre, je n'arrivais pas à me résoudre à cette idée. Mais je savais les paroles de Thaddée empreintes de bon sens. Nous en avons beaucoup discuté avec Jacques. Il était tout aussi désolé que moi, mais c'est un homme, et j'ai bien senti ses réticences moins solides que les miennes. Sans doute lui non plus n'est-il pas insensible à la beauté de cette fille. Je ne peux pas lui en vouloir, c'est ainsi que sont les hommes, et à l'époque, je m'en réjouissais plutôt ; mais elle... Ma belle-fille ? Alors nous avons pris une décision, pour le bien de la famille. Et j'ai appelé Thierry pour lui proposer le marché.

Il a très bien compris.

Enfin, je crois.

Il a aussitôt expliqué à sa « petite amie » que Noël au château avec elle était parfaitement inenvisageable en l'état actuel de leur relation, et il paraît qu'elle en a fait toute une histoire, qu'elle s'est mise à fondre en larmes, que les enfants étaient au désespoir, qu'ils ont décrété aussitôt qu'eux non plus ne voulaient plus venir ici pour Noël. Bref, de la grande tragédie, du grand n'importe quoi. Elle est repartie chez sa mère fêter Noël et, de toute façon, je ne vois pas bien ce qu'elle voulait célébrer car je n'ai pas le sentiment que chez ces gens-là on fête quoi que ce soit à cette date-là particulièrement. Ah si, bien sûr, on fête les cadeaux, les montagnes de cadeaux, ah ça, Noël tout à coup devient une fête bien intéressante. Quelle misère spirituelle... Mon Dieu, comme il est parfois dur de tendre la main... Mais j'ai fait une promesse à Thierry, et je compte bien m'y tenir. Dès qu'il l'aura épousée, je vais la traiter comme ma fille. Enfin, je vais essayer. Je vais l'accueillir, être là pour elle, mais à cette condition uniquement. Sinon, ce sera ouste ! Du balai !

Chapitre 18

MANON JACKSON, mars 2004

Thierry m'a demandée en mariage.

Je ne m'y attendais pas une seconde !

Il m'a fait sa demande quelques jours à peine après être revenu de leurs vacances de Noël au château.

« Manon, tu ne devineras jamais », il a commencé.

J'étais en train de trier du linge dans la buanderie de la maison, les petites faisaient la sieste, c'était un samedi après-midi, je n'avais pas encore eu le temps de me doucher. « Tu ne sais pas ce que les parents m'ont dit ? Qu'on devrait se marier… »

Je l'ai regardé pour voir s'il blaguait, mais il est resté là devant moi, un petit sourire en coin, visiblement en attente d'une réponse.

« Vraiment ? Ils t'ont dit ça ?

— Alors, ça te tente ? Tu serais OK ? »

Et c'est comme ça qu'il a demandé ma main. Dans la buanderie, entre deux portes. Pas tout à fait le genre romantique avec genou à terre, diamant dans un coffret et sérénade de troubadours en arrière-plan. J'ai lâché le panier de linge, et je lui ai sauté au cou. Bien sûr que j'étais OK, quelle question ! Pourtant, j'avais eu un peu de mal à digérer le coup de me faire renvoyer chez moi, à la dernière minute, pour les vacances de Noël au lieu d'aller avec eux au château, j'avais trouvé que c'était humiliant et méchant, surtout avec tout ce que j'avais sacrifié pour lui, mais je suis comme ça, je ne suis pas rancunière. J'oublie. Ça ne m'intéresse pas de ressasser de vieilles blessures, je préfère passer à autre chose. Et quand ils sont revenus à la maison, qu'ils se sont tous jetés dans mes bras et dit que je leur avais manqué, ma frustration est partie d'un coup. En plus, j'avais passé des super moments avec mes sœurs, donc ce n'est pas comme si j'avais passé Noël seule. Quand je lui ai dit « OUI » pour le mariage, on s'est embrassés comme des fous, mais pas longtemps, car il avait donné rendez-vous à Olivier pour un footing en bas de la rue.

« Mais je croyais que tes parents n'étaient pas très chauds pour notre relation. Que c'était trop tôt après Agnès, que j'étais trop jeune, enfin je ne sais plus tout ce que tu m'as expliqué quand tu m'as annoncé que je n'étais plus invitée au château à Noël… Pourquoi ont-ils changé d'avis ?

— Parce qu'il n'y a que les cons qui ne changent pas d'avis !

— Titou, enfin, comment tu parles de tes parents ?

— Écoute, on ne va pas y passer cent ans. Ils ont changé d'avis, point barre. Tu es contente, c'est tout ce qui compte. »

J'avoue avoir mis plusieurs jours à intégrer la nouvelle. Le mariage est une notion à laquelle je n'avais jamais vraiment réfléchi. Je suis restée trois ans avec un petit ami de mes seize à mes dix-neuf ans, puis plus d'un an avec Jérémy et, pendant toutes ces années, cette idée ne m'avait jamais effleurée. Le mariage était pour moi un reliquat d'une autre époque, et je n'étais pas particulièrement convaincue qu'il fallait se marier pour être heureux. Après le divorce de mes parents, j'étais même plutôt persuadée du contraire. Mais je savais que pour Thierry c'était important. Il m'avait raconté son mariage avec Agnès, la messe avec l'évêque, et je voyais bien l'émotion que ça suscitait encore chez lui. Il disait que c'était un lien surnaturel pour un couple, béni par Dieu lui-même, que le mariage était une aventure « transcendantale et mystique ». Du coup, je ne savais pas trop à quoi m'attendre pour le nôtre ! J'avais du mal à imaginer que notre couple serait transcendé d'un coup de baguette magique, et surtout je le trouvais très bien comme ça, mais ça m'a confortée dans ma décision. Je n'avais rien à perdre et tout à y gagner. Et surtout, ça me mettait sur un pied d'égalité avec Agnès. Je gagnais ma légitimité. Et ma place sur le buffet de l'entrée.

J'ai quand même voulu l'annoncer en personne aux parents, et j'avais demandé à Thierry de m'accompagner à Dijon, histoire de faire les présentations officielles. Mes parents ne l'avaient jamais vraiment rencontré, sauf entre deux portes, et je trouvais que c'était une décision qui méritait qu'on y mette un peu de forme. Mais à la dernière seconde, il n'a pas pu se libérer, le Front lui ayant demandé un coup de main ce même week-end. Je savais qu'il était assez investi avec Olivier en politique, mais nous n'en parlions pas souvent, il disait que ces sujets ne m'intéresseraient pas, et que ce n'était pas la peine de m'embrouiller la tête, qu'il valait mieux que je me focalise sur les enfants et sur toutes les choses qui me faisaient plaisir, comme le basket et les copains, que j'étais trop jeune pour savoir, que je devais profiter de la vie au lieu de m'inquiéter. Je crois surtout qu'il savait pertinemment qu'on ne serait pas d'accord, et il voulait s'épargner des disputes et des discussions enflammées. Une fois, j'ai eu le malheur de dire que Le Pen et sa clique étaient quand même des gros fascistes, et je me suis pris une leçon d'histoire interminable avec une comparaison argumentée entre Mussolini/Hitler/Le Pen, entrecoupée de « tu n'y connais rien, comment oses-tu dire des conneries pareilles ? » Thierry martelait que le Front défendait la veuve et l'orphelin quand les autres partis ne faisaient que se gaver d'impôts sur leur dos, que le Front croyait aux valeurs du pays : travail, famille, patrie. Je n'en savais rien et je m'en tapais, je trouvais que les hommes politiques étaient tous les mêmes, et qu'ils étaient juste des opportunistes malhonnêtes. Mon analyse politique s'arrêtait là. Pour moi, tant que Thierry ne me demandait pas d'adhérer à ses opinions et qu'il respectait mon point de vue, cette espèce de pacte implicite entre nous sur ce sujet m'allait à peu près. On peut aimer quelqu'un sans partager nécessairement toutes ses opinions, non ? C'est même sans doute source de grande richesse, de complémentarité. Discuter sans se disputer. Toujours est-il que je suis allée seule à Dijon leur annoncer la grande nouvelle.

Daddy, Maman et les filles étaient là. Je crois que Daddy a failli faire une apoplexie ! Sa petite fille chérie de vingt et un ans allait se marier, c'est sûr que ça lui faisait un coup ! Nelly a hurlé de joie, et m'a tout de suite demandé si elle serait demoiselle d'honneur, déjà en train d'imaginer les copines de l'équipe de basket en cheerleaders à la sortie de la mairie pour nous faire une haie d'honneur tandis que Babeth a bondi :

« Dis-moi que tu as dit non ! Tu es complètement folle, ma pauvre fille ! Tu ne vas pas te retrouver belle-mère de cinq gosses qui ne sont pas les tiens avec un mari de quinze ans ton aîné qui va te clamser dans les bras d'une crise cardiaque avant tes trente ans, et le fantôme de sa première femme au-dessus de ton lit de couple ! Barre-toi, Manon, cours loin tant qu'il est encore temps ! »

Évidemment, elle riait, et c'était sa manière à elle de me dire qu'elle était triste que je quitte définitivement le giron familial et qu'elle voulait que je prenne soin de moi, parce que je savais très bien qu'elle adorait les enfants qu'elle avait rencontrés une fois à Strasbourg quand elle était venue chez moi passer un week-end. Maman a été la plus mesurée de tous. Le soir, elle est venue me rejoindre dans la chambre de Babeth, et on a eu une grande conversation. Comme quand j'étais petite, elle m'a fait asseoir sur le lit et m'a coiffée pendant une heure tout en me parlant. Elle m'a demandé si j'étais vraiment sûre de moi, si je me sentais capable d'élever tous ces enfants, si j'étais bien décidée à renoncer à mes études et, enfin, si je l'aimais. Je lui ai demandé si elle, elle avait été sûre avant de se marier avec Daddy, et elle a dit : « C'est la seule certitude que j'avais ! » Et quand elle a vu que j'avais bien pesé le pour et le contre, elle m'a embrassée en fermant les yeux.

Autant l'annonce que nous étions ensemble avait été l'occasion d'un petit cérémonial, autant l'annonce de notre mariage s'est faite à la va-vite, un jour que nous étions tous en voiture pour aller à la messe. Les enfants étaient fous de joie. Tous, sans exception.

Très vite, ils ont voulu s'occuper de la logistique du mariage, choisir le faire-part, trouver une tente, un traiteur, faire la liste des invités. Il ne se passait plus un jour sans que l'un d'entre eux ait une nouvelle idée. Gaby m'a dessiné des dizaines de robes. On a passé des soirées entières à feuilleter les magazines, découper des pages et faire des croquis. On a fini par dessiner une robe toute simple, courte, que Maman allait me coudre. Les enfants feraient tous partie du cortège. On avait fixé la date pour début juillet, aux Grands Chênes bien entendu.

Je dois dire que ç'a été la décision qui m'a coûté le plus, je n'étais pas très à l'aise à l'idée de me marier au même endroit qu'Agnès. J'avais peur de la comparaison, de l'effet redite, mais surtout, je crois que j'avais un mauvais pressentiment, je ne voulais pas du même destin. Je sais, c'est absurde, mais depuis qu'il m'avait fait sa demande, je trouvais Thierry tendu. Les allers-retours Strasbourg-Lyon devaient le fatiguer, j'imagine. Ce n'est pas facile de vivre seul la moitié de la semaine, loin des siens, dans un tout petit studio, de se faire les courses en plus de travailler onze heures par jour, mais il lui arrivait parfois de rentrer dans des colères noires qui faisaient trembler les murs de la maison et qui terrifiaient les enfants. Dans ces moments-là, il était capable de casser de la vaisselle, de déchirer une chemise, bref, il perdait son self-control. Ces accès de colère étaient rares heureusement, et les enfants et moi faisions tout pour qu'ils arrivent le moins possible : on évitait les contrariétés au maximum, mais comme on ne savait jamais vraiment prédire ce qui pouvait le contrarier, ça nous rendait la tâche plus compliquée.

Et puis il y a eu ce premier vrai clash entre nous.

On venait de recevoir les faire-part, ils étaient parfaits. Simples, sans chichis. Exactement comme on voulait. Thierry est arrivé en trombe dans notre chambre, un faire-part à la main, furieux :

« C'est une blague, j'espère ? Qu'est-ce que c'est que cette merde ? »

J'ai bien senti que ç'allait partir en catastrophe, mais je n'avais aucune idée de la raison.

« Qu'est-ce qui se passe, Titou ? j'ai demandé. On a laissé passer une faute d'orthographe ?

— “ON” a laissé passer ? “ON” ? Espèce de petite conne, il n'y a rien qui te choque ? Tu es à ce point inculte que ça ne te frappe pas ? »

Luc, alarmé par les cris, était sur le pas de notre porte, il nous observait. Thierry s'est mis à lire en prenant une voix de fausset haut perchée :

« “Madame et Monsieur Leprince vous convient au vin d'honneur après la messe” ? Tu es sérieuse ? Tu crois vraiment que je peux envoyer un torchon pareil ? Tu penses que tu vas te marier à la salle des fêtes ou quoi ? Tu as conscience de qui tu épouses ? Et où ? Tu peux te le mettre où je pense, ton putain de vin d'honneur, ma grande ! »

Et il m'a jeté le faire-part à la figure.

J'étais complètement perdue, je ne voyais pas ce qui n'allait pas. Je lui avais fait relire le texte avant de l'envoyer chez l'imprimeur, et je ne voyais vraiment pas de faute.

« Thierry, je suis désolée… Explique-moi le problème… »

Il s'est approché, menaçant, à deux centimètres de mon visage, le doigt levé, et il a sifflé :

« Je te propose de t'acheter le livre de Nadine de Rothschild sur les bonnes manières, c'est une conne, mais moins que toi, et tu apprendras qu'on ne dit pas "Madame et Monsieur" mais "Monsieur et Madame", et que chez les Leprince, on ne fait pas de putain de "vin d'honneur", mais un cocktail et un dîner placé ! Et en attendant que tu l'aies lu, je pense qu'il vaut mieux que tu dégages d'ici. Tout de suite.

— Papa, non, arrête ! » a crié Luc qui s'était avancé et jeté dans mes bras.

Thierry nous a regardés tous les deux fixement, il s'est écarté et m'a dit :

« Tu as une demi-heure pour quitter la maison. »

Et il est sorti.

J'ai essayé de le rattraper, tous les enfants étaient à la porte de leur chambre, et m'ont regardée dévaler les escaliers à sa suite, Mathilde s'était mise à pleurer. Thierry s'était enfermé dans le bureau, j'ai dû lui parler à travers la porte. Je me suis excusée à nouveau, je lui ai dit que je ne savais pas que ça ne se disait pas, mais qu'il aurait dû me le dire quand je lui avais montré les épreuves. Ça l'a rendu encore plus fou de rage.

« Tu imagines vraiment que j'ai le temps pour ces conneries avec tout ce que je bosse ? Tu n'es qu'une égoïste. Ça ne marchera jamais entre nous, tu ne penses qu'à toi et à ta petite robe de mariage. Même Agnès n'aurait jamais fait une erreur pareille. Tu n'as aucune conscience du sacrifice que je fais en t'épousant, du geste que ça représente ! »

Il a ouvert la porte d'un coup, il m'a fait face et a poursuivi :

« Tu n'as aucune idée de ce que j'ai dû affronter avec mes parents pour qu'ils acceptent ce mariage, tout ça pour te faire plaisir et t'offrir un toit, une vie, une famille et un avenir ! »

J'étais complètement désarçonnée. De sa violence, de ce qu'il me disait. Abasourdie de penser que je ne représentais qu'un sacrifice à ses yeux, qu'il se mariait pour moi, et pas avec moi.

Alors je suis montée embrasser les enfants qui pleuraient tous, les rassurer, les remettre au lit. Blandine, mauvaise et encore plus dévastée que les autres, m'a jeté à la figure : « Tu pars, c'est ça ? Tu nous abandonnes, pas vrai ? J'étais sûre que ça arriverait, je leur avais bien dit, c'était trop beau, trop faux ! T'es rien qu'une menteuse ! » Je ne pouvais pas articuler un mot, son chagrin était encore plus profond que le mien, il venait de plus loin.

Et je suis partie, sans valise, sans rien, parce que j'entendais Thierry qui hurlait depuis son bureau : « Tu pars MAINTENANT, je t'ai dit ! » et que je ne voulais pas empirer la situation.

Je n'ai pas osé appeler les parents, pas si peu de temps après les avoir convaincus que j'avais pris la bonne décision d'épouser Thierry. Je me suis réfugiée chez Anouk. Elle a été adorable, ne m'a pas fait payer le fait que je ne la voyais plus et, quand je suis arrivée chez elle, elle m'avait préparé un lit et une tisane. On a parlé toute la nuit, j'ai pleuré tout ce que j'ai pu, mais j'étais certaine que Thierry allait me rappeler le lendemain matin pour présenter ses excuses. J'étais sûre qu'il regrettait déjà ses mots, et qu'il ne s'était pas rendu compte de l'absurdité de notre dispute et du trauma que ça pouvait créer chez les enfants.

Mais il n'a pas appelé. Ni le lendemain ni aucun autre jour de la semaine. Il n'a pas répondu à mes messages, pas décroché son téléphone. J'étais folle d'inquiétude pour les enfants. Je me demandais qui les emmenait à l'école pendant que Thierry était à Lyon. Qui était allé faire les courses. Qui leur faisait à manger. Je n'avais aucun moyen de les joindre, aucun d'entre eux n'avait de téléphone portable. Et quand j'appelais à la maison, ça sonnait dans le vide chaque fois. J'ai envoyé Anouk espionner la sortie de l'école, j'avais trop peur en y allant moi-même que Thierry me voie et fasse un esclandre dans la rue devant les enfants. Mais elle ne les a pas vus.

Alors j'ai envoyé un dernier message à Thierry en le prévenant que je passerais le lendemain à la maison récupérer mes affaires. J'avais perdu trois kilos, j'étais incapable d'avaler quoi que ce soit et je n'avais pas dormi depuis des jours. Je n'arrivais toujours pas à comprendre ce qu'il s'était passé, j'étais trop sûre de notre amour. J'étais persuadée qu'il se trompait et qu'il le savait, mais qu'il avait trop d'orgueil pour l'admettre. J'étais convaincue qu'il était aussi malheureux que moi et qu'il n'osait pas m'appeler tellement il avait honte des horreurs qu'il m'avait dites. Je l'aimais d'un amour déséquilibré.

Je suis arrivée vers 18 heures à la maison, je voulais dire au revoir aux enfants et je me suis dit que c'était la meilleure heure. J'ai sonné, et c'est Thierry qui m'a ouvert.

« Enfin ! » a-t-il dit dans un grand soupir. Et il m'a prise dans ses bras et serrée fort. Il s'est mis à pleurer doucement, tout en continuant à m'embrasser sur les yeux, la bouche, le front. « Tu m'as tellement manqué. Je ne peux pas vivre sans toi. Pardonne-moi. Je t'en supplie, pardonne moi ! »

Je me suis mise à pleurer aussi, toute la tension de la semaine se relâchait, c'est comme si je pouvais respirer à nouveau, ça me faisait même mal aux poumons tellement l'air qui y rentrait enfin m'avait manqué pendant tous ces jours sans fin. Et on est restés dans les bras l'un de l'autre sur le perron pendant un long moment. Il n'arrêtait pas de dire : « Pardonne-moi, excuse-moi, pardon mon amour, je suis tellement désolé, si tu savais », et j'essayais de le calmer, de lui dire que je lui pardonnais, que je comprenais, qu'on faisait tous des erreurs, que ce n'était pas grave. Il avait déposé les enfants chez Delphine pour la soirée, il avait mis un couvert pour nous deux dans la salle à manger avec des fleurs, une bouteille de champagne et avait fait venir des plats de chez le traiteur. On s'est dit des choses très fortes pendant tout le dîner, on s'est parlé comme jamais, à cœur ouvert, en douceur, avec amour. Au dessert, il s'est levé, s'est rapproché de moi, a mis un genou à terre :

« Manon, toi, le souffle de mon cœur, toi qui me comprends mieux que quiconque, acceptes-tu d'être ma femme, pour le meilleur et pour le pire, mais surtout pour le meilleur, car je vais essayer de ne plus jamais t'infliger le pire ? »

Et il m'a tendu un petit écrin de velours noir dans lequel se trouvait une énorme bague de fiançailles. Un saphir splendide, beaucoup trop gros pour moi, qu'il avait choisi dans le coffre chez ses parents et qui m'était destiné. Il me l'a passée au doigt tandis que je disais « oui », et il m'a embrassé les mains.

Le lendemain matin, quand les enfants sont revenus, c'est comme si des trombes de bonheur nous étaient tombées dessus. Blandine la première est venue m'embrasser, s'excuser et se pelotonner dans mes bras, puis nous avons passé le reste du week-end dans une atmosphère de bonheur et de soulagement mêlés. Au déjeuner du dimanche, au détour d'une conversation, d'un coup, et très naturellement, Gabrielle m'a appelée Maman. « Dis, Maman, on pourra aller chercher du tissu ensemble au marché cette semaine ? » J'en aurais pleuré d'émotion, je me suis levée de table pour l'embrasser, et tous les autres se sont mis à répéter en chœur : « Maman, Maman, Maman… » On riait, Thierry moins, et je leur disais :

« Mes chatons, vous savez bien que je ne serai jamais votre vraie Maman, n'est-ce pas ?

— Si, maintenant que tu vas devenir la femme de Papa, tu es notre Maman. On aura deux Mamans, une en haut, et toi en bas. Hein, Papa ? » a dit Constance.

Thierry est resté silencieux, il a attrapé ma main, puis après un moment de réflexion, il a dit d'une voix douce :

« Je ne suis pas sûr que ce soit une bonne idée, mes chéris. Agnès doit être tellement triste de voir que vous l'oubliez si vite… »

Ç'a jeté un froid. Moi, je n'ai plus rien osé dire, mais j'ai trouvé que Thierry était un peu radical. Il ne se passait pas un jour sans qu'on mentionne Agnès d'une manière ou d'une autre. Je trouvais au contraire que c'était rassurant pour les enfants de se dire que quelqu'un allait remplir ce rôle de mère, c'était aussi une façon officielle de m'engager à leur égard. Alors j'ai enchaîné :

« On peut inventer un autre petit nom peut-être, un nom que pour nous, entre nous ? Mamine, pourquoi pas ?

— Ah mais c'est trop nul, ça fait nom de chat ! a rigolé Constance.

— Ou nom de grand-mère, a renchéri Luc. Et puis on ne va quand même pas t'appeler "ma mère", ce serait ridicule… »

On a joué à trouver un nom qui m'irait pendant tout le reste du repas, Thierry ne participait pas. Et puis, ils en ont eu marre de jouer, et Blandine a tranché :

« Écoute, Papa, tu appelais bien Maman "ma chérie", non ?

— Oui, bien sûr, a-t-il répondu.

— Et tu appelles bien Manon "ma chérie" aussi ? Ben, c'est pareil pour nous. On peut appeler nos deux mères de la même manière. Comme toi. Maman pour les deux. »

Et c'est ainsi que depuis ce soir-là, ils se sont tous mis à m'appeler Maman. Ils le disaient même à tout bout de champ, « Maman ceci, Maman cela… », plus que nécessaire. C'était touchant de les voir se gorger de ce mot, comme s'ils s'enroulaient dedans, émouvant de les voir à ce point prendre plaisir à le prononcer, à juste pouvoir le dire, se l'approprier, d'être à nouveau comme les autres enfants, d'avoir eux aussi une maman.

Quand je suis montée les coucher le soir, j'ai compris que je ne pourrais jamais les quitter. Je les aimais trop. Je les aimais comme mes propres enfants.

Le lundi, Thierry est reparti par le TGV de 7 heures du matin pour Lyon, comme d'habitude. Nous venions de décider que toute la famille déménagerait à la rentrée de septembre prochain, après le mariage, pour le rejoindre là-bas et lui éviter tous ces allers-retours. J'avais donc du pain sur la planche pour inscrire les enfants dans une nouvelle école privée hors contrat, les seules dont Thierry voulait entendre parler. Il y en avait plusieurs à Lyon, mais j'avais besoin de caser les quatre enfants d'un coup, Mathilde étant encore trop petite pour aller à l'école... Je me souviens qu'au début, je les avais pris pour des fous de mettre leurs enfants dans une école pareille, ça faisait limite secte, mais Thierry m'avait expliqué que c'était les seules à donner des cours de catéchisme quotidiens et à célébrer la messe tous les matins. Il a comparé ça à une école de sport-études : « Certains ont besoin de faire du sport tous les jours, nous, on a besoin de prier chaque jour, ce n'est pas plus compliqué que ça », avait-il expliqué de façon rationnelle. Et je comprenais d'ailleurs assez bien ce besoin de spiritualité, de profondeur. Je me disais qu'en matière de religion, j'étais assez ignorante, et moi-même je serais bien allée dans une de leurs écoles pour rattraper mon retard ! Je faisais des efforts de ce côté-là : Thierry m'avait offert une Bible, et je m'astreignais à lire quelques pages tous les soirs. Au fur et à mesure, je me sentais plus à l'aise avec les prières que nous faisions en famille, je trouvais que ça nous apaisait, et que ça créait un petit moment de calme intérieur et de réflexion parfait juste avant d'aller se coucher. Mathilde qui commençait à bien parler maintenant, savait déjà réciter le *Notre Père*, mais continuait à se signer à l'envers en commençant par le bas, ce qui faisait systématiquement pouffer de rire les autres chaque soir, mais avait le don d'exaspérer Thierry !

Une fois sur deux, ça se finissait avec un enfant au coin pour le reste de la prière.

Avec ce déménagement maintenant décidé, il fallait aussi que je nous trouve un appartement et, dans notre budget, ce qui n'était pas une mince affaire. La mère de Thierry avait offert de nous aider financièrement à la condition qu'on précipite le mariage à Pâques, pour que les apparences soient sauves le plus vite possible sans doute, ce que Thierry avait refusé immédiatement, sans doute vexé que ses parents puissent penser qu'on était dans le besoin. Ce qui était loin d'être le cas, surtout depuis que Thierry avait fait un bond dans son salaire en prenant son poste à Lyon. Je crois aussi qu'il était heureux de prendre un peu ses distances avec sa famille qui avait été très présente dans notre couple ces derniers mois. Il ne se passait pas une semaine sans que j'entende parler d'une « discussion » que Thierry avait eue à mon sujet soit avec sa sœur soit avec ses parents. Visiblement, tout était matière à réflexion : du contenu de notre messe de mariage en passant par ma famille et mon style vestimentaire. J'imagine que Thierry prenait systématiquement ma défense, et tout ça me passait un peu au-dessus de la tête. Ce qui m'importait avant tout, c'était la famille que j'étais en train de construire, et la seule chose qui comptait vraiment à mes yeux était que les enfants et Thierry aillent bien et soient heureux. Pour le reste, que Delphine me regarde de travers, ça ne me paraissait pas insurmontable, et je me disais qu'elle s'habituerait vite à me voir dans son environnement. Je me mettais à sa place aussi, et je me disais que ça devait être difficile pour elle de me voir succéder à Agnès aussi rapidement et, quelque part, je pouvais comprendre, c'est vrai que les choses étaient allées très vite entre Thierry et moi. Mais il faut reconnaître que les circonstances et le contexte de notre rencontre étaient exceptionnels, ceci expliquant cela.

Bref, ce lundi-là, juste après avoir réintégré le foyer familial après notre dispute, j'ai donc déposé les enfants à l'école et couché Mathilde pour sa sieste, et je me suis installée au bureau de la maison sur l'ordinateur que Thierry utilisait quand il était ici en vue de commencer mes recherches immobilières.

Plusieurs fenêtres internet étaient en veille et se sont rallumées quand j'ai réactivé l'ordinateur. Au début, je n'ai pas compris de quoi il s'agissait. J'ai cru à des pubs.

Puis il n'y a plus eu aucun doute possible.

Meetic. Easyflirt.

Une jeune femme, brune, vingt-huit ans, veuve, avec deux enfants en bas âge. Rendez-vous avait été pris pour… le jeudi soir à Lyon. La veille de notre réconciliation. Une autre, célibataire, trente-cinq ans, blonde, « aimant la voile et la chasse ». Il l'avait vue le vendredi, à Strasbourg, le matin même de mon retour. Avec les deux femmes, ils s'étaient reparlé après leurs rendez-vous. S'étaient remerciés.

Ç'a été comme après la détonation d'un coup de fusil près de votre oreille. On n'entend plus rien. Moi, j'ai eu une détonation dans le cerveau. Je n'ai pensé à rien. J'ai su, voilà tout, puis je me suis dit : « Tiens, j'aurais pu être vite remplacée quand même ! » J'ai fermé les onglets. Et je me suis lancée dans la recherche d'un appartement de famille à Lyon. Je voulais juste un endroit où nous pourrions être heureux.

Chapitre 19

THIERRY LEPRINCE, mai 2004

Après l'histoire du faire-part où Manon avait vraiment fait n'importe quoi, j'ai dû subir un nombre incalculable de faux pas du même genre ; comme si elle les accumulait exprès, pour tester les limites de ma patience. C'était devenu exaspérant. Nous avons eu encore plusieurs disputes stupides mais usantes, bien évidemment chaque fois au pire moment pour moi, soit pile au début d'un week-end, histoire de bien me gâcher mes deux seuls jours de repos, ou alors au contraire le dimanche soir, quand elle était certaine de me ruiner toute la semaine. Nos dissensions me plongent dans une immense tristesse et une grande déception : celle de ne pas réussir à l'élever au-dessus de sa propre condition ; celle de ne pas réussir à lui faire comprendre la vraie valeur des choses et des sentiments. J'ai échoué dans ma mission de sauvetage. Et je m'en veux de n'être pas meilleur.

J'aurais dû écouter Maman depuis le début, je ne sais pas dans quel bourbier je me suis fourré avec Manon. On ne peut pas apprendre à marcher à l'âne récalcitrant. Manon et moi venons de deux planètes différentes ; il n'y a rien de commun entre nous. Cette inculture, ces questions aberrantes posées à tout bout de champ, cet air suppliant dès que j'élève la voix, ça devenait de plus en plus insupportable.

J'ai été obligé de la quitter dix fois entre le moment où j'ai élégamment pris la décision de l'épouser et le mois de mai. Ça m'a totalement épuisé. Elle était incapable de rester tranquille et de ne pas me chercher des noises pendant plus de quinze jours. Non, il fallait toujours qu'elle ait son mot à dire sur les enfants qui ont besoin de toujours plus, sur la manière dont je m'habille, trop classique, sur le Front qui me prend trop de temps, sur mes « besoins sexuels trop agressifs », sur nos week-ends pas assez farfelus, sur la déco de la maison qui n'était soi-disant que celle d'Agnès, sur mes colères injustifiées, sur ma décapotable qui coûte trop cher, que sais-je encore... Quel que soit le sujet, rien ne lui allait jamais. Chaque fois pourtant, j'ai essayé d'être bon avec elle, patient, compréhensif, après chaque nouvelle querelle je lui ai pardonné, je l'ai reprise, fait revenir à la maison pour lui donner une énième chance. Chaque fois, je priais le Seigneur qu'Il me donne la force de l'aimer à nouveau, sincèrement, mais plus ça allait, plus j'étais déçu.

Que d'énergie perdue... Agnès me manque... Avec elle, tout était d'une simplicité biblique. Toujours d'accord pour tout, pas un mot plus haut que l'autre, la maison toujours impeccablement tenue, les dîners prêts à l'heure, les enfants assortis pour la messe, les amis invités tous les vendredis pour entretenir le cercle, les coups de fil à Maman chaque semaine pour prendre de ses nouvelles. Agnès était totalement dévouée à la famille, elle a abandonné sa carrière sans que ça ne lui pose le moindre problème, elle a tout de suite placé l'intérêt des enfants avant le sien, alors qu'avec Manon, tout est un combat ! Certes, elle a fini par arrêter ses études, mais si je ne le lui avais pas imposé, je ne suis pas sûr qu'elle en aurait jamais eu l'idée toute seule, et je n'ose même pas imaginer où l'on en serait sinon aujourd'hui... Et quand elle a vu que je prenais de l'ampleur dans mon nouveau boulot, avec de nouvelles responsabilités, tout à coup, comme par magie, elle a mentionné l'idée qu'elle aussi aimerait trouver un travail. Ce à quoi j'ai répondu :

« Bien sûr mon amour, je comprends que tu veuilles travailler, je conçois que ton épanouissement, comme tu dis, passe aussi par le travail, mais comment comptes-tu faire avec les enfants ?

— Peut-être qu'on pourrait prendre une nounou pour me remplacer ? » a-t-elle répondu avec son air faussement ingénu.

Je n'ai pas pu m'empêcher d'éclater de rire, j'ai trouvé l'ironie de sa demande absolument géniale ! Écoutez-moi ça : ma nounou veut travailler ailleurs, donc je lui paie une autre nounou pour que quelqu'un s'occupe des enfants, c'est d'une logique implacable, non ? Il me semblait avoir déjà été très généreux en continuant à la payer bien après qu'elle est tombée amoureuse de moi.

« Ma chérie, ai-je dit après avoir bien ri, incapable d'imaginer qu'elle pensait vraiment ce qu'elle demandait, trouve une nounou d'abord, puis trouve-toi un travail qui te permette de la payer, ensuite on en reparlera... »

Évidemment, comme par hasard, on n'a plus jamais entendu parler de ce projet fantasque qu'elle avait juste imaginé pour tester ma patience une fois de plus.

Et puis, à la longue, je finis par trouver sa beauté dérangeante, presque inconvenante. Je n'ai aucun besoin d'un mannequin dans ma maison. Être belle, c'est une chose, mais être trop belle, c'est un problème. Cette manière qu'ont les hommes de se retourner sur elle constamment. Franchement, ça m'est devenu insupportable. Impossible de partir faire une promenade en famille avec la poussette et les cinq enfants sans sentir les regards de tous les hommes se poser sur elle avec concupiscence. Je ne crois pas que ce soit elle qui les provoque, je n'irais pas jusque-là, mais sortir avec Manon dans la rue, c'est comme sortir avec une alien : on ne peut pas ne pas la remarquer. Et ça envahit mon espace personnel, c'est une donnée de plus à gérer et Dieu sait que je n'ai pas besoin qu'on alourdisse mon fardeau ! J'ai besoin d'une femme responsable. Mature. Pas d'une gamine qui donne à manger du Nutella à mes enfants à n'importe quelle heure du jour ou de la nuit ou qui s'habille comme une ado prépubère, avec des jupes trop courtes et des tee-shirts trop moulants ! Honnêtement, à choisir, je serais presque tenté par une femme moins belle. Chaque fois que j'ai envisagé de quitter Manon, et parce que je suis un homme responsable qui anticipe et agit avec réflexion – hors de question de laisser les enfants une semaine sans personne pour s'en occuper – je me suis connecté à des sites de rencontres pour voir ce qu'il y avait sur le marché. Et franchement, il n'y a qu'à se baisser pour ramasser… Du coup, c'est facile de choisir un profil type, avec des critères spécifiques établis en amont. Une femme avec un ou deux enfants, pourquoi pas, ça tiendrait encore dans la maison en partageant la chambre des grandes. Et quitte à sélectionner, tant qu'à faire, je prendrais une femme surtout qui viendrait du même milieu que moi, et aurait les mêmes convictions, je crois que ce serait la solution. Pas une finaude qui pousse des cris d'orfraie à la simple mention du Front, et qui ne blêmit pas d'horreur à la moindre allusion sur les bicots. Jusqu'à preuve du contraire, c'est encore grâce à des gens comme moi qu'ils peuvent toucher les allocations familiales pour leur ribambelle de gosses. Une femme sérieuse, mais agréable en somme. J'aurais peut-être dû rappeler la dernière... Je suis trop honnête dans le fond, j'ai trop de sens moral. Trop bon, trop con.

Mais, là, Manon a compris que je n'en pouvais plus, et qu'il n'y avait plus de retour en arrière possible. J'ai dû lui lancer son sac par la fenêtre avec ses affaires dedans en lui interdisant non seulement de remettre les pieds à la maison, mais surtout de reprendre contact avec les enfants quel que soit le prétexte sous peine de plainte au commissariat. Aux grands maux les grands moyens ! Je ne sais même plus à propos de quoi nous nous sommes disputés. Pour une broutille certainement. En tout cas, ça devait être sans doute suffisamment agaçant et idiot pour qu'elle me pousse encore une fois dans mes retranchements et me force à cette extrémité. Quand les enfants qui, bien évidemment comme chaque fois, avaient tout entendu et vu, ont commencé à chouiner, à la réclamer, ça m'a mis hors de moi, et je les ai enfermés chacun dans leur chambre avec interdiction d'en sortir.

Bref, j'ai tout annulé, et cette fois-ci pour de bon, contrairement à l'épisode du faire-part ou je m'étais laissé amadouer et où j'avais accepté qu'elle revienne. Plus de mariage, plus de robe, plus de Manon. On va passer au chapitre suivant. Les enfants ont besoin que ça avance. Maman a très bien compris, et Delphine m'a dit qu'elle était soulagée, qu'elle avait trouvé que ç'avait été un peu trop rapide avec Manon. Amusant de voir comme les langues se délient *a posteriori*. Cela étant dit… Heureusement qu'on avait prévu le mariage aux Grands Chênes, car nous n'avons pas eu à nous faire rembourser les moindres arrhes versées à des prestataires. Le traiteur, à qui on a expliqué la situation et qui aimait beaucoup mon Agnès, a très bien compris lui aussi. C'est le seul traiteur du village, et il n'a aucun intérêt à ne pas nous être agréable vu tout le business qu'on lui amène avec les fêtes organisées au château tout l'été, le tournoi de tennis du 15 août, les communions et les baptêmes où on le fait travailler chaque fois, ainsi que la fête du monastère Sainte-Claire. Et pour sa robe, elle pourra toujours s'en servir à la plage.

Bien sûr, elle va me manquer. Sa douceur, son rire, sa gentillesse, sa gaieté. Sa beauté aussi. Mais elle est comme un petit chat : mignonne, mais usante.

Je lui ai donc formellement interdit tout contact avec les enfants et, depuis, c'est une guerre civile à la maison. Encore un des cadeaux de Manon… Les enfants sont insupportables, ils font tous la tête, l'atmosphère est irrespirable, et heureusement que je ne suis pas là de la semaine ! Dès qu'elle est partie, j'ai embauché aussitôt une nouvelle nourrice en passant par la même agence, et cette fois-ci, j'en ai pris une ménopausée et stricte. Constance a recommencé à faire pipi au lit, à cinq ans, c'est n'importe quoi ! Quand je pense à la fortune que je dépense chez cette psy, la moindre des choses serait qu'elle me les fasse aller correctement. Mais non, il faut encore que je gère ces emmerdes-là... Gabrielle, odieuse comme d'habitude, refuse de m'adresser la parole depuis le départ de Manon et m'accuse d'être le responsable de tous leurs problèmes. Luc est enfermé dans sa chambre et a tout simplement décidé d'arrêter de parler, il prie toute la journée, paraît-il, pour le retour de Manon, agenouillé face au crucifix que je lui avais offert pour sa première communion. Heureusement que j'ai Blandine, car c'est encore la seule à qui je peux parler et demander des services. C'est elle qui me raconte tout quand j'arrive en fin de semaine, et m'informe de ce que les autres se seraient bien gardés de me dire. Car maintenant, je n'arrive plus que le vendredi au lieu du jeudi. Ça me fait des vraies semaines complètes à Lyon, et j'ai enfin un peu de temps à moi pour vivre ma vie de célibataire sans personne sur mon dos. Les enfants sont avec cette nouvelle nourrice pendant la semaine, et moi je reprends ma vie en main. Je sors un peu, je vois Olivier, et je m'offre quelques parenthèses personnelles qui me font du bien. Tiens, l'autre jour, je me suis offert une paire de mocassins Weston à 700 euros, et ça m'a rendu heureux comme un gamin ! Comme quoi, je n'ai pas besoin de grand-chose. Une paire de chaussures et je suis bien. Je ne suis franchement pas difficile à combler, je ne comprends pas que Manon n'y soit pas arrivée, ça me dépasse complètement ; plus basique et simple que moi, elle ne trouvera pas. Je ne demande pourtant pas la Lune. Une femme disponible et douce, à l'esprit pratique tout autant que spirituel et à qui j'offre tout le confort matériel imaginable en retour. Mais ça visiblement, c'est hors de sa portée... Je me suis beaucoup rapproché de Blandine, je dois dire. C'est grâce à elle que j'ai appris que Manon avait trouvé un nouveau job pour l'été. Je n'ai pas cherché à la punir d'avoir eu un contact avec elle, puisque c'est elle qui me donnait l'information, mais il va falloir que je me renseigne sur qui d'autre, dans cette maison, me désobéit à ce point et continue à lui parler. J'ai dit zéro contact avec Manon, zéro, c'est zéro, c'est pas un ni deux ni parfois. Elle a trouvé un poste de jeune fille au pair. Ça ne m'étonne pas qu'elle n'ait pas trouvé mieux, on ne se refait pas.

Cela dit, ça ne me plaît pas trop qu'elle travaille ailleurs. Quatre enfants à ce qu'il paraît, dont des jumeaux.

Il ne faudrait pas non plus qu'elle s'attache trop à eux, c'est un cœur d'artichaut, ça pourrait arriver.

Et il ne faudrait pas non plus que, en conséquence, elle cesse d'aimer les miens.

Ou moi.

Et si elle ne revenait pas ?

C'est impossible.

Je ne pense pas qu'elle puisse nous oublier. Ça m'étonnerait. Elle avait l'air vraiment désespérée de nous quitter la dernière fois ; je l'ai bien vu à son visage décomposé. Je sais pertinemment qu'elle souffre de cette séparation, elle criait depuis le bas du perron en recevant son sac sur la tête : « Thierry, s'il te plaît, arrête, tu ne te rends pas compte de ce que tu fais ! Tu t'emportes, tu vas le regretter, tu le regrettes toujours… Thierry, je t'en prie, les enfants nous regardent. Ils ont besoin de moi. Thierry, moi aussi j'ai besoin de toi ! » La voilà la vérité : elle a besoin de moi. Immensément. Si je suis totalement sincère, il y avait quelque chose de touchant dans ses supplications ; d'érotique, même, presque ; cette beauté, recroquevillée de douleur, à ma merci... Je n'avais qu'à tendre la main pour sauver cet oisillon tombé du nid. Mais elle avait dépassé les limites, elle m'avait mis en colère. Je conçois bien, malheureusement, que c'est un rêve qui s'écroule pour elle. Plus d'avenir. Fini le conte de fées. Tout ça par sa faute. Quel dommage ! Quel gâchis ! Elle doit tellement s'en vouloir... Je me suis donné tant de mal pour elle. Mais il faut que je pense un peu à moi, et que je protège les enfants.

Elle est si inconséquente qu'elle serait bien capable de nous oublier. Ou de faire semblant en tout cas.

Je vais demander à Gaby d'aller aux nouvelles. Je n'aime pas ne pas savoir où elle est ni ce qu'elle fait. Connaître les positions adverses est le meilleur moyen de les maîtriser. Je sais que les deux s'entendent bien. Et puis, si ça peut faire du bien à Gabrielle de lui parler une fois, allons-y, je ne suis plus à un sacrifice près.

Chapitre 20

Babeth Jackson, novembre 2004

Je dois avouer qu'avoir Manon pour sœur équivaut à avoir un manuel complet de psychologie sous la main. J'ai un spécimen psychique à domicile d'une richesse infinie. À moins que ce ne soit le contraire, car c'est à se demander si elle n'a pas zéro neurone émotionnel pour endurer avec autant de placidité tout ce qui lui arrive. Peu importe que sa vie soit un véritable *roller coaster*, elle reste d'un calme olympien qui me laisse toujours bouche bée. Égale à elle-même, sereine, confiante. Pourtant, avec elle, le chapitre suivant est toujours le plus dingue.

Quand on était petites, elle était plutôt même du genre sérieux, bonne élève, raisonnable, bref rien à signaler. Comme c'était l'aînée des filles et que les parents passaient leur vie au club de Daddy, je ne sais pas ce qu'il s'est passé dans sa tête, mais elle a cru qu'elle avait un rôle de « maman bis » à assumer, et elle a pris sa position très au sérieux, et ça s'est accentué encore plus au moment du divorce. À toujours nous couver du regard, nous surveiller, à venir nous chercher à la sortie des classes quand Nelly et moi étions en primaire et elle au collège ; bref, une vraie sœur poule. C'était limite intrusif, on ne pouvait pas bouger un orteil sans l'avoir sur le dos. Manon était toujours là pour nous remettre sur le droit chemin sans jamais nous trahir ni jamais rien raconter aux parents. Avec Nelly on se disait qu'on ne pourrait jamais faire aussi bien qu'elle, c'était Madame parfaite !

Et puis, elle a eu cette période magnifique qui nous a libérées, Nelly et moi, tout en nous rendant la vie impossible : elle a pété les plombs ! Elle a décidé de vivre sa vie et d'arrêter de jouer les petites filles modèles. À seize ans, du jour au lendemain, mademoiselle a fait une crise d'ado carabinée et est partie vivre chez son petit copain. Un *loser* de la pire espèce, mais ça, c'est anecdotique. Le lundi, Manon est une enfant normale. Le mardi, c'est une femme adulte, affranchie, qui vit seule chez un mec nul.

Première étape.

L'enfer à la maison. Les parents étaient inquiets, Daddy menaçait d'aller la récupérer tous les quatre matins, et Manon les regardait s'agiter et s'inquiéter avec un calme olympien, l'air de dire « vous finirez bien par vous y faire ». Bref, grosse embrouille de famille. Sans parler de Maman qui, quand elle se met en colère, fait des crises d'asthme tellement dangereuses qu'une fois sur deux elle finit à l'hôpital sous inhalateur, résultat il fallait en plus faire attention à ne pas la faire sortir de ses gonds. On ne parlait plus que de ça à la maison et, Nelly et moi, on aurait pu faire les quatre cents coups que personne ne l'aurait remarqué. Et puis, ça, c'est la magie Manon, par je ne sais quelle espèce de miracle, les choses se sont calmées, tout le monde du jour au lendemain a trouvé la situation très normale, le type est venu déjeuner avec nous le week-end, et

Manon a continué à assurer son rôle de maman bis. On a continué à la voir tout le temps, et on est devenues encore plus proches qu'avant. C'est elle qui m'a appris à faire de la voile sur la coquille de noix de Papy, c'est avec elle que j'ai fumé mes premières cigarettes, bu mes premières bières et pris ma première cuite. C'est grâce à elle que j'ai monté mon équipe de basket et c'est aussi grâce à elle si je fais les études que j'aime en psycho à la fac alors que les parents étaient fondamentalement contre. Bref, c'est ma grande sœur.

Ensuite. Deuxième étape. L'affaire Thierry Leprince. Là, on a eu droit à du grand Manon, si on peut dire. Elle quitte son mec, le petit Jérémy en cuir, arrête ses études qu'elle adore et qu'elle se paie seule à la suite de l'étape numéro 1 que je viens de décrire, et elle décide d'épouser un type de quinze ans plus âgé, veuf parce que sa femme se *serait* « suicidée » – on peut comprendre quand on connaît le bonhomme – et avec cinq enfants ! Le plus drôle, c'est que tout le monde dans la famille a trouvé ça normal. Bien même. On était contents pour elle ! Ça lui « correspondait bien » ! Non mais, on vit où, là ? Il n'y a que moi qui aie des yeux pour voir dans cette famille ou quoi ? Toute cette marmaille qu'elle adorait, et qui l'adorait. Ce type, beau certes, mais vieux, qui la dévorait des yeux mais lui imposait ses sautes d'humeur sans arrêt. On mettait ça sur le compte du chagrin, des responsabilités trop importantes liées à ses cinq enfants. On se disait qu'elle allait avoir une vie atypique, mais riche en émotions, en sentiments. Et effectivement, en la matière, elle a touché le jackpot !

OK, je ne suis pas médecin, mais j'entends ce que raconte Manon avec une oreille un peu moins naïve que Maman, et le cumul des histoires inquiétantes que

Manon me décrit m'a forcée à aller feuilleter mon bouquin de psychanalyse d'un peu plus près. Le comportement de ce type me rappelait des cas cliniques qu'on avait étudiés au premier semestre, mais je n'arrivais pas à mettre un nom sur la pathologie.

J'ai emprunté à la bibliothèque la bible des maladies mentales, le *DSM IV*, et j'ai essayé de voir de quelle typologie l'énergumène Leprince se rapprochait le plus. J'ai été méticuleuse, créant un petit tableau, sordide, des caractéristiques de chaque maladie mentale et cochant les cases qui pouvaient correspondre au cas de Thierry. Et tout ça dans le dos de ma sœur. J'avais l'impression de lui dérober quelque chose, de lui mentir. De la trahir. De chercher intentionnellement à faire voler sa vie en éclats. Mais je ne pouvais pas m'en empêcher. Quelque chose en moi me disait de me méfier. Plusieurs profils, à première vue, pouvaient correspondre. « Pervers narcissique », « bipolaire », « maniaco-dépressif ». Il n'y avait pas de catégorie « assassin par manipulation mentale », mais ç'aurait pu lui correspondre… J'ai trouvé beaucoup de points communs dans chaque, mais tout ne collait pas parfaitement. Et puis je crois que j'ai trouvé.

Si j'ai raison, on est mal barrés : « Personnalité de type borderline. » Je cite : « Fréquentes manifestations de mauvaise humeur, colère constante, colère subite et exagérée ; mode de relations interpersonnelles instables et intenses, caractérisées par l'alternance entre les positions extrêmes d'idéalisation excessive et de dévalorisation. Propension au suicide plus élevée que chez les bipolaires : 60 à 70 % des borderline feront un jour une tentative de suicide. » Là, déjà, on est mal si j'en crois les vacances de février et, attention, cerise sur le gâteau : « Le trouble de personnalité limite (borderline) est en grande partie génétique selon une récente recherche américaine. » Nous voilà bien… Toute une famille de déséquilibrés en somme. Un bon petit cocon pour ma grande sœur.

Troisième étape, coup de théâtre : il la quitte brusquement quelques semaines avant le mariage. Je continue la lecture dans mon livre de psy : « On retrouve également chez les personnes borderline une peur intense de l'abandon, c'est-à-dire la peur que les personnes investies affectivement s'éloignent de soi et rompent la relation. Ceci peut conduire à des comportements excessifs de réassurance, la tendance à tester les limites de la relation, *à tout faire pour la faire cesser, quand justement ils ne souhaitent que la maintenir.* » Bingo : le type la quitte avant de se faire quitter. Et Manon, incapable de porter le moindre jugement négatif sur cet homme, pleure toutes les larmes de son corps et se désespère, non pas pour elle-même, mais pour ces enfants qu'elle est obligée d'abandonner. Elle est exaspérante ! Surtout pas de révolte chez Manon, jamais. Pas de cris, pas de lutte. Pas de remords ni de regrets. Elle subit, elle s'écrase, elle se dit que si c'est ce qu'il veut et que ça le rend heureux, tant mieux, c'est que ce doit être la bonne solution, et elle passe à autre chose. Comme si rien ne l'atteignait profondément. Parfois, j'ai envie de la pincer pour la réveiller et la faire redescendre sur Terre !

En conséquence de quoi, elle a pris un job d'été puisque du jour au lendemain, elle s'est trouvée à la rue, et privée de revenus. Elle passe ses vacances dans le Sud avec une famille sympa de quatre enfants. Mais pourquoi est-ce qu'elle a repris un job de nounou ?

Elle n'aurait pas pu être serveuse plutôt ? Se sortir la tête de ces histoires d'enfants ?

Et là, quatrième étape. Ultime rebondissement.

Elle vient de nous annoncer que finalement, elle va se marier !

« Mais avec qui ? je lui ai demandé, prête à entendre le pire...

— Devine, idiote... »

Je n'ai pas osé. J'ai préféré qu'elle me le dise.

« Avec Thierry, t'es débile ou quoi ? »

J'aurais reçu un coup de massue que l'effet aurait été moins violent ! « Avec Thierry, bien sûr... » Outre le fait qu'ils ne se sont pas vus de l'été, je n'ai pas compris comment ils avaient renoué. Manon m'a dit qu'il lui avait écrit des lettres enflammées et merveilleusement bien écrites, qu'il lui avait fait envoyer des fleurs dans la famille où elle travaillait, qu'il était venu la chercher par surprise avec sa petite décapotable et qu'ils avaient passé un week-end de rêve en Provence. Que Thierry avait fait son *mea culpa*, qu'il avait compris à quel point elle lui manquait. Les enfants lui ont envoyé une vidéo la suppliant de reprendre leur père, racontant comme il était redevenu triste depuis qu'elle les avait quittés, expliquant qu'ils s'ennuyaient dans le château de la grand-mère sans elle. Elle m'a raconté qu'ils se téléphonaient tous les soirs et que, chaque soir, Thierry la suppliait, s'excusait, se confessait à elle.

J'étais catastrophée. Chantage, je lui ai dit, et fais gaffe, tu vas finir comme sa première femme ! Elle a répondu : « Tu n'es pas romantique, Babeth, la vie n'est pas linéaire. Elle est pleine de rebondissements. Et les enfants me manquent. » Je lui ai dit qu'elle allait devenir une femme soumise, qu'elle était sous sa coupe, qu'il fallait qu'elle prenne un peu de recul. Elle a répondu : « Je ne crois pas, Babeth, je sais exactement ce que je veux : j'aime ces enfants, et j'aime cet homme, aussi compliqué à comprendre soit-il. Mais il me semble qu'il a ses raisons... Et si je ne ressemble pas aux clichés de la femme libérée de tes magazines, eh bien, j'en suis désolée, mais sache pourtant que je suis bien libre de mes choix. »

Elle m'inquiète. Je crois qu'elle ne le voit pas tel qu'il est vraiment. Je suis sa sœur, il faudrait que je lui montre le livre, qu'elle comprenne qu'il est sans doute malade, d'une maladie mentale grave et réelle, mais en même temps, elle a l'air si soulagée, si gaie, si heureuse, que je n'ai pas le cœur à lui faucher le moral. Elle a déjà traversé des moments difficiles, et elle est tellement mature que je ne suis pas non plus complètement sûre que mon jugement soit meilleur que le sien. Je n'ai aucune preuve de ce que j'avance à propos de Thierry, j'ai juste une intuition que confirment des théories psy. Et je n'ose pas en parler à Manon, ce serait tuer son histoire d'amour avant même de savoir si elle est vraiment pourrie de l'intérieur. Est-ce qu'on accuse sur une intuition, aussi forte soit-elle ? Et tout ce que je pourrais dire aujourd'hui peut se retourner contre moi, abîmer notre relation pour toujours. Mais je ne comprends pas comment elle ne voit pas qu'elle se fait manipuler. Ce type ne la veut que dans le rôle de l'adorante accueillant le moindre de ses sourires avec une reconnaissance éperdue.

Il a besoin d'elle pour asseoir un pouvoir qu'il n'a sans doute pas ailleurs.

Il a besoin d'elle pour exister, pour avoir du relief, pour avoir un impact.

Si j'osais, je dirais qu'il a besoin de quelqu'un à détruire pour avoir le sentiment d'exister.

Ce type est un malade.

Je n'arrive pas à me réjouir. Quant à Maman, elle est encore plus inquiète que moi. Quand Manon lui a annoncé la nouvelle, elle lui a demandé de se rétracter, mais Manon a ri : « Maman, fais-moi confiance, tu sais que je suis solide et raisonnable, lui a-t-elle dit. Thierry est un homme blessé, mais d'une grande bonté, d'une grande force et d'une immense intelligence. Il me rend meilleure. Il cherche toujours à me hisser plus haut, avec lui, j'apprends tous les jours. Il me révèle à moi-même. N'est-ce pas là la preuve de son amour ? » Maman a dit qu'elle ne voulait plus s'occuper de rien pour ce mariage cette fois-ci, qu'elle ne voulait se sentir en aucun cas responsable de quoi que ce soit. Qu'elle ne coudrait pas sa robe et ne ferait pas les bouquets. Elle viendra, bien sûr, comme nous tous, mais que Manon ne nous demande pas d'en être heureux. Elle a prévenu Manon qu'elle sentait un truc bizarre chez Thierry, une instabilité affective dangereuse voire perverse, et qu'il n'était pas normal de rentrer dans des fureurs pareilles, qu'un père ne devait pas terrifier ses propres enfants, que c'était contre nature. Le ton a monté entre elles deux, Manon a dit qu'elle se trompait, que Maman ne le connaissait pas et que c'était trop facile de le juger aussi vite, et qu'elle allait nous prouver qu'on avait tort. On a frôlé la crise d'asthme.

Manon a dit : « Ça va peut-être être compliqué, mais ça va être beau. »

Chapitre 21

MANON LEPRINCE, mars 2005

Pour vivre heureux, vivons cachés. Je crois que je vais appliquer cet adage et, avec un peu de chance, notre histoire va arrêter de focaliser l'attention autour de nous. Mes parents, mes beaux-parents, mes sœurs : tout le monde semblait avoir quelque chose à dire à propos de notre mariage. Trop rapide, trop d'écart d'âge, trop d'enfants, pas assez chic, pas assez cultivée, pas de robe comme ci, une messe comme ça, je n'en pouvais plus de devoir me justifier en permanence ! Même les maîtresses des enfants ont commencé à me regarder de travers quand elles ont appris que j'étais passée de nounou à future épouse.

Thierry me disait de ne pas faire attention, qu'ils étaient jaloux ou curieux, et je crois qu'il a eu raison. Je ne comprends pas que les gens aient besoin de se mêler des affaires des autres à ce point. Qu'est-ce que ça peut leur faire ?

On s'est mariés début février, dans une salle louée en région lyonnaise. J'avais expliqué à Thierry que cette fois-ci, on allait faire un mariage comme *nous* on en avait envie, pas comme nos familles allaient en décider ni comme celui qu'il avait déjà eu avec Agnès.

C'était mon tour. Ça l'a fait marrer, il m'a ressorti l'histoire du faire-part de l'année dernière en me disant : « Tant que tu ne refais pas le même, tout me va ! » J'adore cette façon qu'on a de pouvoir reparler de nos disputes sans en faire toute une affaire, en prenant du recul, et en étant légers sur le sujet. Il n'y a plus de tabou entre nous, on a une liberté d'expression infinie, on peut tout se dire.

Thierry a très mal vécu notre séparation et l'échec de notre première tentative de mariage. Encore moins bien que moi, si j'en crois les enfants. Quand on s'est remis ensemble à la fin de l'été, il avait beaucoup changé ; on aurait dit qu'il s'était voûté sous le poids du chagrin, et son visage ressemblait à celui qu'il avait juste après la mort d'Agnès. Ça m'a brisé le cœur ; depuis qu'on s'est retrouvés, on s'aime mieux, je dirais. C'est comme si nos disputes et nos différends avaient été nécessaires pour construire notre équilibre aujourd'hui.

Il m'écoute, prend mon opinion en compte, respecte mes avis. Quand j'ai refusé de considérer le mariage aux Grands Chênes, bien que ç'ait été une vraie déception pour lui, il a compris. En échange, il a demandé que Daddy ne vienne pas au mariage avec Solange parce qu'ils ne sont pas mariés. On a eu de vives discussions à ce sujet, mais je sais qu'il avait déjà imposé ça à Agnès avec son père, et du coup je me suis dit que je pouvais moi aussi faire cet effort. J'ai eu du mal à l'annoncer à Daddy. Ça l'a blessé, je crois. Je m'en suis voulu, j'ai même pleuré après notre conversation, il ne mérite pas d'être exclu de ma vie. Mais tant pis, il faut ce qu'il faut pour construire une famille sur des bases communes. Et je ne voulais pas donner cet avantage à Agnès d'avoir fait quelque chose que moi j'aurais refusé. Je voulais que la page Agnès se tourne, commencer un chapitre neuf et vierge avec ses enfants et mon mari. Si au début j'avais ressenti beaucoup de pitié et de compassion pour elle, je me surprenais désormais à penser qu'elle avait fait preuve d'un certain égoïsme en abandonnant ses enfants derrière elle, quand on voyait l'état dans lequel son geste les avait tous laissés. Et comme c'était à moi de les reconstruire, je lui en voulais, je la tenais pour responsable.

On a déménagé début septembre dans un bel appartement à Lyon, à côté de la Croix-Rousse. L'arrivée a été rocambolesque et chaotique, Thierry ayant oublié de confirmer les inscriptions dans les écoles pendant l'été, puisque évidemment je n'avais pas été là pour le faire, mais après quelques semaines de panique et pas mal de négociations auprès des directeurs d'établissements, tout est rentré dans l'ordre. Les trois grands sont en 5e, 6e et CM2. Constance est en moyenne section et je garde Mathilde, qui n'a que trois ans, avec moi. Elle fera sa rentrée en petite section en septembre.

On s'est fait plein de nouveaux amis, par le travail de Thierry et ses relations politiques, et surtout par son réseau d'anciens de l'X dont certains sont en poste ici. On mène enfin une vie de jeunes mariés ! Ça me fait tellement de bien d'avoir quitté Strasbourg ! La petite province, c'est sympa, mais tout le monde est au courant de tout, tout le temps, et on finit par n'avoir aucune intimité. À Lyon, les gens se fichent de mon mètre quatre-vingts, du nombre d'enfants que j'ai ou de notre différence d'âge. Les gens sont plus indépendants, légers, ils ont envie de s'amuser, de faire des soirées et de partir en week-end. L'autre jour, on a fait un dîner à la maison, ce qui est toujours un peu sportif pour moi parce qu'il faut continuer à gérer les cinq loulous, aller les chercher à l'école, faire faire les devoirs, donner les bains et les faire dîner, le tout en préparant celui des adultes, mettre le couvert, et bien penser à tout pour l'apéro parce que Thierry aime bien quand on a plein de petits trucs faits maison à grignoter avant de passer à table. Gros boulot de préparation et d'organisation, mais chaque fois, c'est tellement sympa.

Les amis de Thierry sont de bons vivants, et souvent ça dégénère en chants paillards au dessert ! Ça commence toujours pareil, j'en pleure de rire d'avance ! Thierry, tout à coup, en plein milieu d'une conversation, monte sur sa chaise et lance une note profonde. C'est le signal. Les copains, ravis, se lèvent à leur tour, et répondent à la note en braillant, levant leurs verres, trop contents que ça parte. Thierry ressert à boire à tout le monde. Sauf à moi, il m'oublie chaque fois et je dois me servir toute seule, je ne sais pas pourquoi, sans doute parce que je suis en bout de table, près de la cuisine où je m'installe pour faire le service plus facilement et, quand la bouteille arrive jusqu'à moi, elle est souvent vide et le temps que j'aille en chercher une autre, ils ont déjà bien attaqué le chant, et je galère pour les rattraper, mais bon, on ne peut pas dire non plus que je me fais prier pour la descendre plus vite !

Elle aime à rire, elle aime à boire...

Et c'est parti...

Même les enfants sont contents. Depuis qu'on est à Lyon, Gaby est au paradis, on traîne dans les boutiques le week-end ensemble, on a passé des moments merveilleux toutes les deux à choisir les tenues pour le mariage, en essayant toutes les robes de mariée possibles et imaginables dans les dizaines de boutiques de la ville. Son œil se forme et ses goûts s'affirment, c'est amusant de la voir grandir et persister dans ses passions d'enfant. Thierry m'avait laissé carte blanche, il voulait être surpris, et nous disait que tout ce qu'on choisirait serait forcément magnifique. Un amour.

Le mariage lui-même a été magique. À cause de l'histoire de notre séparation juste après la première annonce de nos noces, Maman n'avait pas voulu s'occuper de mon bouquet de mariée, et j'avais trouvé que ce n'était pas très sympa de sa part. Un peu comme si je devais payer deux fois le fait de m'être fait plaquer en première instance. Mais grâce à ça, j'ai eu le plus beau des cadeaux de mariage : c'est Thierry qui s'est occupé du bouquet de la mariée. « Ce bouquet, c'est moi. Je l'ai choisi avec mon cœur. J'y ai mis tout mon amour, et tout ce que je suis. » Il était magnifique. Original, mais magnifique. Je n'ai pas eu envie de le jeter aux copines à la sortie de la messe, il était trop chargé des promesses du futur. Je l'ai fait sécher dans un vase, et je le garderai toute ma vie pour me rappeler à quel point nous nous sommes aimés.

Anouk avait préparé un discours drôle à mourir, rappelant nos meilleurs souvenirs de fac et nos escapades secrètes à Strasbourg, mais je crois que ce qui m'a le plus marquée, c'est le discours de ma belle-mère. Elle a eu la gentillesse de prendre le micro, et, à mots couverts, j'ai senti qu'elle me demandait pardon de ne pas m'avoir mieux accueillie au sein de leur famille, et qu'elle réalisait seulement aujourd'hui combien j'avais été un facteur d'équilibre et de renaissance pour son fils comme pour ses petits-enfants. J'en ai pleuré de gratitude. On s'est prises dans les bras à la fin du discours, enfin disons plutôt je l'ai prise dans mes bras, et nous avons scellé là le début d'une nouvelle relation, moins méfiante. Pendant les *speechs*, Thierry et moi étions assis sur deux fauteuils recouverts d'une housse blanche, seuls face à tous nos invités. Il était en jaquette grise et me tenait la main, nos doigts enlacés, unis, tandis que nos amis nous manifestaient leur amitié au micro. Thierry et moi étions en communion d'âme, fusionnels.

Depuis que nous nous étions retrouvés à la fin de l'été, nous vivions une histoire qui pouvait devenir parfaite, et je découvrais mon homme sous son meilleur jour, celui que je soupçonnais depuis si longtemps et dont mon entourage avait commencé à douter. Je crois que notre séparation temporaire lui avait fait prendre conscience de bien des choses, et que le fragile équilibre que j'avais tenté de construire depuis le début de notre relation, la remise à flot des enfants et de la maison, s'est écroulé d'un coup quand nous nous sommes quittés. Lui, comme nos cinq poussins, était dévasté. Et ce n'est qu'une fois qu'ils ont touché le fond que Thierry a repris ses esprits et fait le tri dans ses émotions et ses envies. Il m'est revenu lavé, comme purifié.

Alors oui, bien sûr, il a encore parfois ce que j'appelle ses « crises de panique ». Il lui arrive de se mettre si fort en colère qu'il en oublie même la raison, et ce qui compte dans ces moments-là, c'est de le laisser évacuer ses émotions, car ensuite, quelques heures plus tard, parfois quelques jours quand la crise a été particulièrement forte, il redevient lui-même, il présente ses excuses et souvent va se confesser. Avant, c'était son oncle Thaddée qui lui servait à la fois de prêtre et de confident, ils se voyaient régulièrement, Thierry disait que c'était son mentor spirituel, qu'il avait à la fois la bonté de Dieu en lui, mais aussi la force d'âme d'un soldat. Il a longtemps été l'aumônier de Coëtquidan. Moi, je me suis toujours demandé, bêtement sans doute, comment un homme de Dieu pouvait officier dans l'armée. Pour moi, ce sont deux notions contraires. À mes yeux, tous les curés devraient être pacifistes, prôner l'amour et la paix plutôt que donner du courage aux hommes pour faire la guerre, et ils ne devraient pas absoudre de leurs péchés ceux qui tuent leur prochain. Thierry m'a expliqué que c'était une tradition, au contraire, de lier les deux, que dans les familles aristocratiques, on était fier quand on avait un fils dans l'armée et un autre dans les ordres. Il s'est moqué de mon ignorance, m'a dit que depuis la nuit des temps, depuis les croisades, et sans doute encore bien avant, la foi était une affaire de guerre. Pour convaincre. Pour évangéliser. J'ai rétorqué que ce n'était pas parce que ça existait depuis des millénaires que je trouvais ça normal pour autant, ni logique ou souhaitable. Il a souri, et il a laissé tomber le sujet. Avant, il aurait été capable de me quitter pour ça. Comme quoi les gens changent !

Bien sûr, de temps en temps, c'est encore difficile entre nous, mais on progresse. Il sait assez instinctivement comment faire mal, c'est le problème avec les gens trop intelligents, j'imagine, ils savent utiliser leurs capacités pas toujours dans la meilleure optique...

Mais je suis pleine d'espoir. Le pire qu'il puisse me faire, c'est bouder pendant plusieurs jours sans m'adresser la parole ni me toucher. Ça, je ne sais pas gérer. Ça me met dans tous mes états. Je suis perdue. Il fait ça si je ne demande pas pardon tout de suite après nos disputes. Mais je n'ai pas systématiquement tort, et il m'arrive de trouver que ce n'est pas à moi de m'excuser, mais plutôt à lui. Ce qu'il a encore parfois du mal à admettre ou même à concevoir. Quand il boude ainsi plusieurs jours de suite, il sait que je meurs à petit feu, et que je vais inévitablement finir par lui demander pardon. Ce n'est qu'une question de jours. Une fois, j'ai tenu dix jours, j'étais convaincue que ce n'était pas moi la fautive, mais j'ai fini par abdiquer. Je suis tombée malade juste ensuite. Ça m'avait épuisée. Ce n'est pas facile de tenir tête quand on a cinq petits en plus.

Six mois après avoir emménagé dans ce nouvel appartement, je me suis rendu compte qu'il était trop petit pour nous tous, et que ça ne facilitait pas les choses entre nous. Thierry est tout le temps dérangé par un enfant qui vient l'interrompre, et il envisage de mettre les deux grands en pension pour libérer de la place. Je m'y suis fortement opposée, arguant qu'ils avaient besoin de stabilité et surtout d'un vrai foyer où être entourés et écoutés. Pour le moment, c'est passé. Mais je crains que ce ne soit que du sursis.

Dans la plus petite chambre, on a installé les deux dernières, Constance et Mathilde, dans des lits superposés, mais leurs jouets prennent une place folle dans la pièce, et je n'arrive pas toujours à la maintenir rangée, ce qui rend Thierry fou ! Les trois grands sont ensemble dans la même chambre : Luc sur un lit simple surélevé, ce qui permet de mettre son bureau en dessous. Je lui ai accroché un rideau tout autour pour qu'il ait son intimité et ne soit pas dérangé par Gaby et Blandine quand il travaille. Il peut bouquiner le soir un peu plus tard qu'elles sans les déranger. Il est content, je crois, même si au début il était assez vexé d'être dans la même chambre que ses sœurs. Il a bien intégré les faveurs que son statut d'aîné et de seul garçon lui octroie, celui-là... Blandine et Gaby sont dans l'angle, dans des lits superposés elles aussi, et pour éviter les jalousies, comme elles voulaient toutes les deux être en haut, j'ai organisé des rotations : un mois chacune sur le lit du haut. Mais c'est vite devenu une espèce de monnaie d'échange, et je me demande si ce n'est pas pire comme solution : « Si tu m'aides en maths, je te donne deux jours de plus en haut, tu prends ? Si tu ne rapportes pas à Papa, je te donne une semaine. » Si bien que je suis incapable d'arbitrer leurs disputes quand il s'agit de faire le changement de lit, parce que je ne suis pas à jour dans leurs transactions. Thierry a trouvé que j'étais faible d'avoir cédé à leurs caprices, disant qu'une décision de parent, ça ne se discutait pas, et que les filles auraient dû s'en tenir à la place initiale qu'on leur avait attribuée. Blandine, bien évidemment pour séduire son petit Papa, a répondu qu'elle avait été d'accord depuis le début sur le système, mais que c'était moi, voulant protéger Gaby, qui avait eu l'idée de la rotation.

Thierry m'a punie par deux jours de silence.

Ça va, cette fois-ci, ce n'était pas trop long.

En arrivant dans l'appartement, j'en ai profité pour changer un peu la décoration. Depuis le début de notre relation, on vivait dans les meubles d'Agnès et dans la déco qu'elle avait pensée et, bien que je ne me sois jamais sentie en rivalité avec elle, j'étais mal à l'aise. Comme si j'avais été dans la vie d'une autre. Une usurpatrice. Mais si on y pensait calmement, j'avais accepté pendant trop longtemps et sans broncher la situation, et la déco, et tous les cadres photo partout. Je n'étais pas une voleuse de mari, au mieux j'étais une sauveuse, et si je voulais avoir une famille à moi, il fallait maintenant me laisser de l'espace pour le faire. Je ne pouvais pas continuer à être la réincarnation d'Agnès, sa continuation, sa pâle copie. Je devais devenir moi-même, la nouvelle Mme Leprince. Et je ne pouvais pas porter l'héritage d'Agnès trop longtemps, je ne voulais pas qu'inconsciemment, les enfants m'associent, moi, leur deuxième maman, à son geste, comme une menace qui pèserait sur eux. Je voulais qu'ils comprennent que ce qu'Agnès avait fait, je ne le ferai jamais : je ne les abandonnerai jamais. Je voulais me différencier dans la déco comme dans leur vie.

J'avais déjà demandé la permission à Thierry de pouvoir réorganiser un peu la maison à Strasbourg, installer les quelques affaires que j'avais rapportées de mon petit studio, changer la disposition du salon, et Thierry m'avait répondu, attristé : « Tu veux vraiment effacer les traces de la mère de mes enfants ? Faire comme si elle n'avait jamais existé ? » Je m'étais défendue bien sûr d'avoir eu de pareilles intentions : « Titou, bien sûr que non, je voudrais juste avoir aussi un peu ma place, c'est tout.

— C'est à toi de te faire une place… Mais sache que tu ne pourras jamais effacer celle qu'elle a laissée dans mon cœur. »

Je n'ai pas relevé, je ne voulais pas effacer Agnès, je voulais juste exister. Et l'arrivée à Lyon m'offrait un nouveau départ, alors j'en ai profité pour changer deux trois trucs, enlever quelques bibelots, remplacer la vaisselle surtout, parce que je n'en pouvais plus de prendre tous mes repas dans leur service de mariage. D'autant que maintenant, on en avait un à nous deux, reçu en cadeau de mariage de la part du père Thaddée, avec ce gentil petit mot qui l'avait accompagné : « Pour ne pas être seulement un vieux curé qui vieillit tout seul dans son presbytère, je suis heureux de vous offrir ce service de famille qui m'était destiné, mais dont je n'aurai pas l'usage. En espérant que les mets que vous prendrez dedans vous soient aussi bénéfiques que les nourritures spirituelles que je m'escrime à transmettre à mes ouailles. Soyez heureux, mes enfants, et invitez-moi souvent ! Père Thaddée. » Ce petit mot avait eu plus de valeur à mes yeux que le cadeau lui-même. Il était la preuve tangible que j'étais enfin acceptée dans la famille, et par le plus éminent de ses membres, en tout cas, certainement, le plus respecté. Et il avait eu raison sur un point : nous le recevions fréquemment à dîner. Ses fonctions au diocèse de Strasbourg le menaient à Lyon pour des réunions de travail, ce qui me faisait chaque fois bien rigoler ! Je lui disais :

« Alors comme ça, mon père, vous avez des réunions de boulot ? »

Thierry me fusillait du regard. « Ne lui parle pas avec autant de légèreté, c'est un homme d'Église, fais preuve d'un peu de respect, tout de même ! » Mais le père souriait, et disait : « N'essaie pas de la contrôler, Thierry, c'est une femme, et on discute… Pour une fois qu'on ne me parle pas comme si j'étais le Pape, c'est bien agréable. Ça me fait du bien de voir qu'il y a encore des gens qui voient en moi l'homme avant le curé.

— Et vous y allez en soutane ? ai-je continué, malicieuse, ou bien vous mettez une cravate ? Ou bien plutôt une veste, par-dessus la soutane ? »

Le père adorait que je le taquine. J'osais lui poser toutes les questions du monde, même les plus osées, mais j'attendais que Thierry n'écoute pas sinon on se serait disputés. Je lui demandais, par exemple, ce qu'il pensait vraiment de cette histoire d'Adam et Ève et de la création du monde en sept jours à laquelle Thierry tenait tant, et dont il rebattait les oreilles des enfants. Je détestais quand on leur mentait. Croire en Dieu, parfait, mais croire en des inepties, ça, non ! Je prenais grand soin de leur faire moi-même la leçon en sciences naturelles quand on en venait à l'origine du monde et du cosmos, car dans l'école catholique où les enfants allaient, je trouvais que certains cours étaient revus à la sauce ancestrale traditionaliste, et ça ne me plaisait pas. Je voulais comprendre Dieu, pas l'apprendre par cœur. Je voulais aimer la religion parce qu'elle me remplissait et répondait à mes interrogations, pas parce qu'elle m'était imposée telle quelle avec interdiction de la questionner.

« Avouez que c'est une image, mon père, une fable, cette légende du jardin d'Éden, non ? Le Big Bang, on le sait tous maintenant, est à l'origine du monde !

— Nous aurons besoin au moins de toute une soirée au château cet été pour discuter de tout ça, ma petite, a-t-il répondu, mais de mon côté je pense que la “glaise” du récit de la Genèse était bien une matière préexistante à l'homme, créée, elle aussi, par Dieu, et dont Il s'est servi pour fabriquer le corps humain. »

On pouvait discuter des heures, mais Thierry préférait, lui, qu'on parle plutôt des Encycliques qui ne cessaient de paraître, mot nouveau dans mon vocabulaire, je dois bien avouer, ou des dernières décisions de l'armée sur tel ou tel sujet, et ces sujets-là m'ennuyaient copieusement, alors je les laissais et rejoignais les filles dans leur chambre où on se faisait souvent une petite série en cachette sur l'ordinateur de Thierry. Tout à coup, dans ces moments-là, je me sentais plus proche en âge de mes filles que de mon mari.

Pour le reste, on profitait de Lyon au maximum. On visitait tout, on parcourait des kilomètres à pied ou à vélo le dimanche. Thierry nous racontait l'histoire de France, et celle de sa famille au fil des noms des avenues et des grands boulevards. « Lyon est un mille-feuille, un enchevêtrement d'histoires qui se croisent à chaque carrefour des rues », il jubilait, et Luc, dont c'était la passion, prenait des notes sur son petit carnet noir à élastique et posait mille questions. Il est obsédé par les rois de France, et les papes, et il a fallu aller visiter chaque collégiale, chaque église et chaque statue de la ville qui rendait hommage à l'un ou à l'autre. Thierry, trop heureux d'être au centre de nos activités, nous organisait des balades à thème selon les affinités de chacun, « la balade des bouchons » pour Blandine, qui nous a fait découvrir toutes les spécialités lyonnaises et les meilleurs fournisseurs, en passant par la Halle de Paul Bocuse et les marchés de quartier. « La balade de la soie », celle-là, il l'a faite pour Gaby, « sur mesure » a-t-il dit, via le musée des Tissus et des Canuts, pour qu'elle touche les étoffes, voie les habits, connaisse l'histoire de la mode avant de se lancer. Et il en profitait pour nous faire passer des millions d'informations sur les avenues que nous traversions. Un jour que nous étions tous les sept devant la rue qui portait le nom de l'un de ses lointains ancêtres, et que les enfants étaient en extase, je l'ai enlacé et lui ai dit :

« J'adore quand tu nous racontes l'histoire de France à travers ta famille, Titou, c'est fascinant. Je n'en reviens pas de la chance que vous avez d'avoir une histoire de famille si riche !

— Tu sais d'où nous vient notre fortune, Manon, n'est-ce pas ? Tiens, mais c'est drôle, maintenant que j'y pense… Mais ça alors, comment je n'y ai pas pensé plus tôt ? »

Et il est parti d'un fou rire contagieux, la main sur le cœur comme s'il allait en mourir, et on lui demandait, en riant nous aussi : « Quoi, mais qu'est-ce qu'il y a de si drôle ? » Et il riait, on riait tous. « Mais vas-y, dis-nous ! », et il a fini par articuler :

« La coïncidence est énorme, je te jure, Manon, dit-il en essuyant ses larmes. Quand j'y pense, c'est dingue… Mes ancêtres ont fait fortune dans le commerce… » Il a ri encore plus fort puis il a repris : « Dans le commerce d'esclaves noirs, au départ de Marseille ! Ils transportaient de la soie d'un côté et… des Noirs de l'autre… sur nos bateaux… ! » Il en hoquetait de rire, et il a continué : « Si ça se trouve, mes aïeux ont transporté les tiens dans un bateau au fond d'une cale pour les vendre sur un marché ! T'es peut-être la descendante d'un de nos esclaves ! J'ai épousé la petite-fille d'un de nos esclaves ! »

Je me suis figée. Je l'ai regardé pour voir s'il me charriait ou si ça le faisait vraiment rire.

« T'es pas sérieux ?

— Si, je te jure que c'est vrai ! On a fait fortune avec cette affaire ! Les Grands Chênes, c'est grâce à ça, l'argent de la traite. Plein de petits Noirs, partout !

— Et ça te fait rire ? »

Les enfants ont senti le vent tourner. Luc a dit : « Bon allez, on s'en fout des vieilles histoires, on continue !

— C'est improbable, la vie, non ? Tu peux être fière ! Viens par-là, Black Mama, dis donc, a-t-il dit en prenant un accent africain, viens, ma belle négresse ! » Et il est reparti dans un immense éclat de rire, en prenant les enfants à témoin, et il a chantonné : « Maman les p'tits bateaux qui vont sur l'eau ont-ils des jambes... »

J'aurais pu le gifler. Je l'ai regardé fixement et c'était comme si je découvrais son vrai visage pour la première fois. Son rire de hyène. Déformé par la méchanceté.

« Tu te rends compte de ce que tu dis au moins ?

— Oh, ça va, si on ne peut même plus rire... »

Une vague de colère m'a envahie, j'ai senti la rage monter en moi, un sentiment incontrôlable, irrationnel, totalement nouveau et affreux, alors je suis partie, je suis rentrée seule à la maison. « Ouh là là, ce que tu peux être susceptible ! » m'a-t-il crié en me regardant partir.

C'est comme si un pan gigantesque de ce que j'étais avait éclos. Personne ne m'avait jamais traitée de négresse ou d'esclave, même pour rire, et il avait fallu que ce soit mon mari qui le fasse en premier ! Ma stupéfaction n'avait d'égale que ma fureur. Jamais la couleur de ma peau n'avait été un sujet d'exclusion ou de moquerie, que ce soit à Dijon ou à Strasbourg. Mon père avait été pendant longtemps le seul Noir de notre quartier, et je n'ai compris que très tard, en fac je pense, que la couleur de la peau pouvait être un facteur stigmatisant, car pour moi, comme pour tout mon entourage, c'était un non-sujet. Voire un sujet de fierté. J'étais fière de mon père, de ses exploits sportifs, de sa beauté, de sa bonté. Et si j'avais dû penser quelque chose de ma couleur de peau, c'est que j'avais plutôt du bol. J'avais bonne mine quand tout le monde était blafard l'hiver en Alsace, j'avais des cheveux brillants et bouclés qui faisaient une boule joyeuse autour de mon visage quand je ne les lissais pas, bref, j'étais qui j'étais, et ça me plaisait parce que je n'avais jamais eu besoin d'y penser. Il n'y avait que depuis que j'étais avec Thierry que je commençais à prendre conscience de ma « différence », et je ne pouvais pas croire que ç'ait été un problème à ses yeux. Pourquoi fallait-il que chaque bon moment en famille soit teinté d'un mauvais souvenir ? Comme si, avec Thierry, le bon cachait toujours le pire. J'aurais tellement aimé croire à du mauvais humour.

J'étais face à une incompréhension totale : s'il était raciste, il ne m'aurait pas épousée, si ?

Ou alors pourquoi ? Pour assouvir quoi ?

Chapitre 22

ANOUK SCHWARTZ, novembre 2005

Manon est chez moi à nouveau.

Elle a débarqué à Strasbourg il y a cinq jours, un sac de voyage à la main. Je l'ai récupérée à la gare TGV au dernier train en provenance de Lyon. Elle m'avait appelée à peine une heure avant, je n'ai pas tout compris, la ligne passait mal, à moins que ce ne soit elle qui était incompréhensible. Quand je l'ai vue marcher sur le quai à l'arrivée du train, je me suis dit que ç'avait dû être plus compliqué encore cette fois-ci, mais je n'ai pas posé de question, je l'ai fait monter dans ma Clio. On s'est arrêtées au Franprix acheter deux trois trucs pour le dîner, mon frigo était vide, je n'avais pas prévu d'avoir de la compagnie en pleine période d'exam, mais de toute façon, ce n'était pas la peine, elle n'a rien mangé. Elle a dormi tout droit pendant deux jours d'affilée. J'ai essayé de la réveiller en lui apportant des thés ou des soupes, mais elle y touchait à peine, elle se rendormait en grelottant sous la couette, prostrée sur son téléphone en attendant un appel qui n'est jamais venu.

Et dire que je l'ai enviée. Jalousée même. D'avoir plongé dans le monde adulte et dans la vraie vie avant nous tous. De rouler en décapotable, et d'avoir des sujets de conversation intéressants le soir à table ; d'avoir une grande maison et des tâches domestiques à accomplir. Des enfants. Des températures sur des fronts chauds à prendre, des soirées à deux sur le canapé d'un salon bourgeois, un verre de vin dans les mains ; même d'avoir des soucis d'adulte. D'en être devenue une, et de m'avoir laissée sur le bord de la route de ma jeunesse. Je me suis trouvée minable avec mes cuites du samedi soir et mes aventures sans lendemain avec des tocards sans avenir. J'ai envié ses dîners assis avec des gens plus âgés, cultivés, avec un travail et des salaires, leurs rires complices et forcément intelligents, leurs apéros-entrées-plats-desserts faits maison. J'en ai eu marre de mes baskets, de mon eye-liner provocant, de mon shampooing de supermarché, de mon studio minuscule et de sa housse de couette en tergal bicolore. J'ai trouvé que je manquais d'envergure et d'ambition, que j'étais futile. Et puis, au fur et à mesure des mois, on s'est moins vues avec Manon, presque perdues de vue. Quelques messages par-ci par-là. Mais rien de plus. Jusqu'à leurs premières séparations et leurs premières disputes. Alors je me suis dit que finalement, j'étais peut-être mieux lotie avec ma vie bas de gamme, mais ma vie à moi.

Ce n'est qu'au matin du troisième jour qu'elle m'a tout raconté. On était sur mon clic-clac, j'avais étudié une bonne partie de la nuit, j'étais fatiguée et j'attendais qu'elle se confie. Elle avait tiré ses cheveux en queue-de-cheval, enfilé mes grosses chaussettes de laine et mon jogging gris, et elle fixait son thé comme si elle allait lire son avenir dans le fond de la tasse. Du bout des lèvres, elle a croqué dans une tartine de beurre. Elle a parlé d'une voix douce, presque gaie. Vu ce qu'elle a dit, ça peut paraître bizarre, mais c'est tellement exactement *elle*, cette manière de parler.

« Thierry veut divorcer. On n'est mariés que depuis six mois, tu te rends compte ? Il va contacter un avocat. »

Son visage est resté calme. Elle a levé les yeux, esquissé un sourire.

« Tu dois en avoir tellement marre de mes histoires, Anouk, je suis désolée ! » Elle s'est mise à rire. « Je ne t'aurai rien épargné, hein ? D'abord les crises de jalousie de Jérémy… Tu te rappelles quand il venait sonner chez toi à n'importe quelle heure du jour et de la nuit pour te demander où j'étais et avec qui je traînais après qu'on s'est séparés ? Et moi qui te disais : “Mais laisse tomber, ne lui ouvre pas la porte !”, si bien qu'il t'a défoncé le carreau de la cuisine pour que tu lui ouvres ?

— M'en parle pas. Il ne s'en est toujours pas remis, d'ailleurs. Je ne le fréquente plus trop, quand il me voit, j'ai l'impression que la seule chose qui l'intéresse c'est de m'extorquer de tes nouvelles.

— Tu lui as dit que je m'étais mariée ?

— T'es dingue ?! Aucune envie de me faire tuer à la sortie des cours par un type en mal d'amour. Tu le lui diras toi-même, ma chérie. Et puis visiblement, c'est déjà de l'histoire ancienne, ton affaire. Pas la peine de lui faire du chagrin pour rien… »

Manon s'est levée d'un coup, blême, la main sur la bouche, et s'est ruée dans la salle de bains. Je l'ai entendue vomir. Je me suis dit que je m'étais bien mise dans la merde à la récupérer une nouvelle fois. Je passais un diplôme de commerce, pas d'infirmière ni de psy. Sérieux, si en plus elle était malade, il allait falloir que je gère… Bref. Je me suis levée, et ai attendu devant la porte :

« Ça va ? »

Elle est ressortie, avec une mine légèrement meilleure :

« Suis barbouillée, ça va passer. Ça doit être la tartine… Tu l'as acheté où, ton beurre ? Il est rance, non ? »

On s'est marrées toutes les deux. Mais qu'est-ce qu'elle peut être chiante, c'est fou !

« Thierry dit que je suis invivable. Que je critique tout, que rien n'est assez bien pour moi, qu'Agnès était tellement plus gentille, tellement plus intelligente, tellement meilleure mère, meilleure cuisinière. Tout ce que je fais est comparé à ce que faisait Agnès, c'est comme une menace qui plane sur moi en permanence. Ce serait plus facile si elle était encore vivante, s'ils étaient divorcés, je n'aurais pas à me battre contre un idéal, un fantôme, une icône qui ne vieillira jamais. Je ne fais pas le poids, je ne suis pas assise à la droite de Dieu, moi. Il dit que je suis incapable de l'aimer, lui, comme il faut, qu'il voit bien que je ne suis attirée que par son fric. Son château. Ses bijoux de famille…

— Ses bijoux de famille ? j'ai éclaté de rire. Il a une haute estime de son appareil reproducteur, le garçon, dis-moi ! »

Elle m'a montré sa bague de fiançailles en souriant : « Ceux-là, je veux dire… C'est comme s'il faisait tout pour qu'on se dispute. Je te promets que j'essaie de faire des efforts, de ranger toute la maison avant qu'il rentre le soir, de lui préparer des petits dîners comme il aime, de bien m'occuper des enfants et de leur dire d'être gentils avec leur père. Je fais du mieux que je peux, je te jure, mais ce n'est jamais assez bien. Quand je m'habille un peu pour être jolie, il dit que je suis une allumeuse et il me traite de pute ; quand je reste en jean et tee-shirt, il dit que je suis une souillon, que je n'ai aucune estime de moi et qu'il ne peut pas me porter à bout de bras. Quand je bois un verre de vin, je suis une alcoolique, quand je n'en bois pas avec lui, je suis une rabat-joie... C'est compliqué, quand même ! »

Elle a marqué une pause, bu une gorgée, et m'a demandé :

« Tu trouves aussi que je suis invivable ? Que je suis une sale gosse trop gâtée ? Dis-moi franchement. Peut-être que je ne me rends pas compte, je ne sais plus à la fin, tu sais, quand on te répète ça toute la journée... »

Elle m'a fait de la peine, d'être si perdue, alors je l'ai prise dans mes bras.

« Non, je ne crois pas que ce soit toi le problème.

— Et puis au milieu de tout ça, on a des moments magiques. Intenses. Des moments où il est drôle, hilarant même, où on passe la soirée à piquer des fous rires pour un rien. Je n'ai jamais autant ri avec quelqu'un qu'avec lui !

— Tu as toujours été extrêmement bon public, je te rappelle.

— Et quand il est dans une bonne phase, il n'est pas seulement gentil, il est bon. Je ne sais pas comment t'expliquer... Il est tendre, attentionné, il sait tout de moi et fait attention à chaque détail. Il sait que j'aime l'eau tiède et jamais fraîche, il sait que je n'aime que les fleurs blanches, même s'il ne m'en a offert qu'une fois, OK. Il sait que j'ai un grain de beauté à l'arrière de ma cuisse droite. À l'arrière de ma cuisse, Anouk. Même ça, il le sait ! Et il fait attention à ce qu'il ne grossisse pas, il a très peur que je développe un cancer de la peau. Je sais qu'il m'aime, c'est tout ce que je veux dire.

— Et toi ? »

Elle a marqué une pause.

« Il me fait peur maintenant. Mais je l'aime encore, je crois. Je l'aime d'un amour malade sans doute, comme un enfant ou comme un chien : sans me poser de question. Et j'aime nos enfants plus que tout. Je ne peux pas me résoudre à les laisser.

— "Vos" enfants ? T'es sérieuse ?

— Je n'ai pas épousé que lui, tu sais… c'est eux tous ensemble que j'aime. Et si je ne les considérais pas comme mes enfants, alors je serais d'une cruauté sans nom d'avoir épousé leur père. »

On a continué à discuter, elle a continué à dormir. Ou à vomir. J'ai continué à réviser. Le lendemain, elle s'est levée et habillée, elle m'a dit qu'elle descendait à la pharmacie. Je suis partie à mon partiel.

Quand je suis rentrée le soir, j'ai trouvé un test de grossesse, positif, sur la table de la cuisine, et un petit mot : « Ses bijoux de famille sont décidément de bonne qualité… »

Chapitre 23

Gabrielle Leprince, janvier 2006

Maman est enceinte, je vais avoir une petite sœur ! On va être cinq filles pour un garçon, c'est pas complètement dingue, ça ?!

Quand elle nous l'a annoncé, c'était le plus beau jour de ma vie. Enfin, après, c'est devenu le plus beau. Sur le moment, c'était un peu bizarre...

Elle était rentrée d'un week-end chez sa meilleure amie à Strasbourg, après une autre dispute avec Papa, et comme elle n'arrêtait pas de vomir, Papa a dû aller la chercher à la gare parce qu'elle ne pouvait même plus marcher. Il n'était pas très content, je crois qu'ils se sont beaucoup disputés dans la voiture parce que quand on l'a vue, elle avait les yeux rouges et gonflés et elle n'a pas voulu nous embrasser tout de suite. Au début, je croyais qu'elle était malade, mais elle disait : « Non, non, ne t'inquiète pas, Gaby, ça va passer. » Non seulement ça n'est pas passé, mais ç'a empiré. Elle ne mangeait plus rien parce que dès qu'elle avalait quelque chose, elle passait une heure dans la salle de bains, et on l'entendait gémir de derrière la porte. Avec Luc, on était très inquiets, on voyait bien que ça n'allait pas fort. Et quand on demandait à Papa ce qu'elle avait, il disait : « Elle n'a rien du tout, c'est du cinéma pour qu'on s'occupe d'elle, ne vous en faites pas, allez dans vos chambres faire vos devoirs ! »

Maman se levait le matin pour nous faire le petit déjeuner et, pendant que les tartines grillaient, elle allait vomir, et puis elle revenait et elle nous emmenait à l'école en pyjama. Au début, ça nous a fait rire avec les autres, on a cru qu'elle nous faisait une blague, mais le lendemain, elle a recommencé. Elle y est retournée en pyjama. Et en chemin, elle vomissait dans le caniveau, c'était vraiment dégoûtant. Alors là, on a eu vraiment peur. On s'est assis tous les cinq à côté d'elle sur le trottoir entre deux voitures, on lui disait : « Ça va, Maman ? » Et elle, elle pleurait : « Mes chéris, je ne vais pas réussir à aller jusqu'à l'école. Luc, tu crois que tu peux finir le trajet et être responsable des petites ? » Luc déteste quand on change les plans à la dernière minute, ça le met en panique. Alors il a dit non. Blandine lui a hurlé dessus : « Espèce de gros égoïste, tu vois pas qu'elle est enceinte ? » Et là, le ciel m'est tombé sur la tête. Enceinte ? Avec un bébé dedans ? On n'a plus rien dit. Il y a eu un drôle de silence entre les voitures. On est restés comme des idiots sans savoir comment réagir, à se regarder tous les uns les autres, les yeux écarquillés. Puis j'ai demandé à Blandine : « Comment tu le sais d'abord ? » Je me méfie d'elle, il faut toujours qu'elle fasse l'intéressante. Elle ment tout le temps. « Parce que je l'ai entendue le dire à Papa. » Elle écoute aux portes en plus ! Et puis là, Maman s'est redressée, elle nous a souri, et elle a dit : « C'est vrai, les gars, vous allez avoir une petite sœur ! Et vu comme c'est parti, ça va pas être une mauviette ! » On a éclaté de tout ! De joie, de rire, de pleurs… C'était notre plus beau rêve. La preuve qu'ils n'allaient pas se séparer, qu'on resterait pour la fin de la vie tous ensemble.

Depuis ce matin-là, on s'occupe d'elle le plus qu'on peut parce qu'elle est encore très malade. Il paraît que c'est normal, et que ça arrive à beaucoup de femmes, m'a dit Luc qui s'est renseigné sur Internet. C'est Blandine qui fait le petit déj, moi qui habille les petites et Luc qui vérifie leurs cartables. Maman descend à la dernière minute, avec un imper sur sa chemise de nuit, et si elle a la force et que Papa est encore à la maison, elle nous emmène à l'école. Mais une fois sur deux, on arrive en retard parce qu'elle vomit tout le temps, ou même elle perd connaissance. C'est arrivé une fois. On a cru qu'elle était morte. Elle s'est évanouie d'un coup, elle est tombée de toute sa hauteur comme un château de cartes qui s'écroule. J'ai eu tellement peur que j'ai senti un coup au cœur si fort que j'ai cru que moi aussi j'allais mourir. Je me souviens avoir eu le temps de me demander, pendant qu'elle était tout immobile au sol, si toutes les Mamans qu'on allait avoir allaient toutes mourir d'un coup, sans prévenir. Je me souviens de cette pensée plus que du reste, ça me fait honte d'ailleurs. D'avoir pensé à moi à ce moment-là.

Il y a eu un attroupement autour de nous, mais heureusement, très vite, elle a rouvert les yeux. Quelqu'un lui a donné un sucre et de l'eau, et c'était bon. Quand Papa part au bureau avant nous en revanche, c'est mieux, on peut aller à l'école tout seuls sans qu'il s'en aperçoive, et Maman peut rester dans son lit à se reposer. Maman a prévenu les maîtresses et leur a expliqué la situation, et elle a demandé que Luc puisse lui envoyer un message pour prévenir qu'on était bien arrivés depuis le téléphone du gardien de l'école. C'est passé. Mais on n'a pas le droit de le dire à Papa, sinon ce serait la catastrophe parce qu'il nous a interdit de traverser la rue tout seuls. Et s'il apprend que Maman nous laisse aller à l'école sans elle, je n'ose même pas imaginer la suite... On a juré à Maman qu'on ne lui dirait rien. On a tous un rôle, c'est tellement bien. On se prépare à être des grands frère et sœurs. On a hâte qu'elle arrive pour que ça aille vraiment bien.

Mais Papa crie beaucoup en ce moment. Encore plus qu'avant. Presque autant que quand il y avait Maman-d'en-haut. J'étais toute petite à l'époque, mais je me souviens encore des cris et des portes qui claquaient, ça me faisait tellement peur, je me cachais sous mon lit pour essayer de ne plus les entendre. Au début, ça allait, il était un peu gentil, il la laissait être malade tranquille dans sa chambre, mais au bout d'un moment, ça l'a énervé. Il a dit qu'Agnès n'avait jamais été aussi malade, et qu'elle n'avait jamais fait tout ce cirque. Il a dit qu'elle faisait semblant d'être au bout de ses forces pour qu'on la bichonne, et pour que personne ne fasse attention à lui. Que c'était du chiqué, et qu'il n'en pouvait plus de tout gérer.

Alors, il a dit à Maman d'aller à Dijon chez Mamy Ève parce qu'il n'en pouvait plus d'elle. Mais elle a dit : « Comment veux-tu que j'y aille, Titou ? Je ne tiens pas debout. » Et il a dit : « Ça tombe bien, il y a des sièges dans le TGV », et il lui a appelé un taxi. Même pas il l'a amenée à la gare. Quand le taxi est arrivé, il lui a juste donné un sachet en plastique en disant : « Pour vomir tranquille dans le train. » *Beurk.* Même pas un baiser. On était tous sur le trottoir et, quand elle est montée dans la voiture toute seule, Mathilde s'est mise à pleurer. Papa a claqué la portière, la voiture est partie, et il s'est retourné vers elle et lui a dit d'un ton sévère : « Tu vois, ma petite fille, ta Maman est partie parce qu'elle n'en peut plus de t'entendre pleurer du soir au matin. C'est à cause de toi, elle ne t'aime pas assez pour rester. Mais moi je suis là. Maintenant, tais-toi, tu me fatigues. » Évidemment, ça ne l'a pas calmée du tout, et c'est moi qui m'en suis occupée. Je l'ai prise dans mes bras, et je lui ai murmuré dans l'oreille : « T'inquiète pas, elle va revenir, elle nous aime beaucoup trop pour ça ! », mais Papa a entendu, il m'a pris Mathilde des bras et je me suis fait punir tout le week-end.

Pendant qu'elle était partie, on a continué à s'occuper de tout, et Papa ne nous a même pas demandé comment on allait à l'école le matin, comme s'il avait oublié. Ce n'est qu'au bout du troisième jour qu'il s'est rappelé que quelque chose, ou quelqu'un manquait, et quand il a appris qu'on y allait seuls, j'ai cru qu'il allait nous couper la tête ! Alors, pendant les dix jours qui ont suivi, c'est lui qui nous a emmenés. Et ça m'a rappelé le temps où il nous emmenait juste après que Maman-Agnès nous eut quittés, à Strasbourg. Là, c'était la même chose. On était en retard, mal habillés, on se faisait gronder pendant tout le trajet parce qu'il y avait toujours quelque chose qui n'allait pas. On appelait Maman en cachette depuis le téléphone du salon, on lui demandait de rentrer, on se battait pour tous lui faire un bisou dans le combiné, souvent ça se finissait en dispute, c'est sûr, mais il fallait toujours qu'on se dépêche pour pas que Papa nous surprenne. On était tristes, mais surtout, on avait peur qu'elle accouche sans nous et qu'elle garde le bébé, et pas nous.

Au bout de quinze jours, il a permis à Maman de revenir à la maison. Quand elle est arrivée, son ventre avait grossi d'un coup ! Ça se voyait bien maintenant. Et puis, elle n'était presque plus malade, donc Papa n'était plus trop énervé. On a pu commencer à préparer l'arrivée du bébé, et à réfléchir à un prénom.

Papa voulait qu'on l'appelle Agnès. « Ce serait gentil pour votre Maman-d'en-haut, les chéris, il a dit. Ce serait une manière d'être tous réunis au sein d'une même famille, vous ne trouvez pas ? » Moi, je trouvais que ce n'était pas une bonne idée du tout. Blandine a dit que c'était nul comme prénom. Luc a dit : « Peut-être en deuxième prénom alors ? » Mais Maman a dit non. Juste : « Non, c'est hors de question. » Je ne l'avais jamais vu dire non aussi franchement à Papa, sans avoir peur ni rien. Papa a encore un petit peu essayé, mais Maman ne l'écoutait même pas. Alors, il s'est désintéressé du sujet, et on a pu choisir le prénom entre nous.

On ne savait pas trop où on allait l'installer dans l'appartement parce que les chambres étaient toutes prises, alors Maman nous faisait des blagues quand on rentrait de l'école tous les jours en installant le berceau de nos poupées dans des recoins pas possibles. Elle disait : « Ah, les enfants, cette fois-ci, j'ai trouvé l'endroit parfait pour le bébé », et c'était à nous de le trouver. Dans le panier du linge, dans le placard à provisions, dans la cheminée... C'était tellement drôle. Et chaque jour, elle mettait un Post-it sur le front de la poupée avec un nouveau prénom. Pour voir si on aimait. On avait hâte de rentrer de classe pour partir à la chasse au berceau et passer au vote du prénom.

Et puis Alma est née.

Chapitre 24

MANON LEPRINCE, août 2006

Elle est toute brune et ronde. Elle sent le sucre et la cannelle et elle est chaude comme un pain qu'on vient de sortir du four. Elle est née un jour de grosse chaleur cet été, heureuse de venir au monde, joyeuse, goulue, affamée. J'avais pris mes quartiers d'été aux Grands Chênes avec les enfants au début des vacances, Thierry nous rejoignait les week-ends.

On était dans une meilleure phase tous les deux, après un hiver et un printemps tumultueux où nous nous étions beaucoup disputés, pour des broutilles la plupart du temps. Thierry, les bons jours, avait mille projets pour son sixième enfant, il s'endormait la tête collée sur mon ventre et il racontait à notre fille combien la vie serait belle quand elle sortirait. Il lui chantait ses chansons paillardes ou militaires, et il martelait le rythme sur mon ventre pour qu'elle le sente. Il me regardait comme si j'étais un prodige, un génie, comme si j'étais la première femme à porter un enfant, et moi je riais, je profitais de sa bonne humeur, et je le retrouvais comme je l'avais aimé. Il me jurait qu'il se lèverait toutes les nuits pour que je puisse me reposer, qu'il allait arrêter de fumer pour que sa fille ait une peau aussi jolie que la mienne. Il touchait mon ventre chaque matin quand il partait au boulot pour nous dire au revoir, et la petite lui donnait souvent un petit coup de pied en réponse. Il était heureux de cette naissance. Comme je n'étais plus malade, je l'agaçais moins et j'entrevoyais l'avenir sereinement.

Je me suis reposée au château quelques semaines en attendant la naissance, les enfants étaient bronzés et occupés à chasser les lapins tandis que je passais mes après-midi sous les tilleuls du parc pour avoir un peu d'ombre, les pieds en l'air sur une chaise en rotin, et je lisais des magazines, paisible. Ma belle-mère était pleine d'attentions. Porter l'enfant de son fils me donnait de nouvelles prérogatives, j'imagine, ça me rendait plus aimable, plus respectable sans doute. « Vous savez que j'ai appris à coudre à Agnès sous ces mêmes arbres ? Elle attendait Luc et ne savait encore rien faire de ses dix doigts. Elle s'est débrouillée très vite. Vous devriez essayer, Manon, ce n'est pas bon l'inactivité, Thierry déteste ça, vous savez… » Je ne répondais pas, Agnès aurait toujours le dernier mot, mais je commençais à douter qu'elle aurait aimé être prise en exemple comme ça en permanence. Je ne suis pas sûre qu'elle s'entendait si bien avec ma belle-mère et, intérieurement, je me disais qu'Agnès avait elle aussi dû supporter ses mesquineries, et ça me mettait du baume au cœur. Élizabeth me descendait du grenier d'anciens albums de photos, me pointait du doigt les clichés sur lesquels il fallait s'exclamer, et me racontait les histoires de Thierry et Delphine petits. Elle me parlait de sa famille, de son père qu'elle admire plus que tout et de sa fameuse vente de miel. Elle ne me posait pas beaucoup de questions et ça m'allait. De toute façon, que lui dire ? Je doute que les exploits de basket de mon père ou les scores en tir à l'arc de ma mère l'auraient beaucoup impressionnée, et je préférais préserver mon intimité pour éviter de la lui donner en pâture quand viendraient des jours moins lumineux.

Nous restions dans un *statu quo* poli mais plus chaleureux qu'avant, et je me satisfaisais de la situation. Ma vie à moi était ailleurs, auprès des enfants et de Thierry quand il me laissait approcher.

Je réalisais que mon mariage était une plante fragile, que les bourrasques seraient fréquentes, voire violentes, mais j'avais fait mon choix. Et j'étais calme à défaut d'être heureuse. Je me sentais suffisamment ancrée pour être capable de gérer ses coups de panique et l'aider à les surmonter, je comptais sur l'amour des enfants pour me donner la force dont je manquais parfois. Je n'étais pas du genre à regretter, ressasser, réfléchir cent ans et peser le pour ou le contre de chacune de mes actions. Les choses m'arrivaient, bonnes ou mauvaises, et je les acceptais comme faisant partie de mon chemin. Enjamber l'obstacle et continuer. J'avais fait des choix qui engageaient cinq, et bientôt six enfants. Qui engageaient aussi un homme. Que ce choix fût le bon ou non, la question ne se posait donc plus. Je devais assumer mes responsabilités et ne pas leur faire payer mes erreurs de jugement. J'avais été sans doute naïve, rapide, aveugle, peu importe, mais j'allais essayer de ne pas être en plus inconséquente ou lâche. Je croyais en mon pouvoir de résilience, en mon aptitude à endurer. J'étais convaincue aussi que nous avions ça en nous, les femmes, cette capacité à aimer et à donner au-delà de tout. Au-delà du raisonnable, au-delà du normal, au-delà de l'acceptable. C'est ce qui faisait notre force. J'avais un peu plus confiance en l'avenir, cette grossesse me le promettait.

Quand Thierry était de bonne humeur, je reprenais goût à tout, et tout me paraissait possible. Puis revenaient les disputes. La rage intérieure de Thierry me terrifiait parfois, ses cris, ses insultes… Et je portais presque un regard étonné sur ses gesticulations, en me disant : « Bon, ça ne peut pas durer, il va se calmer, et on pourra se reparler ». Je courbais le dos, j'encaissais, j'avais peur sans oser toutefois me l'avouer totalement, car je ne connaissais pas ses limites et je ne savais pas de quoi il était vraiment capable, mais au fond de moi, je faisais confiance. Je le pensais sous l'emprise de ses humeurs, dans l'impossibilité de prendre sur lui. J'essayais de ne pas répondre à ses provocations, et surtout de ne pas les prendre au pied de la lettre. Mais je sentais qu'elles m'usaient insidieusement, lentement, comme la rouille ronge le fer. Elles attaquaient mon système de défense intérieur, et je ne savais pas comment lutter sans me faire mal au passage. Alors je laissais faire, je laissais dire et je demandais pardon. Je n'avais jamais connu de tels accès de rage chez quiconque. Mon père était plutôt d'un genre affable et doux, moqueur, genre grand ado tendre, et ma mère n'avait pas le droit de se mettre en colère, sinon elle partait à l'hôpital direct avec une crise d'asthme carabinée. Du coup, je venais d'un univers plutôt tranquille, où les choses se disaient simplement. J'essayais toujours de ne pas le contrarier, et cette attitude à elle seule a changé notre relation. J'étais passée de spontanée à apeurée, d'insouciante à inquiète. Je ne m'autorisais plus à être complètement moi-même, c'était trop risqué, c'était lui donner de quoi me briser, or je naviguais en eaux troubles. Je me demandais si Agnès avait vécu la même chose, si, comme moi, elle avait eu peur ? Si elle aussi s'était recroquevillée à l'intérieur d'elle-même ? Moi qui avais eu tendance dernièrement à prendre mes distances avec elle, voilà qu'aujourd'hui j'avais besoin d'elle, j'aurais aimé qu'elle me parle et me conseille, qu'elle me raconte, qu'elle me montre la voie. Il n'y avait qu'elle qui aurait pu me comprendre. Mais j'essayais de garder le cap. J'avais créé une bulle, flottante et parallèle au monde de Thierry, où moi et les enfants vivions. C'est ce qui me donnait mon oxygène, ma force et ma raison de continuer.

Il avait mis au point tout un nombre de règles auxquelles il fallait se conformer, et je pensais que les respecter me protégerait de ses accès de colère. Certaines étaient faciles, comme aller à la messe tous les dimanches, dire le *Bénedicite* avant chaque repas, habiller les enfants pareil, ne pas l'interrompre quand il parlait et ne jamais le contredire en public. D'autres me coûtaient plus, et me rendaient même parfois triste, comme la règle sur les anniversaires de ma famille. Et j'avais le cœur gros car c'était l'anniversaire de ma mère ce jour-là. Je n'avais pas le droit de le lui souhaiter. Parce que c'était aussi la date de mariage de Thierry et Agnès. « Pour respecter sa mémoire, je te demande juste un peu de compassion, Manon. Pas de fête, pas de cris de joie, pas de bougie, pas d'extravagance. Ta mère a passé l'âge qu'on lui souhaite son anniversaire de toute façon. Je veux que cette date soit un jour de souvenir et de recueillement. » Les enfants n'avaient pas le droit de jouer. Silence exigé. On se souvient, on prie, et on se tait. Mais je n'avais pas non plus le droit de célébrer l'anniversaire de Daddy. Parce que c'était le même jour que la mort d'Agnès. Je sais, la coïncidence est complètement folle. Mais c'est vrai. En plein hiver, pile au moment où on aurait bien besoin d'un peu de chaleur humaine pour se réchauffer.

Désormais, je devais exclure de ma vie ces deux dates importantes pour ma famille, nous qui les avions toujours fêtées avec extravagance. On célébrait souvent celui de Maman au resto, en famille, avec une avalanche de cadeaux que Daddy achetait à la dernière seconde parce que ce qui comptait à ses yeux, c'était « la profusion » ! Il allait dans le centre commercial quelques heures avant le dîner, et il dévalisait méthodiquement les rayons : sac, stylo, chaussures, maillot, chapeau. Il prenait un exemplaire de chaque. C'était pire que Noël. C'était la fête de Maman, et il voulait que ça se voie. Qu'elle soit ensevelie sous ses cadeaux, que ce soit la symbolique de la quantité d'amour qu'on avait pour elle. Et Maman qui disait : « Mais c'est beaucoup trop ! C'est ridicule, je vais aller tout rendre, enfin ! » Et qui ne rendait jamais rien parce que tout était trop joli. Les anniversaires de Daddy étaient plus sur le mode « sport en famille ». Footing tous les cinq au petit matin, avec Nelly qui déteste courir, ça lui faisait office de cadeau. Olympiades familiales dans la neige au stade Carnot : relais, haies, tir à l'arc. Qu'est-ce qu'on pouvait se marrer, quand même ! On trichait tout ce qu'on pouvait ! Comment faire la compét avec deux parents sportifs professionnels sinon ?

Ce jour-là, Thierry a posté une photo d'Agnès et lui le jour de leur mariage sur sa page Facebook, avec pour légende « la femme de ma vie ». Je l'ai découverte sur mon ordinateur. Ça m'a fait mal. Comme la preuve que je n'y arriverais jamais. Bien sûr, je comprends qu'il ait besoin qu'on ne l'oublie pas, là n'est pas la question, je ne le lui ai jamais demandé, bien au contraire… Pas un de ses amis n'a *liké* sa photo. Moi non plus évidemment. Le soir, quand il a vérifié son compte et vu que personne n'avait commenté ou aimé sa photo, il est entré dans une rage folle. « Tu es une sans-cœur, une égoïste. Tu n'as pas d'âme ! » Pas d'âme ? Pas de cœur ? Et si c'était lui le sans-cœur ? Il m'a fait la gueule pendant douze jours. En plein été. À moins de quinze jours de l'accouchement. En pleines vacances au château. C'était difficile de faire semblant que tout allait bien, avec sa mère et sa sœur autour.

Thierry aurait aimé que j'accouche dans la même clinique qu'Agnès. Il me l'avait demandé à table, devant ses parents. Je n'avais pas osé répondre trop catégoriquement, mais je trouvais envahissantes ces demandes incessantes d'inclure sa femme décédée à notre vie actuelle. Je lui avais répondu : « Titou, j'aimerais que cette naissance soit nouvelle pour nous deux. » J'ai jeté un coup d'œil à ma belle-mère pour voir si elle allait répondre à sa place comme elle le faisait souvent, puis j'ai continué : « Je préférerais accoucher ailleurs, qu'on ait des souvenirs vierges, quitte à faire quelques kilomètres en plus. » J'ai vu qu'il commençait à se braquer, qu'à ses yeux, j'offensais à nouveau la mémoire d'Agnès, et c'est le père Thaddée qui est venu à mon secours et qui m'a soutenue.

Immédiatement, Élizabeth s'est ralliée à son frère et Thierry a changé de sujet de conversation. J'ai pu accoucher dans un endroit neutre, un endroit rien qu'à nous.

Quand elle est née, quand j'ai vu sa petite tête boudeuse couverte de cheveux bruns, ses petits poings serrés, je ne saurais pas trop expliquer ce qu'il s'est passé, mais c'est comme si une barre de fer était venue me redresser de l'intérieur. J'étais devenue indestructible. J'étais prête à recevoir tous les coups, à parer à toutes les éventualités, je savais désormais que je serais capable de les encaisser. Et pourtant, j'étais fatiguée, les hormones en chute libre, les idées noires à la pelle. Ce n'est pas que je l'ai préférée aux autres instantanément, loin de là, j'aimais nos cinq premiers enfants intensément et je n'ai pas eu d'instinct maternel instinctif et sélectif à son égard, mais le fait qu'elle sorte de moi, qu'elle soit le fruit de nous deux me donnait la preuve que j'étais bonne à quelque chose. Et à quelque chose de merveilleux.

Les enfants ont accueilli Alma comme si c'était le petit Jésus lui-même et, le jour du baptême, à la chapelle du château, ils ont voulu la porter tous les cinq en même temps au-dessus du baptistère. J'ai une photo géniale de ce moment-là, avec Thierry juste à côté, un peu inquiet, surveillant que tout se passe bien et le père Thaddée leur tendant les bras pour accueillir ma fille, souriant devant tout ce bazar inhabituel dans sa chapelle ! La robe de baptême avait été un sujet brûlant, et il s'en était fallu de peu que la famille n'éclatât en mille morceaux. Élizabeth me harcelait de questions à propos de la robe qu'Alma porterait le jour de son baptême. Comme si c'était une affaire d'État.

Je voulais lui mettre la robe que Maman et moi avions achetée ensemble pendant les soldes de juillet, je ne voyais pas où était le problème. Puis Thierry s'en est mêlé. Le père Thaddée s'en est mêlé. J'étais trop fatiguée pour lutter. J'ai abdiqué. Alma a porté la robe de famille mais avant la messe, en secret, j'ai fait pour Maman des photos d'Alma avec notre jolie robe. Ma petite revanche à moi…

Chapitre 25

ÉLIZABETH LEPRINCE, septembre 2006

On ne pourra pas me reprocher de ne pas avoir fait ma part.

Dès la minute où Thierry m'a annoncé son mariage avec la petite, Jacques et moi avons tout fait pour lui ouvrir notre porte en grand, et l'accueillir dans notre famille du mieux possible. Pourtant, je voyais bien que leur relation n'était pas des plus sereines, toujours à se chamailler ou à ergoter sur des sujets aussi divers qu'abscons. Je trouvais que cette petite s'occupait admirablement des enfants, soit, mais qu'elle n'était pas aussi dévouée à son futur époux que feue Agnès. Je la trouvais, comment dire… récalcitrante peut-être ? À faire valoir son point de vue à tout bout de champ, à exprimer une opinion et, comme de fait exprès bien évidemment, contraire aux nôtres. Bref, compliquée. Je disais à Thierry de bien réfléchir avant de se décider. Et chaque fois qu'il me téléphonait pour me dire qu'il l'avait mise à la porte à nouveau, j'en étais presque instinctivement soulagée. Je ne pensais pas sincèrement qu'ils iraient jusqu'au bout, et j'imaginais qu'une fois son moral stabilisé après le décès d'Agnès, il s'en écarterait.

Mais non, la petite a bien su lui mettre le grappin dessus et verrouiller son affaire. Sortie par la porte, revenue par la fenêtre pour ainsi dire. Chaque fois. Puis à la longue, Thierry a fini par s'attacher, j'imagine, et il a pensé à ses enfants avant tout en voulant leur offrir la chaleur d'un foyer reconstitué. Et l'affaire fut conclue.

De ce jour, de mon point de vue, nous avons été, Jacques et moi, irréprochables.

Je lui ai fait un discours remarquable, et remarqué, le jour de leur mariage, où tout le monde a bien pu voir l'esprit d'hospitalité et de générosité dans lequel nous lui souhaitions la bienvenue dans la famille. Mais bon, on ne peut pas, pour autant, faire table rase de nos différences. Rattraper une éducation déficiente en quelques mois, et encore moins inculquer un héritage qui n'est pas le vôtre à quelqu'un qui en est si éloigné.

Mais j'y travaille. C'est comme si j'apprenais à lire à un enfant analphabète, je commence par les bases et je vais doucement. Je lui montre des photos, lui explique qui nous sommes à travers des anecdotes ou des souvenirs. Je lui raconte les exploits familiaux et en profite pour lui faire quelques cours d'histoire, et je lui parle, bien entendu, des hommes forts de notre panthéon privé dont les portraits ornent la grande galerie du château, qu'elle se repère dans la constellation Leprince, qu'elle sache où mettre la barre. Thaddée m'aide pour la partie religieuse, et je dois dire que ces deux-là s'entendent plutôt bien, ce qui est aussi improbable que mon frère est admirable. Son empathie et sa sincérité sont tout à son honneur, comme d'habitude. Ils ont des rapports simples, mais complices, et Thaddée ne s'offusque pas du ton qu'elle emploie avec lui, il a même l'air d'apprécier. J'en aurais dit le quart à mon père que je me serais pris une correction dont je me serais souvenue, mais Thaddée n'est pas de ce genre violent comme Papa a pu l'être avec nous. Et il me sauve ainsi bon nombre d'heures de catéchisme que je n'ai pas à faire avec elle. Chaque jour un peu plus, elle prend conscience du poids de notre histoire familiale, de la responsabilité qui nous incombe de maintenir nos traditions et de ne pas trahir nos convictions pour des considérations plus faciles et mercantiles, fussent-elles politiques, sentimentales ou religieuses. Il ne tient qu'à nous de faire en sorte que cette histoire se transmette de génération en génération, sans altération ni concession. Si l'aristocratie est un genre passé de mode dans ce monde moderne qui a perdu pied, elle est pourtant l'ADN de notre famille, et nul ne saurait le trahir.

Cette petite est fine et intelligente, je dois l'admettre, et elle apprend vite. Je reconnais qu'en moins de six mois, elle connaissait parfaitement toutes nos prières quotidiennes, et s'était fondue dans nos habitudes avec la flexibilité d'un chat. Auquel elle ressemble d'ailleurs. Dans le genre panthère noire. Habile. Silencieuse. D'ailleurs, quand ils nous ont annoncé la grossesse, évidemment je me suis immédiatement posé la question de savoir à quoi ressemblerait l'enfant. Je veux dire quelle teinte il aurait… Mais tout s'est bien passé, la petite est aussi pâle que la Madone, avec quelques jolies boucles brunes, héritage maternel il va sans dire, et elle ressemble tout à fait à un petit chérubin de Fragonard. Très mignonne.

Avec la naissance, s'est forcément posée la question de la robe de baptême. La tradition veut que chacun des Leprince, et donc chacun de mes petits-enfants, porte notre robe de famille le jour de leur baptême, dans la chapelle du domaine, au-dessus du baptistère où Jacques a été baptisé, comme l'ont été tous ses frères et sœurs et ses parents avant lui. Mais cette fois-ci, je ne saurais comment l'exprimer, je ne me sentais pas vraiment encline à l'idée de prêter la robe à ma nouvelle bru. J'avais le sentiment diffus que Manon ne prenait absolument pas la mesure ni du symbole ni du cadeau que je lui faisais en la lui proposant et, par conséquent, je ne voyais pas pourquoi je devais prendre le risque d'abîmer la robe ou de la tacher si elle ne savourait pas le geste à sa juste valeur.

Je voulais qu'elle me la demande en somme.

Mais j'étais bien loin d'imaginer que Manon ne voulait pas de mon cadeau, et qu'elle songeait sérieusement à faire porter à sa fille la quelconque petite robe blanche bon marché que son autre grand-mère lui avait achetée. À cette nouvelle, mon sang n'a fait qu'un tour et je n'ai pas supporté l'image mentale de ma propre petite-fille baptisée, au château, qui plus est à la chapelle, dans une robe de pacotille. Alors, un jour que nous cousions ensemble des petits sachets de dragée dans du liberty sous les tilleuls du parc, j'ai aimablement proposé à Manon notre robe de famille.

« Oh, mais c'est adorable de votre part, ma mère, m'a-t-elle répondu, mais je crois que je vais plutôt lui mettre le petit ensemble que Maman lui a acheté exprès, il est si joli ! »

J'en suis restée coite une seconde, pensant qu'elle ne réalisait pas ce que ça impliquait.

« Manon, c'est une tradition Leprince que de porter cette robe inouïe. Je te propose de la perpétuer pour marquer ainsi du sceau de notre famille ta petite fille. C'est un cadeau que j'aimerais que tu acceptes, et un hommage que tu nous rendrais. Et bien sûr, ça me fait plaisir de te faire plaisir. Et je ne pense pas que ce soit discutable. »

Manon a pris un air étonné.

« Je vais en parler avec Thierry si ça ne vous ennuie pas, mais Maman sera déçue si je ne mets pas à Alma sa robe…

— Dis-lui que je la lui rembourse si elle veut, je ne suis pas à quelques dizaines d'euros près, à moins qu'elle puisse aller la rendre ? La nôtre n'a pas de prix, et je pensais que tu serais heureuse de prouver à Thierry ton attachement à sa famille. Mais bon, je te laisse réfléchir, bien entendu. »

Notre conversation en est restée là, mais j'ai bien vu qu'elle était perplexe. Peu après, je suis allée chercher la robe au grenier, l'ai sortie de sa housse, aérée discrètement un après-midi sous les pommiers, bien étalée sur l'herbe sèche, puis je suis montée dans leur chambre alors qu'ils n'y étaient pas et l'ai mise sur un cintre accroché à la poignée de la fenêtre. Une merveille. J'en ai profité pour rapidement retaper le lit qui était mal fait et secouer les oreillers, je n'aime pas quand la poussière s'immisce partout, et je suis repartie.

Je les ai entendus se disputer à ce sujet le soir même quand elle a découvert la robe dans sa chambre, mais mon Thierry a tenu bon. Le lendemain au petit déjeuner, la petite m'a remerciée pour la gentille attention et confirmé qu'elle la mettrait bien à sa fille le jour J.

Il suffit de lui apprendre, c'est tout. Elle est docile et de bonne volonté.

Chapitre 26

BABETH JACKSON, novembre 2006

C'est de pire en pire.

Je viens d'assister à une scène si abrupte que j'ai dû aller me cacher dans la chambre d'un des enfants pour ne pas montrer mon émotion à Manon. Le plus horrible, c'est que elle, c'est comme si elle n'avait rien vu, même pas réalisé ce qu'il se passait.

Elle est à bout de forces. Livide, et ce n'est pas uniquement parce qu'elle est partie s'enterrer à la campagne dans un manoir hanté et pluvieux où il n'a pas fait beau depuis vingt ans.

Nelly et moi voulions embrasser la petite, on l'avait à peine vue cet été aux Grands Chênes où nous étions venues pour le baptême. D'ailleurs, je n'en ai pas cru mes oreilles quand j'ai appris que la cérémonie était prévue à peine huit jours après l'accouchement. Quand j'ai essayé de raisonner Manon en lui disant que le Diable, maintenant qu'elle y croyait, n'allait pas emporter sa fille en enfer si elle reculait un peu la date, elle s'est mise à fondre en larmes au téléphone en disant : « Tu crois vraiment que ça me fait plaisir de le faire si tôt ? J'ai les seins gonflés et douloureux, la petite n'arrive pas bien à boire, je ne ferme pas l'œil de la nuit et j'en ai cinq autres à gérer, mais la tradition, c'est la tradition, Babeth. Je n'ai pas mon mot à dire, toutes les femmes de leur famille ont fait pareil, et moi je serais la seule à ne pas pouvoir ? C'est hors de question ! Je veux leur montrer que je suis solide, moi aussi. Et puis, tant qu'à faire, je suis contente que ce soit le père Thaddée qui la baptise, et non un inconnu à Lyon un peu plus tard. Donc c'est comme ça, désolée si ça ne t'arrange pas, Babeth, mais là, j'ai d'autres soucis, tu vois… » J'ai bien vu que je touchais un point sensible, et je n'ai pas insisté, de toute façon j'étais en vacances, ce n'est donc pas moi que ça dérangeait le plus. Maman et Daddy se sont arrangés aussi avec leur boulot, et on est partis tous les quatre en voiture dans ce fameux château.

La classe, je dois dire. Un parc gigantesque, des arbres centenaires, des dépendances, des pots de fleurs fabuleux. Bref, les parents se saluent, plutôt cordialement c'est vrai, s'installent pour prendre le thé au petit salon pendant que Nelly et moi on gazouille avec Alma qui est exactement l'image de la pureté la plus parfaite qu'on puisse imaginer. C'est un amour de bébé dont je suis la marraine, avec Luc, le fils aîné de Thierry, pour parrain. Bizarre, je me suis dit, c'est déjà son frère, qu'est-ce qu'il a besoin d'être son parrain en plus, mais bon, pas mes oignons.

Manon était fatiguée, bien sûr, mais heureuse de nous voir autour d'elle. Et tranquille. Elle avait déjà presque perdu ses kilos de grossesse, en moins de huit jours, et elle portait sa fille avec une aisance et un naturel incroyables, comme si elle avait déjà eu plusieurs enfants avant. Pas inquiète, pas stressée, et prêteuse en plus. On a eu le droit de prendre la petite autant qu'on voulait, sans se laver dix fois les mains avant de la toucher comme certaines mères de famille l'exigent avec leur nouveau-né. On a pu la changer, la baigner, l'habiller, tout en discutant avec Manon tranquillement et ça, ça m'a fait plaisir. Elle avait l'air heureuse. Quelque chose avait changé en elle, une espèce de certitude dans les gestes, dans les yeux. Les cheveux libres, en boule mousseuse autour de son visage, ses longs bras bruns autour de sa fille si blanche en comparaison, une grande robe hippie à fleurs rouges qui couvrait ses jambes sur le canapé, c'était émouvant. On était si heureuses d'être toutes ensemble, c'était un événement fou pour nous. Notre grande sœur, avec sa myriade d'enfants dans les pattes, dans cet immense château, Mathilde sur les genoux d'un côté, et Alma au sein de l'autre, la petite Gabrielle à ses pieds en train de lui mettre du vernis sur les orteils. Et le tout, paisiblement. À ce moment-là, j'ai pensé qu'heureusement, je ne lui avais rien dit de mes théories fumeuses sur leur couple, de quel droit je me serais permis de détruire tout ça, ce tableau que même moi je trouvais parfait ce jour-là ? Thierry était gentil avec elle, lui passant la main dans le cou pendant qu'elle allaitait tout en fumant sa cigarette, nous faisant rire en nous racontant comment il avait déboulé à toute allure à la maternité, façon Steve McQueen, en faisant crisser les pneus de son Alfa Romeo, hurlant en direction du personnel d'accueil tout en aidant Manon à s'extirper de la voiture : « Allez, allez ! On se dépêche, ma femme accouche, ma fille arrive, chacun à son poste de combat ! » Sa bonne humeur était contagieuse, ça le rendait encore plus beau. Si j'avais été photographe, j'aurais aimé les immortaliser ce jour-là. Ils n'ont jamais été aussi… ensemble.

Puis le baptême – messe en latin, au secours –, a eu lieu dans la petite chapelle à colombages au fond du parc, après l'étang. Et tous ces invités, ces gens qui faisaient maintenant partie de la vie de ma sœur et que je ne connaissais pas… Sa belle-sœur, avec son bandeau dans les cheveux et sa bague de fiançailles du même calibre que la sienne, des vieux, beaucoup, et une multitude d'enfants, sages comme des images, récitant de tout cœur et sans flancher chacune des prières. Une expérience quand même ! Photos de famille sur le parvis de la chapelle, Manon habillée en sainte-nitouche, on s'est foutu d'elle toute la journée, genre petite robe crème à col Claudine et ballerines roses. Ça nous changeait de ses mini jupes-cuissardes, c'est clair ! Ses cinq enfants habillés pareil en rang d'oignons autour d'elle, et Thierry en costard-cravate, la mèche toujours impeccable sur le côté. Heureusement que Daddy avait apporté une chemise, on aurait pu frôler le drame côté Jackson sinon… Et Alma, comme descendue directement du ciel dans son immense robe blanche en dentelle ancienne qui coulait sur mes bras et touchait presque terre, les yeux grands ouverts, calme. Elle n'a pas pipé mot tandis que le curé lui renversait la moitié d'une carafe sur le front. C'était très beau. Très recueilli. Je comprends que Manon, qui a toujours été la plus spirituelle d'entre nous, se soit sentie touchée par toute cette atmosphère, et qu'elle se soit impliquée dans la religion, c'est vrai, je peux le comprendre maintenant que j'ai vu. La belle-mère Élizabeth, sèche comme un quignon de pain, mais cultivée et tellement bien élevée, à nous faire la conversation comme si on se connaissait depuis toujours, à nous montrer son potager et nous offrir quelques tomates cueillies sur pied l'air de nous faire une aumône. Et son mari Jacques, un grand échalas mutique, concave à force d'être maigre, qui nous vouvoyait et ne nous appelait que « mesdemoiselles » : « Mesdemoiselles, si vous voulez bien vous donner la peine de prendre une coupe ? Mesdemoiselles, puis je vous montrer la galerie ? » Mais bien sûr, monsieur…

Nelly et moi avons dormi dans une chambre sous les combles, sur deux petits lits simples aux matelas défoncés avec des dessus-de-lit en toile de Jouy, et un bidet en état de marche dans la chambre ! Manon est venue nous rejoindre après la tétée de minuit, et on a gloussé et péroré comme des ados pendant une bonne heure, à trois sur un petit lit, à se « débriefer » de la réception, des invités, bref, à ragoter quoi ! Ensuite, elle est tombée de fatigue, et elle est allée dormir deux heures avant sa prochaine tétée. On est tous repartis dès le lendemain, on ne voulait pas abuser de leur hospitalité et, de toute façon, Thierry et Manon faisaient aussi leurs bagages car ils devaient préparer leur déménagement.

Je les ai revus donc trois mois plus tard, à Saint-François, leur nouvelle ville, quand on y est allées avec Nelly pour embrasser Alma et découvrir leur nouvelle maison. Et c'est là que j'ai assisté à cette scène si triste qui contrastait tant avec ce que j'avais pu voir aux Grands Chênes.

Et qui me fait dire que si, finalement, j'aurais dû lui parler quand il en était encore temps.

On est arrivées sous une pluie battante, dans une ambiance électrique. Les enfants avaient dû se chamailler et étaient punis chacun dans leurs chambres. Manon était blafarde, en jogging informe, pas maquillée ni rien. Elle avait voulu nous recevoir en mettant les petits plats dans les grands, elle avait donc fait le ménage de fond en comble dans sa maison pour la présenter sous son meilleur jour, et elle avait demandé à Thierry de l'accompagner faire des courses au supermarché. Mais elle avait dû prendre Alma avec elle, parce que Thierry avait dit OK mais seulement pour la déposer, parce que ensuite, il partait s'entraîner au stand de tir avec un copain et qu'il ne pouvait pas garder la petite en attendant. Bon. Je ne sais pas pourquoi, il n'avait pas réussi à installer le cosy dans la voiture. Les ceintures de sécurité s'emmêlaient, la coque du siège auto bougeait sans cesse, bref, tout ça l'a énervé, et il a pété un plomb. Mais un énorme plomb, paraît-il. Il a balancé de toutes ses forces le cosy contre le portail, claqué la porte de l'Espace en hurlant sur Manon qui avait Alma dans les bras, lui disant que c'était sa faute et à cause de ses goûts de luxe tout ça, puisque c'est elle qui avait demandé à racheter un nouveau cosy « pour sa fifille chérie, comme si celui de ses cinq premiers enfants n'était pas assez bien pour elle ».

« Mais Titou, il n'est même plus aux normes, le vieux cosy, il a plus de onze ans maintenant, et il est tellement sale et vieux qu'on ne sait même plus sa couleur originelle !

— Tu me pompes tout mon fric, toute mon énergie et ça ne te suffit toujours pas ! Tu es une sangsue, Manon ! Et pendant MES week-ends, il faut encore que je me tape tes sœurs, chez MOI ? Tu m'envahis. C'est toi la veuve. La veuve noire ! »

Manon, qui avait peur qu'Alma panique en entendant tous ces cris, essayait de le calmer... Finalement, il a pris sa petite voiture tout seul et est allé à son stand de tir, et Manon est partie à pied, sous la pluie et en poussette avec Alma, faire les courses pour acheter de quoi nous faire un bon dîner. Elle est revenue trempée, croulant sous le poids des paquets et, tandis que Luc l'aidait à décharger les courses et que Gabrielle s'occupait d'Alma à ce qu'il paraît, elle a cuisiné avec Blandine. Nelly et moi sommes arrivées juste après ce moment-là. Elle se posait enfin pour la première fois depuis des heures parce qu'elle devait allaiter sa fille, Thierry venait de rentrer, et fumait une cigarette dans le canapé, les pieds sur un fauteuil, et plutôt de bonne humeur. Juste nous, on avait eu Manon au téléphone dans la voiture et on était au courant de la scène, alors on marchait un peu sur des œufs. On discutait dans le salon avec Thierry. Lorsque Manon est arrivée, vraiment ça se voyait sur sa figure qu'elle était au bout du rouleau. Moi, je pensais que Thierry allait se bouger pour lui laisser de la place sur le canapé, et qu'il allait éteindre sa cigarette aussitôt pour ne pas polluer l'air pour le bébé. Mais rien. Le type n'a pas bougé ses pieds, pas éteint sa clope, et il a laissé sa femme, épuisée, s'installer sur le petit tabouret bas en bois à côté de la cheminée pour allaiter sa fille. Et il a continué de nous parler, comme si de rien n'était.

Je n'ai rien dit. Mais je n'ai pas pu supporter.

J'ai dû aller respirer ailleurs quelques minutes. Mon cœur battait la chamade de révolte devant la passivité de ma sœur et la violence de la scène. J'étais déchirée entre l'envie de la sortir de là, de lui jeter la vérité en face, de lui dire que son mari était un sale mec, égoïste et narcissique, tyrannique et violent, et la fureur de la voir accepter la situation sans rien dire. Puis je suis revenue au salon et Nelly et moi avons tout fait pour lui rendre la soirée agréable.

Pendant la tétée de nuit, j'ai rejoint Manon dans la chambre d'Alma. Elle n'avait laissé allumée que la petite veilleuse en forme de nuage et s'était installée, avec sa fille au sein, sur le rocking-chair recouvert d'une peau de mouton pour être plus confortable. Elle fredonnait à voix très basse une petite chanson, tout en caressant le crâne d'Alma qui tétait les yeux fermés, sa petite main agrippée au sein, comme pour être sûre que la source de son bonheur ne se tarisse pas. Je me suis assise au pied du fauteuil et pendant un moment on n'a rien dit, juste profité de l'instant, de sa douceur parfaite, des petits bruits de succion du bébé. Et puis je lui ai dit :

« Il faut que tu le quittes, tu le sais, n'est-ce pas ? »

Elle n'a pas répondu, a continué à fredonner, n'a même pas tourné la tête.

« Manon, au moins prends le temps de réfléchir et de te requinquer. Viens à Dijon quelque temps chez Maman avec Alma. Tu es dans une essoreuse, là, tu ne te rends même plus compte que ce que tu endures n'est pas normal. »

Elle a tourné la tête vers moi doucement, comme si elle sortait d'un rêve, elle a haussé les sourcils en signe d'incompréhension, et elle s'est retournée vers sa fille. Le silence dans la maison était total, irréel.

« Manon, je pense que tu es victime de violences domestiques et il fau…

— Tais-toi, Babeth, s'il te plaît. Tu ne sais pas ce que tu dis. Et tu ne le connais pas. Tu ne l'as vu que dans des moments d'intenses difficultés. Après la mort de sa femme ou la naissance de sa fille. Tu ne sais pas comme il est… bien. C'est moi qui suis difficile à vivre. Exigeante. Gâtée. Fatiguée.

— Manon… Je crois qu'il est malade. Il va te détruire.

— Babeth, je ne veux plus jamais avoir cette discussion avec toi. Si je devais choisir entre toi et lui aujourd'hui, c'est lui que je choisirais. C'est ma famille. »

Je suis restée encore un moment avec elles deux, j'ai pris la petite dans mes bras pendant que Manon se rhabillait, on l'a recouchée ensemble, et elle m'a dit :

« Elle est belle, hein ? Avec toi pour marraine, je sais qu'elle sera toujours protégée. »

Puis on est sorties de la chambre, et je l'ai serrée dans mes bras en murmurant : « Je serai toujours là pour toi. »

C'était tout ce que je pouvais faire.

Chapitre 27

MANON LEPRINCE, décembre 2006

Juste après le baptême, nous sommes rentrés à Lyon pour organiser le déménagement avant la fin du mois.

Avec la naissance d'Alma, Thierry a dit qu'il ne survivrait pas avec un enfant de plus dans cet appartement déjà trop petit et il a eu gain de cause. Il avait envie de campagne, d'une grande maison avec une cave et un grenier, d'un grand jardin avec des balançoires et un bac à sable, voire d'une piscine. Il avait surtout envie d'une pièce à lui dans laquelle il pourrait s'enfermer et grâce à laquelle il échapperait aux cris des enfants. Il a posé un regard très rationnel sur la carte des environs de Lyon, regardé les transports en commun possibles ou les autoroutes qui faisaient la liaison, le tout ramené aux prix de l'immobilier, et son doigt est tombé sur Saint-François. Une quelconque petite ville de 6 000 habitants, en rase campagne, avec sa piscine municipale, ses tennis couverts, son coiffeur « Coiff'tif », son boucher-charcutier « Au cochon gourmand », sa gare routière désaffectée et ses innombrables supermarchés en périphérie. Loin de Dijon, de Strasbourg, et même de Lyon. Loin de tout, mais avec cette belle maison, délabrée, à acheter.

« Titou, j'aimerais mieux rester dans Lyon, et louer un appartement plus grand, je crois. Qu'est-ce que je vais aller faire dans ce bled perdu, sans permis de conduire, et avec six enfants à amener partout ?

— Si ce n'est que ça, tu le passeras ton permis, pas de panique ! a-t-il répondu d'un geste de la main. Depuis le temps que je te dis de le faire, c'est ta faute…

— Je n'ai pas eu le temps, tu le sais très bien.

— Tu n'as jamais le temps de rien. Il te faudrait une armada de servantes pour que tu te bouges, tout le monde le sait. Ah ça, le flegme antillais, ça te connaît… Tu t'attendais à quoi, que je te conduise partout comme une princesse, toute ta vie ? »

Alors on a acheté la maison. Huit chambres, trois étages, deux hectares de terrain, deux mille mètres carrés de toitures. Et deux ânes. Une belle maison XIXe, en pierre blanche, mangée par la vigne vierge sur la façade avant, des lilas plein le jardin derrière, une cour en graviers, une haie de broussailles pour nous séparer de la route, une mare aux canards et, plus loin, des champs qui donnaient sur une campagne vallonnée et brumeuse traversée de quelques vaches. Pas vraiment de voisins immédiats, mais un Intermarché/Bricomarché à 500 mètres. J'ai organisé le déménagement entre deux tétées et trois conduites, fait moi-même les cartons, et Olivier, le copain de Thierry, a pris sa demi-journée pour m'aider à tout porter dans le camion de location pendant que Thierry était au boulot. La maison était en mauvais état, et Thierry m'en avait confié le chantier. « Toi qui voulais à tout prix avoir ta propre déco, vas-y, fais-toi plaisir, mais ne compte pas sur moi pour t'aider, j'ai un métier, moi ! »

J'ai eu un vrai moment de découragement, c'est vrai, quand on est arrivés. Les hormones sans doute, un mini baby blues peut-être ? À moins que ce ne soit juste l'accumulation de toutes ces mille petites choses à devoir gérer. Je ne connaissais personne, je ne savais pas à qui demander conseil pour trouver un bon pédiatre ou un gynécologue, une bonne boulangerie ou le nom d'un professeur de piano pour les filles, alors j'inventais des stratagèmes pour socialiser. Je parlais à tout le monde dans la queue du supermarché, je faisais faire des sourires à Alma pour attirer la sympathie, j'essayais de lier connaissance par tous les moyens, car tout était bon pour me sortir de ma solitude... Sans permis, j'allais à l'Intermarché à pied, en poussette avec les trois petites que je ne voulais pas laisser seules à la maison. Je ne pouvais pas rapporter grand-chose, alors forcément, je devais y retourner tout le temps ; pour y aller, il fallait viser juste entre les tétées, les conduites, les corvées et la cuisine. Le week-end, Thierry venait parfois me chercher à l'Intermarché avec l'Espace pour charger les grosses courses, mais c'était toujours un peu compliqué de trouver un moment qui lui allait. Je crois que j'étais épuisée, une fatigue de fond qui ne s'arrête jamais, et comme j'avais peur que Thierry s'en rende compte, je faisais semblant d'aller bien pour éviter de l'énerver et l'empêcher de me faire la gueule pendant un temps indéterminé. Là, je crois que je n'aurais pas pu supporter ! Bref, je faisais du Tetris organisationnel avec mes journées, et je n'ai pas vu le temps passer pendant nos six premiers mois là-bas.

Comme il était toujours hors de question de scolariser les enfants dans une école classique, il a fallu les inscrire à Villefranche dans une école catholique hors contrat, les seules capables « de donner une colonne vertébrale morale à nos enfants ». Luc, Blandine et Gaby prenaient le car de ramassage scolaire de 6 h 40 devant l'Inter et rentraient par le bus de 16 h 30. Devant leurs mines hagardes le matin, je me jurais de trouver le temps de m'inscrire pour passer le code d'abord et un jour le permis. Je laissais dormir le bébé dans son berceau, mais j'étais obligée de prendre Constance et Mathilde avec moi, j'avais trop peur de les laisser seules à la maison pendant mon absence, et j'emmenais à pied ma petite troupe jusqu'à l'arrêt de bus, les deux petites encore à moitié endormies, leurs pains au lait dans la bouche, bougonnes, les trois grands devant, cartables sur le dos, uniformes assortis, cheveux coiffés et lacets serrés. On attendait ensemble sous l'abri, je leur envoyais un baiser de la main quand le car démarrait, et je repartais la tête déjà pleine de toute la liste de choses à faire avant leur retour. Thierry, lui, partait au travail le matin à 6 heures pour éviter les bouchons, et rentrait le soir vers 18 h 30. Ça lui faisait des grosses journées, stressantes, embouteillées mais il disait que l'arrivée le soir dans la cour, avec les gravillons qui crissaient sous les pneus de son Alfa Romeo, valait à elle seule toutes les emmerdes de la journée. Les moments à la maison le mettaient en joie et, sitôt rentré, il enfilait un jean, attrapait un râteau et partait gratter la terre quelque part dans son jardin pour se détendre en attendant de passer à table à 19 h 30 précises.

Thierry finalement ne s'était pas levé pour les biberons nocturnes de sa fille, même pendant son congé paternité qu'il avait préféré passer en majeure partie avec Olivier à s'exercer au stand de tir. Mais je comprenais, ses activités de militant lui prenaient pas mal de temps, et il voulait rester « opérationnel » au cas où on aurait eu besoin de lui. C'était aussi l'une des raisons pour lesquelles il avait choisi Saint-François : le conseil municipal était en déliquescence, il avait eu l'idée de monter une liste et réfléchissait à se présenter pour les prochaines élections et à créer une filiale d'un « parti catholique traditionaliste de droite radicale ».

« C'est hyper compliqué ton nom de parti, Titou, ça va faire peur aux gens, je lui ai dit. Même moi je ne comprends rien. Radicale catholique, c'est-à-dire ?

— C'est-à-dire qui ne transige pas avec l'ordre moral, Manon. Qui remet l'Église au centre du débat pour donner un peu plus de corps à notre pauvre démocratie qui se fait sucer le sang par ces tarés de musulmans immigrés.

— Je t'en prie, Titou, ne recommence pas, tu sais que je déteste quand tu parles comme ça... Je te rappelle que mon père aussi est un immigré.

— Et alors ? Ce n'est pas parce que tu as profité du système, comme eux, qu'il faut continuer à se laisser faire, si ?

— On n'a pas profité, comme tu dis... Daddy a toujours travaillé, payé ses factures, ses impôts. Il a eu trois enfants au passage.

— Exactement. C'est ce que je dis.

— Mais toi, Thierry, tu en as bien eu six ! Alors, elle est où, la différence ?

— La différence, c'est que les miens, ils sont français et qu'ils vont plus tard travailler pour enrichir *leur* pays ! Ils ne vont pas repartir au bled en douce filer à leur mère analphabète l'argent de nos impôts ! Ça commence par là, la moralisation politique !

— Changeons de sujet, je sens qu'on va se disputer.

— De toute façon, je ne m'attendais pas à ce que tu comprennes, ne t'inquiète pas. Comment vont les enfants ? Et ma fille ? Elle va comment, ma fille ?

— Elle fait ses dents, je crois…

— Non, je parlais de Blandine. Elle a réussi son test de piano ?

— Elle a refusé de se présenter. Elle déteste la prof, elle dit qu'elle ne sait pas jouer autre chose que la *Sonate au clair de lune.*

— Et tu ne l'as pas obligée ?

— Si, bien sûr, Titou, que j'ai essayé ! Mais elle m'a dit que tu étais d'accord, que toi aussi tu la trouvais débile cette prof, alors j'ai dit OK.

— Et tu l'as crue ?

— La dernière fois quand je ne l'avais pas crue sur le contrôle de maths, tu m'as dit que c'était exactement pour ça qu'elle ne m'aimait pas, parce que je ne lui faisais pas confiance, alors je me suis dit que cette fois-ci, j'allais lui faire confiance, et je l'ai crue.

— Mais toi alors… Tu es encore plus affligeante que cette pauvre prof ! »

Je me suis levée sans rien dire et je suis partie préparer le dîner. Je l'ai entendu crier : « Et ne va pas faire la gueule en plus, hein !? On ne peut plus rien te dire, décidément, c'est infernal ! »

Au bout de six mois à Saint-François, les choses se sont tassées et organisées. On s'était fait quelques amis, des gens rencontrés surtout par le nouveau groupe politique de Thierry et le réseau de parents de la maternelle. L'école des enfants se passait bien, Alma faisait ses nuits et j'avais fini par m'inscrire au code. L'horizon s'éclaircissait.

Je m'attaquais maintenant à retaper la maison et j'y prenais un vrai plaisir. Peu à peu, elle s'est transformée, modernisée. Je savais désormais réparer un lave-vaisselle qui fuyait et remettre en marche la chaudière moi-même, j'avais poncé et décapé les volets ainsi que le parquet du salon, j'avais replanté du gazon dans le jardin et acheté quelques meubles, simples, pour moderniser un peu l'ambiance. J'ai fini par aimer cette grande baraque, c'était devenu la nôtre, et c'est vrai que les enfants passaient leur vie dans le jardin, sur les balançoires, à jouer à cache-cache et à se construire des cabanes. La vie à huit à Lyon aurait été plus difficile, Thierry avait eu raison de nous faire déménager. Je pouvais maintenant compter sur les voisines pour leur laisser les petites le temps d'aller prendre mes leçons de conduite et, quand je revenais, je prenais un thé avec elles, on s'échangeait nos petites magouilles et bonnes idées.

Gaby réussissait très bien à l'école, elle était sérieuse et appliquée, et le soir elle venait travailler dans notre chambre, elle aimait sentir notre odeur, disait-elle, ça la rassurait. Blandine était plus compliquée à gérer. J'avais été convoquée par le proviseur déjà une ou deux fois pour des histoires de chamailleries entre filles. Et au lieu de me voir comme une alliée, Blandine, vexée de s'être fait pincer, me faisait porter la responsabilité de ses bêtises : si elle se tenait mal, c'était à cause de moi, parce que je ne savais pas élever les enfants des autres ; si elle était violente, c'était parce que c'était le seul moyen pour que je la remarque ; si elle mentait, c'était pour voir si je l'écoutais ; si elle ne travaillait plus, c'était pour me prouver que j'avais fait le mauvais choix d'école. Bref, j'étais devenue perpétuellement coupable. Et responsable. Peu à peu, je sentais un espace se créer entre elle et moi. Elle essayait de rallier à sa cause ses frère et sœurs, et l'ambiance s'en ressentait. Blandine, toujours aussi fine et intelligente, se servait des disputes entre Thierry et moi pour nous monter l'un contre l'autre. Elle percevait les fissures et les craquelures de notre couple – qui n'aurait pu les voir, on se demande –, et s'engouffrait dedans avec un cynisme qui me laissait pantoise.

Quand Thierry rentrait le soir, c'était le bureau des doléances : « Maman m'a grondée parce que je n'ai pas enlevé mes bottes », « Maman n'aime qu'Alma, elle ne s'occupe plus de nous », « Maman a jeté le dessin que j'avais fait pour toi », que sais-je... Tout était bon pour m'accuser de quelque chose.

Je ne sais pas comment s'est produit ce changement. Ni pourquoi. Même Constance et Mathilde se sont mises à l'imiter, voyant qu'elles obtenaient ainsi l'attention de leur père. Le soir quand il rentrait, j'étais devenue l'ennemie dont il fallait rire, mais dont on réclamait malgré tout les câlins à l'heure du coucher. Et Thierry les encourageait, disait que ça leur faisait du bien de s'exprimer, qu'il ne fallait pas que je m'offusque : « C'est bien toi qui m'as convaincu de les mettre tous chez le psy, pour qu'ils "libèrent leur parole", non ? Les laisser dire pour leur montrer qu'on les entend, qu'on les comprend ? Alors, ne viens pas te plaindre maintenant ! » Je voyais bien que les enfants m'en voulaient de les éduquer parce que Thierry ne s'investissait pas. Il ne les grondait jamais pour quelque chose qu'ils auraient fait, il les grondait quand il avait un accès de colère, et là, il n'y avait pas besoin d'avoir une raison. C'est moi qui posais les limites, donnais des horaires et des permissions pour la télé ou les jeux, c'est moi qui achetais les bons yaourts ou les mauvais, c'est moi qui gérais, donc c'est moi qui étais fautive. Je ne vois pas d'autre explication. Et puis Alma, qu'ils adoraient, mais qui était trop petite pour se faire gronder, leur donnait une formidable preuve de mon injustice : parce que c'était *ma* fille, je lui permettais tout. Et Thierry, au lieu de me défendre, disait : « Vous savez, les enfants, les mamans ont un instinct d'amour très particulier avec leurs propres enfants, il ne faut pas lui en vouloir, c'est naturel, et c'est normal. » Ça me rendait folle, je m'insurgeais, je disais : « Mais tu ne peux pas leur dire ça, Titou ! Tu sais combien je les aime, je te l'ai prouvé mille fois », mais comme on avait ces discussions devant les enfants, je ne pouvais pas tout dire, pas expliquer que chaque fois que j'étais revenue après nos séparations, c'était pour eux, parce que je les aimais, eux, plus que tout... Sans doute même eux plus que lui. Que c'était pour mieux m'occuper d'eux que j'avais arrêté mes études, sacrifié mon avenir professionnel et épousé leur père. Je ne pouvais rien dire sans que ça dégénère en tribunal populaire, avec Thierry et Blandine en accusateurs, alors les enfants se sont mis à douter de moi.

Et moi d'eux.

J'étais comme une noyée devant un radeau qui s'éloigne, si je perdais mes enfants, je perdais tout : j'aurais non seulement raté mon mariage, mais aussi raté ma famille. J'étais démunie, je perdais confiance et j'avais peur. Peur des colères de Thierry, peur d'être seule, peur d'être trahie, peur de tout perdre, peur d'être abandonnée, après tout ce chemin. Parfois, j'avais même peur de ne pas tenir le coup, et je repensais à Agnès, à son geste désespéré, et voilà que je la comprenais, que j'enviais son courage et sa détermination, car le quotidien pouvait devenir un véritable enfer, un piège dont la seule issue pour s'en sortir serait de disparaître. Le pouvoir de Thierry sur moi était surnaturel et il le savait. Il jouait avec moi, tantôt sadique, colérique ou amoureux. Je me demandais s'il cherchait à tester mes limites, s'il cherchait à me pousser à cette extrémité pour la simple satisfaction de vérifier l'étendue de son pouvoir. Nous étions dans un rapport de forces absurde, et abdiquer face à lui, c'était soit accepter de mourir soit abandonner les enfants. J'étais nerveusement épuisée, moralement exsangue.

Gaby était la seule à ne pas m'accabler, voire à me soutenir. Ses relations avec son père devenaient de plus en plus conflictuelles. Elle s'opposait à lui, n'acceptait pas ses raisonnements et ses règles, parfois absurdes. Elle riait toujours d'aussi bon cœur à ses blagues, mais c'est comme si elle ne le prenait plus au sérieux, qu'elle ne lui faisait plus confiance. Du coup, elle se rapprochait de moi et me soutenait quand les autres m'accusaient de mille torts. Il y avait Alma-Gaby-Maman contre Blandine-Constance-Mathilde-Papa. Luc restait en dehors de tout ça, il était calme et silencieux, il observait la valse de nos disputes, et s'en allait lire dans sa chambre.

Mais les enfants ont la mémoire courte, alors autant Blandine pouvait m'accabler quand son père rentrait du travail, autant une fois son venin craché, elle pouvait revenir cuisiner avec moi et me raconter toutes ses histoires, et nous retrouvions en une seconde notre complicité d'avant. J'essayais de leur parler à chacun, de leur expliquer que je ne faisais que des choses que je pensais bien pour eux, que je les élevais comme j'élevais Alma, et je voyais qu'ils me croyaient, qu'ils m'aimaient. Je le savais. C'est pourquoi leur trahison auprès de Thierry me paraissait d'autant plus cruelle. Mais je voyais le mécanisme se mettre en marche dans leurs petites têtes d'enfants battus par le destin, comme m'avait expliqué et prévenue leur psy. Le sentiment d'avoir été abandonnés par leur mère avait été si puissant et soudain que pour l'intégrer et le comprendre, les enfants avaient dû trouver une explication rationnelle convenable : si leur mère les « avait quittés », c'est qu'ils ne méritaient pas d'être aimés et qu'on reste à leurs côtés. Alors, pour éviter d'avoir à affronter une nouvelle fois un abandon potentiel, ils préféraient créer de toutes pièces les situations qui conduiraient à un abandon qu'ils pensaient inévitable. Je demandais à la psy : « Mais comment les convaincre que je ne les lâcherai jamais ? » Elle m'avait répondu : « Après des années d'analyse et de patience. Il faut reconstruire leur schéma psychique. » La tâche me paraissait immense, surtout avec Thierry qui, au lieu de les rassurer et de m'aider, jouait leur jeu pour s'assurer de leur amour. Il n'était lui aussi qu'un enfant de plus qui avait peur qu'on l'oublie.

Tous, en m'accablant, cherchaient dans le fond à me garder.

Mais moi, qui me soutenait ?

Chapitre 28

THIERRY LEPRINCE, septembre 2007

J'avais besoin de décompresser, d'échapper pour quelques heures au bruit et à la fureur domestiques, à l'odeur de purée réchauffée qui s'immisce jusque dans mes costumes, aux cris d'Alma qui me vrille encore les tympans plusieurs heures après avoir quitté la maison, aux caprices permanents de Gabrielle qui me mettent à bout et à l'indifférence de Manon qui lamine mon amour-propre. Alors j'ai décidé de ne pas rentrer à Saint-François ce soir-là, et de passer la nuit dans le petit studio de la rue Victor-Hugo. Pour me retrouver. Vivre ma vie. Voire faire quelques rencontres, *online*, c'est plus rapide.

Comme chaque fois, j'ai été étonné par le nombre de femmes célibataires disponibles. Je ne l'aurais jamais cru. Ça bouleverse toutes les statistiques démographiques : pour un homme sur Internet, il y a trente femmes qui cherchent à se caser, au bas mot. C'est un mystère. Je suis une denrée rare. Et recherchée. Je n'ai qu'à taper « entrée » sur mon clavier d'ordinateur pour changer de vie. Et de femme. Un nouveau moi à portée de clic.

L'autre jour, pour m'amuser, je me suis connecté sur *Theotokos*, le site de rencontres catholique – j'ai déjà épousé deux athées, croyant que je pourrais les convertir à ma façon de voir les choses, mais je ne referai pas la même bêtise une troisième fois. Bref. Très vite, j'ai entamé une discussion avec la femme « idéale » : particule et maison de campagne en Bourgogne – tout ce que ma mère aurait aimé pour moi. En moins d'une heure, nous avions rendez-vous à La Part-Dieu. Mes six enfants ? Pas de problème. Habiter à la campagne ? Génial ! Travailler ? Quelle idée ! Le Front, l'Église et l'armée ? Son trio gagnant. Parfaite. Évidemment, je n'ai pas donné suite, je suis lié par un serment sacré à Manon, je ne commettrai jamais aucune infidélité, je ne suis pas de ce genre-là. Je me contente en général d'initier une conversation, juste pour vérifier que ça marcherait, au cas où… Je me conforte dans l'idée que Manon ne retrouvera jamais personne de mon niveau alors que l'inverse n'est pas vrai. Après tout, chacun son destin.

Cet instinct de chasseur qui se réveille avec ces sites de rencontre fait monter en moi une espèce d'adrénaline sexuelle que j'assouvis souvent par une frénésie de shopping. Besoin d'être beau, de susciter le désir, de le frôler ; alors, j'ai arpenté les avenues cossues, et étanché ma soif de séduction dans les boutiques luxueuses. La carte bleue, sortie de son étui, a joué son rôle de Sésame, les regards se sont allumés… C'est toujours le même processus. Je me suis mis à flotter au-dessus du réel, loin de la médiocrité de ma vie. Quand je suis dans cet état-là, je deviens mon moi rêvé, je me sens invincible, tout est possible, je suis moi, mais dans une autre dimension, dans celle qui aurait dû être la mienne si tout avait marché comme prévu, comme une vie *bis* à portée de main. Une vie de Gatsby, juste là, mais pourtant inaccessible, en butte à ma vraie vie engluée dans trop d'enfants et de femmes qui ne me correspondent pas.

J'ai grandi en obéissant, c'était tout ce qu'on me demandait. Obéir et rendre fier. Je n'ai jamais choisi ma vie. Je me suis conformé aux choix qu'on avait faits pour moi. J'ai fait ce qu'on attendait de moi.

Qui aurais-je été si j'avais pu m'exprimer librement, dire et être, sans jugement, sans attente, sans déception ? Si j'avais pu chercher en confiance un chemin, au lieu d'être obligé de marcher dans des traces toutes faites qui n'ont jamais été les miennes ? Les traces de mon grand-père, de mon père, de ma mère, les traces d'un héritage et d'une famille trop grandes pour moi...

Et si c'était la raison pour laquelle je cherchais à me rhabiller en permanence ? À changer de peau.

Cette fois, je me suis offert une veste de chasse Barbour intemporelle à col de velours kaki, une petite fortune, d'accord, mais un véritable hommage au savoir-faire anglais. Je me suis aussi décidé pour des boutons de manchette en or avec nos armes. Ils seront prêts le mois prochain. Je me suis senti mieux. Parfois, quand je ne peux pas dépenser d'argent, je me rabats sur l'excitation dangereuse que me procure ma voiture et je pousse mon Alfa Romeo à son extrême, les mains posées sur le volant de cuir rouge, les pieds alertes sur les pédales qui réagissent à la moindre pression, la carlingue qui percute le réel, lancée comme une torpille sur les petites routes de campagne, et moi seul qui en détermine la vitesse de collision. Sur le compteur de vitesse, je fonds les limites de l'espace et du temps pour recréer un monde à ma façon, pour exister dans un univers que je maîtrise parce que c'est moi qui le crée.

Je suis rentré serein à Saint-François, mon Barbour sur le dos. Manon ne m'a pas posé de question, mais un courant électrique est passé entre nous, comme si elle m'avait vu de l'intérieur. Le miracle Gatsby était encore en moi. Je l'ai attrapée par la main et nous sommes montés dans notre chambre. Je ne lui ai pas laissé le choix. Marre de ces minauderies de vierge effarouchée qu'elle m'opposait maintenant quasi systématiquement sous prétexte de nos disputes. « Les histoires de bonnes femmes, ça se règle au lit ! » disait mon grand-père. Exactement. « Je suis fatiguée, tu me fais mal, on est fâchés, je n'ai pas envie... » Pas envie ?! Comme si la question devait se poser ! Ces perpétuels caprices de petite fille... Fatigant ! « Je ne te demande rien d'autre que de faire ton devoir conjugal. C'est un devoir sacré. Béni même ! Point. C'est dans ton contrat de mariage. Estime-toi heureuse que je ne te viole pas, j'en aurais le droit. Je connais des dizaines d'hommes qui ne demandent pas si poliment à leur femme, des dizaines, tu m'entends ! Ce n'est quand même pas la mer à boire, si ?

— Tu n'as pas le droit de me forcer, Thierry. Je n'ai pas envie, c'est tout. On ne s'aime plus assez.

— Mais tu crois quoi ? Que chez les autres couples, c'est l'amour fou tous les jours ? Il serait temps que tu grandisses, Manon, que tu sortes de ta petite bulle de conte de fées. Dis-toi que tu es bien mieux lotie que les autres. Au moins, moi, j'ai encore envie, je ne ME force pas ! Alors, cesse de te faire prier ! »

Nous sommes montés et, pour une fois, elle n'a rien dit et s'est laissé faire, je n'ai pas eu à argumenter ni à passer en force. Mon escapade m'avait rendu puissant et vulnérable à la fois. Elle devait l'avoir senti. Ce fut très fort. Je me suis demandé si elle pourrait me comprendre si je lui expliquais qui j'étais profondément, si je lui racontais mon schisme intérieur, mes déchirures, mes doutes et mon mal-être ? Plus besoin de la détruire et de l'effacer. Je ne suis pas sûr de pouvoir me confier, elle me dirait de reprendre mes médicaments donnés par le médecin en février il y a quatre ans. Elle me harcèle avec ça, dit que je suis fragile, que j'en ai besoin. Elle ne m'a jamais compris, elle ne sait pas qui je suis.

Elle ne me connaît pas.

On était là, allongés et somnolents, elle avec sa peau brune sur mes draps de famille de lin blanc, comme le symbole de mes deux mondes, mon héritage familial d'un côté et ma famille en construction de l'autre, l'Ancien et le Nouveau Testament, les deux pans d'une histoire irréconciliable. Je caressais son dos, elle me racontait les enfants, nous étions bien. Elle disait : « Tu te rends compte, Titou, mes grands-parents américains ne connaissent même pas Alma. Je n'ai pas eu le temps de la leur présenter, entre le mariage, le déménagement, la naissance et tout le reste... Avant, j'y allais un an sur deux. » J'ai bien vu qu'elle en souffrait. J'ai aimé qu'elle se livre, qu'elle me demande, j'ai attendu encore un peu, pour une fois qu'elle s'en remettait à moi, qu'elle me confiait sa peine, que c'était entre mes mains de la soulager. J'ai profité de ce sentiment de toute-puissance un instant et je lui ai proposé d'y aller. Comme ça...

« Tu as raison, ma chérie, il faut savoir profiter de nos grands-parents avant qu'ils ne disparaissent. Tu sais quoi ? Je te permets d'aller les voir. Vous irez, toi et Alma. Mes petites Américaines… »

Elle s'est exclamée :

« C'est vrai, Thierry ? Tu ne dis pas ça pour me faire une blague ? Je peux vraiment y aller ? »

Je l'ai sentie frémir, elle s'est mise à pleurer de gratitude. Ça m'a empli de satisfaction : j'avais ce pouvoir sur elle, celui de décider de son bonheur. Je la tenais entre mes mains comme un oiseau fragile dont on peut briser les ailes simplement en refermant les phalanges ou au contraire lui donner son envol en lui donnant une impulsion. J'ai choisi de lui faire plaisir cette fois-ci, parce que j'ai vu qu'elle ne cherchait plus à me piéger. J'ai juste posé une condition :

« Tu pourras y aller après l'opération de Luc. Une fois qu'il sera en centre de rééducation où il va rester de toute façon plusieurs mois et pendant lesquels on ne pourra rien pour lui. » Et puis, j'ai voulu la surprendre, lui faire plaisir. « Je vais venir avec vous aussi ! Après tout, c'est une partie de ta famille que je ne connais pas. »

L'idée me paraissait séduisante. Je n'étais jamais allé aux États-Unis, j'avais quelques copains de l'armée qui y avaient élu domicile après mon… après mon départ et le scandale qui y était lié. J'avais entraîné dans ma chute quelques-uns de mes plus fidèles compagnons. Je pourrais aller leur rendre visite, parler du bon vieux temps, voir ce qu'ils sont devenus. Louer une Cadillac 1961, ma préférée. La Cadillac Eldorado. Capote beige automatique, carrosserie vert bouteille. Un paquebot sur quatre roues. Je pourrais peut-être même en acheter une et la faire venir par cargo. J'aime que l'argent que je gagne serve à me faire plaisir, sinon à quoi bon ?

Nous avons commencé à planifier le voyage, Manon était d'une humeur exquise, docile, gaie, patiente. Elle a organisé l'opération de Luc à Lyon et trouvé le meilleur chirurgien possible, là-dessus elle a été épatante, rien à redire.

Mais très vite, ç'a recommencé. Le quotidien m'a à nouveau boursouflé d'angoisses.

Les pleurnicheries des uns et des autres le soir quand je rentrais du bureau, le pénible train-train d'une maison trop bruyante et trop nombreuse. Et moi, tel David face à un Goliath domestique, je me suis retrouvé à arbitrer leurs disputes, à devoir prendre parti et à défendre mes enfants contre une Manon impossible à vivre. À croire que la perspective de ce voyage lui avait donné la grosse tête. Elle recommençait à régenter son monde, à demander des comptes, à exiger des services, comme si mes enfants étaient à sa botte, esclaves de ses humeurs et de ses projets. En défendant mes gosses, je lui montrais bien à qui ils appartenaient si jamais il lui venait des idées.

L'autre jour, je suis rentré plus tard que d'habitude, j'étais allé prendre un verre en sortant du bureau. Blandine m'attendait sur le perron, sa chemise de nuit tirée sur ses petites jambes, la tête dans les mains. J'ai cru qu'il était arrivé quelque chose, je me suis précipité vers elle :

« Ma fille, ça va ? Parle-moi. »

Elle hoquetait :

« Maman ne veut pas qu'on aille en Amérique avec elle, elle n'emmène qu'Alma...

— Ah… Oui, je sais, j'ai appris, ça m'a beaucoup étonné aussi… Mais tu iras passer tes vacances chez Bonne-Maman aux Grands Chênes, tu seras bien, tu verras.

— Non, je veux y aller aussi, elle est tellement méchante ! »

Je me suis accroupi près d'elle et lui ai relevé le menton.

« Blandine, tu es grande maintenant, il va falloir te préparer. La vie est injuste, et ta Maman est injuste. C'est comme ça. Mais moi je suis là.

— Et puis Gaby a dit qu'elle te détestait, que tu grondais tout le temps Maman et Alma sans raison. Alors, je lui ai tiré les cheveux et j'ai cassé sa maquette. Alors, Maman lui a acheté un beignet, et pas à nous. »

Ça m'a mis hors de moi. Rentrer pour entendre parler de beignets et de tirage de cheveux, il avait fallu que je descende bien bas pour avoir à gérer ça ! Sans vouloir en entendre plus, je suis entré, furieux, dans la maison en criant :

« Manon, descends immédiatement ! »

Elle est arrivée au pas de course, pas coiffée, mal fagotée, Mathilde dans les bras, de la morve plein le nez.

« Et qu'est-ce que c'est que ces enfants qui ne sont pas tenus ? Pas propres ? Dégueulasses ? C'est comme ça qu'on t'a appris à vivre dans ton pavillon de banlieue de merde ? Tu me fatigues, Manon, je n'en peux plus de toi. C'est trop dur de te demander de bien t'occuper de mes enfants ? Donne-la-moi ! »

J'ai attrapé la petite qui s'est mise à hurler et l'ai collée sous la douche illico, histoire de la décrasser et de la calmer, tandis que j'entendais Manon et

Blandine se disputer en bas. J'ai crié par-dessus la rambarde de l'escalier :

« Manon, laisse-la tranquille deux secondes, par pitié ! Tu ne vois pas qu'ils n'en peuvent plus de toi ? »

Quand je pense qu'elle avait voulu adopter mes enfants ! Passer devant chez le notaire, faire un papier officiel pour que son joli petit nom de « maman » soit validé par la loi. Une veuve noire, je lui avais dit un jour. Je me suis trompé, c'est une mante religieuse, car elle dévore tout ce qui l'entoure et pas seulement son compagnon. Au début, j'ai cru à sa bonne foi, à son envie sincère d'être la mère de mes cinq petits, j'ai même pensé que c'était une bonne idée et je crois même, si mes souvenirs sont bons, l'avoir encouragée à entamer la démarche. Je n'étais pas contre l'idée de former avec elle une famille à part entière et qu'elle assume, officiellement, ses responsabilités sans possibilité de marche arrière. Mais évidemment, je ne voulais pas non plus lui « donner » mes enfants sans m'être auparavant assuré de son implication et de sa fiabilité. Grand bien m'en a pris car, évidemment, Manon a été décevante sur ce point-là comme sur mille autres.

« Ma chérie, c'est une démarche importante et sans retour que d'adopter une famille entière. Pour que tu me prouves ta motivation, voilà ce à quoi j'ai pensé : je vais te laisser en charge de tout le dossier auprès du notaire et de l'avocat. Je sais, oui… C'est un peu de travail administratif. Mais sans embûches, l'effort est moindre, et sa symbolique diminuée. »

Elle avait été désarçonnée.

« Tout le dossier ? Auprès du tribunal judiciaire, du notaire et des avocats ? Mais je vais avoir besoin de toi, pour une adoption simple, il faudra que tu la demandes conjointement, tu sais ?

— Ça y est, tu commences déjà à te décharger sur moi. Débrouille-toi le plus possible, que je voie ta sincérité dans l'effort que tu vas déployer.

— Mais Thierry, nous avons six enfants et je suis seule pour tout faire. J'ai besoin d'aide. Dis-moi que tu vas me soutenir au moins.

— Peut-être… Ça va dépendre de toi. »

Et bien évidemment, il ne s'est rien passé. J'ai bien vu quelques papiers et documents traîner sur la table par-ci par-là, j'ai bien dû signer un ou deux formulaires mais d'adoption, point.

On en est restés là, les enfants sont donc demeurés officiellement les miens, et nous nous partagions Alma.

L'ambiance s'est donc tendue à une nouvelle fois, nous sommes rentrés dans une énième spirale de disputes dont les enfants ont été les témoins et, pour la faire enrager, j'ai décidé de ne plus les accompagner aux États-Unis. J'aimais tirer les ficelles de notre relation. Décider à moi seul des jours qui iraient bien et de ceux qui seraient volcaniques. J'aimais qu'elle joue ma partition, et qu'elle s'y plie. Presque comme un jeu vidéo où l'on a les manettes et où l'on choisit son chemin. Je rajoutais à loisir un peu d'amour ou un soupçon de haine pour rendre les choses entre nous plus intéressantes, moins plates, moins attendues. Elle réagissait avec la promptitude d'un automate, et je constatais avec satisfaction que chacun de mes gestes avait un effet direct sur son attitude. Dieu, que c'était facile. Et amusant…

« Barre-toi le plus vite possible en Amérique et le plus loin possible, Manon, ai-je même fini par lui dire.

Mais ne compte pas sur moi pour abandonner MES enfants et les laisser alors que Luc sortira à peine de l'hôpital. Il n'y a que toi et ton abominable égoïsme pour envisager une chose pareille, et à un tel moment ! »

Elle n'a rien dit, elle ne disait plus rien depuis quelque temps, comme si elle savait qu'elle avait tort et que ça ne servait à rien de se battre contre la vérité. Elle a fini de préparer le dîner, et est montée coucher les enfants.

J'ai bu mon whisky au salon en écoutant du classique, et quand je suis monté, je l'ai trouvée endormie sur l'extrême bord de notre lit, presque en équilibre. Sa beauté m'a frappé à nouveau. Elle m'a émue. Silencieuse et inerte, Manon était parfaite. Elle ne me remettait pas en cause. Elle ne me renvoyait aucune image qui me détruisait de l'intérieur. Elle était tel le miroir du conte de fées, elle disait la vérité, je le savais, mais elle n'avait pas le droit de me la dire. Encore moins de le penser. Il en allait de ma sécurité.

Chapitre 29

GABRIELLE LEPRINCE, décembre 2007

Toute cette ambiance à la maison, ça commence à me fatiguer ! Je n'aime pas me plaindre, franchement, il y a des choses plus graves ailleurs, je sais, oncle Thaddée nous répète ça à longueur de journée, avec plein de petits Africains qui meurent de faim et qui n'ont pas de parents, et plein de gentils pauvres dans les rues. N'empêche. Parfois je crois que je préférerais être africaine et pauvre.

Je viens d'avoir quatorze ans.

J'ai fait ma confirmation en me jurant que ce serait la dernière fois que j'allais réciter des trucs appris par cœur dans une Église en laquelle je ne crois plus, avec une aube blanche de bonne sœur d'un autre siècle sur le dos. C'est oncle Thaddée qui officiait, c'était dur de le regarder dans les yeux et de lui dire : « Oui, je crois » quand il m'a mis le Saint-Chrême sur le front, alors que je mentais à cent pour cent. Mais je n'avais pas vraiment le choix. On l'a faite tous ensemble avec ma classe, dans la collégiale de Villefranche. J'avais choisi ma tenue avec Maman, une robe à bretelles toutes fines, blanche, mais Papa a hurlé en disant que jamais de la vie, on ne montrait pas ses épaules à l'église. Résultat, j'ai dû mettre un gilet par-dessus, et ça gâchait tout. Sans parler de l'aube, mais celle-là, je l'ai virée dès qu'on a en a eu fini avec les photos sur le parvis. Ce n'est pas que je sois contre la religion. Je suis contre être forcée d'y croire. Si ça fait du bien à tout le monde de penser que Maman Agnès est là-haut « assise à la droite du Père », si ça les rassure de se dire qu'on va tous se retrouver dans une grande kermesse sympa quelque part dans le cosmos juste après notre effondrement collectif, si ça les fait mieux dormir de se dire qu'être baptisé, c'est être reconnu comme un enfant de Dieu et tant pis pour les autres, parfait. Mais moi, j'ai envie de vivre maintenant. Pas dans le cosmos, pas à la fin des temps, pas en me demandant si j'ai été assez gentille pour aller au paradis.

J'ai un petit ami. Victor, en 3e B. Personne ne le sait sauf Maman. Quand Blandine, qui est pourtant la chouchoute de Papa, a raconté l'air de rien un jour à table qu'elle avait embrassé un garçon à l'école en début d'année, j'ai bien vu les proportions que ç'avait pris, du coup, moi je n'ai rien dit. C'était plus sûr. La pauvre, elle s'était fait démonter par Papa, sermon à la clé, grandes leçons de morale et entretien avec oncle Thaddée dans la foulée. On a ensuite eu droit au conseil de famille un soir au salon avec elle, Luc et moi pour nous expliquer les dangers de l'amour, et bien nous rappeler surtout l'interdiction formelle de coucher avec quelqu'un avant le mariage. Ce à quoi Blandine, pas impressionnée du tout, avait répondu qu'il y avait un pas entre embrasser un garçon à treize ans, et se marier. Papa était furieux qu'elle lui réponde, l'a traitée de tous les noms, elle, sa chouchoute, c'était presque inimaginable comme situation, et il lui a interdit d'embrasser plus personne. Maman ne disait rien, mais on savait tous très bien qu'elle avait habité avec un garçon quand elle avait seize ans, alors évidemment, on se doutait bien qu'elle ne devait pas être totalement d'accord, mais comme d'habitude depuis quelque temps, elle est restée silencieuse. Quant à Luc, qui a quinze ans, personne ne se posait vraiment la question de savoir s'il avait une petite amie ! Sorti de ses bouquins d'histoire, rien ne semble l'intéresser. En plus, honnêtement, il est en plein âge ingrat, et on ne peut pas dire qu'il soit à son avantage, la figure couverte de boutons, le cheveu gras et la jambe bancale. Heureusement que Maman a trouvé un service d'orthopédie où le faire opérer pour qu'il remarche droit.

L'opération s'est impeccablement bien passée même si elle a duré longtemps. Maman était inquiète, elle n'a pas voulu le laisser une seconde, elle est restée dormir à l'hôpital à Lyon sur un minuscule lit de camp installé à côté du lit de Luc pendant trois jours, et pendant ce temps-là, c'est moi et Blandine qui nous occupions des petites. Ensuite, elle a fait des allers-retours tous les deux jours pour aller lui rendre visite, lui apporter ses petits plats préférés parce qu'il disait que la cantine de l'hôpital était infecte. Papa est venu le voir une fois en sortant du bureau, en costume, impeccable, et même s'il n'a pas pu rester longtemps, Luc était hyper fier, comme si le président de la République était venu lui rendre visite ! On en a entendu parler pendant des jours, comme si nous on ne venait pas régulièrement… Passons. Ensuite, c'est Maman qui l'a déposé au centre de rééducation. Un endroit moche en banlieue de banlieue, déprimant, avec des malades en fauteuil roulant à tous les étages et des infirmières en chaussures en plastique derrière chaque porte. Mais lui, il avait l'air content, il avait libre accès à la télévision, et très vite il est devenu copain avec un garçon de son âge qui était en rééducation au long cours, comme lui, après un accident. Ils ne se quittaient pas. Quelque part, je l'enviais d'échapper ainsi aux disputes et aux cris à la maison. Non pas que l'ambiance y ait été atroce, mais on sentait que l'air se crispait dès que Papa rentrait du travail. Luc lui écrivait des lettres pour lui donner des nouvelles et lui raconter ses progrès. Il était clairement en adoration devant Papa, comme si être loin de lui l'avait encore plus magnifié dans son esprit. Son allure, son autorité, son poste important, ses responsabilités, sa foi. Il lui pardonnait tout, il voulait lui ressembler, il disait que c'était le dernier des Mohicans, le dernier brave, celui qui ne plierait jamais, le pilier sur lequel on pourrait compter toute notre vie, notre rempart. Je l'enviais d'avoir une vision aussi idyllique, aussi faussée. Au moins, toute cette misère à la maison, ça ne le rendait pas malheureux. Et puis, il ne pouvait pas se faire engueuler par écrit. Alors, il lui écrivait, chaque semaine. Je voyais les lettres arriver les unes après les autres, avec la régularité d'un métronome, et s'empiler sur la commode de l'entrée et ça me fendait le cœur. Je ne sais pas si Papa prenait la peine de les ouvrir ni de lui répondre.

Puis Maman et Alma sont parties en Amérique quinze jours. C'était la première fois qu'elles n'étaient pas avec nous pendant si longtemps. Alma avait un an et demi, elle marchait déjà depuis longtemps et commençait même à bien parler. Elle allait me manquer, c'est sûr, mais j'allais devoir m'occuper de Constance et Mathilde, donc je savais que j'allais être bien occupée. Maman avait laissé un planning très précis sur le frigo, avec les activités de chacun selon les jours de la semaine, et les gens qui allaient venir nous chercher pour faire les conduites, avec les numéros de téléphone en cas d'urgence et le nom du pédiatre au cas où. Elle avait aussi préparé les repas pour quinze jours, qu'elle avait congelés, et on sortait chaque soir du congélateur le dîner du lendemain. Bref, c'était « cadré » comme elle dit ! Elle pleurait comme une madeleine en nous disant au revoir, elle n'était pas très rassurée à l'idée de nous laisser, mais en même temps, elle était contente de s'offrir quelques jours de vacances. La maison s'est installée dans un mode « absence-attente-de-leur-retour » assez particulier. On faisait très attention à ne pas énerver Papa, et à suivre le planning de Maman à la lettre. Pas de crêpes-party, pas de cache-cache géant dans le jardin, pas de grande discussion le soir au salon. Juste les jours qui défilaient, « cadrés ». Constance avait à nouveau cet air sérieux et triste en jouant aux Lego avec Mathilde. Elle attendait maintenant ses deux mères et, comme d'habitude, l'attente l'inquiétait.

Pendant leur absence, je voyais bien que Papa n'allait pas très bien. Il était comme perdu sans Maman. Il l'appelait dix fois par jour, souvent sans faire attention au décalage horaire, pour lui demander des trucs pas importants ou lui poser des questions pas urgentes. Mais il avait tout le temps besoin de savoir où elle était et ce qu'elle faisait. Plus les jours passaient, plus il l'appelait. Il a fini par lui demander de rentrer tout de suite, sans attendre la fin des quinze jours. Mais Maman avait pris un billet pas cher, alors elle n'a pas pu changer son vol de retour. Et ça, Papa n'a pas du tout aimé.

Il lui a dit de ne pas rentrer.

Que ce n'était plus la peine.

Qu'on ne voulait plus d'elle ici.

« Et Alma ? » on lui a demandé, épouvantés.

Il avait oublié ce petit détail. Alors, il a réécrit un message à Maman. « Finalement, tu reviens ici comme convenu, tu laisseras Alma et prendras ta valise. Elle t'attendra sur le perron. Avec les papiers du divorce. »

Il a régné un silence de mort à la maison jusqu'à son retour. J'avais préparé nos valises en cachette, parce qu'il était hors de question qu'on la laisse partir sans nous. Mais Blandine a tout rapporté à Papa. Pourtant, j'avais fait une valise pour elle aussi. Mais je crois que dans le fond, elle avait encore plus peur que nous que Maman nous laisse, c'est pour ça qu'elle a prévenu Papa, pour qu'il change d'avis. J'ai dû défaire les valises et j'ai été punie, il ne m'appelait plus que « la Vendue » et m'a collée toutes les corvées : « Laisse donc *la Vendue* le faire, elle n'est bonne à rien d'autre si ce n'est nous trahir. »

Maman et Alma sont arrivées les bras chargés de cadeaux à Saint-François par l'autocar depuis Satolas, Papa n'ayant pas voulu aller les chercher. On l'attendait sur le perron, à la place de sa valise. Elle avait une tête toute fatiguée. Papa les attendait dans le salon. Alma a couru vers lui et lui a sauté dans les bras, elle était si contente de le retrouver, elle l'embrassait partout sur le visage et lui, il riait aussi, on voyait bien qu'il l'adorait. Il lui disait : « Petit coyote, tu es revenue de chez les Indiens ? » Et il la faisait voltiger dans les airs.

À cet instant-là, on était tellement bien, tous ensemble, vraiment, pourquoi est-ce qu'il fallait que ça s'arrête ?

Papa et Maman ne se sont pas embrassés ni rien quand ils se sont vus, Papa n'a même pas levé les yeux de son journal. Ensuite Maman a déballé ses valises et nous a offert nos cadeaux, mais elle était un peu malade, sans doute à cause de la nourriture de l'avion, elle est allée vomir. Elle en avait rapporté un pour chacun, ça lui avait pris tellement de place qu'elle avait dû laisser quelques affaires chez sa grand-mère pour que ça rentre dans sa valise. Quand Papa s'est rendu compte qu'elle ne lui avait rien offert, là, tout s'est dégradé. « Tu ne m'offres pas de cadeau alors que je t'ai payé ton voyage ? » Et Maman qui répondait : « On ne fait pas de cadeau au mari qui vient de vous quitter par SMS à 10 000 kilomètres de là, Thierry ! » Et le ton a monté, ç'a duré un moment. J'aurais préféré que les petites ne les entendent pas se disputer comme ça. Blandine et moi on essayait de les calmer, mais on sentait bien que ça ne dépendait plus de nous, c'est comme s'ils ne nous voyaient pas. Papa criait fort, et Maman était prostrée sur le petit tabouret.

À un moment, elle est tombée dans les pommes. Et Papa est parti se coucher.

Avec Blandine, on s'est occupé d'elle, on l'a installée dans la chambre d'amis. Elle n'arrêtait pas de dire : « Je suis désolée, les filles, tellement désolée de vous infliger tout ça… » Mais nous, on était très inquiètes.

C'est Blandine qui lui a dit en premier :

« Maman, tu es enceinte, j'en suis certaine ! C'est une catastrophe… Papa va te tuer ! »

Et elle a fondu en larmes, de peur. C'était déjà elle qui avait su en premier pour Alma. Là, elle disait : « Il faut que tu ailles te cacher, il va t'en vouloir tellement… » J'ai senti un nœud se faire dans mon ventre, comme si un poisson me dévorait les entrailles, j'ai regardé Blandine d'un air effaré. Maman n'arrivait même plus à se lever. Alors elle m'a demandé :

« Gaby, file à la pharmacie, et achète-moi un test de grossesse. Blandine a peut-être raison. »

J'y suis allée aussitôt, j'étais mortifiée quand je l'ai demandé à la pharmacienne, du coup, j'ai pris des pastilles pour la gorge en même temps pour que ça se voie moins. Je sais qu'il y a des filles de mon âge qui achètent des tests pour elles, mais qu'on puisse imaginer que ça m'arrive à moi, je me sentais tellement honteuse…

On a attendu derrière la porte des toilettes pendant que Maman ouvrait son test.

On l'a juste entendue tomber quand le résultat s'est affiché.

Chapitre 30

Manon Leprince, Noël 2007

Thierry ne me parlait plus depuis une semaine, il était dans une de ces crises de mutisme qui, avant, me rendaient si vulnérable. Mais mon état de fatigue m'empêchait de réagir, voire d'en souffrir. Depuis l'affaire des cadeaux, il ne m'avait plus adressé la parole, pas passé une tête dans la chambre d'amis d'où je n'avais pas pu bouger pour me demander si j'allais mieux. Les filles m'apportaient à manger, les petites venaient me faire des câlins, Mathilde venait me réciter ses leçons pour me distraire, tandis que le stock de pâtes et de riz de la maison diminuait chaque soir un peu plus. Nous avons gardé le secret une semaine, incapables de savoir quoi en faire, tétanisées par les conséquences qu'il allait entraîner. Il fallait pourtant l'annoncer à Thierry. Il partait le soir même en déplacement à l'étranger, et j'avais besoin de savoir ce que nous allions décider.

Divorcer, avorter ou avoir un enfant ?

J'ai appelé ma mère, j'étais perdue.

Elle ne savait rien de mes problèmes de couple, je ne lui en avais jamais parlé. À part Babeth qui était la seule à mettre en doute ma vie de magazine, aux yeux du reste du monde, j'étais une femme comblée et une mère épanouie. J'organisais des dîners avec des amis sympas et ouverts, j'avais une grande maison avec un joli jardin et des fleurs magnifiques que je cultivais avec amour et un petit tablier en lin beige, j'avais plein d'enfants que j'adorais et avec qui je faisais la cuisine en les éclaboussant de farine dans un grand éclat de rire communicatif, et à qui je racontais des histoires merveilleuses le soir dans leurs lits avant un dernier baiser empli d'amour, j'avais un mari beau comme un dieu et tellement drôle, et brillant et cultivé, qui avait fait de grandes études et qui gagnait bien sa vie et qui me vénérait, une belle-famille incroyable qui vivait dans un château, il paraît que j'étais encore belle, et mes amies disaient qu'elles voulaient avoir ma vie. Alors, quand je lui ai annoncé ma grossesse, elle a répondu :

« Mais c'est merveilleux, ma chérie, quelle bonne nouvelle ! »

Et je me suis effondrée.

J'ai tout raconté. Ma fatigue, ma peur, mon isolement, ses colères, ses absences, ses menaces, ses dépenses, ses excès, ses chantages, ses crises de panique et de silence, ses papiers de divorce et nos séparations, mon amour saccagé, mes nuits forcées, ses rencontres sur Internet et ses prières le soir pour sa femme défunte, ses enfants comme monnaie d'échange, ses insultes, l'injustice, les draps en lin et le ménage, les courses à pied et le permis de conduire, ma couleur de peau et le Front, sa mère, mon amour pour les enfants qui me rendait prisonnière, ma peur de commettre l'irréparable.

Elle a marqué une longue pause. Je crois qu'elle cherchait à respirer normalement pour ne pas avoir de crise d'asthme tant la brutalité de ce que je lui racontais lui coupait le souffle, tant la culpabilité de n'avoir rien vu et de n'avoir pas été là pour moi l'étouffait. J'entendais son souffle rauque à travers mes larmes, et le bruit d'un tissu qu'on froisse dans lequel cracher son angoisse. J'entendais sa détresse qui décuplait la mienne, j'entendais les borborygmes de son échec envers moi qui montaient en elle comme un tsunami, j'entendais mes rêves fracassés s'échouer sur son cœur pantelant.

« Je vais t'aider à élever tes enfants. Viens à la maison, on va te trouver un endroit, un métier. Je t'attends. Pardonne-moi. »

C'était la première fois qu'on m'offrait de l'aide, qu'on me lançait une perche à laquelle me raccrocher, qu'on m'entendait, moi qui n'avais jamais rien dit. Le soir, j'ai annoncé ma grossesse à Thierry. J'ai réussi à me lever et je suis montée dans notre chambre tandis qu'il finissait de faire sa valise. Il m'a regardée, sidéré, et il a juste dit :

« Mais bordel, tu me feras chier jusqu'au bout, hein ? »

Et il est parti prendre son avion.

J'ai attendu qu'il revienne pour décider avec lui. Je savais qu'avorter était hors de question pour lui. Il pouvait ne plus vouloir de moi et me jeter à la rue, mais il serait parfaitement impensable de faire la même chose à une cellule de quelques semaines. On ne touche pas aux créatures de Dieu. Je n'étais visiblement pas issue de la même souche.

La veille de son retour, il m'a envoyé un message. « C'est peut-être un signe divin, la preuve que nous avons encore du chemin à parcourir ensemble. Je te donne une nouvelle chance. Espérons que tu sauras la prendre. Tu peux rester avec moi et les enfants. »

J'étais si malade que je n'ai pas eu le courage de débattre et de négocier les enfants sur l'autel de notre séparation. Je les voulais, tous. Je voulais être avec eux, les protéger, les faire grandir ensemble, leur montrer que la vie n'est pas qu'une succession de suicides, de séparations, de menaces et de cris. De toute façon, pour moi, il était trop tard. Je m'étais trompée de mari, c'était ma faute, je devais l'assumer, et je ne pouvais plus faire marche arrière sans mettre les enfants en danger grave. Alors je suis restée, j'ai réintégré la chambre matrimoniale et son cortège de fantômes. On a installé le sapin de Noël dans le salon.

Dehors, il neigeait. Dedans, j'avais froid.

Je me suis mise à prier avec une intensité dont je ne me serais jamais crue capable. Et c'est à Agnès que j'envoyais mes suppliques. « Donne-moi la force dont tu as manqué, j'ai besoin que tu me guides. Pardonne-moi de t'avoir jugée. Pardonne-moi d'avoir pensé que tu les avais abandonnés, je ne savais pas, je ne pouvais pas l'envisager. Tu n'as pas eu le choix, il t'a poussée sur ce chemin comme il m'y pousse aujourd'hui, tu n'avais plus le courage de lutter. À toi aussi il a tout pris, même la volonté de rester en vie. Tu n'as pas trouvé d'autre moyen pour lui échapper. Aide-moi, Agnès. Aide-moi à nous sauver. Je ne veux pas qu'il m'arrive la même chose, mais je suis si faible… » Agnès est devenue mon pilier, mon soutien, et mon repère. Elle marquait la ligne à ne pas franchir, elle était ma sœur de douleur. J'étais devenue son double, je vivais ce qu'elle avait vécu, nous étions interchangeables, mais j'avais une chance de m'en sortir, elle me montrait la voie de ce qu'il ne fallait pas que je fasse. J'ai commencé à vivre dans un monde parallèle, m'interdisant toute pensée, faisant attention à ne rien déranger, à ne rien dire, à ne rien sentir. L'enfant que je portais était une abstraction, j'essayais de ne pas y penser pour qu'il ne sente pas mon vertige intérieur. À la maison, je me suis mise à parler tout bas, j'avais peur qu'il m'entende et que ça lui déplaise. Je protégeais ma famille en me recroquevillant, en devenant invisible, je ne savais pas comment faire autrement. Thierry régnait en maître absolu, plus rien ne lui résistait. J'avais abdiqué, je devais sauver ma peau pour préserver celles des enfants.

Mes parents, Solange et mes sœurs devaient venir réveillonner à la maison.

Ils n'en ont jamais eu l'occasion.

Thierry m'a congédiée le 23 décembre.

Pour une broutille. Parce que j'avais parlé. Ou peut-être juste ri avec Blandine ou Constance. Mais on ne rit pas en décembre chez les Leprince. On pense à Agnès et au Christ sur le point de naître. On ne dit pas bon anniversaire à son père, c'est sacrilège. Alors on fait ses valises et on part avec sa fille de dix-huit mois et son enfant dans le ventre. Parce que sinon, on a peur de tomber et d'entraîner dans sa chute ces autres enfants qu'on veut justement protéger. On a peur que le ventre s'ouvre et laisse surgir de ses propres entrailles tout le ressentiment, et la peine, et l'inquiétude accumulés depuis cinq ans. On a peur de faire peur aux enfants. On a mal au cœur et aux membres.

On a mal à l'âme, alors on part parce qu'il n'y a plus rien à dire, plus rien à croire, plus d'avenir. Que du noir. On laisse les enfants derrière soi, on avait juré de ne jamais le faire, alors c'est l'ombre de soi qu'on laisse avec eux, et on part avec sa carcasse vide et son ventre plein. On part, et on est déchirée, incapable de respirer entièrement parce que maintenant, il vous manque un poumon que vous avez laissé aux petits pour qu'eux puissent continuer à prendre de l'air, pour qu'ils puissent vous sentir, garder votre odeur, sentir votre présence. On part, chassée et humiliée, sa valise sur le perron, la voix du mari qui crie, qui menace et qui s'impatiente, les visages des cinq enfants écrabouillés sur les fenêtres de leurs chambres à l'étage qui vous regardent, terrifiés, sans vouloir y croire, leurs petites mains posées sur les poignées, et qui assistent au départ de la conspuée, mais c'est quand même leur mère alors c'est compliqué à comprendre, et puis elle part avec la petite, la sienne, et nous alors, nous, on n'est rien ? Leurs larmes mouillant la vitre et brouillant la dernière vision d'eux qu'elle va emporter.

Et on finit par s'échouer sur la grève au pied de ses parents. Épuisée. Éteinte. Vidée. Abandonnée.

Chapitre 31

THIERRY LEPRINCE, janvier 2008

« Pardon mon amour, pardon.
Reviens, je ne peux pas vivre sans toi.
Je me dessèche, je deviens fou, plus rien n'a de sens. S'il te plaît »

« Je t'aime. Je t'aime comme un fou. Je suis fou. »

Toujours pas de réponse.

« Oublie-moi, tu vas refaire ta vie, belle comme tu es, demain tu seras remariée. Dis à ma fille que je l'aime. Et à mon fils qui grandit en ton sein, dis-lui qu'il me rende fier en portant mon nom. Adieu. »

Une réponse.

« Thierry, je t'en supplie, arrête de m'écrire dix fois par jour. Je suis partie maintenant, c'est ce que tu voulais. Qu'est-ce que tu cherches ? Tu vas pouvoir vivre librement maintenant, sans moi pour te gâcher la vie. Profites-en, sois heureux. Mais arrête de m'écrire. Je suis épuisée, j'ai besoin de me reconstruire.

Alma t'aime et t'embrasse. Dis aux enfants que je viendrai les voir dans quinze jours. »

« Manon, ma vie est entre tes mains. Reviens. Et si tu ne peux plus m'aimer, reviens pour les enfants. Ils sont aux Grands Chênes pour les vacances et ils sont malheureux. Heureusement que Luc est toujours dans son centre de rééducation et ne voit pas tout ça. Tu ne peux pas nous laisser comme ça. »

« Tu te souviens de notre été au bord du lac d'Annecy ? De nos baisers secrets sous les serviettes de plage ? De notre week-end en amoureux dans les vignes avec la petite Alfa Romeo ? Du baptême d'Alma, tous les huit au-dessus du baptistère ? Tu es mon soleil… »

Pas de réponse.

« RÉPONDS-MOI ! Tu ne vois pas que je souffre ? Comme je regrette le jour où je t'ai rencontrée ! Tu n'es qu'une hypocrite. Menteuse. Voleuse. Tu peux tirer un trait sur MES enfants. Tu ne les reverras plus jamais. Je leur ai dit que tu les avais abandonnés, et que tu ne les avais jamais aimés. Tu ne me laisses pas le choix. »

« Et dire que tu parlais d'amour maternel à l'égard de mes enfants ! Tu ne vaux rien, tu n'as pas de parole. »

Toujours pas de réponse. Je suis passé aux grands moyens, je n'en pouvais plus. Son silence me lacérait.

« Adieu, sache que je t'ai toujours aimée. »

« Manon, si tu ne me réponds pas d'ici une demi-heure, tu auras ma mort sur la conscience. »

Un message :

« Thierry, ne me menace pas, arrête de me faire du chantage. Je ne te crois plus, tu as utilisé cette arme trop souvent, et ce n'est pas digne de toi. J'ai besoin de temps pour me remettre debout, et comprendre ce qu'il nous arrive. Tu sais combien j'aime les enfants, ne les mets pas entre nous et ne m'en prive pas, s'il te plaît. Repose-toi. Rejoins-les chez ta mère un moment. Moi, je n'ai plus la force de rien… Je t'appelle demain. Endors-toi, je sais que tu vas te calmer. Demain, tout ira mieux. Alma t'embrasse. »

J'ai répondu :

« Tu n'as rien compris, comme d'habitude. Adieu. »

Et j'ai éteint mon téléphone.

Chapitre 32

MANON LEPRINCE, janvier 2008

Ensuite, il n'a plus répondu à mes messages.

Il n'a pas non plus décroché quand j'ai essayé de le joindre le lendemain matin. Il m'avait quittée depuis à peine dix jours, et j'étais chez ma mère avec Alma.

J'ai appelé Gaby : « Tu as parlé à Papa aujourd'hui, tu as eu des nouvelles ? Il t'a appelée ? » Non, pas de nouvelles, pas de coup de fil.

« Essaie de l'appeler, tu veux bien ? Je crois qu'il me fait la tête et ne décroche pas quand il voit mon numéro s'afficher. »

Elle ne l'a pas eu non plus.

J'ai commencé à m'inquiéter. J'ai appelé Olivier et je lui ai tout raconté, en deux minutes. Il ne savait pas s'il devait me féliciter pour ma grossesse, me plaindre de notre séparation ou s'inquiéter pour son ami. Je lui ai dit de faire les choses dans l'ordre, d'abord son copain.

« Manon, c'est impensable, il ne ferait jamais une chose pareille ! Tu es enceinte de son septième enfant, réfléchis !

— Tu l'as vu au bureau aujourd'hui ?

— Non, il a posé une journée, la DRH me l'a dit, il ne se sentait pas bien, il préférait travailler de chez lui. »

Je me suis mise à paniquer.

J'ai raccroché immédiatement, le cœur en suspens. Le cerveau en apnée. Les mains sur le clavier de l'ordinateur qui cherchent en trébuchant le numéro de téléphone et j'ai appelé la gendarmerie de Saint-François. Expliqué la situation en essayant de garder mon calme, donné mon nom, mon adresse : « Je suis la femme de Monsieur Leprince. Je pense qu'il a... qu'il a essayé de se tuer. » Et la phrase qui sort donnant tout à coup un nom au chaos, j'ai décrit la maison, expliqué où était notre chambre, « s'il vous plaît, vite... » Ils ont envoyé une patrouille immédiatement. Ils ont sonné, une fois, deux fois, puis ils ont forcé la porte d'entrée. Et ils m'ont appelée :

« Votre mari est dans le coma. On le transfère immédiatement à Lyon. »

Silence.

J'ai ressenti une terreur d'enfant, incontrôlable, interminable, infinie. Elle a irradié dans les moindres pores de mon corps. J'ai été traversée d'un spasme violent.

Il l'avait fait.

Je suis en train de faire une fausse couche.

C'est la dernière pensée qui m'a traversé l'esprit avant de m'évanouir.

Quand j'ai ouvert les yeux, Maman était là, elle me caressait le front. J'avais recouvré mon calme. J'allais bien, le bébé allait bien, mais j'étais encore sous le choc. J'ai voulu partir sur-le-champ. Prendre Alma, plus jamais on ne me séparera de mes enfants, plus jamais je n'en laisserai un derrière moi, je me suis dit. Je prends Alma et je vais rejoindre mes cinq autres enfants, je les veux tous, là, avec moi, dans mes bras. Je veux être sur place avant eux. Les empêcher de voir la maison avant que j'y sois, être celle qui leur parle pour pouvoir les rassurer. Aller chercher Luc au passage dans son centre de rééducation, qu'on soit tous ensemble.

Maman dit que je ne suis pas en état de conduire. Elle a prévenu Babeth qui va venir avec moi. Daddy est arrivé en catastrophe. Ils vont rester avec Nelly à la maison.

Et nous sommes parties.

Chapitre 33

Luc Leprince, janvier 2008

C'est l'infirmier responsable de l'étage qui est venu me prévenir. J'étais dans la salle commune avec Gaëtan, et on jouait à *Call of Duty* sur la PlayStation du centre.

« Luc, ta mère sera là dans trois heures. Elle vient te chercher. Prépare une petite valise, elle a dit.

— Mais pourquoi ? Ce n'était pas prévu ! Qu'est-ce qui se passe ?

— Pas dit. Descends prendre la décharge de responsabilité à l'accueil avant de partir, OK ? Emmène bien tes attelles et continue les exercices, qu'on ne perde pas tout le travail qu'on a déjà fait. »

Quand Maman est arrivée, j'étais déjà dans la salle d'attente. Je déteste être en retard. Et je n'aime pas les surprises. Inutile de dire que je n'étais pas de très bonne humeur quand elle m'a serré dans ses bras.

« Tu aurais pu me prévenir un peu avant quand même, non ? j'ai commencé à dire. On est en pleine semaine, j'ai pris mes affaires de cours, mais tu aurais pu préciser le nombre de jours où j'allais être absent, c'est vraiment pénible, tu sais que je...

— Luc… Ton père est à l'hôpital, elle m'a interrompu avec une voix blanche, sa main sur mon visage. Viens, je vais t'expliquer. »

Je l'ai écoutée me parler sur les sièges en skaï gris du centre, on était assis côte à côte, et elle m'a tout raconté à voix basse, je devais même me pencher pour mieux l'entendre. Je ne pouvais pas le croire. Pourquoi Papa irait faire une chose pareille ? C'est n'importe quoi ! Du grand délire. Ça m'a tellement énervé qu'on puisse dire de telles bêtises. On n'a pas le droit de ragoter sur les gens comme ça. « Je ne ragote pas, Luc. Je t'explique, c'est tout. » Ou alors, on a dû bien l'énerver pour qu'il en arrive à faire un truc pareil, c'est sûr. « Hein, vous vous êtes disputés encore, c'est ça ? » Elle a soufflé, pris ma valise et je suis monté dans la voiture, j'étais content de voir Alma. J'ai dit bonjour à Babeth, et on a roulé jusqu'à Saint-François. En chemin, j'ai entendu Maman appeler mes grands-parents aux Grands Chênes, et leur annoncer la nouvelle. Ils étaient sur les haut-parleurs de la voiture.

« Comment ça à l'hôpital ? Une tentative de suicide ? a dit Bonne-Maman. Tout ça c'est ta faute, Manon, tu n'avais pas le droit de le quitter, vous êtes mariés ! On ne défait pas ce que Dieu a uni. Il t'a punie. J'espère pour toi qu'il va s'en remettre, sinon… »

Babeth lui a serré la main en disant : « N'écoute pas, c'est derrière toi tout ça maintenant, oublie-la… » Et on est arrivés de nuit à la maison. La porte était grande ouverte, les lumières allumées, comme si un cambrioleur venait de commettre une effraction. Maman m'a donné la main, et on a avancé, pas du tout rassurés.

Il y avait les coussins du salon sur les escaliers du perron, un cendrier sur la pelouse, plein d'objets disparates éparpillés un peu partout dehors. Et dedans, c'était… pire. Les meubles renversés, les icônes religieuses du salon fracassées en mille morceaux, les vitres des fenêtres brisées, les lampes cassées. On naviguait dans la maison en silence, écrasés par une espèce de violence encore présente dans l'air. Tout était poissé, collant, les poignées de porte, les meubles, partout, ça sentait fort l'alcool. Une angoisse terrible m'étreignit, et monta de plus en plus fort. Quelque chose que j'avais remarqué dans la maison, mais je ne savais pas quoi. Je suis retourné dans le vestibule, et là, j'ai vu. Sur la commode de l'entrée, au milieu de tous les cadres photo, il y avait les lettres que j'avais envoyées à Papa depuis le centre. Pas ouvertes, et celle sur le dessus de la pile était déchirée en deux. Il manquait la deuxième partie. C'est comme si on m'avait tétanisé, ou fendu le corps en deux au laser. En un éclair, j'ai compris ce que ça voulait dire. J'ai hurlé :

« Pourquoi il a déchiré ma lettre et pas lu les autres ? C'est parce qu'il ne m'aime pas, hein ? C'est ça la vérité que personne ne veut me dire ? Il n'en pouvait plus de moi, et de ma santé minable ? C'est à cause de moi qu'il a fait ça ! Et Maman aussi, c'était à cause de moi ? Donc toi aussi, tu vas faire pareil ? C'est à cause de moi que vous voulez tous mourir ? Dis-le-moi, je veux savoir ! »

J'ai fait une sorte de crise de panique d'après ce que m'a ensuite raconté Babeth. Je me suis mis à trembler de tout mon corps, je suis tombé raide par terre, et j'étais secoué par une force invisible, comme si le diable avait pris possession de moi. Et plus je tremblais, plus j'avais peur, plus je voyais le Malin s'approcher de moi pour me punir, plus mes yeux sortaient de leurs orbites. Babeth et Maman essayaient de me calmer, elles m'ont mis sur le côté, en chien de fusil, et fait mordre dans une cuiller en bois pour ne pas que je me coupe la langue. Quand je me suis calmé, on est tous montés se coucher à l'étage. Il y a eu du vent toute la nuit, j'entendais les lilas du jardin grincer, les fenêtres du salon claquer maintenant qu'elles n'avaient plus de vitre, et je n'arrivais pas à dormir. J'essayais de ne pas penser à Papa, à comment il avait fait, ce qu'il avait dû avaler comme poison ou comme médicament. J'essayais de ne pas penser que c'était à cause de moi, et j'ai prié toute la nuit, j'ai demandé à Maman-d'en-haut de le protéger, de lui dire de redescendre, qu'on avait besoin de lui ici, et qu'elle, elle pouvait bien attendre encore un peu avant de le retrouver, et j'ai récité un chapelet pour demander pardon.

C'est le chien qui nous a réveillés en grattant à la porte le matin, une moitié de lettre dans sa gueule. « Méchant Marcel, a dit doucement Maman, c'est toi qui as déchiré la lettre de Luc ? Et comment Papa va pouvoir la lire maintenant ? » Je l'ai attrapée, et je l'ai reconnue, c'était celle où je lui disais qu'il n'y avait que Dieu qui me comprenait entièrement, que c'était Lui qui m'avait donné de la force pendant mon opération. J'avais dû le vexer. Ou l'énerver à lui parler encore de ma santé. Ou peut-être, c'était juste le chien, et c'était moins grave. Je ne savais plus.

Babeth est restée avec Alma, et Maman et moi sommes partis à l'hôpital pour voir Papa. Les filles devaient arriver à Saint-François dans la soirée avec Bon-Papa et Bonne-Maman.

Ç'a été terrible.

Papa était réveillé, allongé sur un lit médicalisé, une main attachée au barreau du lit, l'autre le long de son corps. En nous voyant arriver dans sa chambre, Il s'est agité, a voulu se lever mais il ne pouvait pas à cause de sa sangle, et il a eu les yeux d'un fou, comme s'ils allaient sortir de ses paupières. Il s'est mis à vociférer, comme un possédé, il n'en avait rien à faire qu'on l'entende dans tout l'hôpital, il criait à Maman, avec de la bave qui lui sortait de la bouche : « Espèce de salope, espèce de petite salope ! » Alors moi je criais encore plus fort, je me bouchais les oreilles et je disais : « Tais-toi, Papa, tais-toi, je t'en supplie, tu me fais peur, là. » Mais lui, il s'en fichait, il criait encore plus fort, il m'a dit : « Je ne t'ai rien demandé à toi, le morveux, ça se saurait si j'avais besoin de toi ! » Je pleurais tout ce que je pouvais, Maman me serrait dans ses bras, et on n'a pas vu qu'il s'était levé et, tout à coup, il a arraché sa perfusion en tirant dessus d'un coup sec. Son sang a giclé dans la pièce, comme un feu d'artifice rouge et liquide, et m'a éclaboussé de partout. Quand j'ai vu le sang sur ma chemise, j'ai hurlé, je crois que je n'avais jamais hurlé comme ça. Des infirmiers sont entrés en trombe dans la chambre, ils se sont emparés de Papa tandis qu'un médecin nous prenait par le bras avec Maman et nous entraînait presque en courant dans une chambre toute capitonnée. Il est entré avec nous dans la pièce, il a refermé la porte et, tout à coup, tous les bruits se sont éteints, on n'a plus rien entendu, j'ai recommencé à entendre les battements de mon cœur et je me suis calmé. Le médecin m'a fait une piqûre, je me suis allongé. Il a parlé à Maman pendant longtemps, il disait :

« Votre mari a eu une réaction classique en sortant de son coma. C'est une réaction violente, je suis désolé que vous ayez eu à la subir. Mais ne prenez pas au pied de la lettre ce qu'il vous a dit. Il ne le pensait pas. Il n'était pas lui-même. C'est une réponse psychique de défense à cause des médicaments qu'on lui a donnés. »

Il s'est tourné vers moi :

« Ne t'inquiète pas, mon petit, ton père t'aime, ne commence pas à te faire des idées. »

Mais moi, je m'endormais à moitié, je n'ai pas eu la force de lui demander d'explication pour les lettres. Il a continué :

« Il va falloir l'interner dans un hôpital psychiatrique. Pendant un mois. J'ai besoin que quelqu'un demande son hospitalisation. Je ne peux pas le faire d'office maintenant qu'il est réveillé. Et je ne pense pas que ce soit une bonne idée que ce soit vous, madame, qui en fassiez la demande. Il vous en veut trop en ce moment, ça pourrait se retourner contre vous. Vous avez quelqu'un dans votre entourage qui pourrait signer la demande ? »

Maman a dit : « Je vais essayer, mais ce n'est pas gagné », et le médecin est parti. Maman m'a enlevé ma chemise et l'a jetée à la poubelle. Elle m'a donné son pull et je me suis endormi dans la salle blanche matelassée.

Chapitre 34

Manon Leprince, janvier 2008

Ses parents ont refusé de signer la demande d'hospitalisation.

« Tu as perdu le sens commun, on ne va pas en plus faire interner notre fils, alors que c'est ta faute ! C'est hors de question. Débrouille-toi pour le faire sortir de là au plus vite, c'est la moindre des choses que tu puisses faire. Quand tu n'es pas là, il va très bien.

— Si vous ne signez pas le papier, je vous préviens tout de suite que je lui interdirai de franchir le seuil de la maison, il n'est pas dans son état normal, il est dangereux. Je lui dirai d'aller chez vous et c'est vous qui aurez à vous en occuper ! »

Je ne sais pas d'où m'est venue cette fermeté. Je ne leur avais jamais parlé comme ça, j'avais toujours dit oui, toujours souri, toujours été d'accord.

J'ai fini par appeler le père Thaddée, il fallait que Thierry se soigne et soit pris en charge, je ne pouvais pas le laisser sortir, il n'était pas en état de s'occuper des enfants. Et il a accepté de le faire. Contre l'avis de sa sœur. Il a signé la demande de soins sous contrainte et donné son accord pour un traitement médicamenteux.

Le soir même, je retrouvais tous les enfants à la maison. Je les ai rassemblés dans la salle à manger, et je leur ai expliqué ce qu'il s'était passé, sans leur mentir, sans chercher à raconter une autre histoire, mais sans entrer non plus dans les détails sordides. Mais qu'est-ce qu'on dit à des enfants dont la mère s'est suicidée et dont le père vient de tenter de faire la même chose ? C'est inaudible. Impensable. C'est d'une violence que le corps, comme l'inconscient, rejette pour survivre. Ils sont restés silencieux, ont encaissé la nouvelle sans complètement la comprendre, je crois, puis se sont détournés pour s'occuper d'Alma. Ils ne pouvaient pas entendre ce que j'avais à leur dire. Ça ferait son chemin autrement, j'attendrais qu'ils l'intègrent pour y revenir. Mais au moins, ils avaient entendu les mots, la vérité était là, à disposition dans la boîte fermée de leur cerveau.

Ça faisait quinze jours que la fratrie avait été séparée, ils avaient cru ne jamais revoir Alma, c'est ce que leur avait dit leur père, alors ils voulaient rattraper le temps perdu. Babeth m'avait aidée avec les courses et le ménage pour qu'ils ne voient pas la maison dans ce sale état. Le lendemain, je suis retournée à l'hôpital. Au passage, je suis allée à la gendarmerie lire la lettre que Thierry avait laissée pour moi avant de passer à l'acte. Je n'ai pas eu le droit de l'emporter. Juste de la lire. Alors je l'ai prise en photo. Rien que de voir son écriture me rendait fébrile. Je la lirai plus tard, là, je n'avais pas le courage.

En arrivant, l'infirmière a demandé à me parler :

« Il serait souhaitable que vous lui preniez discrètement les vêtements avec lesquels il est arrivé et que vous les emportiez. Qu'il ne lui vienne pas des envies de s'échapper maintenant qu'il n'est plus attaché. Nu, c'est plus compliqué de s'enfuir. C'est un vieux truc, mais ç'a fait ses preuves... »

J'ai eu l'impression d'être dans un film d'horreur, mais je me suis exécutée avant qu'il ne se réveille. J'ai pris tous ses habits et les ai vite cachés dans mon sac.

Les médicaments qu'on lui avait administrés lui faisaient une tête terrifiante, les yeux exorbités, les lèvres sèches et blanches. Il était plus calme, et il ne gardait aucun souvenir de ce qu'il s'était passé la veille. Il m'a traitée de menteuse : « Je n'aurais jamais pu faire ça ! », avant de présenter ses excuses quand l'infirmier venu lui changer sa perf a confirmé mes dires. Il m'a demandé d'aller lui chercher l'ordonnance dans le placard en face de son lit, il voulait me montrer ce qu'on lui avait prescrit, mais la pensée de lui tourner le dos pour attraper le papier me glaçait le sang. J'avais peur qu'il se lève à nouveau, me saute dessus et me poignarde.

Je suis restée là, plantée devant lui, ses vêtements dans mon sac, et je savais que nous étions à la croisée des chemins.

« Thierry, j'ai commencé par dire, je vais rester avec les enfants jusqu'à ce que tu sortes de l'hôpital. Ensuite, je partirai. Je retournerai m'installer à Dijon, près des parents. Avec Alma, et j'accoucherai là-bas. On discutera du divorce plus tard. »

Il s'est réajusté sur le lit, il ne disait rien, me regardait à peine.

« Et si je ne veux pas ? il a demandé.

— Ne veux pas quoi ?

— Divorcer. Te quitter.

— Moi je veux.

— Je vais me soigner. Je te le promets cette fois-ci. Je vais redevenir normal. Je ne sais pas ce que j'ai. Mais ça ne doit pas être bien difficile d'en guérir.

— Je ne te crois plus. Je viendrai de temps en temps te rendre visite à l'hôpital.

— À l'hôpital ? Pas la peine. Je vais sortir d'ici dans quelques jours. »

Personne ne l'avait mis au courant.

« Tu vas être transféré à Bron au service psychiatrique du Vinatier. Je pensais qu'ils t'avaient prévenu.

— Qui a fait ça ? Ils n'ont pas le droit ! Je fais ce que je veux.

— Père Thaddée. C'est lui qui a fait la demande. »

J'ai vu ses veines se gonfler et ses yeux vriller.

« C'est toi qui as organisé tout ça ? Dans mon dos ? »

Il est devenu fou de rage, il a recommencé à éructer et à m'insulter. Je suis sortie tandis que les infirmiers arrivaient et je suis rentrée à la maison. Sur le chemin, il m'a appelée :

« Tu m'as volé mes habits ? Tu vas me le payer, je te jure que tu vas me le payer ! »

Le lendemain, il était transféré au Vinatier en unité fermée et surveillée et, pour que son traitement et sa psychothérapie soient efficaces, je n'ai pas eu le droit de lui rendre visite. Par mesure de sécurité.

Chapitre 35

Olivier de Blissac, février 2008

Je suis le meilleur ami de Thierry Leprince et le parrain de son fils Luc. J'ai aussi été le témoin de son premier mariage avec Agnès.

Je connais Thierry depuis plus de vingt ans, nous étions au pensionnat ensemble à Lyon en terminale. Nous travaillons dans la même société, mais dans des départements différents. Il est devenu patron, moi non. Il a toujours été plus rapide. Mais à l'origine, c'est moi qui l'ai fait entrer dans la boîte pour sa reconversion après son départ de l'armée, à l'époque je m'entendais bien avec la fille du recrutement. Nous pratiquons tous les deux le tir au pistolet et nous nous entraînons ensemble au moins deux fois par mois, au stand de Lyon ou de Saint-François. Quand c'est à Saint-François, je passe souvent le week-end chez lui, ça me permet de voir les enfants et de passer un moment en famille vu que je n'en ai pas. Dernièrement, j'y suis beaucoup allé, bien qu'il n'ait pas été là. Je voulais donner un coup de main à Manon, sa femme, qui est enceinte et seule avec leurs six gamins. J'y suis allé essentiellement les week-ends, j'ai pu passer un peu de temps avec Luc, l'emmener chasser dans les bois, discuter avec lui au coin du feu de son avenir, ou de rien, juste être là, lui faire passer le message que c'est un bon gars, et que son père ne m'a toujours dit que du bien de lui. C'est un gosse atypique, fragile, qui manque de confiance en lui. Le suicide d'Agnès l'a totalement bouleversé. C'est lui qui a été le plus touché, je dirais. C'est l'aîné, il avait à peine dix ans. Un événement pareil, ça vous bousille une trajectoire de vie, c'est certain. Grandir sans mère, c'est grandir amputé d'un organe vital, faut apprendre à faire sans, et c'est difficile. Je n'ai pas compris le geste d'Agnès, c'était si inattendu. Pour moi c'était le couple parfait, la famille idéale, mon modèle. Malgré la cadence soutenue des naissances, elle avait toujours le sourire et une tarte au four pour vous accueillir, des gestes attentionnés. Sa disparition m'a pris de court, d'autant que je n'ai jamais vraiment su ce qu'il s'était passé, Thierry refuse absolument d'en parler, c'est un sujet tabou. Trop douloureux sans doute.

Manon est formidable, je ne dis pas le contraire, elle a été miraculeuse avec eux. Elle a su combler un vide et leur apporter l'amour dont ils avaient besoin. Comme une nourriture essentielle. Parce qu'on ne peut pas dire que de ce côté-là Thierry soit le meilleur. C'est un militaire dans l'âme, fils de militaire. Il n'aime pas montrer ses sentiments, il reste pudique. Il adore ses enfants, mais la limite entre eux et lui est très nette. Chacun son rôle, chacun sa place. Il est plutôt du style à leur interdire de parler à table sans qu'on ne les y invite et à les mettre au coin s'il y en a un qui bouge un œil. Mais en même temps, il est très concerné par leur éducation et la qualité des écoles où les mettre, là-dessus il ne lésine pas, et tant pis si ça lui coûte un bras. Et très à cheval sur les principes et la politesse. Résultat, je n'ai jamais vu des enfants aussi bien élevés. C'est un vrai plaisir d'être avec eux. Ils obéissent au doigt et à l'œil.

Thierry, c'est un type bien. Il a ses défauts, comme tout le monde. Un gros caractère, il est capable de piquer des colères d'un autre monde. Mais c'est du vent tout ça, en fait, il brasse de l'air pour exister. Pour faire le show. Pour interpeller. Mais, dans le fond et avant tout, c'est un bon gars. Loyal. Honnête. Travailleur. Intelligent. Droit. Et drôle. Qu'est-ce que j'ai pu me marrer avec lui ! C'est typiquement le garçon que tu veux avoir avec toi en week-end ou à table en voisin de dîner. Il a le chic pour raconter les anecdotes comme personne, pour rajouter le petit détail qui va faire décoller l'histoire, c'est un plaisir de passer du temps avec lui. C'est un sportif aussi, avec la notion d'effort et de compétition ancrés en lui. Quand tu joues au tennis avec lui par exemple, il n'est clairement pas là pour rigoler, il veut gagner, sinon, ça ne l'intéresse pas. Et ça, je respecte. Au moins, les choses sont claires, il ne fait pas semblant devant et par-derrière il te trahit. Non. Il est carré.

Alors, quand j'ai commencé à voir qu'il y avait de l'eau dans le gaz avec Manon, je n'ai pas voulu m'en mêler, ce sont leurs histoires de couple et, après ce qu'il avait traversé, je n'étais pas en mesure de lui donner des conseils. Après Agnès, il était anéanti, j'ai bien cru qu'il n'allait jamais s'en remettre. Ces deux-là, c'était Roméo et Juliette. Elle ne venait pas du même milieu, la mère de Thierry ne la portait pas dans son cœur, mais ce n'est pas grave, il l'a épousée quand même parce qu'il en était fou. Et puis les amours de jeunesse, ce sont les seules vraies. J'en sais quelque chose. Moi, je n'ai jamais réussi à m'en remettre. Avec Manon, c'était autre chose, c'était très fort aussi, mais le contexte était tellement particulier, que c'est difficile de juger. On sentait que Thierry était subjugué par sa beauté, et qu'il avait un cratère à la place du cœur, un espace énorme à combler. Elle est arrivée, douce et lumineuse, les enfants l'ont tout de suite adorée et le reste s'est fait tout seul. Nous, on trouvait qu'il avait tiré le gros lot ! Non seulement il s'était recasé à toute allure, mais encore avec une beauté de quinze ans sa cadette et qui acceptait comme une évidence de s'occuper de ses cinq enfants. On s'est tous dit que ses prières et sa dévotion extravagante avaient fini par payer. Ensuite, quand ç'a commencé à devenir compliqué entre eux, je suis resté en dehors le plus possible, je n'aime pas me mêler de ce qui ne me regarde pas. Mais je voyais bien que c'était difficile pour Manon. Thierry n'était pas très disponible, par exemple, c'est quand même moi qui l'ai aidée à déménager à Saint-François, il avait oublié de poser une journée... Je crois surtout que ça l'emmerdait prodigieusement et qu'il s'est dit qu'elle se débrouillerait bien toute seule, alors c'est moi qui m'y suis collé sans aide. Il était comme ça aussi avec Agnès, maintenant que j'y repense. Disons... Pas très « logistique domestique ». Mais dans la tête et dans le monde de Thierry, c'est comme ça que ça se passe, point. Les femmes restent à la maison et élèvent les enfants, les maris vont au bureau et rapportent le salaire. Ensuite, j'ai quand même noté que Thierry s'emportait facilement. Combien de fois se sont-ils séparés ? Dix, onze fois ? J'ai fini par arrêter de compter. Et quand je lui disais :

« Mais quittez-vous une bonne fois pour toutes au lieu de vous faire du mal comme ça », il répondait invariablement : « Tout est sa faute, mais je ne peux pas imposer une séparation aux enfants. » Et ça, je sais que ce n'est pas vrai.

Et puis, il y a eu ses deux tentatives de suicide, et là, je me suis dit qu'il y avait un vrai problème. Je me suis trouvé idiot de n'avoir rien vu venir, et encore plus incapable de l'aider. Parce que quand je lui parlais, il donnait le change et paraissait absolument normal, comme d'habitude, RAS. Mais le lendemain, je défonçais sa porte avec les flics à Strasbourg et je partais avec lui en ambulance.

J'imagine qu'on a tous nos parts d'ombre.

Il est à Bron depuis presque un mois, en psychiatrie. Rien que ce mot, ça fout la trouille... Je vais le voir deux fois par semaine. Il va beaucoup mieux. Au début, je détestais y aller, il était en pyjama toute la journée, il avait une tête à l'envers, c'était très gênant, je ne trouvais pas les mots pour lui parler, la conversation retombait à plat en quelques minutes. Mais maintenant, il a changé de service, et ça ressemble presque à un hôtel. Je crois qu'il commence à comprendre qu'il a sérieusement déconné et qu'il a fait peur aux enfants. J'ai beau me repasser l'histoire dans tous les sens, son geste reste incompréhensible. Comment un type comme lui peut faire une chose pareille avec six enfants, bientôt sept, à charge ? Ça ne lui ressemble pas, il devait être à bout.

Ou alors il y a un truc que je ne sais pas.

On m'a parlé de maladie mentale. Je n'ose pas demander les détails ni chercher à savoir ce que c'est, il n'aime pas en parler. Mais maladie mentale, quand même, à ce point ? En tout cas aujourd'hui, il est plus réceptif au diagnostic des médecins, à l'écoute même, voire en recherche. C'est une idée qu'il a fini par accepter. Sa mère, en revanche, ne veut pas en entendre parler, elle dit que tous les médecins sont des charlatans qui ne cherchent qu'à se faire du fric sur le dos de son fils, et que moins elle les voit, mieux elle se porte.

On s'occupe bien de lui, il voit son psy tous les jours. Il travaille sur lui. Maintenant, reste à savoir ce qu'il va se passer avec Manon quand il va rentrer. Est-ce qu'elle va lui donner une énième chance et rester avec lui maintenant qu'il accepte de se soigner, ou bien va-t-elle repartir à Dijon comme c'était le cas juste avant tout ça ? Je n'aimerais pas être à sa place. Elle va avoir le mauvais rôle, dans tous les cas de figure.

Chapitre 36

SCOTT JACKSON, « DADDY », février 2008

I didn't see any of this coming.

J'imagine que c'est ma faute. C'est toujours la faute des parents, *right* ? Quoi qu'on fasse, bien ou mal, quelque part, ce sera toujours notre faute, je sais…

Je suis sportif professionnel, je joue au basket depuis que j'ai douze ans, alors j'ai appris à être responsable de mes actes. Le jour où t'es pas en forme et où l'équipe perd à cause de toi, tu en tires les conséquences. Tu t'entraînes plus fort et mieux pour ne pas les planter au match d'après et faire honneur au dossard. C'est ce que j'ai toujours dit aux filles. Et quelque part, c'est ce que Manon fait. Elle a fait un mauvais choix, mais elle l'assume, elle la joue collectif pour ne pas planter son équipe. Elle a gardé son dossard.

Je n'ai jamais réfléchi à la manière d'éduquer mes filles, ce n'est que depuis toute cette histoire avec Manon que j'essaie de comprendre où on a pu se tromper avec Ève. Pour moi, on prend la vie comme elle vient, et on essaie d'en faire une belle aventure, quelles que soient les circonstances. Je déteste les disputes, les gens qui perdent leur sang-froid, qui disent des bêtises sous le coup de la colère, ça ne mène à rien, c'est stérile, et ça met tout le monde dans une situation anormale. Chez moi, en Amérique, dès la maternelle, on nous apprend à ne pas élever la voix, à ne pas se disputer. C'est un travail sur toi-même que tu apprends en classe. Personne n'est parfait, on a tous nos *ups and downs*, c'est OK. Ici, c'est pas pareil. On te juge tout de suite. Et je n'ai pas voulu faire ça avec Thierry. Je n'aime pas juger les gens. Et je n'aime pas que mes filles le fassent. Être différent, c'est OK.

J'imagine que je suis trop américain pour comprendre l'éducation à la française, je n'ai pas su le décrypter, je suis trop *cool* et Ève est comme moi. En France, c'est « les parents décident et les enfants obéissent ». Comme si dès la naissance, ils les élevaient comme des chevaux de course, « parce que la vie, c'est dur, et qu'il faut se battre ». Ce n'est pas comme chez moi, où on pense que la vie, faut en profiter, où on te félicite pour tout et tout le temps, même si t'es nul partout, mais au moins, t'auras confiance en toi, tu n'auras pas tout perdu. En France, on ne félicite pas les gamins, on ne leur dit pas qu'on les aime, on les « éduque ». On les oblige à être polis alors qu'ils savent à peine parler. À se tenir bien à table alors qu'ils sortent à peine du biberon, à réussir à l'école sans se préoccuper de savoir si leur enfant n'est pas plutôt doué pour le sport, la musique, la danse ou la peinture. À bourrer leurs mercredis d'« activités » comme autant de corvées, au lieu de passer du temps avec eux et faire des trucs cool ensemble. Chez moi, on n'éduquait pas les gosses comme des robots, quoi.

Peut-être que Thierry il aurait été plus heureux s'il avait grandi aux US plutôt que de le faire grandir comme un robot. Forcément, à un moment, on se révolte. On pète les plombs. *I don't know what went wrong...*

Mes filles, on a les élevées libres, on les a poussées à faire leurs choix, pas à suivre les nôtres. On leur a appris à décider seules, à avoir leurs propres opinions, pas les nôtres. On a essayé de tout faire pour qu'elles soient elles-mêmes, pas quelqu'un d'autre. À ne pas suivre des règles si elles n'y croyaient pas. À mériter ce qu'elles gagnaient. Et toujours dans le respect de soi et des autres. Tolérance, c'était notre maître mot à la maison. *And be your best self.*

Quand Manon a voulu quitter la maison à seize ans, évidemment qu'on était contre. Et on le lui a dit. Elle était trop jeune, elle ne gagnait pas sa vie et le type, en plus, n'était pas franchement une lumière. Mais elle a insisté, nous a expliqué, a dit qu'elle serait responsable, et que si elle se trompait, elle viendrait nous demander de l'aide. Alors on a dit OK. Je sais, ç'a choqué plein de monde autour de nous. Dans la famille d'Ève, ils n'ont pas compris, c'est sûr. Mais on ne regrette pas. Elle a appris. Elle est devenue indépendante. Elle a fait ce qu'elle voulait. Elle a continué ses études. Ensuite, elle a compris. Et elle l'a quitté. *It's OK then.* On apprend de ses erreurs. Celui qui ne se trompe jamais ne grandit pas. Ne mûrit pas.

Alors quand elle a voulu se marier avec Thierry, quoi ? On aurait dû dire non ? Lui interdire ? Honnêtement, ç'aurait pu bien se passer, ce mariage. Si ce type n'avait pas été tordu, elle aurait été heureuse et tout le monde aurait applaudi devant sa grande et belle famille, en se disant : « *Wow*, quelle histoire extraordinaire ! Cette fille de vingt ans qui épouse un veuf avec cinq gamins. » Ç'aurait été comme un film de Hollywood, on se serait dit : « C'est fou ce que la vie nous réserve quand même », et on se serait réjouis ! C'est trop facile, maintenant que c'est la catastrophe, de dire : « C'était couru d'avance, *I told you !* » Non, ce n'était pas couru d'avance ! On a toujours fait confiance à Manon, et on a eu raison. Elle n'a pas vu que son mari était malade. Mais nous non plus on n'a pas vu. Peut-être que c'était juste impossible à voir à ce moment-là, non ? Son meilleur copain n'a rien vu non plus... Peut-être que Thierry se planquait pour être fragile, qu'il ne gardait ça que pour Manon ? Et si le problème c'était de l'avoir laissée partir avec un type plus âgé, franchement, laissez-moi rire... Ça arrive tous les jours, ces histoires-là. Épouser un type de quinze ans de plus que soi, ce n'est quand même pas une anomalie, faut arrêter de dire n'importe quoi. J'en connais mille des histoires pareilles. Alors, OK, le type avait cinq enfants, mais là encore, *cut the crap*, ç'aurait pu marcher, *so why not* ? Quand j'ai épousé Ève, honnêtement, ç'aurait pu faire le même bazar. Imaginez le tableau : la petite Française qui n'était jamais, ou quasiment jamais, sortie de son pays et qui épouse un black, américain, qui n'a pas fait d'études et ne sait rien faire d'autre que jouer au basket et qui ne parle pas un mot de français ? *I mean, come on...* Les parents d'Ève auraient très bien pu faire la gueule aussi, nous empêcher de nous marier. Alors avec mon passé, ce n'est pas moi qui allais dire à ma fille de ne pas épouser un type différent, vraiment pas.

Le seul problème, c'est de ne pas avoir deviné que cet homme n'était pas que malade, ça encore, ça se soigne, mais surtout qu'il était toxique. Ça, c'est ma faute. J'aurais dû le sentir. Surtout au moment du mariage, quand il a refusé que je vienne avec Solange. J'aurais dû avoir une explication avec lui au lieu de me taire, c'est vrai. Alors là, peut-être que je m'en serais aperçu. Mais comme c'est Manon qui me l'a demandé, je n'ai pas voulu l'embêter et mettre le bazar dans son organisation. On est passé à autre chose, on ne voulait pas faire de vague. Et ces histoires avec le Front, personne n'était au courant, ça, faut quand même le dire. C'était même inenvisageable : pourquoi un type qui n'aime pas les Noirs irait épouser ma fille, il aurait fallu être drôlement tordu pour imaginer un truc pareil, non ? Mais, *don't get me wrong*, il a le droit de penser ce qu'il veut, le bonhomme, il ne fait de mal à personne, le Front, comme les communistes, c'est un parti démocratique, officiel, légal, il n'a rien à se reprocher, le gars, faut arrêter de tout regarder à travers la lorgnette de ce qu'on sait aujourd'hui, c'est bien trop facile. Donc, on ne savait pas, et même si on avait su pour ses idées politiques, est-ce que ç'aurait été une raison suffisante pour s'opposer à ce mariage ? Non. Moi, je dis non.

Et quand on est allés au château pour le baptême de ma première petite-fille, je dirais même qu'ils ont été super relax du côté de la belle-famille. Bien sûr, j'étais la seule personne de couleur à 50 kilomètres à la ronde. D'ailleurs, je ne suis même pas sûr qu'ils en aient déjà reçu une à leur table. Ils nous ont accueillis avec les petits plats dans les grands, avec la belle chambre et le lit à rideaux. La belle-mère de Manon,

OK, c'est pas trop mon style, je pense qu'elle n'a jamais fait de sport de sa vie et que ça lui aurait sans doute fait du bien, mais franchement, elle m'a impressionné, vraiment, avec sa culture et ses bonnes manières. Je trouvais que Manon avait de la chance de côtoyer des gens comme ça. Comment imaginer qu'elle ait pu mal traiter ma fille ?

Je ne sais pas... C'est comme si je n'avais rien compris à ce pays quand je vois où on en est aujourd'hui avec Manon. J'ai tout fait faux. *My bad*.

Et voilà maintenant qu'elle attend le second, avec son mari qui sort à peine de l'hôpital. Elle a décidé de rester avec lui.

Il paraît qu'il va mieux, Manon me dit. Il prend ses médicaments, il est calme, il ne se fâche plus pour un rien. Mais quand même, je ne suis pas sûr de son choix cette fois-ci. Je suis allée la voir à Saint-François le week-end juste avant qu'il ne rentre de l'hôpital. J'ai eu une grande discussion avec elle. Son ventre avait déjà bien gonflé, taille ballon de rugby je dirais, pas encore de basket, mais ça va venir. On a beaucoup parlé. Enfin, quand je dis beaucoup, je veux dire autant que possible avec six gamins dans les pattes à faire manger et jouer. Je lui ai dit ma façon de voir les choses. Je lui ai dit que je serais plus tranquille si elle revenait à Dijon. Je pourrais lui trouver un petit appart, pour elle et les deux petits, en demandant un piston à mon copain de l'AS, Alain Pelloux, qui siège au conseil municipal. Ève l'aiderait avec la garde des bébés pendant qu'elle pourrait chercher du travail. Enfin, bref, je lui ai dit que j'avais la trouille qu'elle reste à Saint-François. Il s'était passé trop de choses, et trop de choses qu'on n'avait pas vu venir, et que j'étais inquiet pour elle.

« Daddy, tu n'as rien à te reprocher, tu ne savais pas, tu n'avais aucun moyen de savoir. C'est moi qui ai fait mes choix, toute seule, et de toute façon, je ne t'aurais pas écouté si tu m'avais dit de le quitter ou de ne pas l'épouser. J'étais amoureuse. Et j'aimais les enfants.

— Je sais… C'est aussi ce que je croyais, c'est pour ça qu'on t'a laissé faire. Je m'en veux beaucoup.

— Le médecin dit que Thierry a compris qu'il était malade. Que la psychothérapie lui fait beaucoup de bien. Qu'il cherche à comprendre. Et à guérir.

— Je n'y crois pas beaucoup, *sweetie*. Pourquoi ne le laisses-tu pas revenir tranquillement à la vie normale, et le temps qu'on voie si tout est OK, tu viens t'installer à Dijon ?

— Daddy, et il se passerait quoi pour les enfants, pendant ce temps ? On les séparerait ? On les laisserait tout seuls avec un papa fatigué, avec personne pour les réconforter, les rassurer, leur faire à manger ?

— Ce ne sont pas les tiens.

— Si, ce sont les miens. Même sans papiers, ce sont les miens. Je les élève depuis six ans. Je sais tout d'eux. Je les connais par cœur. Je sais ce dont ils ont besoin, ce qui leur fait peur, ou rire, les matières où ils sont bons à l'école ou plus faibles. Les sports qu'ils aiment. Les programmes télé qu'ils regardent. Les desserts qu'ils préfèrent. Tu ne crois pas qu'ils ont assez souffert comme ça ?

— Mais toi aussi tu as assez souffert, Manon. Tu n'as pas pour vocation de sauver le monde. Ce n'est pas ton job.

— Je n'ai jamais dit ça. Je ne fais pas ça pour la galerie, ou pour gagner une médaille.

— Alors quoi ?

— J'assume mes choix. J'essaie de réparer ce que j'ai cassé. Je me suis trompée, mais j'ai bientôt deux enfants, et cinq qui ne m'avaient rien demandé et à qui j'ai promis une vie simple et heureuse. Je vais essayer une dernière fois. Si Thierry a vraiment changé, ça pourra marcher, sinon… »

On en est restés là. J'ai emmené les enfants jouer sur le terrain de la ville. J'ai vu qu'ils étaient habiles, Manon avait dû leur apprendre, ils savaient les règles et les *tricks*. Ce sont de bons *kids*. Je comprends qu'elle ne veuille pas leur faire du mal. Je crois que moi non plus je ne pourrais pas.

Chapitre 37

THIERRY LEPRINCE, avril 2008

Manon m'attendait sur le parking de l'hôpital.

Un mois qu'on ne s'était pas vus, pas parlé. Les médecins me l'avaient déconseillé.

Les cheveux tirés en arrière, des grosses lunettes de soleil carrées qui lui cachaient les yeux, un petit pull blanc à même la peau sur son ventre rebondi et un jean collant, des bottes de cheval, son gros sac à l'épaule, elle m'attendait, les bras croisés, appuyée sur la voiture. Rien de trop. Parfaite. Juste parfaite.

Elle a dit bonjour de la main en me voyant arriver. J'étais blafard, je devais sentir le médicament, on sent toujours la Javel et le médicament quand on sort d'un hôpital, j'avais maigri et je n'étais pas allé chez le coiffeur depuis longtemps. Le contraste entre nous deux devait être frappant. Je me suis senti laid, et faible, et rien que de la voir, là, m'attendre, ça m'a bouleversé.

« Salut », m'a-t-elle juste dit, en souriant.

Je me suis arrêté devant elle, j'ai posé ma valise. Je ne savais pas quoi dire, ce que j'avais le droit de faire, ce qu'elle me laisserait faire. On était gauches, maladroits. Comme deux adolescents après une dispute. Je n'ai pas osé l'embrasser. J'ai regardé son ventre, j'étais ému.

« Ça va bien là-dedans ? je lui ai demandé. Je peux le toucher ?

— Fais comme chez toi, il est à toi aussi ! »

Elle s'est marrée, a laissé passer un instant, puis elle a pris ma main et l'a posée sur le haut de son ventre.

« Tu dis bonjour à Papa, Jo ?

— Jo ? Tu vas l'appeler Jo ?

— Joseph. C'est bien, non ? Je me suis dit que ça te plairait. Le père de Jésus, le mari de Marie, tout ça...

— Tu n'étais pas obligée, Manon...

— Je rigole ! C'est le prénom de mon grand-père paternel. Mais j'ai pensé que ça te plairait aussi. Les enfants adorent, on a tous voté, c'est celui qui est arrivé loin devant. Du coup, tout le monde y trouve son compte !

— Manon... J'ai beaucoup réfléchi, tu sais... Et je suis désolé. Pour tout ce que... »

Elle m'a coupé.

« Pas maintenant, Thierry. On va faire les choses bien, d'accord ? On va prendre le temps. On va se parler, et on va décider. »

Elle a pris ma valise, l'a mise dans le coffre et m'a ramené à la maison à Saint-François. J'obéissais, comme si j'étais retombé en enfance, ou comme si elle avait pris les commandes. Une nouvelle Manon. Avec un moi affaibli, fatigué mais reconnaissant. Elle a parlé pendant tout le trajet, me faisant le récapitulatif de tout ce qu'il s'était passé en mon absence, les bons mots des uns et des autres, les notes à l'école, les petits bobos, les balades, les projets. Bref, toute la vie que j'avais ratée. J'écoutais, bercé par sa voix, et lentement je réintégrais les détails de mon quotidien. Les enfants, à qui j'avais très peu pensé pendant tout ce temps, reprenaient doucement forme et contours dans mon esprit. J'avais envie de les voir, de les prendre dans mes bras. Alma surtout. Son odeur de bébé, sa démarche maladroite, ses éclats de rire tonitruants.

J'avais énormément travaillé sur moi pendant ce dernier mois. Après l'épisode à l'hôpital de Lyon et les horreurs que j'avais apparemment dites à tout le monde, on m'avait interné en psychiatrie à Bron, avec psychothérapie deux fois par jour. Un psychiatre le matin. Et des exercices, des séances de groupe et de l'ergothérapie l'après-midi. Traitement lourd, et douloureux. Pour la première fois de ma vie, je suis allé inspecter les tréfonds de mon âme, les recoins de mon enfance, les cachettes de mon cœur, les méandres de mes croyances. On m'a fait parler et parler et encore parler. Au début, je me braquais, je pouvais rester la séance entière muet, les lèvres serrées, sûr de ma victoire et de leur erreur. Le médecin en face restait de marbre, visiblement peu impressionné ni impatient une seconde, je ne devais pas être le premier guignol à faire le malin, et c'est comme si le moindre de mes gestes et clignements d'yeux en disait plus long sur moi que les silences que je lui opposais. Au début de chaque nouvelle séance, c'est comme s'il avait lu en moi et il me posait une question comme si on continuait une conversation que nous n'avions pourtant jamais eue. J'ai encore essayé de les duper, de mentir, d'enjoliver certains aspects que je préférais cacher, d'en oublier carrément d'autres, mais systématiquement, je me faisais prendre au piège et je finissais par lâcher le morceau. J'ai fini par perdre ce combat de coqs, et je me suis dit que quitte à y être, autant jouer le jeu. Ensuite, c'est devenu une drogue. Une fois que j'avais cassé la digue, je voulais y aller constamment. Parler, raconter, dépiauter, regarder à la loupe. Je trouvais ça fascinant. J'avais l'impression de toucher à la fabrication même de la pensée et des émotions, j'avais le sentiment d'entrer dans un univers mystérieux qui allait me donner les clés de tout le reste. Au début, ils ont essayé de me faire parler d'Agnès, et de sa mort, de ce que j'avais ressenti, de la manière dont j'y pensais aujourd'hui, et de lier sa disparition à mon geste comme l'expression d'un remords, d'un *mea culpa*, mais c'était un sujet que j'avais refusé d'aborder avec quiconque et je ne voyais pas pourquoi ils auraient fait exception. Personne ne saura jamais ce qu'il s'est vraiment passé pour Agnès. C'est notre secret. Notre pacte du sang. On se pardonnera quand on se retrouvera, quand nous nous serons apaisés. Alors, on s'est concentrés sur moi-même comme unique sujet d'exploration, ce qui m'arrangeait.

> « Au vu : du caractère morbide de vos troubles et de votre propension à l'automutilation ;
>
> Au vu : de votre insécurité et instabilité émotionnelles, de vos colères récurrentes et incontrôlables ;
>
> Au vu : de votre impulsivité et de votre inclination envers toute forme d'excès, et pour vous aider à mettre des mots sur vos souffrances et à gérer vos difficultés, *une thérapie dialectique comportementale* s'avère indiquée. »

Voilà ce que m'avait annoncé le docteur après quelque temps, tableau à l'appui, et flèches dans tous les sens reliant les mots les uns aux autres, afin de visualiser tous les troubles dont je souffrais.

> « *Cette thérapie aura pour but de : vous aider à identifier et* à contrôler vos émotions *par le biais d'apprentissage de nouvelles compétences émotionnelles.* »

J'avais appris à décrypter leur charabia. En gros, je devais reformater mon comportement. Effacer de mon disque dur interne les enchaînements émotionnels nocifs que j'avais mis en place et qui étaient destructeurs, dissocier mes réactions de mes émotions, apprendre à temporiser. « Vous êtes en train de me dire que je suis caractériel et déprimé, donc ? » avais-je demandé. Ce à quoi il avait répondu, désabusé : « Si c'est ce que vous pensez, la route vers la guérison est encore longue, monsieur Leprince. Je croyais que vous aviez progressé plus que ça. » Ça fait partie de leur rôle d'être désagréable, je le sais, c'est pour éviter un transfert trop rapide. Mais quand même, quel abruti.

Au bout d'un mois d'hospitalisation, j'allais mieux, mais j'ai malgré tout voulu rester encore un peu, mais eux non. Pourtant, j'y étais bien. On s'occupait de moi, Manon s'occupait des enfants, je vivais dans une bulle où l'on m'écoutait totalement, un espace rassurant où je pouvais être moi sans être jugé. Personne n'a réellement posé de nom sur ce que j'avais. À croire que j'avais juste eu un petit accès de blues. Ils étaient tous d'accord pour dire que j'avais une maladie mentale associée à une dépression grave, mais que c'était à moi de les aider à la déterminer. La définir, c'était la comprendre, donc l'admettre et pouvoir la combattre.

Ils m'ont donné une liste de psys qui travaillent en libéral à Lyon, m'ont dit de choisir celui que je voulais et de poursuivre la thérapie au moins pendant deux ans avec lui. « C'est une durée minimum. Surtout, n'arrêtez pas le traitement avant ces deux ou trois ans, c'est entre vos mains, monsieur Leprince. Nous ne faisons pas de suivi des patients une fois qu'ils sont sortis de l'hôpital public et passent dans le privé. Peut-on vous faire confiance ? Allez-vous suivre votre traitement jusqu'au bout ? » m'ont-ils demandé. Trois ans de psychothérapie ? On voyait bien qu'ils n'avaient pas sept gosses et une boîte à gérer. Je ferai ce que je pourrai. De toute façon, j'en avais envie. C'est ce que je leur ai dit. Et ils ont signé ma décharge de sortie.

Les antidépresseurs qu'ils m'avaient donnés dès le premier jour m'avaient considérablement apaisé. J'étais calme, et je pouvais envisager l'avenir sans trembler. Ils m'ont fait une ordonnance pour six mois de traitement : « Votre nouveau psy pourra ensuite changer la posologie en fonction de vos améliorations. » OK, on verra ça dans six mois du coup. D'ici là, j'aurai certainement fait du chemin.

J'étais reparti de là-bas avec pour mission de trouver moi-même la pathologie dont je souffrais, et on m'a remis avant de partir toute une documentation des différentes maladies mentales auxquelles j'allais peut-être pouvoir m'identifier : pervers narcissique, maniaco-dépressif, borderline, bipolaire, dépressif profond... J'avais le choix. Je n'arrivais toujours pas à croire que l'une d'entre elles me correspondait. Dépressif, à la limite, pourquoi pas ? J'avais beau ne pas en être convaincu, j'imagine qu'un type qui va bien ne fait pas deux tentatives de suicide. Admettons.

Maman était venue me voir une fois par semaine, avec la régularité du bourdon de saint Jean. Elle avait été farouchement contre cet internement et en avait beaucoup voulu à son frère, le père Thaddée, de l'avoir demandé pour moi. « Je pensais qu'il avait un peu plus de confiance dans les bienfaits de la prière et de la repentance, m'avait-elle dit. C'est tout de même incroyable qu'un homme de foi croie plus en la médecine qu'aux pouvoirs du Très-Saint. » Elle m'amenait du linge et de la lecture, mais ne restait jamais trop longtemps. Oncle Thaddée était venu lui aussi et nous avions beaucoup discuté. De ma foi, de ma révolte intérieure et de Manon. Il avait posé beaucoup de questions à son sujet, avait essayé de comprendre pourquoi je lui avais fait du mal, si je prenais du plaisir à la faire souffrir. J'étais étonné qu'il voie les choses ainsi, je me suis dit que Manon avait dû aller se plaindre. Mais nos discussions, ainsi que celles avec les médecins, avaient fini par m'ouvrir les yeux. J'avais été un mari décevant. Et je voulais me racheter.

C'est donc dans cet état d'esprit que j'arrivai à Saint-François. Les enfants avaient préparé des banderoles de bienvenue qu'ils avaient accrochées aux fenêtres de leurs chambres et Blandine avait cuisiné un festin. Luc avait bien grandi, il faisait presque ma taille maintenant. Il m'a pris dans ses bras sans rien dire, mais s'est vite écarté, et j'ai compris que l'âge des câlins avait passé. Les filles étaient plus circonspectes, adolescentes aussi. C'est fou comme en un mois nos enfants avaient pu changer. Les trois petites m'ont fait la fête et ont voulu me montrer la cabane dans le jardin, le village de Playmobil et les progrès à vélo. Manon souriait, les encourageait : « Tu as montré à Papa ton bulletin de notes, Gaby ? Montre-le-lui, il sera si fier de toi ! Mathilde, tu récites ta poésie ? Et Blandine, si tu lui jouais ton morceau de piano ? »

Au bout d'un moment, je n'ai plus rien écouté ni regardé, j'étais absorbé dans la contemplation de ma femme, comme si je la découvrais pour la première fois. Je la voyais bouger, sourire et rire, prendre un enfant dans les bras, ranger une chaussure qui traînait, donner un conseil, lancer une machine, aller et venir avec une grâce et une douceur qui m'allèrent droit au cœur. Cette femme, la mienne… Je l'ai prise dans mes bras, j'ai juste murmuré : « Merci. » J'ai enfoui ma tête dans son épaule, et j'ai pensé : merci d'avoir été là pour moi, de ne pas m'avoir abandonné, d'avoir cru en moi malgré nos disputes et mes erreurs. Merci d'avoir toujours voulu rester avec les enfants et de ne jamais les avoir oubliés. Merci d'être si belle. Merci d'être patiente, aimante, généreuse et douce. Merci de nous avoir sauvés de notre profonde tristesse. Merci d'avoir donné à mes enfants un foyer de joie et d'amour. Merci de me donner un nouveau fils. Merci de n'avoir pas renoncé.

Tu es la seule au monde qui pouvais le faire.

Je ne lui ai pas dit tout ça, mais je le pensais si fort qu'elle l'a forcément entendu. Et nous avons entamé notre seconde vie ensemble. Nous avons passé des soirées entières à discuter, au calme. Je pouvais tout entendre, elle pouvait tout me dire. Me poser toutes les questions qu'elle voulait. Je mettais en pratique mon nouveau schéma émotionnel, j'apprenais à me contrôler, à repérer les situations délicates qui autrefois m'auraient fait éructer, et à les gérer dans le calme. Elle m'avait aidé à trouver un psy à Lyon, et était venue avec moi à quelques séances pour qu'elle aussi entende, qu'elle puisse comprendre.

Je lui avais proposé d'étudier avec moi les petits fascicules des maladies pour qu'elle m'aide. Elle était heureuse de voir que je voulais m'en sortir, que j'avais pris conscience de ma maladie, quelle qu'elle soit. Et en même temps, j'allais déjà tellement mieux ! J'avais presque envie d'arrêter les antidépresseurs, j'étais presque guéri, je le sentais. En trois mois, je n'étais plus le même homme, preuve que je n'étais pas si profondément atteint. Mais je voulais lui prouver ma bonne foi, alors je reprenais les documents et je lisais le descriptif de chacune, et lui demandais son avis :

> « Pervers narcissique (PN) : Voici quelques pistes pour reconnaître ces prédateurs :
> 1. Il ou elle vampirise l'énergie de l'autre. »

« Tu dirais que ça me correspond ? » lui ai-je demandé. Elle a fait une moue dubitative. Elle a réfléchi, je voyais bien qu'elle se demandait si elle pouvait me parler franchement. Je lui ai caressé l'épaule : « Vas-y, tu peux tout me dire…

— Pas vampirisée, non. Annihilée plutôt. Tu ne m'as pas pris que mon sang, tu m'as détruite plutôt, lentement mais sûrement.

— Quoi ?! Détruite ?! »

J'étais sous le choc.

« Mais comment tu peux dire ça ? Regarde ce que je t'ai offert ? Cette maison, la piscine en construction, tu as passé ton permis de conduire. Non ? Ça ne compte pas ?

— Titou, si je ne peux pas parler, alors ça ne sert à rien, tout ça. Oui, je trouve que je n'ai pas eu voix au chapitre. Mais je ne sais pas si ça correspond à ton truc de vampire, j'en sais rien, moi… Ça ne veut pas dire que tu es pervers, on n'en est qu'à la première question… »

On a continué.

> « 2. Il ou elle souffre d'insatisfaction chronique, il a toujours une bonne raison pour que ça n'aille pas. »

« Ça, quand même, ne me dis pas que ça me correspond ! Je suis toujours celui qui fait marrer tout le monde, à trouver toujours une bonne occasion pour rigoler.

— OK, mais ça ne veut pas dire que tu trouves que ça aille. Mais bon, OK, disons que ça, ça ne correspond pas. »

Alors, j'ai mis une croix dans la colonne de droite, « pas d'accord ».

> « 3. Il ou elle vous fait culpabiliser. »

Je n'ai rien dit, j'ai attendu qu'elle rende son jugement.

« Ah bah ça oui, clairement ! Tu me fais culpabiliser de tout, tout le temps. Je suis moins belle qu'Agnès, je cuisine moins bien, les enfants sont nuls à l'école à cause de moi, je me plains tout le temps, je ne sais pas dire merci…

— OK, OK, OK ! Ça va, j'ai compris. »

À la fin des vingt questions, j'avais quinze croix dans la colonne « d'accord », et cinq dans l'autre. Il fallait totaliser seize croix pour correspondre au profil. Je n'étais donc pas un pervers narcissique. Comme prévu. Mais qu'étais-je donc ?

Au fur et à mesure des semaines, on a continué notre exploration, toujours dans le respect de l'autre et dans l'écoute. Mon psy lyonnais m'avait confirmé que je n'étais pas PN comme on dit, car la seule idée de l'envisager prouve qu'on ne l'est pas, vu que « à ses yeux, le PN n'est pas malade, ce sont juste les autres qui ont tort ». Je commençais surtout à penser que peut-être je n'étais, moi non plus, pas malade du tout, et je me demandais si je ne ferais pas mieux d'arrêter les médicaments. Ils me rendaient somnolents, et pas aussi actif au lit que je l'avais toujours été. Joseph allait bientôt arriver, la naissance était prévue pour le début de l'été, et je voulais être en forme pour accueillir ce petit bonhomme, le premier petit gars après cinq filles de suite, je voulais avoir toute ma tête et reprendre mes activités maritales avec ma femme autant qu'avant.

J'avais recommencé le boulot dès ma sortie de l'hôpital et j'avais des journées chargées. Ces rendez-vous de psy me prenaient un temps fou. Il fallait toujours que je jongle entre mes réunions pour pouvoir les caser. Alors, j'ai commencé à sécher quelques séances. Quand j'ai vu qu'il me facturait de toute façon, ça m'a rendu furieux, on a eu des mots et j'ai encore plus espacé nos entretiens. J'ai continué mes médicaments pendant cinq mois sans broncher, mais sans grande conviction, je dois l'avouer, jusqu'à quelques semaines avant la naissance, et puis j'en ai eu assez, je voyais bien que j'étais guéri. Je n'avais pas du tout eu besoin des deux ans de thérapie et de médicaments comme ils me l'avaient prédit, preuve que ma maladie avait été bien superficielle. D'ailleurs Manon était d'accord avec moi pour dire que j'étais transformé, qu'elle me redécouvrait tel que j'aurais dû être tout le temps, que c'était un vrai bonheur d'être ensemble dans ces conditions, et je les ai arrêtés.

Quand la secrétaire du psy à Lyon a fini par réussir à me coincer au téléphone pour essayer de caler un rendez-vous, je lui ai annoncé de but en blanc que je mettais fin à la psychothérapie, pas le temps et plus besoin. Je l'ai informée, par la même occasion, que ce n'était pas la peine de renouveler l'ordonnance des antidépresseurs. Évidemment juste après, j'ai reçu un long mail du psychiatre qui prenait des airs de grand ponte hautain pour m'expliquer que je mettais ma vie en danger en arrêtant prématurément toute forme de traitement « qu'elle soit pharmacologique ou psychiatrique ». Je crois surtout que le type voyait mon portefeuille s'éloigner de sa poche, et que ça, ça l'emmerdait bien. Point barre. À 120 euros la séance, on peut comprendre... Maman a raison, ces médecins sont tous des charlatans.

Chapitre 38

Manon Leprince, juillet 2008

Les cinq mois qui ont suivi son retour de l'hôpital ont été magiques. Je voudrais les immortaliser, les faire durer toujours ; c'est comme si tout ce en quoi j'avais cru aboutissait enfin. Comme si le mariage parfait et la famille parfaite existaient. Thierry était drôle, disponible, attentionné. Il m'aidait avec les courses et les enfants, il rentrait plus tôt du bureau avec des surprises, pas des gros trucs, mais un bon dessert, un bouquin, des fleurs.

Je profitais de ma grossesse sous les lilas du jardin, les filles m'aidaient énormément, Luc était en pleine forme, il reprenait même le sport et envisageait de s'inscrire au club de foot ce qui, en soi, était une énorme victoire, lui qui n'avait jamais vraiment pu y jouer avant son opération. Constance et Mathilde étaient adorables, grandissaient à toute allure et embarquaient Alma dans leurs jeux et leurs bêtises à grands coups d'éclats de rire et de faux drames.

Je regardais ma vie d'un œil béat, je remerciais le ciel et Dieu de ne pas m'avoir abandonnée, de m'avoir donné la force de continuer sur ce chemin compliqué avec Thierry. Je profitais de tout, en goûtant chaque instant comme une récompense inouïe. Je n'étais pas dupe pour autant, je faisais attention à ne plus me laisser faire, à mettre des barrières, à parler avant que ça n'explose, à l'aider à se contrôler. Et ce travail commun, ensemble face à la maladie, resserrait nos liens.

Mais dès qu'il a arrêté son traitement, contre mon avis, les vibrations dans la maison ont commencé à changer. C'est comme s'il avait décidé qu'il devait se conformer à son destin, le destin divin d'un homme hors du commun à qui il arrive des choses hors du commun. Une telle obstination à se croire au-dessus de la maladie et des médecins eux-mêmes, ça me dépassait, mais le fait est qu'il allait mieux. Il a arrêté ses traitements environ trois semaines avant la naissance.

Joseph est donc arrivé dans une famille presque sereine.

À ma dernière visite de contrôle à la clinique, le gynécologue a été ennuyé de la position du bébé et a décidé de me faire accoucher par césarienne dès le lendemain.

Mais cette date surprise de dernière minute, ça n'arrangeait pas Thierry. Mais alors, pas du tout. Il avait du boulot à ne plus savoir qu'en faire, des réunions impossibles à bouger, des dossiers à rendre et il n'a pas non plus du tout aimé que le médecin impose la date sans lui demander si ça lui allait, « encore un connard qui se prend pour Dieu ».

Bref, il a pété un plomb.

Une colère radicale et soudaine. Un ouragan de fureur.

Il m'a emmenée à la clinique dans un silence glacial, sans m'adresser la parole, comme si j'étais responsable, a attendu dans la salle d'attente que le bébé soit sorti, l'a pris dans les bras, lui a fait un signe de croix sur le front, l'a embrassé, puis il est parti et n'est pas revenu de la semaine.

Je suis restée seule à la maternité avec Joseph, sans voir les enfants qui ne pouvaient pas venir sans leur père, à pleurer toutes les larmes de mon corps.

Et je savais que cette fois, c'était définitivement fini.

Chapitre 39

ÉLIZABETH LEPRINCE, janvier 2009

Comme de bien entendu, ce qui devait arriver arriva. Ce n'est pourtant pas faute de l'avoir prévenu. Mais Thierry est impossible, il n'écoute personne, il est persuadé d'avoir toujours raison, c'est épuisant. Combien de fois lui ai-je dit que cette fille était une mésalliance et qu'il se fourvoyait de bout en bout ? On ne peut pas épouser quelqu'un qui ne comprend rien à qui nous sommes, qui n'a pas les mêmes valeurs ni les mêmes croyances, c'est simple, on ne PEUT pas.

Cette Manon était peut-être bien jolie et bien aimable, il n'empêche, elle ne venait pas du même milieu et a fait mener une vie d'enfer à mon pauvre Thierry qui était déjà bien contrarié du départ de sa première femme. Et après on se demande pourquoi il a fini à l'hôpital pendant un mois ? J'appelle cette période « ses vacances ». Au moins pendant tout ce temps, il n'a pas eu à s'occuper de sa petite femme trop gâtée et il a pu se reposer, car elle ne s'arrête jamais, celle-là ! Je lui ai dit cent fois : cette fille ne va te causer que du souci, elle va vouloir prendre ta fortune et tes enfants, méfie-toi, Thierry. Mais non, il a fallu qu'il s'entête, et qu'il lui fasse deux enfants de surcroît. Non mais franchement... Évidemment maintenant, Manon, bien que bientôt divorcée, va faire partie de la famille à tout jamais à travers ses petits. C'est bien embêtant. Je suis extrêmement contrariée. Rien que la pensée de devoir discuter un jour avec elle de la part d'héritage de ses enfants me donne la nausée. Dire que Jacques et moi avions prévu de faire des donations de notre vivant aux petits-enfants directement, en sautant une génération pour éviter de payer les impôts sur notre succession, nous voilà bien coincés. Je dirai à Thierry de voir cela avec elle directement le moment venu, moi, c'est simple, je ne peux pas envisager d'en discuter avec elle, je serais capable de sortir de mes gonds et de lui dire ma façon de penser. Passons.

Quand le petit Joseph est né, je dois dire que je sentais déjà les choses tourner au vinaigre dans leur couple. Pour commencer, Thierry m'a interdit d'aller voir le bébé à la maternité. Je n'ai jamais bien compris pourquoi, mais j'imagine que c'était une forme de punition à l'égard de Manon. Je me suis bien gardée d'aller à son encontre et je ne suis venue chez eux à Saint-François que dans les quinze jours qui ont suivi.

La maison était dans un état ÉPOUVANTABLE. Une véritable porcherie. J'ai dû passer ma matinée à faire le ménage, un comble n'est-ce pas, être reçue chez sa belle-fille comme une femme de ménage, tandis qu'elle se languissait au salon à nourrir le petit au sein toute la sainte journée ! Pardonnez-moi de le dire, mais c'était du grand n'importe quoi.

Et puis le petit... Celui-là pour le coup... Il est bien négroïde. Foncé, foncé, foncé. Un vrai petit pruneau.

« Et il va rester comme ça ? ai-je quand même demandé.

— C'est-à-dire “comme ça” ?

— Disons… aussi mat ?

— C'est probable, oui. J'ai l'impression que c'est sa couleur de peau et je ne pense pas que ça blanchisse au lavage », m'a-t-elle répondu.

Quelle impertinence ! Au cas où elle ne serait pas au courant, les pingouins quand ils naissent sont tout blancs et ne deviennent bicolores que plus tard. Donc pourquoi pas un bébé ? Je n'ai plus posé de question et j'ai fini de récurer sa cuisine.

À peine trois mois plus tard, Thierry m'annonçait son divorce. J'étais désolée, bien évidemment. Très inquiète pour lui aussi. Car divorcer, ce qui est formellement interdit par le concile de Pie VI, ça veut dire ne plus avoir droit, à vie, à la très sainte eucharistie, au sacrement de pénitence ni à l'onction des malades. Impensable. Et avec ceci vient, en plus, le cortège des autres interdictions : d'être parrain à nouveau, de pouvoir dire une lecture à la messe, de faire le catéchisme aux enfants, d'aider à la paroisse… C'est littéralement épouvantable, une véritable tragédie que j'aimerais épargner à mon fils. Il va falloir que Thaddée s'occupe de lui et le blanchisse, quitte à demander une annulation de son mariage auprès de l'abbé Ratzinger. Qu'il serve au moins à quelque chose, celui-là, une fois n'est pas coutume… Ça lui permettrait de se remarier à l'église la prochaine fois. Parce que sinon, ce sera *niet*. On aura une simple cérémonie à la mairie et interdiction de communier pour le restant de ses jours. C'est terrible. Je suis sûre que Thaddée va pouvoir faire passer son dossier au Vatican, dans le bon service, mais ça risque de prendre un temps fou.

Or Thierry n'a plus vingt ans. Il ne faudrait pas qu'il perde trop de temps s'il veut pouvoir se recaser avec une femme pas trop âgée. Il m'a d'ailleurs dit qu'il avait rencontré une fille très bien sur son Internet. Au moins, avec lui, les choses ne traînent pas, ça, il faut bien le lui reconnaître. Il devrait la voir d'ici peu, mais en tout cas, sur l'ordinateur, elle a l'air impeccable. Mais stop aux enfants, lui ai-je dit, ça suffit ! Certes, toutes les créatures de Dieu sont les bienvenues, mais ne tentons pas le diable, sept c'est déjà bien suffisant. Thierry voulait revendre son Espace et partager la somme obtenue avec Manon dans le cadre de leur divorce, mais je lui ai conseillé de ne rien en faire, si cette nouvelle fille de l'ordinateur a le permis, elle aura bien besoin d'une voiture pour faire les conduites. Il faudrait arrêter de tout vouloir donner à Manon systématiquement. D'après ce que j'ai compris, c'est Manon qui est partie, donc je ne vois pas pourquoi Thierry irait lui donner une prime à la traîtrise et lui payer son loyer et sa nourriture et une voiture, non, mais jusqu'où ira-t-il sinon ?

Dieu merci, en attendant le jugement du divorce, Thierry garde pour lui seul ses cinq enfants et il leur a bien fait comprendre quel genre de mère aurait été pour eux Manon si elle était restée. Au moins, ils n'auront pas eu de regret de la voir partir, et il n'est pour le moment pas question de se « les partager » – quel terme atroce –, ils sont à domicile à Saint-François, sans en bouger. Je conçois bien évidemment que c'est malgré tout difficile pour eux, tous ces changements, mais ils verront bien assez vite que leur père a pris une sage décision.

En attendant, Jacques et moi prions pour le salut de son âme, cette petite en a bien besoin. Et ses enfants aussi. Le petit Joseph est finalement bien mignon, et je voudrais être certaine que Thierry négociera bien dans leur séparation le fait de pouvoir le voir aussi souvent que nécessaire.

Je suis sûre que nous pourrions le récupérer et en faire ce qu'il est, un vrai petit Leprince.

Chapitre 40

Bruno Vidal, mars 2009

Le dossier de Manon Jackson est arrivé sur mon bureau au mois de novembre avec un petit Post-it de mon assistante : « de la part d'Alain Pelloux/ PRIORITAIRE ». Tous les dossiers sont prioritaires, c'est bien le drame de mon secteur.

Je suis architecte, en charge de la réhabilitation du parc HLM de Dijon. La commune étant un petit centre urbain d'un bassin de 155 000 habitants, les offres de logements sociaux sont relativement rares proportionnellement à la population. En revanche, ils sont de qualité. Pour remplir notre quota obligatoire à la suite des dernières lois en la matière, j'ai été mandaté par la municipalité pour restructurer un certain nombre de bâtiments anciens, beaucoup classés au patrimoine historique par les Bâtiments de France, pour les transformer en logements sociaux. Un peu mon cheval de bataille, je dois l'admettre : j'ai passé des mois à négocier avec les pouvoirs publics ainsi qu'avec les acteurs du BTP pour obtenir les autorisations et créer un parc immobilier de standing. Outre le challenge technique et esthétique que représentent ces opérations, allez donc mettre un ascenseur ou une rampe de toilettes handicapés dans un ancien pavillon de chasse sans que ça ne le défigure, je me suis passionné aussi par le côté éminemment social du projet. J'éprouve une immense satisfaction à imaginer vivre dans ces bâtiments historiques, souvent implantés dans les plus beaux endroits de la ville, des familles de réfugiés, des demandeurs d'asile ou d'emploi, des femmes isolées ou des personnes en situation précaire. C'est à ce titre que je demande, bien que cela sorte de mes prérogatives, à être consulté sur les dossiers des demandeurs de logements. Ainsi, je ne travaille plus uniquement pour l'amélioration du patrimoine, mais aussi pour l'amélioration sociale, pour une meilleure répartition des chances et des richesses. C'est un projet gigantesque, passionnant et ambitieux et, à la livraison des 2 500 logements pour Dijon Métropole, j'ai éprouvé le sentiment agréable du devoir accompli. D'ailleurs, c'est au titre de cet effort que la ville a été citée en exemple par l'association Abbé Pierre. Ma petite satisfaction personnelle.

Pour Mme Jackson, divorcée, sans revenus et avec deux enfants en bas âge, je n'avais qu'un petit F2 de 38 m² à lui proposer, mais dans le plus bel immeuble de notre portefeuille, un ancien hôtel particulier du XVIIIᵉ, pour moitié réservé en logements de fonction et, étant personnel administratif de catégorie 1, je bénéficie de l'un d'entre eux, et pour l'autre en logements sociaux. Il se trouve que son F2 est sur le même palier que mon appartement.

Je ne l'ai jamais rencontrée personnellement et elle ne sait pas, quand nous nous croisons le matin dans l'ascenseur, que c'est moi qui ai accepté son dossier au titre de la répartition égalitaire homme-femme dans nos actifs.

Mme Jackson est jeune, son dossier dit qu'elle a vingt-huit ans. C'est sa première demande de logement social, aucune trace d'elle dans nos archives.

La première fois que je l'ai vue, elle était enveloppée dans un grand manteau noir qui lui battait les talons et d'où sortait une tête de bébé qui riait aux éclats. Derrière elle, une petite fille de trois ans environ qui grondait sa poupée dans une poussette fuchsia. Tous les habitants de l'immeuble se connaissent entre eux, c'est comme une grande famille hétéroclite où se côtoient tous les bonheurs et les malheurs du monde, une espèce de société utopique où les riches et nantis, comme moi, sont traités à égalité avec les plus démunis. Je me suis lié d'amitié avec bon nombre de mes « locataires », et passe souvent prendre un verre chez l'un ou l'autre le week-end. Dans cette optique, je me suis donc approché d'elle pour me présenter :

« Bruno Vidal, bonjour. Vous êtes certainement Manon Jackson ?

— Comment vous le savez ? a demandé la petite aussitôt. On vient d'arriver !

— Je suis l'architecte de l'immeuble et...

— Eh ben dis donc, t'as oublié de mettre une hotte dans la cuisine, ça sent mauvais tout le temps !

— Alma, arrête enfin, c'est quoi ces manières ? Je suis désolée, a repris la mère, l'appartement est parfait. On y est très bien, ça sent très bon. N'écoutez pas ce qu'elle raconte.

— Tu dis toute la journée que ça pue...

— Alma !

— Si, tu dis ça !

— File dans l'appartement ! Excusez-moi, monsieur, vraiment, tout est parfait, merci beaucoup, au revoir, monsieur. »

Et elle a refermé sa porte. Plutôt originale comme rencontre, me suis-je dit. D'habitude, les gens sont contents de me savoir dans l'immeuble car je suis l'interlocuteur parfait pour gérer tous les problèmes de cohabitation et de voirie. Visiblement, ce genre de considérations ne la concerne pas.

Depuis cette première rencontre, nous nous saluons tous les matins, mais nous en restons là. Comme si elle me fuyait. J'ai demandé aux voisins s'ils avaient pu lier connaissance avec elle, je ne voudrais pas qu'elle se sente isolée ou exclue de notre petite communauté d'immeuble, et j'ai eu le sentiment que tous avaient eu l'occasion de lui parler, voire de garder sa petite une fois ou deux. Tant mieux. Il paraît qu'elle est charmante et chaleureuse, très active, toujours en train de cavaler à droite et à gauche, son bébé dans un petit sac à dos et sa fille qui trottine derrière.

« Dis donc Bruno, pourquoi tu t'inquiètes tellement de cette beauté ? m'a demandé Sami, le voisin du troisième, goguenard. T'aurais enfin eu un coup de foudre ? Faudrait pas que t'attendes non plus la quarantaine pour faire un gamin, mon vieux, tu vas pas durer éternellement ! Et puis je serais toi, je m'activerais un peu, y a la moitié de la ville qui lui court après, à ta donzelle.

— Je te remercie bien, Sami. Je veux juste être sûr que tout va bien pour elle, que le F2 lui convient. Il paraît qu'elle a un problème de hotte. Tu es peut-être au courant ? J'ai le sentiment qu'elle m'évite. Elle ne t'en a pas parlé par hasard ?

— T'es p't-être pas à son goût. Va savoir… Pour une fois qu'il y en a une qui te résiste, ça t'énerve ça, hein ? »

C'est devenu une plaisanterie récurrente dans l'immeuble. Je suis désormais « l'amoureux transi ». Si ça peut les amuser… Je n'ai sans doute pas été très discret non plus. Mais je ne voudrais pas que ça lui revienne aux oreilles et la mette mal à l'aise.

J'ai dû lui faire peur. Ou bien il y a quelque chose de louche dans son dossier, et elle fait attention. Parfois, je vois débarquer chez elle une myriade d'enfants de tous âges, disons de 20 à 8 ans. Ils prennent des airs de conspirateurs, jettent des regards inquiets sur mon palier, comme si je représentais une menace et s'engouffrent chez elle en une seconde. Dès la porte fermée, c'est une explosion de rires et de chahut, comme s'ils venaient de faire une bonne blague. Je ne comprends pas très bien qui sont ces enfants, des neveux peut-être, ou des enfants qu'elle doit garder de temps en temps. Pourtant je ne crois pas qu'elle soit nounou. Sur sa fiche de renseignement était écrit « couturière ». Je la vois d'ailleurs souvent porter des énormes sacs de bouts de tissu qu'elle sème un peu partout dans l'immeuble, on pourrait presque la suivre à la trace et je serais bien curieux de savoir comment tous ces enfants et ces tissus tiennent dans son F2 ! En attendant, je n'ose plus poser de questions et je me contente de la regarder passer devant chez moi, nimbée d'un mystère qui commence à m'intriguer.

Chapitre 41

Gabrielle Leprince, octobre 2009

Voilà un an qu'ils sont séparés et qu'on est échangés comme de la marchandise sur des parkings d'autoroute. Au départ, ils devaient se retrouver à mi-chemin, entre Saint-François et Dijon, pour partager équitablement les kilomètres et Maman avait trouvé une station-service pile au milieu. La première fois, Papa nous a bien livrés là-bas, mais dès la seconde, il a changé d'avis, il a dit qu'il ne ferait pas plus de 65 kilomètres pour nous déposer, veuillez noter la précision du calcul, qu'il avait trop de travail, et que si Maman tenait tant que ça à nous voir, elle n'avait qu'à faire un effort. Évidemment, ils se sont disputés, on a pleuré, on a même dû sauter un ou deux week-ends chez elle à cause de tout ça, et puis comme chaque fois, Maman a cédé et c'est elle qui a fini par faire la majeure partie du trajet pour venir nous récupérer avec le pick-up de Papy, vu que c'est Papa qui a gardé l'Espace et que du coup Maman n'a plus de voiture.

L'annonce de leur divorce s'est faite juste après la naissance de Jo. On n'a pas eu le droit d'aller le voir à la clinique, Papa voulait punir Maman de la date de la naissance, sans doute qu'il n'aimait pas le chiffre, et quand elle en est sortie, c'était pour nous annoncer leur séparation. Elle est restée deux mois avec nous, dans la chambre d'amis, histoire qu'on voie quand même un peu le bébé, qu'on fasse le baptême et qu'elle trouve un appartement à Dijon. Je ne sais pas trop ce qui a précipité la décision, mais je dois dire que c'est venu comme la cerise sur le gâteau après une année déjà compliquée. Entre l'opération de Luc, les vraies fausses séparations des parents, l'hospitalisation de Papa puis son retour à la maison où il était tellement gentil, puis la naissance de Jojo où il a recommencé à crier tout le temps, et le divorce, on est tous passés par les montagnes russes. Je crois que j'ai passé la majeure partie de mon année à pleurer dans le car qui nous amène à l'école, ou si ce n'est pas moi qui pleurais, c'est parce qu'une de mes sœurs avait besoin d'être consolée. Blandine s'est renfermée sur elle-même, elle disait que toutes ces histoires, c'étaient des conneries d'adultes mal baisés, elle parle toujours aussi bien comme vous pouvez le constater, et son niveau de vocabulaire a très nettement augmenté en grossièretés, sans doute à cause de ses nouveaux copains avec qui elle traîne sur le parking de l'Intermarché pas loin de la maison. Luc, lui, s'est mis définitivement du côté de Papa, et nous bassine toute la journée avec des « Papa a dit que, Papa voudrait que, Papa a raison », bref ce genre de trucs trop relous. Les deux petites sont devenues hyper pénibles, à chouiner du soir au matin et à se plaindre de Maman quand elle était là, et à la réclamer toute la journée depuis qu'elle est partie. L'enfer. Du coup, c'est moi qui m'y colle, parce que ça me fend le cœur de les voir dans cet état-là, même si elles sont ultra-chiantes, elles ont encore besoin d'une mère, ces deux-là, moi ça va, je suis grande maintenant, mais pour elles, c'est violent tout ça… Résultat, je m'occupe d'abord d'elles et ensuite seulement je finis mes devoirs, hyper tard, je ne dors pas assez, et du coup, je suis crevée et je suis sûre que je vais avoir des notes pourries ce trimestre.

Bienvenue dans ma vie de merde, j'ai envie de vous dire…

Depuis le départ de Maman, c'est donc moi qui fais tout à la maison, ou quasi tout, Blandine ayant l'extrême bonté de faire, parfois, les repas. Luc part en juin en fac et va quitter la maison, et moi je serai en première avec le bac de français à passer. Dommage qu'il n'y ait pas une option « baby sitting-gestion de maison », j'aurais eu mention Très Bien. Papa continue de travailler à Lyon et ça ne lui a pas effleuré l'esprit de prendre une nounou, voire une femme de ménage, pour qu'on ne reste pas tout seuls tout le temps. On se fait engueuler toute la journée, rien n'est jamais bien mais parfois, il est pris d'une illumination, et là, il faut rire avec lui, faire des jeux, s'amuser sur commande, se dire des gentillesses, se faire des câlins et jouer à la famille parfaite et unie, etc. Et comme ça ne vient pas toujours naturellement, tout ça, il se vexe, il dit qu'on met du mauvais esprit, qu'on est bons qu'à nous plaindre, et c'est reparti pour un tour d'engueulades. Cercle vicieux, quoi.

J'attends les week-ends chez Maman avec impatience, c'est chaque fois comme une grande bouffée d'air frais bien que ce soit un bazar sans nom ! C'est souvent du « grand n'importe quoi » comme dirait Bonne-Maman, mais c'est pour ça que c'est bien. On passe notre week-end à rigoler et à faire mille trucs complètement débiles, mais ça fait du bien. Elle habite un minuscule appartement à Dijon, où il n'y a qu'une chambre, et quand on vient, on doit se taire et se faire le plus discrets possibles pour que personne ne la dénonce, sinon elle risque de perdre son logement qu'elle ne paie pas cher du tout et qu'elle a plus ou moins eu par piston. Elle n'a pas le droit de vivre dedans à plus de trois, c'est ce qu'elle a déclaré sur les papiers du bail. Alors, quand on est tous les huit là-bas, on est obligés de chuchoter et, évidemment, ça part en crise de fous rires systématiquement. Là, comme par hasard, Blandine et Luc deviennent hyper-sympas, et Luc qui ne jure que par Papa est comme un agneau confit à la seule vue de Maman. Un bon hypocrite, quoi... On passe l'essentiel de notre temps à câliner les petits, ils nous manquent trop. Alma est éclatante, c'est un moulin à paroles, elle a toujours un truc à dire, et Joseph est juste le bébé le plus mignon de la planète. On part se balader au centre-ville, on va au club de Papy et on le regarde coacher ses jeunes, ou bien alors il nous met dans l'équipe quand on est là, et c'est trop bien ! On prend nos repas chez Mamy parce que vraiment, ça ne tient pas dans le studio de Maman, on exploserait. Déjà qu'on dort à trois par lit : trois sur le clic-clac du salon, trois dans le lit de Maman, Jo dans son berceau, Alma peinarde toute seule dans son petit lit, bref, totalement inenvisageable de mettre une table au milieu de tout ça. Parfois, on voit Nelly et Babeth qui viennent pour le week-end pour nous voir aussi et on est comme une grande famille toute bizarre, uniquement avec des gens qui n'ont rien à voir les uns avec les autres, mais qui pourtant sont contents d'être ensemble.

Et puis le dimanche soir, on repart, Maman fait la route, nous dépose à la station-service choisie par Papa. Et nous, on change juste de voiture. Souvent, ils discutent un peu entre eux, je vois Papa qui essaie de prendre Maman dans ses bras, ou qui lui touche la joue, mais Maman s'écarte et ça rend Papa furieux, du coup, il remonte dans la voiture et il nous engueule. Il veut tout savoir de ce qu'on a fait pendant le week-end, qui on a vu, a quoi on a joué et ensuite pendant la semaine, il nous demande de jouer aux mêmes jeux, mais nous, on ne veut pas. Chacun ses jeux, non ?

Chapitre 42

Luc Leprince, décembre 2009

Je n'ai pas mille observations à faire, juste une, mais elle vaut pour cent : Maman a été extrêmement décevante. Voilà.

Sur ce point en particulier, je suis entièrement d'accord avec Papa.

Certes, ils se disputaient souvent, Papa a tendance à s'emporter facilement et c'est vrai que c'était souvent sur Maman que ça retombait, mais tout de même, c'est une adulte, non ? Elle aurait dû être capable de prendre sur elle et de faire la paix il me semble. Mais non. Comme le dit Papa, elle est rancunière et orgueilleuse comme pas deux, et c'était toujours à lui à venir s'excuser, à demander pardon. Alors que, permettez-moi de poser la question : qui fait vivre le foyer ? Qui rapporte tous les mois, à la sueur de son front et au prix de trajets en voiture épuisants, de quoi nous nourrir tous ? Qui fait avec nous la prière du soir, en nous demandant de lui pardonner, avec toujours autant de douceur et d'empathie ? Qui nous emmène en vacances dans un grand château où on peut partir à la découverte de la nature et des trésors cachés que Dieu a créés pour nous ? Qui ? On se le demande bien, n'est-ce pas ? Alors que d'un autre côté, on peut légitimement se demander : qui profite de tout ça ? Qui, grâce à lui, a eu accès à une vie trépidante et à un niveau de vie largement supérieur au sien ? Qui a récupéré comme par magie une famille d'un coup sans même avoir à porter les enfants ? Qui part en vacances aux États-Unis aux frais de la princesse ? Et malgré tout ça, surtout : qui nous a abandonnés ? Qui a fait du favoritisme envers ses deux seuls enfants biologiques, comme Papa le fait si justement remarquer ? Qui nous a séparés d'eux ? Qui a fait exploser une famille unie et déjà chamboulée par un premier décès ?

Et après on se demande pourquoi Papa a été interné un mois ? Pauvre Papa...

Je comprends que ç'ait pu être dur pour Maman, je ne le nie pas, bien sûr que je comprends, mais je ne pardonne pas. Ce serait bien trop facile. Et quand je vois Gaby qui monte sur ses grands chevaux dès qu'on aborde le sujet, je n'ai qu'une envie, c'est de monter m'enfermer dans ma chambre et d'attendre d'être l'année prochaine au foyer chrétien de la fac pour ne plus avoir à en parler avec elle. Elle m'exaspère. À régenter son monde, à se prendre pour la mère de substitution, à nous donner des ordres. Moi je dis : vivement l'an prochain.

Alors bien sûr, quand on est obligés d'aller passer le week-end à Dijon, je fais un effort et je souris tout le week-end pour que ça se passe bien pour tout le monde. Mais on est reçu dans des conditions... Pas possibles ! Comme dit Papa, si la DDASS voyait ça, je me demande bien ce qui se passerait. Je pense qu'on est très très loin des critères sanitaires requis pour recevoir ses propres enfants et je trouve Papa bien gentil de nous laisser y aller. Mais ça, elle n'a pas l'air d'en avoir quelque chose à faire. Alors, bien sûr, tout n'est pas horrible là-bas, soyons honnêtes. Dès qu'on arrive, l'ambiance est bonne. On retrouve les deux petits et le week-end passe à toute allure. On reste collés-serrés avec eux, on en est tous littéralement totalement amoureux. Alma m'adore, elle ne me lâche pas d'une semelle, elle veut tout le temps savoir ce que je dis, ce que je pense et elle me copie, et bébé Jo rigole tout le temps et pleure très peu. Quant à Constance et Mathilde, elles, c'est carrément Noël, Maman s'en occupe comme si elles étaient les seules au monde. Pour ça, pour recréer l'ambiance de famille comme avant, on peut dire que Maman y arrive très bien, c'est vrai.

Je l'aime, bien sûr, qu'on ne se trompe pas sur mes sentiments. Je l'ai aimée dès le premier jour où je l'ai vue dans notre salon à Strasbourg, alors que Maman d'en haut était encore là. Je la trouve belle, et douce, et tendre, et gentille. Et c'est avec elle qu'on s'amuse le mieux, qu'on peut discuter de tout, même de sujets assez intimes, on peut lui poser toutes les questions du monde et elle ne s'énerve jamais, elle trouve toujours des solutions à tout, elle sait tout de suite quand on a un problème rien qu'à nous regarder, elle nous écoute, elle a toujours du temps pour nous, ça ne l'embête jamais de rester avec nous quand Papa reste à Lyon, et elle coud comme une fée, d'ailleurs elle commence à un peu gagner sa vie avec ça, ce qui va bien soulager Papa qui va pouvoir baisser le montant de sa pension. Tout ça, d'accord.

Mais je constate simplement qu'elle nous a abandonnés, et ça, c'est impardonnable. Notre vraie mère n'a pas eu d'autre choix, elle, elle était malade.

Ce qui n'est pas le cas de Manon.

Chapitre 43

Manon Jackson, janvier 2010

Je revis.

L'appart est minuscule, je n'ai pas un rond, mais je revis.

Je suis comme une fleur fanée qui peu à peu se redéploie, boit toute l'eau du vase et refleurit.

Ça fait maintenant un peu plus d'un an que j'habite ce petit studio. Joseph a fait ses premiers pas le week-end dernier, je n'ai pas vu le temps passer. C'est un amour de petit garçon, intense, calme, qui vous regarde droit dans le cœur avec ses grands yeux sombres, l'air de dire : « Explique-moi, je veux savoir ! » Il comprend tout quand on lui parle, il est capable d'attendre calmement son biberon sans pleurer, il joue des heures avec ses cubes, sans un bruit, concentré, un peu comme Constance avait fait la première fois où je l'avais vue dans sa chambre, avec Agnès qui s'était mise à fondre en larmes devant elle… J'ai l'impression qu'il s'est passé une vie depuis ce moment-là ! C'était il y a huit ans. Seulement huit ans.

Si je n'avais pas pris ce baby-sitting ce jour-là, quelle aurait été ma vie ? Qui serais-je devenue ? Je serais restée avec Jérémy ? Non, ça, j'en doute. Je ne regrette pas mes choix. J'ai les enfants. Ça vaut toutes les souffrances.

Je ne vais pas revenir sur mon départ de la maison de Saint-François, j'en garde un trop mauvais souvenir. En arrivant dans ce nouveau studio microscopique à Dijon, j'ai passé trois semaines prostrée, à pleurer, à m'inquiéter, à téléphoner en cachette aux enfants, à leur envoyer des petits messages de bonne nuit, des vidéos, de baisers, avant de me rendre compte que Thierry surveillait leurs portables et que chaque fois qu'il voyait mon nom apparaître sur l'écran, son propriétaire était puni. Il m'a menacée de déposer une main courante la prochaine fois que j'essaierais de joindre les petits. J'ai fini par attendre qu'ils m'écrivent pour ne pas leur faire courir de risque, et cette attente me crucifiait. Thierry m'avait fait porter le chapeau sur notre séparation : « Maman a décidé de nous quitter. Maman ne vous aime finalement plus tant que ça. Maman n'a pas assez d'amour pour tout le monde », etc. Bref, ce genre de choses, et plus je lui demandais d'arrêter, plus il en rajoutait, pour me punir, sans se rendre compte du mal qu'il leur faisait, de la peine qu'il leur causait. J'étais prête à prendre mes responsabilités, bien sûr, c'est vrai que c'est moi qui partais, mais c'était la première fois que la décision venait de moi alors que j'avais été mise à la porte plus d'une dizaine de fois, mais c'est comme si les enfants avaient eu envie de croire à la version que leur père leur proposait parce que sinon, c'était trop horrible pour eux, j'imagine. Penser que leur père se séparait de moi au détriment de leur équilibre à tous était sans doute une idée trop insupportable et égoïste. D'autant qu'ils devaient rester avec lui.

Thierry avait d'abord décidé que je ne les verrais plus jamais. Comme je n'avais aucun lien légal avec eux, il pouvait me l'imposer et il m'a ressorti l'histoire de l'adoption : « Qu'est-ce que je suis content que tu aies manqué à nouveau de volonté pour l'adoption ! Grâce à toi, j'en fais ce que je veux et tu n'as pas ton mot à dire ! », et les deux premiers mois, je ne les ai effectivement pas vus une seule fois. Il n'a pas demandé à voir Alma ni Joseph non plus, ce qui m'a fait beaucoup de peine.

Et puis, j'imagine qu'il s'est rendu compte que la situation n'était pas saine, surtout je pense aussi qu'il avait besoin d'un peu d'air et qu'il s'est résigné, devant le poids d'une telle famille à gérer seul, alors il m'a « offert » de prendre tous les enfants – « C'est tous, ou aucun, tu choisis » –, selon un calendrier aléatoire connu de lui seul.

« Mais Thierry, j'habite un studio, je ne peux pas tous les prendre chez moi d'un coup, ça ne tiendrait pas !

— Eh bien, déménage, ma grande ! Qu'est-ce que tu veux que je te dise, prends tes responsabilités !

— Mais je ne peux pas déménager, je ne gagne pas ma vie !

— Je ne te le fais pas dire ! Ce n'est pas mon problème. J'imagine que tu te rends compte, un peu tard, et tant pis pour toi, que c'était confortable d'avoir un mari qui gagnait bien sa vie, non ? Et si tu avais été moins flemmarde, tu te serais trouvé un job et tu aurais un peu de fric au lieu de vivre à mes crochets. Mais bon… Décide-toi avant que je change d'avis. Tu veux les voir, oui ou non ? »

Je n'ai pas eu le choix. Je me suis dit que je trouverais bien une solution et j'ai dit oui. Quelle blague ! Je me souviens du premier week-end qu'on a passé tous ensemble à Dijon chez moi. C'était... épique ! J'étais un peu tendue, je ne savais pas dans quel état d'esprit seraient les enfants, s'ils m'en voulaient, si le lavage de cerveau de leur père avait fonctionné. Alors je m'étais donné du mal, j'avais acheté tout ce qu'ils aimaient mais je n'avais pas pu pousser les murs, et je les ai reçus chez moi, en attente de leur jugement. La tête qu'ils ont faite en arrivant ! Ils étaient sidérés ! Et puis, après quelques minutes, ç'a dégénéré en grosse rigolade, et ç'a donné le ton pour le reste du séjour. Depuis, chaque week-end où ils viennent est une vraie réjouissance, épuisante c'est vrai, mais ça nous fait tellement de bien à tous.

Au début, j'ai eu peur de me faire virer et de me faire dénoncer par le voisin de palier qui est le responsable de l'immeuble si j'ai bien compris. Un type magnifique, trop beau pour être honnête, je n'ose même pas le regarder ni lui adresser la parole. En tout cas, certainement pas le profil du vieux chef de syndic aigri qui cherche à vous coincer, mais franchement, je me sentais épiée... Il n'arrêtait pas de nous regarder, limite il nous comptait chaque fois qu'on sortait de l'ascenseur. Je disais aux enfants de se dépêcher et de se taire, et j'attendais d'entendre la porte de chez lui claquer pour ressortir si on en avait besoin. Et puis maintenant, je le vois presque tous les jours, comme si on avait exactement les mêmes horaires, ce qui est plutôt bizarre. Il a l'air gentil, dès que je le vois, je pique un fard, c'est ridicule. Alma me trouve horrible de ne pas lui faire la conversation, elle dit que je suis « coincée », à quatre ans, on croit rêver ! Mais je suis tétanisée face aux hommes maintenant, je réponds à peine à ses bonjours, alors c'est avec Alma qu'il discute quasi chaque matin, mais j'ai trop la trouille qu'elle fasse une gaffe et qu'elle raconte qu'on reçoit tous ses frère et sœurs ici ! Vu son poste, j'imagine que c'est son job de mettre à la porte les gens qui ne respectent pas les règles et que c'est la raison pour laquelle il habite sur place, pour mieux nous surveiller. Mais bon, je ne pose pas de question. Je préfère ne pas jouer avec le feu, ma situation est trop précaire, et rester sous les radars. Je me demande s'il est marié. Je ne l'ai jamais vu accompagné en tout cas. J'ai du mal à imaginer qu'il n'a pas toutes les filles de la Terre à ses pieds, donc passons.

En général, Thierry m'appelle le jeudi et me prévient que je dois prendre les enfants le lendemain soir. Il s'en tape pas mal de savoir si j'ai des plans ou si je suis disponible. De toute façon, je n'ai jamais de plan, mais quand même, un jour, je finirai bien par en avoir, non ? Anouk essaie de m'embarquer avec elle dans ses dîners chez son amoureux, elle attend un enfant, mais je n'ai pas envie de voir du monde, d'expliquer mon histoire, de raconter l'enfer. Je suis bien toute seule, je peux dormir, regarder la télé, coudre, m'occuper de mes deux petits, les emmener manger une glace près du manège sur la place et m'en réjouir trois jours à l'avance avec Alma, choisir les parfums et le type de cornet comme si c'était un cadeau inouï. Les choses les plus simples sont devenues des sources de joie et de réconfort. Ne rien avoir et ne dépendre de personne est sans doute le début de la vraie liberté, je m'en rends compte maintenant et j'en profite. Je ne manque de rien, je suis en convalescence.

Même si je trouve que Thierry dit aux enfants des choses terribles qui peuvent les détruire, je sais qu'il les aime profondément et j'essaie de les en convaincre. Il ne sait pas s'y prendre, mais il les aime. Plus que tout. Plus que moi, en tout cas, ça c'est sûr. Et Alma et Joseph n'échappent pas à la règle. Je sais qu'ils lui manquent. Mais je dois me battre mentalement pour m'en souvenir, pour m'accrocher au bon qu'il y a en lui, car quand je les récupère à la fin d'un week-end chez leur père, je les trouve différents. Alma ne veut pas venir dans mes bras et refuse d'embrasser ma mère pendant quelques jours. Je suis sûre que Thierry leur raconte des horreurs à mon sujet. La pauvre petite doit être tiraillée et ne plus savoir quoi penser : qui est le méchant ? Papa ou Maman ? Qui ment ? Qui la protégera ? C'est horrible, pour un enfant, ce dilemme... De mon côté, j'essaie de ne rien leur dire de négatif à propos de Thierry. J'en crève d'envie pourtant, je suis loin d'être une sainte, je pense que ça me ferait un bien fou de vider mon sac, de leur expliquer que je ne les ai pas séparés de leur père par légèreté, que j'avais des vraies raisons, mais je me retiens. J'aurais aimé que Thierry fasse pareil, mais c'était impensable. Il changeait d'humeur et de discours en permanence. La dernière fois, les deux petits étaient chez lui pour le week-end, il m'a envoyé un message : « Si tu ne reviens pas vivre avec nous, je garde Alma et Joseph avec moi et tu ne les reverras jamais. » Je suis devenue folle, je l'ai appelé immédiatement, dix fois de suite, mais il me raccrochait au nez, alors j'ai couru chez Daddy en panique : « Il va me les voler, il va me prendre mes enfants, je ne vais jamais les revoir, il arrive toujours à ses fins » et je criais comme une hystérique. Daddy n'arrivait pas à me faire entendre raison : « Il n'arrive déjà pas à gérer ses cinq premiers enfants, il ne peut pas en prendre deux de plus, ne t'inquiète pas ! » Ça m'a fait paniquer encore plus. Il a fini par appeler Thierry lui-même, l'a menacé de le dénoncer à la police et, bien évidemment, j'ai récupéré les petits le soir même. Mais je ne suis pas sereine, je le sais capable de faire une chose pareille, il ne sait pas se contrôler. Il a encore tellement de pouvoir sur moi ! Il continue de me harceler de messages. Pour un oui ou pour un non. Il me raconte toutes ses nouvelles conquêtes. À quel point elles sont plus belles et plus sexy, comme il s'amuse mieux avec elles, comme elles sont plus intelligentes. J'ai droit à tout, même aux détails les plus salaces. Depuis qu'on est séparés, c'est comme s'il avait ouvert la boîte de Pandore. Il veut toutes les voir, les séduire, les épouser. Elles sont toutes mieux que moi. Toutes. Avant, j'avais le fantôme d'Agnès à gérer, maintenant j'ai la menace que toutes les femmes de la planète puissent devenir la nouvelle mère de mes enfants. Et j'encaisse, j'écoute. J'ai trop peur qu'il me prive des petits si je fais de la résistance. Mais pourquoi a-t-il fallu en arriver là ?

J'aurais tellement préféré que tout se passe bien entre nous. J'aimerais tellement que les enfants l'entendent, ça.

Je ne peux pas m'empêcher de culpabiliser. Heureusement que Babeth, Anouk et Maman sont là pour me soutenir et me rappeler à quoi ressemblait ma vie avant. Sinon, je serais bien capable d'y retourner. Quand je pense que c'est Gaby qui gère tout, ça me fend le cœur. À son âge, elle devrait plutôt être en train de fumer ses premières cigarettes en cachette et d'embrasser des garçons plutôt que de faire faire leurs devoirs aux petites et de cuisiner pour elles. Luc n'habite plus là et Blandine a demandé à être pensionnaire, j'imagine pour échapper à tout ça.

Aux dernières nouvelles, Thierry serait sur le point de signer pour un nouveau travail à Dijon. Il me l'a annoncé il y a quelques semaines : « Tu vois ce que je suis prêt à faire pour te montrer mon amour ? Abandonner ma carrière, vendre la maison et repartir à zéro. Pour me rapprocher de toi. Pour nous reconstruire. » Cette façon qu'il a de tordre la réalité pour lui faire dire ce qui l'arrange… Je ne lui ai rien demandé de tel, je redoute sa proximité physique, même s'il n'a jamais levé la main sur moi. Déjà que je n'arrive pas à me défaire de son emprise psychologique… Mais ça faciliterait la logistique, c'est sûr. On pourrait se partager les enfants de façon plus équitable et sereine, sans faire deux cents bornes, je verrais les grands plus souvent, il pourrait prendre un peu les petits et je pourrais avoir quelques jours à moi, pour faire « des plans », qui sait ? Chaque jour, je me dis que je vais franchir le pas, que je vais au moins adresser la parole au voisin, mais je me recroqueville devant lui comme un escargot dès qu'il ouvre la bouche, j'ai peur d'avoir mal encore une fois, je ne sais pas. À force de ne pas se parler mais de se voir chaque jour, j'ai l'impression de le connaître. Peut-être que ça fait juste trop longtemps que je n'ai pas été prise dans les bras de quelqu'un. Que j'ai besoin que quelqu'un m'aime sans me détruire. Tant qu'on ne se parle pas, je ne prends pas de risque.

La procédure de divorce est presque terminée maintenant. Je vais pouvoir reprendre mon nom, effacer Leprince, et c'est comme si on allait m'enlever une couche de goudron. Je vais pouvoir redevenir totalement moi à nouveau, respirer librement. Je ne lui ai rien demandé, et j'ai dit oui à tout pour être sûre que ça aille plus vite. Une minuscule pension compensatoire, et rien, juste le minimum légal pour les deux petits : 200 euros par mois pour chacun. Mon seul revenu. Si j'avais su, je n'aurais peut-être pas arrêté mes études... Au début, je devais avoir la moitié du prix de la voiture qu'on allait vendre, mais Thierry a rencontré une fille *online* alors que j'étais encore à Saint-François avec eux, je sortais de la maternité, j'allaitais dans la chambre d'amis... Et je crois qu'il s'est imaginé vivre avec elle assez vite, et il s'est dit qu'il aurait besoin de la voiture. Si on vend la maison, je crois que je toucherai quelque chose, et encore, je ne suis pas sûre. Quand je pense à tous les travaux que j'ai faits dedans et comme elle est devenue jolie maintenant... Mais ce n'est pas grave tout ça, ce n'est que de l'argent et je suis bien capable d'en gagner. D'ailleurs, ça commence à marcher un peu. Je ne gagne pas des mille et des cents, mais ça met un peu de beurre dans les épinards. Je fais un peu de couture à droite à gauche. Je fabrique des petits trucs et je les vends sur Internet, et deux fois par mois, j'ai un stand sur le marché de Dijon, place de la République. Des petites blouses pour enfant, des trousses, des sacs et des pochettes. Je récupère des chutes d'invendus et j'invente des modèles en fonction de ce qu'il y a. Je fais ça pendant que les petits sont à la crèche, ou quand je suis chez Maman le week-end.

Je recouds ma vie.

Chapitre 44

THIERRY LEPRINCE, avril 2010

Quel salaud, je ne m'en remets pas !

Trois mois qu'on sympathisait, tout était au carré, la description de poste était impeccable, j'avais les compétences requises et ils avaient besoin de moi, le contrat était quasi signé, on s'était mis d'accord sur tout, le salaire, la voiture de fonction, la date de début, et il a fallu que cette idiote de DRH vienne mettre son nez dans mes affaires.

« Thierry ? Armand Guillaume de la SNVT.

— Armand, ça va ? Ça me fait plaisir de vous entendre. Ça tombe bien que vous m'appeliez, je n'ai toujours pas reçu le contrat. La poste en France, c'est vraiment quelque chose, hein !

— Justement, Thierry, c'est à propos de votre contrat que je voulais vous parler.

— Un souci ?

— Je suis désolé, Thierry, nous retirons notre proposition.

— À quel niveau ? »

Il a laissé passer un blanc.

« Les résultats de votre *background check* sont arrivés, un peu tard, c'est vrai, nous vous avions déjà fait la proposition. Mais ils ne sont pas compatibles avec l'éthique de notre société. Je suis désolé.

— Je ne comprends pas. Qu'est-ce qui n'est pas éthique dans mon profil ? C'est absurde, enfin. J'ai sept enfants, j'ai fait l'X, je suis ancien militaire, je…

— Justement.

— Quoi ?

— Vos activités politiques ne sont pas dans la lignée de notre philosophie.

— Vous n'avez absolument pas le droit ! Ça ne regarde que moi, ce que je fais en dehors du boulot ne vous concerne pas. Je ne fais rien d'illégal ! C'est de la discrimination, c'est totalement interdit ! Je peux vous poursuivre au pénal pour ça, c'est de l'atteinte à la vie privée !

— Nous n'avons pas eu à chercher bien loin, vos comptes de réseaux sociaux parlent d'eux-mêmes. Je suis navré, Thierry, je suis sûr que vous trouverez rapidement autre chose. Bonne chance. »

Et il a raccroché. J'ai balancé mon portable contre le mur, « navré », tu parles !

Mes espoirs de reconstruction se sont envolés d'un coup. J'attendais ce poste pour tout recommencer à zéro, reconquérir Manon, effacer le passé. Je n'ai plus de solution.

Après la fureur, la torpeur.

Je me suis servi un whisky, l'ai bu d'un trait. Puis un second. Et je suis resté en état de sidération, assis sur le fauteuil du salon, en essayant de comprendre ce qui m'arrivait, en me demandant quelle était la raison de tout ça.

Tout ce fiasco.

Cet échec permanent.

En tout.

Cette faculté que j'ai de casser tout ce que je touche. Comme si je portais malheur.

Comme si le destin s'acharnait sur moi.

Malgré tous mes efforts.

Malgré les médicaments, la thérapie, les prières, les retraites et les confessions, les déménagements, les explications, les changements de boulot... Rien ne marche. Je suis né sous une mauvaise étoile. Dieu ne veut pas de moi dans son univers. Ni en haut. Ni en bas. Je n'appartiens à personne et je ne suis le bienvenu nulle part.

Je suis le type qui flotte.

Celui qui bouge avec le vent, se cogne aux arbres, et reprend sa route de vagabond, sans que personne ne lui demande son chemin. Je ne suis utile à personne et je nuis à tout le monde. À Agnès. À Manon. À Maman. Aux enfants.

Je suis l'enfant de trop, le mari qu'elles n'auraient pas dû épouser, le père qu'ils auraient mieux fait de ne jamais avoir.

J'ai prié, comme un damné, comme une âme perdue. Je me suis jeté à genoux, cherchant une réponse. Avidement. Récité le Psaume 87. Celui qui me hante depuis des années et qui me bouleverse. Celui qui me correspond.

Seigneur, mon Dieu et mon salut, dans cette nuit où je crie en ta présence,

que ma prière parvienne jusqu'à toi, ouvre l'oreille à ma plainte.

Car mon âme est rassasiée de malheur, ma vie est au bord de l'abîme.

On me voit déjà descendre à la fosse, je suis comme un homme fini.

D'habitude, je ne fais pas ça, je ne bois pas en priant ; mais là, c'était différent, Dieu le savait. Je me suis resservi un verre et me suis remis à genoux, le verre posé à terre. Entre chaque verset, je m'octroyais une gorgée.

Ma place est parmi les morts, avec ceux que l'on a tués, enterrés. [...]
Tu m'as mis au plus profond de la fosse, en des lieux engloutis, ténébreux ;
le poids de ta colère m'écrase, tu déverses tes flots contre moi.

« Au plus profond de la fosse » ai-je répété en prenant une autre gorgée.

Tu éloignes de moi mes amis, tu m'as rendu abominable pour eux. [...]
Je t'appelle, Seigneur, tout le jour, je tends les mains vers toi :
fais-tu des miracles pour les morts ? [...]
Malheureux, frappé à mort depuis l'enfance, je n'en peux plus d'endurer tes fléaux. [...]
Ensemble ils se referment sur moi.
Ma compagne, c'est la ténèbre.

La ténèbre...

Dieu ne m'entend plus, mes prières sonnent creux, elles sont vides de sens.

JE suis vide de sens. Même Armand Guillaume ne veut pas de moi.

Qu'est-ce que je fous là ? Qu'est-ce que je cherche ?

J'ai écrit à Manon, elle est mon garde-fou, mon radeau, elle est la seule à pouvoir m'aider. Je lui ai demandé de revenir. Elle revient toujours.

Elle a mis deux jours à me répondre.

Et encore, c'est parce que j'ai renvoyé mon message plusieurs fois. Elle a fini par m'écrire un long SMS, m'expliquant qu'elle n'avait personne dans sa vie mais qu'elle n'allait pas revenir. Jamais. Qu'elle aurait aimé que ça se passe autrement entre nous, qu'elle a tout essayé. Mais qu'elle n'en pouvait plus. Qu'elle ne me croyait plus. Et qu'elle me souhaitait de trouver la paix. Mais pour qui elle se prend, sans déconner ? Dieu le Père ? Qu'elle reste dans son trou à rat pourri, tant mieux, ce n'est pas moi qui vais l'en déloger !

Mais quand même, ça m'avait irrité, sa réponse. Alors je lui ai réécrit. Plusieurs fois, c'est vrai. Juste pour être sûr qu'elle n'allait pas regretter sa décision. Et toujours la même réponse de petite fille gâtée : « Non, non et non, je ne veux pas revenir, non ! »

J'ai passé la semaine à lui écrire, et à attendre son retour. Même quand je lui ai annoncé que finalement je n'allais plus venir habiter près d'eux à Dijon et que je n'avais pas eu le job, je n'ai pas eu une réaction très démonstrative. À peine un : « Oh, quel dommage ! Je suis sûre que tu retrouveras autre chose ! » Elle ne se rend pas compte. J'ai voulu qu'elle réalise la profondeur de ce que je disais, j'ai voulu lui faire peur.

« C'est la fin. Sache que je t'ai toujours aimée.
Prends bien soin de nos enfants. »

Et elle ne m'a même pas appelé ! La dernière fois que j'avais proféré cette menace, je l'avais mise à exécution et c'est à l'hôpital qu'elle m'a récupéré, alors elle a la mémoire bien courte, et qu'elle arrête de dire que je fais du chantage. JE VAIS JUSQU'AU BOUT DES CHOSES, MOI ! JE NE BLUFFE PAS ! Alors à quoi joue-t-elle ? Que lui faut-il pour qu'elle me croie ?! Son silence était la pire des insultes, un camouflet en pleine face, une humiliation brûlante qui perforait mon cerveau.

J'ai été pris d'une rage qui m'a coupé la respiration.

Marre d'être pris pour l'idiot du village ! Pour un rebut, un déchet, une rognure !

Je suis monté chercher mon Luger dans le coffre de la chambre, je savais ce qu'il me restait à faire. L'arme de mon grand-père, héros de la guerre, gardée précieusement comme une relique, pour mettre un terme à l'affront.

J'ai attrapé la boîte de munitions, j'étais concentré. Mes mains ne tremblaient pas. J'étais en pleine possession de mes moyens. J'ai pris une balle et l'ai mise dans le chargeur. « Tu vas voir si je bluffe ! » J'ai rangé la boîte, refermé le coffre. Ouvert mon ordinateur et l'ai appelée en Skype. À la douzième sonnerie, elle a décroché.

« Thierry, je t'ai demandé dix fois de ne plus m'appe… THIERRY ! ARRÊTE, THIERRY ! QU'EST-CE QUE TU FAIS ? TU ES FOU ! ARRÊTE, POSE ÇA TOUT DE SUITE ! »

J'étais si calme. Sa panique était un nectar.

« Et là, tu crois que je fais du chantage ? dis-je, le canon du Luger posé sur ma tempe. Tu en es sûre ? Ou bien tu crois que je bluffe encore ?

— Thierry, je t'en supplie. Parlons-nous !

— C'est la dernière fois que je te le demande. Reviens, ou j'appuie sur la détente.

— S'il te plaît Thierry, pose ce truc, je ne peux pas te parler comme ça…

— Dis que tu reviens et je le pose.

— Ne recommence pas… Je n'ai plus la force…

— Dis-le ! »

Elle sanglotait comme une madeleine, elle me suppliait, m'implorait. Je me suis mis à crier :

« DIS-LE ! QU'EST-CE QUE ÇA TE COÛTE DE LE DIRE ? »

Mais elle était incapable de prononcer le moindre mot. Alors j'ai proposé un marché :

« Regarde, ma chérie, je vais ouvrir le chargeur de mon arme et on va jouer au plus grand jeu de hasard au monde, comme ça, tu sauras que je ne bluffais pas. On va faire un petit tour de roulette russe tous les deux. J'espère que tu ne vas pas regretter ce que tu fais, ma *darling*… Tu auras ma mort sur la conscience, ce sera ma consolation…

— Thierry, j'appelle les flics, pose ce revolver tout de suite ! »

Je ne lui en ai pas laissé le temps. Tout en la regardant fixement, j'ai sorti la balle de son chargeur pour qu'elle la voie bien et me prenne au sérieux, puis l'y ai remise, j'ai fait tourner le barillet et je l'ai refermé d'un coup sec. Je connaissais mon arme parfaitement, j'en maîtrisais les moindres reliefs et aspérités, j'avais passé des heures à l'entretenir avec ferveur, en souvenir des actes héroïques dont elle avait été le déclencheur. C'était peut-être la dernière fois que je voyais son visage, me suis-je dit en regardant Manon, paniquée derrière son écran. Mon cœur s'est mis à battre plus rapidement ; j'étais prêt, je n'avais plus rien à perdre. Plus rien ne m'importait.

« Regarde-moi bien, chérie. Regarde ce que tu me forces à faire… 1, 2… »

J'ai fermé les yeux, attendu la détonation, désiré l'explosion.

Et j'ai pressé la gâchette.

Le Luger a fait un clic métallique.

Mais rien. Il ne s'est rien passé.

J'ai poussé un soupir, de soulagement ou de déception je ne sais pas, recraché l'adrénaline par le nez en un coup sec. Et j'ai doucement posé l'arme sur le bureau à côté de moi. Je l'ai pris comme un signe de Dieu. J'ai gardé mon calme.

« Passe-moi les enfants.

— Thierry, sanglotait-elle, comment as-tu pu me faire ça ! ? Tu es fou… » Elle avait de la morve qui lui coulait sur la bouche et qui se mélangeait à ses larmes, c'était infâme.

« Passe-les-moi. Je veux juste leur parler. Je ne vais rien faire. Tu peux me croire maintenant.

— Arrête, je t'en prie…

— Je te jure que je ne vais rien faire. Regarde, j'enlève la balle ? Là, voilà… Je veux juste les voir. » Mais Manon ne se calmait pas. « OK, je jette le revolver par la fenêtre, dans le jardin, là, tu es contente ? Tu me crois maintenant ? TU ME CROIS, BORDEL, OU TU VEUX QUE JE ME COUPE LES VEINES EN DIRECT CETTE FOIS ? PASSE-LES-MOI ! »

Elle est partie en reniflant et est allée les chercher devant la télé. J'ai respiré un grand coup. Suis allé dans la salle de bains me servir un grand verre d'eau que j'ai bu d'un trait. Elle les a installés devant son ordinateur. Alma a pris d'office la parole et ne m'a pas laissé en placer une, me racontant mille petites choses de sa vie, et moi qui l'écoutais à peine, concentré sur ce que j'avais à lui dire...

« Alma ma chérie... Tu sais combien Papa t'aime, n'est-ce pas ?

— Moi aussi, Papounet, je t'aime, et bébé Jo aussi ! Tu pourras me rapporter ma poupée aux longs cheveux le week-end prochain où je te verrai ?

— Il n'y aura pas de prochain week-end mon ange, mais je te garderai ta poupée, je l'installerai dans son petit lit. J'irai la voir tous les jours jusqu'à la fin, pour lui dire bonjour, elle me fait penser à toi. »

Elle s'est mise à rire : « Elle est blonde, Papa, elle ne me ressemble pas du tout, cette poupée, t'es bizarre quand même !

— Sache, ma chérie, que toi et ton frère avez toujours été aimés. Adorés même. Vous êtes mes trésors. Et ma joie. Je vous emporterai avec moi, là-haut dans les nuages...

— Ça suffit, Thierry ! m'a interrompu Manon qui pleurait encore et qui surveillait tout depuis le début, le doigt sur l'ordinateur, prête à raccrocher.

— Tu vas prendre un avion, Papounet ?

— C'est un peu ça, un avion surpuissant pour m'amener dans un pays que personne ne connaît et dont personne n'est jamais revenu. »

Joseph s'amusait avec la caméra, il faisait des grimaces, il riait, et il gazouillait des « Papa » en me montrant du doigt. C'est cette image d'eux deux, souriants derrière une caméra d'ordinateur que j'emporterai avec moi. L'image d'un bonheur qui aurait pu être le mien.

J'ai passé la soirée à boire et à réfléchir. Au moins, maintenant, elle me croirait. Je n'avais pas sauvé grand-chose de notre mariage, mais ça, je l'aurai gagné de haute lutte.

Et j'ai beaucoup réfléchi au concept même de mourir.

Les gens en ont peur, mais ils se trompent, ils sont faibles, ils n'ont pas confiance. Mourir, ce n'est pas la fin de tout, mais le début d'une vie plus douce, dans l'amour mystérieux de Dieu, nimbé de tendresse, dénué de doutes. On y voit plus clair dans la mort, on ne peut plus se mentir, on ne peut plus trahir ni faire de mal.

La mort, non plus comme une punition, mais comme une délivrance, comme une alternative à l'échec de ma vie. Comme un refuge où je retrouverai la sérénité et Agnès. Comme un promontoire d'où je pourrai veiller sur mes enfants, leur envoyer tout mon amour, moi qui n'arrive pas à le faire ici-bas. Ne plus se battre contre mes fantômes et mes peurs, dormir d'un sommeil profond et réparateur. Arrêter de faire semblant.

Accepter enfin d'être soi.

La mort est mon amie, c'est la seule qui saura me soulager.

Mon idée avait pris forme, j'avais le courage maintenant, je venais d'en avoir la preuve.

Il ne me restait plus qu'à trouver le moment.

Chapitre 45

Gabrielle Leprince, avril 2010

La dame qui gardait Mathilde tous les soirs en attendant que je rentre de l'école m'avait dit plusieurs fois qu'elle s'inquiétait pour elle, qu'elle avait l'air triste. Elle avait essayé de la faire parler, mais Mathilde se fermait comme une huître : « Personne ne m'aime, même pas toi, alors tais-toi ! », et elle ne pouvait rien en sortir de plus. En allant la récupérer ce soir-là, la dame m'a dit : « Ta sœur a très peur que son Papa parte sans elle. Elle dit que tout le monde part, que c'est comme ça chez elle, et M. Leprince n'a pas répondu à mes appels. Je ne veux pas être intrusive, Gabrielle, mais je crois que ce serait bien si Mathilde pouvait avoir une grande discussion avec son Papa, pour qu'il la rassure. » Je l'aime beaucoup, cette dame, elle a toujours été très gentille avec Mathilde, elle s'en occupe comme si elle était sa grand-mère. Sur le chemin du retour, j'ai pris la main de ma petite sœur, et je l'ai rassurée : « On va aller parler avec Papa autour d'un bol de chocolat chaud, tu vas voir, il va te dire tous les projets qu'il a avec nous et tu comprendras qu'il ne va pas du tout nous quitter comme nos mamans, tu vas pouvoir mieux dormir la nuit ensuite, tu verras, c'est magique de parler… » Elle m'a serré la main très fort, « D'accord » elle a répondu, avec son petit air sérieux que j'adore.

Coup de chance, la voiture de Papa était garée devant la grille, il devait déjà être rentré du bureau. Mathilde s'est précipitée dans la maison en appelant : « Papa ? Papa ! » Mais pas de réponse. Je lui ai préparé son goûter dans la cuisine et je suis montée à l'étage pour le chercher. « Papa ? »

Sur la porte de sa chambre, une feuille de papier était scotchée : « Si vous lisez ce mot et que je ne réponds pas, n'entrez pas et appelez les pompiers. »

J'ai essayé d'ouvrir la porte. Fermée à clé. J'ai crié, de plus en plus frénétiquement : « Papa ? Ouvre la porte, c'est moi, c'est Gaby », et je me suis mise à secouer la poignée comme une forcenée. « Ouvre ! Ouvre, je te dis ! j'ai paniqué.

— Il est là-haut, Papa ? Pourquoi tu cries ? » m'a demandé Mathilde depuis la cuisine.

J'étais perdue.

J'ai appelé Maman. J'ai immédiatement senti l'inquiétude dans sa voix aussi, comme si elle savait quelque chose. Quelque chose de grave. Elle m'a donné une série de consignes, je n'écoutais rien, je disais : « Mais pourquoi il n'ouvre pas ? Pourquoi ? » Mais Maman ne me répondait pas, elle disait : « Gaby, calme-toi, ça va aller. Mets Mathilde devant la télé et ne bougez pas du salon. Tu m'entends ? Je vais appeler la voisine, elle va venir vous chercher. Descends tout de suite rejoindre ta sœur, ça va aller, ma chérie. »

J'ai fait comme elle m'a dit. Mathilde pleurait parce qu'elle voulait avoir cette grande conversation avec Papa, pour une fois elle ne voulait pas regarder la télé ;

mais j'ai fini par la convaincre et on a regardé un dessin animé ensemble. Je tremblais comme une feuille, j'avais froid, sans raison. À peine cinq minutes après, j'ai entendu des sirènes et vu les gyrophares d'une voiture de police. Quand je leur ai ouvert la porte, je me suis méfiée, je leur ai dit : « Pourquoi vous êtes là ? » Ils m'ont juste demandé : « La chambre de ton père est bien à l'étage ? Il me semble qu'on est déjà venus... » et ils sont montés sans me demander la permission. Il y avait plein de gens. Peut-être dix. Des pompiers, des ambulanciers, des policiers. « Reste avec ta sœur, la voisine va arriver, ta mère l'a appelée. Je ne peux pas t'expliquer ce qu'il se passe sans une adulte à tes côtés, c'est la loi, je suis désolée », m'a juste dit une policière. Tout ce monde, ces bruits dans les escaliers, ces téléphones qui sonnaient tout le temps, ça m'oppressait tellement que j'avais du mal à respirer. Je ne voulais pas savoir ce qu'il se passait, et à Mathilde qui me demandait des explications, je disais : « Papa a dû s'endormir avec la porte fermée de l'intérieur, ils sont venus lui ouvrir. »

À travers les fenêtres opaques de la porte vitrée du salon, je les ai tous vus redescendre un quart d'heure plus tard, avec un brancard ou quelque chose comme ça, je ne voyais pas bien. Un policier est alors entré pour nous parler au même moment que la voisine arrivait : « Vous allez rester chez Mme Coignard jusqu'à l'arrivée de votre mère ce soir, les enfants. Votre Maman vous expliquera. Ne vous inquiétez pas. » Et il est parti.

Amélie Coignard a pris Mathilde par la main, gaie comme toujours. C'est une super amie de Maman. « On va faire de la chantilly chez moi, les chéries, j'espère que vous avez encore de la place dans l'estomac parce que j'ai prévu d'en faire des tonnes ! »

Et on est restées chez elle toute la soirée, jusqu'à ce que Maman arrive avec les deux petits pour nous chercher.

Chapitre 46

MANON JACKSON, avril 2010

Bruno Vidal, mon voisin de palier, m'a invitée à prendre un verre ! Je réalise aujourd'hui à quel point j'attendais ça... C'est comme si j'avais refusé de l'admettre avant qu'il ne fasse le premier pas. Comme si l'idée même de me retrouver seule avec un homme m'avait été interdite. J'ai eu l'impression de revenir quinze ans en arrière, la même impatience, la même fébrilité avant un rendez-vous amoureux. Comme si tout ça était neuf.

Car je dois tout recommencer à zéro maintenant. Réapprendre à aimer. Et à me laisser aimer. Réapprendre à croire en l'amour et à faire confiance. Je suis comme une paraplégique à qui l'on dirait : lève-toi et marche. Je ne suis pas sûre d'en être capable ni de savoir faire. Je peux tomber à tout moment, je ne sais pas ce qu'il reste en moi d'énergie vitale à mettre dans une relation. Thierry dernièrement a été féroce, même loin, son pouvoir de nuisance est toujours aussi fort. Il est inventif dans le mal qu'il peut faire, il n'a plus de limite. Il joue avec moi comme un chat avec une souris qu'il va dévorer. Mais il aime me voir agoniser. Mes larmes l'hydratent, ma peur le galvanise.

Et je lui offre ce spectacle en pâture, pour protéger les enfants.

Bruno va vouloir savoir qui je suis, il va me poser des questions. Je ne sais pas comment lui dire d'où je reviens. Je voudrais le taire, effacer Thierry de ma vie et faire comme si j'étais encore fraîche et gaie. Et optimiste. Faire comme si ça pourrait être facile de m'aimer. Mais je ne suis pas sûre de pouvoir donner le change. De toute façon, je ne peux pas parler de cette période-là de ma vie, pas encore, je n'y arrive pas, j'ai une boule dans la gorge.

J'ai honte, je crois.

D'avoir laissé faire.

De n'avoir jamais suffisamment résisté pour empêcher que tout ça ne m'arrive. De n'avoir pas écouté Babeth, ou mon instinct. Honte de ne pas avoir vu qui il était dès le début, de ne pas avoir compris qu'il était fou, psychologiquement malade, issu d'une famille de malades aussi, une famille sclérosée dans son passé et étouffée par une religion asphyxiante. J'ai honte, mais je ne savais pas. Je ne pouvais pas imaginer la noirceur de son monde, la profondeur de sa violence et les extrêmes où il nous emmènerait. Je ne pouvais pas non plus imaginer la force du lien qui m'unirait à ses enfants.

J'ai honte, mais je n'ai pas le choix, et je n'ai pas le droit de regretter. Parce que j'ai les enfants. Alors je sais, malgré ce que tout le monde peut bien penser, que j'ai eu raison. Envers et contre tout.

J'ai évidemment aussitôt appelé Babeth puis Anouk pour leur raconter et me faire coacher pour mon rendez-vous romantique, que je ne plante pas tout encore une fois… Elles sont devenues hystériques : « Habille-toi comme ci, ne dis pas ça, va à ce resto... » Au secours ! J'ai fini par raccrocher, et je me suis dit qu'au pire, il ne se passerait rien. J'avais décidé de m'enlever la pression. Je n'avais même plus l'énergie d'avoir peur. J'ai déposé les deux petits chez Maman pour la nuit et j'y suis allée.

On s'est retrouvés dans un bistrot tranquille du centre-ville. Les premières minutes ont été maladroites, pleines de trop de sourires et de phrases qui s'entrechoquaient entre elles pour masquer la gêne. Je regardais autour de moi comme si j'avais la trouille d'être vue en compagnie de quelqu'un d'autre que Thierry, avant de me rappeler que j'avais le droit, que j'étais divorcée et que je ne trompais personne. Les choses se sont installées tranquillement ensuite. Ç'a duré une bonne partie de la soirée. On a passé notre temps à se raconter nos souvenirs d'enfance dans la région, à comparer nos lycées, nos anciens profs et à essayer de se trouver des connaissances communes. J'avais l'impression de le connaître. Nos conversations s'enchaînaient naturellement, on riait, on se charriait, on avait mille questions à se poser, on a fait mille digressions. On n'est pas trop allés sur le terrain privé. Il ne m'a pas posé de questions, du coup je n'ai pas pu lui en poser non plus.

Quand le bistrot a fermé, nous sommes rentrés ensemble, à pied, sans se toucher, en continuant à rire et à discuter. Devant la porte de chez moi, la gêne est revenue, j'espérais qu'il m'embrasse. On s'est retrouvés comme deux idiots sur le pas de ma porte, il m'a embrassée sur la joue et il est rentré chez lui. On s'est dit au revoir de la main d'un bout à l'autre du palier en riant. J'ai passé la nuit dans un état second, extatique. La douceur de cette soirée, sa légèreté, sa normalité… Je ne pouvais pas y croire. Je renouais avec la vie, je la sentais s'immiscer en moi. J'ai regardé le jour poindre, et je me suis dit que j'étais à l'aube de ma nouvelle existence. Et qu'elle pourrait être meilleure. La journée a passé comme dans un rêve, je flottais dans une autre réalité, je suis allée récupérer les enfants chez Maman, elle a vu à ma tête que ça s'était bien passé et elle m'a embrassée sur le front en fermant les yeux. Je souriais dans le vide, j'avais hâte de le croiser ce soir.

Mais vers 18 heures, alors que les petits étaient devant un épisode de *T'choupi* et que je préparais leur dîner, Gaby m'a appelée, paniquée.

Et j'ai su que cette fois, le pire était arrivé.

Chapitre 47

ÉLIZABETH LEPRINCE, avril 2010

J'ai reposé le combiné, foudroyée.

Requiem æternam dona eis, Domine
Et lux perpetua luceat eis.
Requiescant in pace.
Amen.

J'ai ânonné ces paroles instinctivement, les premières qui me soient venues à l'esprit après le choc de la nouvelle. Jacques a tout de suite compris, je n'ai pas eu besoin de lui expliquer. Ensuite, un trou noir.

C'est Jacques qui m'a rattrapée alors que je perdais connaissance. Oh rien, une fraction de seconde. Un moment de laisser-aller. Ça ne se reproduira plus. Et sans avoir échangé la moindre parole, nous nous sommes agenouillés de concert devant le Christ du grand salon, fervents et tremblants. C'était donc arrivé. Ce que nous redoutions depuis tant d'années sans oser nous l'avouer. Ce que nous refusions de voir et d'admettre. Cette espèce d'évidence terrifiante.

Comme si nous l'avions toujours su.

Et que nous avons toujours tu.

Ce silence, ce refus de voir et d'en parler, c'était pour son bien, parce que admettre la faiblesse, c'était la laisser s'engouffrer, c'était se faire dévorer par la facilité et ouvrir la porte à tous les démons. Refuser d'être malade, c'est ne pas être malade. C'est combattre et se donner une chance de vaincre. Nous n'avons jamais laissé le chaos nous dicter un chemin dans notre famille. Nous en avons toujours pris le contrôle. La vie ne dicte pas sa loi à un Leprince, nous n'obéissons qu'à Dieu. Le reste n'est que foutaises.

Jacques et moi sommes restés en prière silencieuse un long moment, le temps pour nous d'intégrer l'idée de la mort de notre fils, une prière comme un appel, qui nous a aidés à reprendre contenance. J'ai senti la puissance du Très-Haut, sa magnificence nous envelopper, nous soutenir. Thierry est à ses côtés. Je m'en remets à Lui. Je lui ai confié ma douleur, Il a pris mon fardeau et j'ai pu ainsi m'en délivrer pour continuer le chemin.

Ensuite, il a fallu s'organiser. Que les choses ne s'ébruitent pas et que nous soyons sûrs du déroulé des événements.

Mon premier appel fut pour Thaddée, évidemment. Il a eu des mots sages et réconfortants : « En traversant cette épreuve, c'est la foi qui nous porte et nous unit. Une unité profonde qui dépasse la douleur des cœurs, m'a-t-il dit. La mort n'est pas un achèvement mais une ouverture. » Il est fort, inébranlable. Je lui ai demandé de prévenir Luc, dans son foyer Saint-Pie X près de la fac. Je lui ai surtout demandé de rester vague, Luc n'a pas besoin des détails de la mort de son père. « Ton Papa est parti rejoindre ta mère. » Point.

Blandine était au château avec nous, comme la plupart des week-ends depuis la séparation. J'avais essayé d'aider ce pauvre Thierry avec sa marmaille du mieux que nous pouvions et je récupérais les enfants le plus souvent possible. Je lui ai annoncé la nouvelle d'un trait, comme quand on coupe la tête d'un poulet, d'un coup sec, pour lui éviter d'atroces souffrances. *Clac.* Je me suis dit qu'elle serait capable d'encaisser le choc. Elle est forte, elle tient de moi. « Mon enfant, ton père est parti rejoindre ta mère, prie pour son âme », de toute façon, je n'avais pas beaucoup plus de détails, le coup de fil de Manon ayant été relativement succinct. Puis nous sommes partis, en conseillant à Blandine d'aller dormir chez une amie pour ne pas rester seule chez nous en cette heure difficile. En tout état de cause, je ne voulais pas m'embarrasser de ma petite-fille dans la voiture tandis que nous allions sur le lieu du drame et que nous devions passer mille coups de téléphone pour commencer à tout organiser et préparer. Vu les circonstances, je voulais gérer les choses à ma manière.

En chemin, nous nous sommes arrêtés à la gendarmerie. Je savais qu'ils avaient pris tous les effets personnels de Thierry à portée de main au moment du drame et je voulais voir par moi-même. Après quelques discussions assez ardues avec le commissaire qui ne voulait rien me donner sous prétexte que l'autopsie n'avait pas encore eu lieu, j'ai fini par obtenir gain de cause et récupérer sa lettre d'adieux. Je l'ai rapidement parcourue. Pas un mot pour moi, sa propre mère. Une phrase pour chacune de ses deux « merveilleuses femmes qu'il avait rendues si malheureuses », je cite, et pour ses sept enfants, un pardon demandé. Rien de plus. Je l'ai brûlée. Je me suis dit que les enfants n'apprendraient rien de plus en la lisant, en imaginant qu'un jour ils en apprennent l'existence et, de toute façon, on ne fait pas parler les morts.

Mon pauvre enfant... Que n'était-il venu se reposer aux Grands Chênes ? Je lui aurais apporté le soutien dont il avait besoin. J'aurais su le soulager. Être là pour lui, à la différence de sa femme. On ne cesse jamais d'être une mère. On ne peut pas divorcer de son enfant, on ne peut pas l'abandonner. Comme la Vierge qui a perdu son fils unique et qu'elle a déposé, seule, dans son suaire.

En arrivant à Saint-François le soir du drame, j'ai trouvé Manon avec ses deux petits, ainsi que Gabrielle, Constance et Mathilde enfermées dans une chambre à l'étage. La nouvelle voiture de Thierry était garée devant la maison, à côté de son Alfa Romeo et de l'Espace. Trois voitures pour un seul homme, me suis-je dit, comme Thierry savait profiter de la vie... Les lilas étaient en pleine floraison, l'herbe était fraîche d'un début de rosée, toutes ces merveilles de l'univers, à l'entrée de la maison, étaient la preuve d'une vie pleine d'espoirs sans cesse renouvelés, j'avais raison de faire confiance au Seigneur. Mais je redoutais de franchir le pas de la porte et de me faire aspirer dans le tunnel sombre du chagrin.

C'était mal connaître l'esprit retors de ma belle-fille. Des rires s'échappaient de derrière la porte de la chambre. J'en ai eu un coup au cœur ! Le babillage des enfants, leurs petits cris aigus se mêlaient aux rires plus graves des plus grands. Mon sang n'a fait qu'un tour et j'ai brusquement ouvert en grand la porte de la chambre. Ils se sont tus immédiatement, pris en flagrant délit de bonheur.

« Ma mère… Vous êtes déjà là ? » m'a dit ma bru en se levant, essayant de me prendre dans ses bras.

Cette insouciance, le contact de sa peau, ça m'a glacée. Et je me suis écartée.

« Qu'y a-t-il de si drôle pour que l'on vous entende jusqu'en bas du jardin ? ai-je dit, froissée.

— Constance nous racontait la dernière histoire drôle que son Papa lui a racontée pas plus tard qu'hier… Pour nous remonter le moral, car nous ne faisons que pleurer depuis deux heures. Constance, raconte à Bonne-Maman la…

— Ce n'est pas la peine. Ni le moment. Prions plutôt. »

Les enfants ont immédiatement obtempéré, et nous nous sommes agenouillés face au crucifix de la chambre. Manon est restée à l'écart, le petit Joseph dans les bras.

« Où est Blandine, ma mère ? m'a-t-elle demandé à la fin du *Je vous salue Marie.*

— Au château. Allons dans la chambre de Thierry trier ses affaires.

— Blandine est toute seule là-bas ? Mais pourquoi ne l'avez-vous pas amenée avec vous ?

— Ce n'est pas une atmosphère saine pour un enfant, il vaut bien mieux qu'elle s'amuse encore quelques jours avant l'enterrement. Il sera bien temps d'être triste…

— Vous l'avez laissée toute seule ? Après lui avoir annoncé le décès de son père ? » me répéta-t-elle comme si elle n'avait déjà pas compris la première fois. J'ai senti l'ambiance se tendre. Je l'ai remise à sa place.

« Et la pauvre Gabrielle n'était-elle pas seule quand elle a trouvé son père ? N'est-ce pas bien plus grave ? Et à cause de qui était-elle seule chez elle, au lieu d'être en famille comme elle l'aurait dû ? Alors je ne crois pas avoir de leçon à recevoir de quiconque et encore moins de toi, ma petite. Au moins Blandine est-elle en sécurité et épargnée de vos jérémiades ou de vos rires obscènes, ce qui est pire. Si tu avais été un peu plus responsable, Manon, plus loyale, après tout ce qu'on a fait pour toi, tu ne serais jamais partie et nous n'en serions pas là. Mais encore faut-il avoir du cœur pour être fidèle, or il semblerait que ce soit un organe dont tu es dépourvue. »

Les enfants sont sortis de la chambre, sentant le vent de la colère monter. Et j'ai ajouté, glaciale, je n'ai pas pu m'en empêcher :

« J'imagine que tu portes déjà suffisamment le poids de ta culpabilité, alors restons-en là. Toi et moi savons parfaitement les raisons de son geste. Cet homme qui t'a tout donné… Tu devrais demander pardon au lieu de me demander des comptes sur une enfant que tu as abandonnée ! Alors viens plutôt m'aider à trier ses affaires. »

Elle a attrapé son petit et est sortie sans un mot. Je l'ai entendue téléphoner à sa sœur en geignant : « Babeth, va chercher Blandine aux Grands Chênes, je ne supporte pas l'idée qu'elle soit sans nous dans un moment pareil et je ne peux pas partir d'ici. » Et elle a raccroché. Eh bien, tant mieux, qu'elle y aille si ça peut lui faire plaisir, mon Dieu, il y a des choses plus graves…

Thaddée allait arriver avec Luc et je savais qu'il avait déjà commencé à réfléchir à la messe selon le rite extraordinaire de Pie X. Une messe digne. Dans la tradition de la Vraie Église.

Imaginer mon fils dans son cercueil aux pieds du Divin drapé de l'oriflamme bleu blanc rouge me serrait la gorge. Le solennel de la cérémonie, nous tous, unis dans une même communion d'âme. J'en frissonnais. Car si la mort est une délivrance et la promesse d'un bonheur inaccessible, pour nous, humains, elle est aussi déchirure et blessure, et je ne pouvais pas résister aux vagues de douleur qui m'assaillaient chaque minute, maintenant que la nouvelle de sa mort prenait forme et devenait réelle.

Je suis allée dans la chambre de Thierry, impeccablement rangée, les draps que je lui avais offerts sur le lit, immaculés. J'ai reconnu là son esprit d'ordre et je l'ai mentalement félicité. J'ai ouvert son placard, ses habits rangés par couleur, toutes ses paires de chaussures cirées, organisées par matière avec leurs embauchoirs de bois verni. J'avais besoin d'être dans l'action pour ne pas ressasser la douleur, de m'occuper l'esprit, alors j'ai commencé à trier, à mettre de côté ce que j'allais donner ou prendre et, tout en triant, les souvenirs affluaient par vagues… La mort prend tout de suite ses quartiers, la vie se conjugue au passé en une fraction de seconde. Je me suis souvenue de lui cirant ses chaussures le dimanche matin aux côtés de son père avant de partir à la messe, un rituel dont il ne s'est jamais départi par la suite, je le revoyais, le poing fermé dans sa Weston, et frottant, frottant jusqu'à ce que ça luise comme un phare en pleine nuit, « Là, voilà, comme ça, elles sont vivantes ! », disait-il, fier comme Artaban… Je lui faisais mes adieux alors que je touchais une dernière fois les étoffes qui l'avaient effleuré. Et en ayant conscience de réaliser un geste symbolique définitif, j'ai défait son lit et porté ses draps blancs comme un linceul dans la machine à laver. Constance m'observait dans mon dos. En voyant le tambour de la machine se mettre à tourner, elle s'est mise à pleurer. Comme un chien qui crie à la Lune. Strident. Manon s'est précipitée aussitôt, la prenant dans ses bras et, devant les yeux exorbités de la petite qui pointait du doigt la machine, je lui ai dit : « Ce ne sont que des draps, mon petit, calme-toi », et elle a hoqueté, livide :

« C'est l'odeur de Papa qui s'en va. Je ne l'ai pas respiré. Je veux le sentir. Ouvrez la machine, Bonne-Maman, je veux sentir mon Papa… »

Manon m'a lancé un regard plein de reproches :

« Vous allez trop vite, ma mère, Thierry n'est pas mort depuis douze heures. Les enfants ont besoin de faire leur deuil à leur rythme. S'ils veulent mettre les pulls de Thierry ou dormir dans son lit, je veux qu'ils puissent le faire. Faites ce que vous voulez pour le reste, mais ne touchez plus aux affaires de leur père. S'il vous plaît. »

La voilà qui me commandait à présent, quel toupet ! « Leur père », comme elle le fanfaronnait, était aussi mon fils et n'était plus son mari à ce que je sache, j'avais sur ce qui appartenait à Thierry plus de droit qu'elle ! J'ai entendu les enfants ouvrir les cartons que je venais de fermer et les fouiller. Rien n'allait être à leur taille, c'est absurde, je ne sais pas ce qu'ils espéraient. Qu'ils fassent comme bon leur semble après tout, j'étais venue pour aider. Quand je suis repassée devant la chambre de Thierry alors que les enfants venaient de se coucher, il y avait un grand écriteau sur la porte : NE PAS TOUCHER. Agaçant. On en reparlera au moment du déménagement. J'ai entendu Mathilde geindre dans son lit, des petits cris de souris qu'on égorge, insupportables. Elle allait réveiller tout le monde. Je me suis approchée de son lit pour essayer de la rendormir, mais je lui ai fait peur malgré moi, et elle s'est mise à pleurer plus fort. « Je veux voir Papa, je dois parler avec lui, on avait un rendez-vous pour se parler, où est mon Papa ? » Je n'avais pas la tête à ces balivernes, j'avais trop de choses à gérer et je n'avais pas le temps. J'ai attrapé au fond de mon sac la boîte de tranquillisants que j'emporte toujours avec moi, et j'ai coupé un comprimé en quatre. Je lui en ai donné un petit quart qu'elle a avalé avec sa petite gourde qu'elle gardait au pied de son lit. Je l'ai regardée s'endormir d'un coup. Enfin, un peu de silence… Dieu, que ces enfants sont épuisants.

Jacques et moi avons passé la nuit à recevoir des appels de condoléances. La nouvelle s'était répandue avec la vitesse du désespoir. Au petit matin, j'avais rédigé l'annonce pour le faire-part de décès à paraître dans *Le Figaro* tandis que Thaddée avait de son côté commencé à organiser la cérémonie. Quand Manon apparut pour le petit déjeuner, le visage brouillé et les yeux rougis, j'ai pu lui annoncer la date des funérailles et lui demander l'adresse de l'imprimeur le plus proche pour l'impression des livrets de messe.

« Vous avez déjà écrit les livrets de messe ? me demanda-t-elle, incrédule, vous n'êtes pas encore allée le voir à la morgue et vous avez déjà écrit sa messe d'À-Dieu ?

— Le chagrin n'empêche pas l'efficacité.

— J'aimerais le lire, s'il vous plaît. J'aurais aimé être consultée.

— Je doute que tu puisses y apporter quoi que ce soit, mais je t'en prie, lis-le. »

Elle me l'a rendu à peine dix secondes plus tard.

« Vous vous êtes trompée sur sa date de naissance. Il est du 18 février, pas du 12. »

Et elle est sortie de la cuisine. Que cherchait-elle à insinuer ? Cette mijaurée... Puisque c'était ainsi, très bien. J'ai corrigé l'erreur sur le livret de messe, puis ai repris l'avis de décès pour le journal. Et je l'ai réécrit. Selon MA façon de faire. MON fils, MA famille, MA façon. Au bout du compte, c'est moi qui payais la parution de l'annonce. Si elle voulait écrire autre chose, elle n'aurait qu'à se payer sa propre annonce dans la feuille de chou locale. Ma cousine Irène m'a téléphoné juste à ce moment-là :

« Élizabeth, ma chérie, je suis tellement désolée. Paix à son âme.

— Je te remercie de ta sollicitude, Irène. C'est une épreuve que Dieu nous envoie.

— Un suicide, c'est terrible. Tu dois être sens dessus dessous... Et avec sept enfants... Ma pauvre chérie, c'est encore plus épouvantable ! »

J'en ai eu le souffle coupé. Qui ? Par quels moyens ? Qui avait eu l'audace de laisser filtrer une nouvelle pareille ?

« Je ne sais pas de quoi tu parles, Irène, et ne t'avise pas de colporter ces horreurs. Thierry est parti brutalement ; nous recherchons encore les causes de sa mort.

— Je ne fais que répéter ce que mes garçons ont lu sur leur Facebook, tu sais. Je ne croyais pas être indiscrète. »

Je lui ai quasiment raccroché au nez et ai convoqué immédiatement tous les enfants et leur mère dans la salle à manger. J'étais furieuse. Je les ai fait asseoir et, un par un, leur ai fait jurer sur un crucifix que j'ai fait passer à chacun d'entre eux de me dire la vérité.

« Gabrielle, est-ce toi qui as menti et dit que ton père s'était suicidé sur ton compte Facebook ? »

Luc s'est levé, blême

« Papa s'est suicidé ? Qu'est-ce que c'est que cette histoire ? Vous n'en avez pas marre de le salir, toi et Maman ? dit-il en pointant du doigt sa sœur et sa mère. Oncle Thaddée m'a dit qu'il était parti rejoindre Maman. J'ai compris que c'était un accident de voiture !

— Un accident de voiture ? Mais d'où tu sors ça, toi ? a rétorqué Blandine.

— Il vient de s'acheter une nouvelle voiture de sport, je te rappelle. Il devait m'apprendre à la conduire.

— C'est pas moi, Bonne-Maman, je vous jure ! » a dit Gabrielle en faisant le signe de la promesse scout.

Il régnait un silence pesant. Je les regardai les uns après les autres, essayant de voir à travers leurs yeux innocents lequel me mentait.

« C'est moi qui l'ai dit, a tranquillement annoncé Manon. Pas sur Facebook, bien évidemment. Mais à ma meilleure amie. Je crois qu'elle est en train de monter une cagnotte *online* pour faire livrer des fleurs. Elle l'a peut-être mentionné dans son post. Je n'ai pas vérifié.

— Dis-lui de le retirer immédiatement de l'Internet !

— Et pourquoi donc ?

— Parce que c'est une calomnie.

— C'est la vérité, ma mère, vous le savez bien, m'a-t-elle répondu en me tenant tête.

— La vérité ? a hurlé Luc. Qui a dit que c'est la vérité ?

— Moi je dis ça, Luc, a sangloté Gabrielle. J'étais là. Oh mon Dieu Luc, c'est horrible… Je ne savais pas que tu l'ignorais… Si tu avais été là… »

Luc s'est effondré comme une masse, la tête entre ses mains. Manon s'est approchée pour le consoler. Ils sont restés enlacés un bon moment, Manon lui murmurait des mots tout bas en l'embrassant dans les cheveux. Ces enfants avaient besoin d'un peu plus de rigueur et de colonne vertébrale. J'y songerai. Et je suis sortie :

« Blandine, tu viens avec moi, immédiatement. »

La petite s'est levée sans un mot, jetant des coups d'œil inquiets à ses frères et sœurs. Nous sommes allées dans le bureau de Thierry et avons allumé son ordinateur. Une page s'est ouverte sur l'image d'une jolie fille avenante que je ne connaissais pas.

« Efface-moi le message de l'amie de Manon. Fais-le disparaître.

— Mais je ne peux pas faire ça, Bonne-Maman, il n'y a qu'elle qui puisse le faire.

— Trouve un moyen. Sinon que vont penser les gens ?

— Ils vont penser que c'est triste de perdre son père, parce que c'est triste. Qu'il soit mort d'une crise cardiaque ou autrement, qu'est-ce que ça change, Bonne-Maman ? dit-elle en pleurant.

— Ça change tout. Dépêche-toi. Avant que ça ne se sache ! »

Et je l'ai laissée là. Toute cette histoire n'avait fait que m'encourager à précipiter la parution de l'annonce et la date de l'enterrement. Plus vite on agissait, moins on laisserait la place aux ragots.

Chapitre 48

MANON JACKSON, avril 2010

Tu vas partir vivre sans nous, avec Alma et Joseph ?

On va nous séparer ?

Qui va s'occuper de nous ?

Je ne veux pas aller habiter chez Bon-Papa et Bonne-Maman !

Je déteste mon pensionnat, je déteste les curés.

On n'a plus de parent. Toi, t'es même pas notre mère.

Qui va s'occuper du chien Marcel, Bonne-Maman n'en veut pas ? On va le tuer lui aussi ?

Pourquoi vous ne vous aimiez plus ? Si tu avais su ce qu'il allait faire, tu serais restée ?

Tu les aimes plus que nous, tes enfants à toi ?

Tu crois qu'il a pensé à quoi en dernier ?

C'est parce qu'il en avait marre de nous ? Tu vas vendre la maison ?

Je peux venir vivre avec toi ?

Et moi aussi ?

Ne me sépare pas de Constance, j'ai peur sans elle.

J'ai envie de pleurer tout le temps.

Tu peux dormir avec moi, juste cette nuit, s'il te plaît ?

Tu crois que Joseph il est trop petit pour comprendre ?

Ça fait mal de mourir ?

Leur vie n'était plus qu'un long cauchemar de questions, celles des uns engendrant celles des autres, et j'étais leur point de convergence, leur pilier, celle qui aurait dû pouvoir répondre à tout. Nous nous sommes retrouvés dans la maison de Saint-François comme si je n'en n'étais jamais partie il y a deux ans déjà. Je craignais qu'ils m'en veuillent de revenir dans ce qui avait été notre foyer et n'était plus qu'un champ de ruines. J'ai eu peur d'ouvrir les placards, de faire comme chez moi et d'être une intruse. Peur d'envahir leur intimité, de reprendre mon autorité maternelle le temps d'enterrer leur Papa. Mais les choses se sont fondues dans une intemporalité immédiate. Il n'y avait que nous huit qui comptions ; nous avons passé tout notre temps collés-serrés, à nous souvenir de Thierry, de son humour, de ses humeurs, de ses textos légendaires et lapidaires, de sa culture. Comme si, parce qu'il avait disparu, nous ne gardions plus en tête que le meilleur de lui. Nous passions des heures enfermés tous ensemble dans la chambre de Luc, la plus grande, et, affalés sur son lit, nous parlions, nous pleurions, nous regardions de vieux albums de photos, nous dormions, nous y prenions même nos repas. Une bulle fermée et protectrice dans laquelle personne ne pouvait rentrer. Tandis qu'en bas, oncle Thaddée et ma belle-mère organisaient tout, sans moi.

Je n'ai pas été consultée une fois. Pour rien. Ni pour la messe, ni pour le faire-part, ni pour la réception après le cimetière, pour rien. Je n'existais pas. J'étais redevenue la baby-sitter des enfants. Je reprenais mon rôle initial, une moins que rien, une qu'on allait vite oublier.

C'est Babeth qui m'a prévenue que le faire-part de décès avait paru dans le journal. Elle me l'a apporté le matin, un peu gênée. Et pour cause : je n'y apparaissais pas, ou presque. Mon nom, de jeune fille, n'était mentionné qu'en dernier, après celui des cousins et des témoins, comme une vague relation qui s'associe à la douleur des parents qui annonçaient, eux, le décès de leur fils. Nos sept enfants étaient nommés, comme issus d'un seul père et d'aucune mère. Le nom de famille d'Agnès figurait à côté du mien, mais sans nos prénoms, sans « madame » ni « mademoiselle ». Nous avions été balayées, écartées de la famille mais rassemblées dans une bulle à part, celle des conspuées. Dans la brutalité de ce faire-part, je me retrouvais pour la première fois au même rang qu'Agnès, et je ne comprenais qu'aujourd'hui qu'elle non plus n'avait jamais été acceptée ni aimée. Toutes ces années à me demander qui elle avait été, combien elle avait été aimée et préférée, à me demander comment faire pour l'égaler, pour être à sa hauteur pour finalement me rendre compte que nous avions été les mêmes, des poussières inutiles et salissantes dans la constellation Leprince. Je crois que c'est ce qui m'a fait le plus mal.

J'ai appelé la mère d'Agnès, pour lui présenter mes excuses et en lui demandant quand elle comptait arriver pour l'enterrement, pour que j'aille la chercher à la gare. « Je veux bien venir, mais pour l'enterrement de qui, ma chérie ? » m'a-t-elle demandé. Elle, la grand-mère de cinq des enfants de Thierry, n'avait pas été prévenue ! J'ai eu le sentiment étouffant d'être prise au piège, sans Thierry pour faire bouclier, j'allais me faire dévorer par cette famille, ils allaient tout me prendre, m'annihiler, m'écraser et je n'aurais personne pour me défendre. J'ai eu envie de fuir, de prendre les deux seuls enfants qu'on ne pouvait pas me contester, et de partir loin d'eux, loin de leur souffle toxique, de leurs pensées diaboliques.

Dis-leur qu'on veut vivre avec toi.

On veut que tu entres dans l'église avec nous.

On veut que tu lises un texte à la messe et que tu racontes comme il était drôle.

Pourquoi on n'habiterait pas tous ensemble à Saint-François, c'est ça, la solution !

Je suis restée, bien sûr. Comme je suis toujours restée. Oncle Thaddée, dos à l'assistance et au cercueil, face au Christ en croix, les bras levés dans une incantation, une supplication même pour la sauvegarde de l'âme de mon ex-mari. Une foule recueillie, tous nos amis, ses amis surtout, venus en nombre. Tout le monde aimait Thierry, c'était le meilleur ami de chacun, le parrain, le témoin de dizaines d'entre eux. C'était celui qu'on appelait quand on avait un coup de cafard, celui avec qui on voulait partir en vacances ou faire la fête, celui qui les faisait rire et racontait le mieux les histoires. Thierry le courageux, le fougueux, le valeureux, Thierry l'héritier. Babeth, Nelly, Daddy et moi, les seuls Noirs et métisses de l'assistance. Je ne sais pas pourquoi j'ai pensé à ça pendant la messe. Je ne pense jamais à ça. Mais là, si. J'observais tous ces gens, certains que j'aimais pourtant beaucoup, et j'ai senti un écart gigantesque. J'étais différente d'eux et, pour la première fois, j'en étais fière, je ne cherchais plus à me conformer à leurs standards ni à leur plaire, je cherchais au contraire les preuves de ma différence. Je ne sais pas si la couleur de ma peau était la bonne, mais c'en était une.

Mon téléphone s'est mis à vibrer pendant le sermon. Deux coups secs, un coup long, un coup sec. Mon cœur s'est arrêté de battre. Cette sonnerie… Cette rythmique, ce bruit si particulier que j'avais attribué au contact de Thierry sur mon téléphone pour m'alerter dès qu'il m'écrivait. J'ai failli vomir de panique. J'ai cru à une hallucination, je n'avais rien mangé depuis deux jours, je devais faire une baisse de tension. Mais la sonnerie a retinté à nouveau au fond de ma poche. J'ai sorti mon téléphone en tremblant. « Thierry vous a envoyé un message. » J'ai étouffé un cri, déverrouillé l'écran. Le mail s'est affiché instantanément : « Si tu lis ce mail, c'est que j'ai enfin réussi. Je n'ai qu'une parole, maintenant tu le sauras. Dis-le aux enfants surtout : je n'ai qu'une parole et je fais toujours ce que je dis. » Ma vue s'est brouillée, la peur m'empêchait de lire. J'ai éteint le téléphone en tremblant, hébétée. Thierry au fond de ma poche, dans moi, entré par effraction, violant mon intimité, comme une menace qui ne me quitterait jamais, comme un poison à chaque instant de ma vie. Qu'avait-il prévu d'autre ? Comment avait-il pu envisager de m'envoyer un mail *post mortem* ? Quand est-ce que tout ça finira donc ? Délivrez-moi, Seigneur, délivrez-moi de lui ou je vais mourir moi aussi…

Je suis sortie de l'église en titubant, tout le monde s'est retourné sur mon passage. Je les ai bousculés, ils ont pris ma panique pour du chagrin. Je suis sortie, ai ouvert mon manteau, cherché de l'air. C'était d'une violence irréelle, comme entendre sa voix d'outre-tombe, son rire méchant, son timbre menaçant. « Je t'avais prévenue. Tu savais ce qui allait se passer, mais tu m'as laissé faire. Souviens-toi de ce que tu m'as fait, ne l'oublie jamais, ce sera ta croix. Ne perds pas ton temps avec mes enfants, ils savent qui tu es, ils savent combien je t'ai aimée et comme tu m'as trahi. Ils ne veulent pas de toi. Pars, ne les contacte plus jamais, et ne reviens jamais. Moi je suis là. » Je suis là ? Mais où ? Comme une folle, en hoquetant de peur et de pleurs, j'ai regardé autour de moi, presque certaine que j'allais le voir surgir… Mais ce n'est pas lui que j'ai vu. Quand je me suis tournée vers l'église, j'ai vu Gabrielle, Blandine, Alma et Luc qui me cherchaient depuis le perron de l'église. Je les ai vus de loin m'appeler, s'inquiéter, avoir besoin de moi. Mes enfants me cherchaient. Ils se sont précipités vers moi, « Maman, ça va ? Qu'est-ce qui t'arrive ? » J'ai rangé le téléphone, on s'est pris dans les bras les uns des autres, je me suis calmée, et nous sommes retournés ensemble dans l'église.

Oncle Thaddée terminait son homélie. Nous sommes arrivés alors qu'il parlait de « la veuve éplorée et de la formidable mère adorée ». Ça m'a suffi. Thierry n'avait pas gagné. Moi j'étais encore vivante, bien là avec nos enfants et je comptais bien le rester. J'étais plus forte que lui. Son pouvoir était mort avec lui. J'ai gardé le mail comme une ultime preuve de sa folie, de sa perversité et donc de ma normalité. Ensuite, une fois les gens repartis vers leurs vies, sans doute heureuses, une vie où l'existence de sept petits n'était pas en jeu, il a fallu décider de l'avenir de mes enfants.

Le conseil de famille s'est réuni chez nous à Saint-François, dans le salon. Un conseil de famille, c'est ce qu'il vous reste quand il ne vous reste plus personne. Ce sont des gens de la famille, parfois que vous ne connaissez pas, ou mal, mais qui ont un lien de sang direct avec vous, la belle affaire, et qui vont décider de vos vies, et dont les choix seront validés ensuite par un juge pour être sûr que personne ne viendra interférer ou se dédire. Le conseil de famille désigne le nouveau tuteur, celui qui va recevoir le droit d'exercer toute autorité sur les enfants. Qui va recevoir les pensions des assurances. Qui va décider des écoles où ils iront, de la religion dans laquelle ils seront élevés, de la ville où ils vivront, des gens qu'ils auront le droit de côtoyer, des habits qu'ils porteront, des médecins qu'ils consulteront, des opérations dont ils auront besoin, des sports qu'ils pourront pratiquer, des lieux de vacances où ils pourront aller. Un conseil de famille, ça reconnaît le fait qu'il n'y a plus de père ni de mère, et qu'il n'existe plus dorénavant pour les enfants qu'un tuteur. Un tuteur... Fallait-il réellement en passer par là alors que j'existais ? La réponse n'était-elle pas évidente ? Elle demandait seulement un peu de souplesse et de flexibilité dans sa mise en place. Ce n'est pas grand-chose, un peu de souplesse, ça ne coûte rien, si ? Depuis notre séparation, j'avais à peine repris des forces, tout juste trouvé mes marques. Je ne pouvais pas accueillir tous les enfants dans mon petit studio et je ne gagnais pas ma vie. Si nous étions encore mariés, cette question ne se serait jamais posée, j'aurais gardé les enfants avec moi dans notre maison de Saint-François et les pensions de l'assurance auraient permis de nous faire vivre, mais il m'avait chassée, écartée des enfants, refusé de m'aider pour que je les adopte. J'avais pleuré des mois pour avoir le droit de les voir, puis pleuré encore d'autres mois pour me reconstruire sans eux. Ma vie n'était que chaos et déséquilibre. J'étais perdue et déchirée, j'avais besoin d'un peu de temps. Pour penser ma vie. L'organiser. Ne pas me jeter dans la gueule du loup cette fois. Ne pas refaire les erreurs que j'avais commises. Tout se mélangeait et s'entrechoquait, tout arrivait en même temps.

Bruno m'avait laissé un message après notre premier dîner ensemble, rassurant, charmant. Je l'avais eu sur le chemin en allant voir le corps de Thierry à la morgue. Quelle ironie… Presque une punition : tu vois un autre homme ? Je vais t'en empêcher… Je n'avais pas su quoi lui répondre, et je n'ai pas osé lui en parler, je ne voulais pas le faire fuir ni lui faire peur. J'étais prise dans un tourbillon de sentiments contraires, passant du rire aux larmes dix fois par heure, avec les sept enfants à réconforter, tranquilliser et ma propre vie à remettre en marche. Que lui dire ? En plus d'être fauchée, fatiguée, mère célibataire avec deux plus cinq enfants, je suis aussi veuve ? Mon profil s'alourdissait de plus en plus, j'aurais pu comprendre qu'il ne veuille pas s'embarrasser d'un tel fardeau.

C'est sur ces pensées chaotiques, le lendemain de l'enterrement, que s'est tenu le conseil de famille. Oncle Thaddée, mes deux beaux-parents, ma belle-sœur, trois cousins de Thierry et moi. Après une prière d'introduction pour guider nos choix, dite les yeux fermés et les mains jointes, Élizabeth a pris la parole.

« Si nous sommes ici ce soir, unis dans la même douleur et le même sens du devoir, c'est pour décider de l'avenir des cinq enfants de Thierry…

— Des sept enfants, l'ai-je reprise.

— Nous y reviendrons. Vu les circonstances tragiques qui nous ont conduits à cette réunion, et au regard du divorce récemment entériné prouvant le dysfonctionnement du couple, il nous a paru évident, à Jacques et à moi, que nous devions être désignés comme les tuteurs légaux et universels des cinq enfants de Thierry.

— Pardon ? me suis-je étranglée.

— Nous sommes leurs parents les plus directs, nous avons les moyens, nous avons de l'espace, une grande maison qu'ils connaissent et où ils se sentent chez eux, et nous avons la rigueur requise pour nous en occuper.

— Mais vous avez soixante-quinze ans !

— Ne sois pas insolente.

— Ce n'est pas une insulte, ma mère, c'est la stricte vérité ! Cinq enfants, c'est énormément de travail, de temps et d'énergie. Mathilde n'a que neuf ans. Elle a besoin de jouer à cache-cache, de se déguiser, de regarder *Bob l'éponge* à la télé !

— *Bob l'éponge*... Beaux exemples, Manon, on t'écoute... Nous avons aussi un poste de télévision, pour ton information.

— Luc a besoin de discuter de ses choix de fac, Blandine doit être cadrée, Gaby a un amoureux, Constance déteste qu'on lui donne des ordres. Vous ne savez rien de ce dont ils ont besoin ! Vous ne les connaissez pas comme moi je les connais. Ils ont besoin de moi. »

La discussion s'est enflammée. J'ai perdu mon sang-froid, je me suis mise à pleurer. J'ai dit les choses trop directement, j'étais à cran, ç'a joué contre moi.

« Et où comptes-tu les loger ?

— Avec l'argent de la rente, je pourrai prendre un appartement plus grand, ai-je commencé.

— Ah, comme je te reconnais bien là... Jamais la dernière pour compter les sous, n'est-ce pas ?

— Si vous me laissez un peu de temps avant de me les confier, je pourrai trouver un travail !

— Avec des si, on pourrait mettre Paris en bouteille, ma petite fille. Il suffit. Passons au vote. »

Oncle Thaddée a essayé d'intercéder en ma faveur.

« Élizabeth, bien que je connaisse ton grand cœur et la générosité avec laquelle tu envisages toujours toute chose, il est vrai que Manon a été leur mère pendant toutes ces années et que les enfants lui sont foncièrement attachés...

— Et qu'auraient-ils à manger le soir dans leurs assiettes, mon cher ? Thaddée, il nous faut garder un esprit pratique. Elle peut bien évidemment garder les deux siens, si elle s'engage toutefois à nous les confier de temps à autre parce qu'ils auront besoin par moments de se retrouver en fratrie complète. On ne peut pas tous attendre que cette jeune femme trouve un travail, puis trouve un appartement plus grand. Autant attendre la Saint-Glinglin... Une décision doit être prise sur-le-champ. Ces enfants ont besoin d'un toit et ont besoin d'un peu de certitude dans leurs vies mouvementées. Maintenant. »

Ils discutaient devant moi comme si je n'existais pas. Un ou deux cousins ont aussi essayé de défendre mon point de vue. J'étais dans un nuage opaque, je restais là, épouvantée devant ce qui était en train de se dessiner, mais ligotée. Bruno m'avait renvoyé un autre message, il voulait qu'on se revoie, il s'inquiétait pour moi. Ma nouvelle vie d'un côté, la leur de l'autre...

Devant mon incapacité à prendre les enfants chez moi immédiatement, il a été décidé que mes beaux-parents seraient leurs tuteurs. Et toucheraient rentes et pensions.

Fin de la discussion.

Ils m'ont juste laissé le chien Marcel.

Personne n'en voulait.

Chapitre 49

THADDÉE DU PLESSY, janvier 2011

Si tu retiens les fautes, Seigneur,
Qui subsistera ?
Mais près de toi se trouve le pardon
Pour que l'homme te craigne.

Je priais pour le salut de Thierry du plus profond de mon âme. J'étais entré en silence intérieur, tentant d'entendre dans le tumulte de mes émotions la voix de notre Seigneur. Je Le suppliais pour le pardon de ses fautes, soucieux d'imaginer mon neveu errer loin de Sa lumière éternelle.

Je viens d'une Église intacte, où l'on pratique les rites à la lettre, comme autrefois nos ancêtres, sans concession, car l'Église n'a pas besoin de se moderniser pour plaire au plus grand nombre. L'Église est, car le Christ est. Je dis la messe en latin, dans notre langue maternelle universelle, la langue de Dieu. Je suis peut-être d'un autre monde, d'une autre mode, je le reconnais, un monde de survivants, et je ne reconnais ni le Pape ni l'Église officielle. Dans ce contexte moral strict et ancien et dans mon Église, le suicide de Thierry est une douleur terrible, car c'est un péché que je ne peux absoudre. « Le suicide est gravement contraire à la justice, à l'espérance et à la charité. Il est interdit par le cinquième commandement. » Je sais… On ne détruit pas ce que Dieu a créé… Mais celle que j'appelle l'autre Église, L'Église catholique moderne qui rassemble le reste du monde, précise que tous les suicides ne sont pas placés sur une même échelle. « Des troubles psychiatriques graves peuvent diminuer la responsabilité du suicidaire », et « Dieu peut lui ménager l'occasion d'une salutaire repentance. » Thierry était-il malade ? Élizabeth ne m'en a jamais parlé. Peut-être ne peut-elle l'envisager, elle qui a toujours été si exigeante envers ses enfants, elle qui porte la responsabilité de la lignée et de la transmission, c'est une lourde charge qui supporte bien mal les défauts et les échecs… Pauvre Élizabeth, à vouloir maîtriser le destin on en devient finalement l'esclave. Je suis à un croisement de pensées. Pour la première fois, je doute de mon chemin, de mes certitudes. Et si j'étais trop… traditionaliste ? Et si mon Église avait besoin de s'adapter ? Pour mieux soulager et comprendre le monde qui nous entoure ? Cette petite Manon m'a bousculé dans mes croyances, ouvert des portes. Sa générosité évidente, sa bonté, sa naïveté… Comment ne pas l'imaginer comme l'exemple parfait des créatures de Dieu ? Je garde un souvenir émerveillé de nos discussions ouvertes et passionnées à Lyon quand ils ont emménagé là-bas juste après leur mariage. Elle a rouvert en moi le chemin du questionnement et je l'en remercie.

Je m'en remets à Toi, Seigneur, guide mes pas. Permets-moi d'aider ma famille en détresse.

J'aurais préféré que Manon reste avec les enfants et puisse devenir leur tuteur légal. C'était dans l'ordre des choses. J'ai essayé d'intercéder en sa faveur. Pas suffisamment. J'ai laissé planer le doute, je n'ai pas voulu blesser ma sœur. Et les enfants lui ont été retirés. J'ai tenté de la consoler.

« Ne sois pas triste, Manon. Il est temps pour toi de reprendre ta vie en main et de profiter de la liberté que va t'offrir cette décision. C'est ton chemin. Tu resteras leur mère de cœur pour le restant de leur vie. C'est un lien dont on ne se défait jamais. »

J'ai surpris son regard incrédule. J'y ai lu la détresse de la déception. Je l'avais trahie. Abandonnée. Et les enfants avec elle. Elle repartait seule avec ses deux petits, portant sur ses épaules le poids de la culpabilité de n'avoir pas su se battre pour les cinq autres, quand c'est nous qui l'en avions empêchée.

Pardonne-moi, Seigneur, car je n'ai pas su T'écouter me parler.

Élizabeth est devenue leur tutrice.

Les trois grands habitent chez eux aux Grands Chênes et prennent le bus ou la voiture de Luc pour aller en faculté et à l'école. Les deux petites sont en pensionnat à la Fraternité, ce qui est sans doute bien difficile pour elles, à cet âge-là, on a encore besoin de chaleur maternelle, et elles reviennent chez Élizabeth le week-end.

La situation est compliquée, les enfants ne vont pas bien. Élizabeth est fatiguée, elle n'a plus l'âge de s'occuper de cinq enfants. D'ailleurs, elle a fini par ne plus s'en occuper. Ils sont livrés à eux-mêmes. Gabrielle fait ce qu'elle peut, je crois qu'elle fait les courses et la cuisine. Luc étudie beaucoup, il est très sérieux et replié sur lui-même. Blandine est sauvage, elle a une soif de vie qui la dévore. Elle a fugué plusieurs fois, pour échapper à son destin, crie-t-elle sur tous les tons. Sa grande intelligence fera qu'elle s'en sortira toujours, mais elle est radicale dans sa révolte. Et les deux petites sont isolées. J'essaie de les aider, de venir les distraire, mais je sais bien que ce n'est pas de moi dont ils ont besoin.

Quand les doutes nous assaillent,
Quand des questions nous obsèdent et restent sans réponse, [...]
Donne-moi, Seigneur,
De ne jamais douter un seul instant de ton Amour.
Amen.

Chapitre 50

BRUNO VIDAL, mars 2011

Après cette première soirée dans le bistrot du centre-ville, l'image de Manon ne m'a plus jamais quitté. Je suis parti le lendemain en voyage escalader une montagne avec un vieux copain, et tout à coup, moi qui avais minutieusement préparé ce séjour, qui m'étais entraîné de longs mois, courant des marathons sous la pluie et grimpant les sommets alpins pour me mettre en condition, je me suis trouvé prisonnier en Afrique avec comme idée fixe de rentrer le plus vite possible. L'humour de mon ami, qui autrefois me faisait tellement rire, les paysages lunaires et asphyxiés, même l'ascension de nuit mythique, j'ai trouvé que tout manquait de charme et était trop long. Je n'avais pas de réseau, à 6 000 mètres d'altitude curieusement on capte moins bien, et je scrutais mon téléphone quand mon ami scrutait les sommets, alors j'ai abrégé le voyage dès que nous sommes arrivés à Arusha. Je voulais rentrer, moi qui jusqu'à présent n'avais jamais rêvé que de partir. La nouvelle du décès de son ex-mari n'avait fait que précipiter encore plus mon retour, j'avais besoin d'être près d'elle. L'expédition, ratée, m'aura surtout permis de le comprendre.

Nos débuts ont pourtant été… chaotiques. Je l'ai envahie d'un amour qui m'avait pris par surprise alors qu'elle se remettait à peine, et mal, de la mort brutale de son ex-mari.

Lorsqu'elle est revenue des funérailles, j'ai bien cru que notre aventure s'arrêterait là. Elle disait qu'elle avait envie de notre histoire, mais qu'elle en était incapable. Elle disait que je lui faisais du bien mais elle me fuyait et rentrait chez elle en pleurant. Elle disait : « Tu es fantastique », mais je faisais toujours moins bien que son mari. Je tâchais de m'occuper des deux petits, mais sa mélancolie leur gâchait le plaisir. Je tentais d'être drôle ou spirituel. Mais je tombais à plat. « Thierry était tellement différent », sans comprendre ce que cela supposait.

Mais surtout, ses autres enfants lui manquaient. Les imaginer chez leur grand-mère la mettait au supplice. Elle essayait de garder le contact le plus possible, mais les petites en pensionnat n'avaient pas de téléphone, et ce que les grands racontaient de leur vie au château ne la rassurait pas. Elle s'est mise à beaucoup maigrir. Elle me regardait avec ses grands yeux, en souriant dans le vague et ne disait rien. Je lui cuisinais des repas dignes d'un grand chef qu'elle touchait à peine. Je l'emmenais au cinéma, elle s'y endormait. Son petit business de couture fructifiait bien, mais lui laissait peu de temps pour les loisirs et j'avais souvent l'impression d'être la dernière roue du carrosse. Et pourtant, nous vivions une histoire dont l'intensité me dépassait. J'avais l'impression d'avoir rencontré l'âme sœur, sans que rien entre nous ne soit forcé ou surjoué. Nos silences comme nos rires étaient de purs moments de fusion. Il me semblait la comprendre de façon presque surnaturelle. Je savais toujours ce qu'elle avait en tête ou ce qu'elle ressentait et, de son côté, elle me comprenait à demi-mot. Je n'avais jamais vécu une telle complicité avec quiconque, même dans ces circonstances particulières et difficiles pour elle. Nous dormions chacun chez soi, mais nous partagions le reste.

Parfois, sa belle-mère lui envoyait les enfants pour le week-end ou quelques vacances scolaires, et alors Manon reprenait vie. Son visage s'éclairait et elle s'activait pour organiser mille petites sorties et caser tout ce petit monde chez elle. Je l'observais depuis mon palier être avec eux comme si c'était la chose la plus naturelle du monde.

Cette fille d'à peine trente ans, toute simple et superbe, avec sept enfants… Ça ne me fait pas peur. Elle pourrait en avoir dix, ça ne changerait rien à ce que j'éprouve pour elle. Je l'aime avec tout son bagage, toutes ses peurs, tous ses secrets. Quand les enfants arrivent à Dijon, ils rient, chahutent, parlent pendant des heures et ne lui laissent pas une seconde de répit. Elle a mis du temps avant de me les présenter. Longtemps, je n'ai pas eu le droit de cité. Je les croisais et elle faisait comme si elle ne me connaissait que vaguement. « Ah, bonjour, Bruno, vous allez bien ? » J'étais au supplice. Et puis Alma a fini par vendre la mèche, bien évidemment ! « Tu savais, Blandine, que Maman était tombée amoureuse du voisin ? Il vient tous les jours à la maison et parfois, il vient même nous chercher à l'école ! On peut presque dire qu'ils habitent ensemble… » Silence chez les enfants. Les regards qui se tournent vers Manon d'un air inquisiteur, et Blandine, sans se démonter : « Évidemment que je savais, tu me prends pour une débutante ou quoi ? »

De ce jour-là, Alma et Blandine sont devenues mes alliées. Blandine s'est mise en cuisine avec moi, elle en connaît un sacré rayon de ce côté-là, héritage de sa mère-du-haut m'a-t-elle dit, tandis qu'Alma nous fait la conversation. Depuis, c'est comme si les choses avaient pris leur place. Les week-ends où les grands reviennent, nous les partageons entre nos deux appartements, le reste du temps, nous habitons entre les deux, finalement presque sur le palier.

Manon est une fille rare, qui ne rentre dans aucune case. Rien ne la définit complètement, il y a toujours en elle une part de mystère et de simplicité qui rend les choses différentes. De sa vie ancienne, elle parle peu. J'en apprends plus à travers mes discussions avec ses enfants. Mais je respecte. Un jour, si elle veut, elle me dira pourquoi elle pleure la nuit, ou pourquoi elle ne me croit pas encore quand je lui dis que je l'aime.

Elle dit qu'elle a besoin de temps.

Moi j'ai besoin d'elle.

Chapitre 51

ÉLIZABETH LEPRINCE, mai 2011

Ces enfants m'épuisent ! Rien ne leur suffit jamais. Il leur en faut toujours plus. Plus d'argent, plus de Wi-Fi, plus de voiture à conduire, plus d'amis à inviter, plus d'habits à acheter, plus de sorties le week-end, plus d'activités où les inscrire… Le tout sans un merci et dans un langage de charretier ! Arriver à leur faire vider le lave-vaisselle ou mettre la table tient du miracle, le moindre service est rendu dans des soupirs d'exaspération théâtraux, ils me fusillent du regard comme si je les traitais en serviteurs et ils passent leur temps à se chamailler pour un oui ou pour un non, en se parlant comme des gueux. J'ai peine à croire que ce sont mes propres petits-enfants quand j'entends des mots pareils…

J'ai été patiente au-delà du dicible, leur ai tout pardonné pendant des mois, grossièretés, disputes comme inactivité, car je comprends leur peine et leur colère, mais maintenant, il faut aussi savoir aller de l'avant, se projeter, réintégrer le monde normal avec des comportements normaux. Tout le monde n'aura pas ma patience, c'est ce que je me tue à leur expliquer. Ressaisissez-vous ! Je ne serai pas toujours derrière vous pour vous mâcher la tâche et balayer le chemin ! Tenez-vous droit à table, souvenez-vous des bonnes manières, apprenez vos leçons, visez haut, ayez de l'ambition, faites honneur à notre famille et votre horizon s'éclaircira ! C'est aussi entre leurs mains, que diable…

Je ne peux pas tout faire ni être partout. Gérer le château, le parc, le miel du couvent et les enfants. Quand Jacques et moi avons pris la décision, évidente, de les prendre avec nous, je n'avais pas imaginé une seconde ce à quoi nous nous engagions ; de mémoire, élever mes propres enfants n'avait pas été aussi difficile. Thierry a toujours été très indépendant et autonome et Delphine, c'est une fille, que voulez-vous, elle a su tout faire très jeune. En tout cas, ce n'était pas la guerre à tout instant comme avec ces cinq-là. Mais il était hors de question que Manon les récupère. Elle n'est rien pour eux. Ni leur mère adoptive ni la femme de leur père. Rien. Quel risque aurions-nous pris à les lui confier ? Bien évidemment celui de la voir abandonner sa mission quelques mois après en avoir eu la charge, exactement comme elle a fait avec mon pauvre Thierry. Impossible. Au moins avec nous, ils sont en sécurité. La famille, c'est tout ce qui compte. Le lien du sang est irremplaçable, il n'y a rien au-dessus. Ils finiront bien par s'en rendre compte et, un jour, ils me remercieront. Mais quand j'y pense… Le bazar dans leur chambre… C'est à ne pas y croire ! Combien de fois pourtant ai-je entendu Thierry dire que la propreté d'une maison est le reflet des belles âmes ? Combien de fois ? Que s'est-il passé depuis ce temps-là ? Comme une erreur informatique, on dirait. On a tout effacé du cerveau de ces enfants. Il ne leur reste rien de civilisé. Que de la colère et des gros mots. Comme si toutes les années précédentes avaient été balayées à jamais et qu'il fallait tout reprendre à zéro. Jacques ne me sert à rien, il est d'une faiblesse exaspérante et n'ose jamais rien leur dire, comme s'il en avait peur. C'est à moi que revient tout le sale travail. Me voilà, à soixante-quinze ans passés, à éduquer cinq enfants impossibles. Trois adolescents, et deux petites. Les pires âges…

Blandine est d'une insolence extraordinaire. Elle profite de sa beauté raffinée et de ses traits de reine pour faire tourner la tête de tous les garçons du village. Elle va à l'école maquillée comme une voiture volée et dans des tenues improbables. « C'est tendance », m'a-t-elle expliqué, c'est surtout vulgaire ! Gabrielle est très aidante, il faut bien le reconnaître, mais elle reste sur sa réserve, ne partage rien de ses sentiments ni de ses pensées, comme si j'avais en plus du temps à perdre pour la déchiffrer, du coup nos relations sont quasi inexistantes. Heureusement que j'ai mon Luc, celui-là ne me décevra jamais. Toujours le premier à la chapelle le matin, en adoration silencieuse. C'est lui qui change les cierges et cire les bancs, balaie le perron et me seconde avec les sœurs du couvent quand il faut les aider à bouger leurs ruches. Il est d'une rigueur morale exemplaire, c'est le grand frère parfait. Quant aux deux petites, que dire… Ce sont des amours, bien sûr, mais turbulentes, déstructurées et désœuvrées. Elles s'ennuient en permanence. Et moi je n'ai plus l'âge de jouer à la crapette ou au Barbu pendant des heures, j'ai beaucoup trop de choses à faire. À leur âge, je n'avais besoin de rien pour m'amuser, je jouais avec un bâton au bord de la rivière et j'étais la plus heureuse des petites filles. Mais aujourd'hui, s'ils n'ont pas un écran sous leurs yeux, c'est la fin du monde.

Le week-end dernier, j'ai bien cru que j'allais en mettre un à la porte définitivement, il s'en est fallu de peu. J'ai surpris Blandine dans les bras d'un garçon dans les écuries, et quel garçon, je n'ose pas le dire. Un genre de type affreux avec une queue-de-rat dans le cou, sans doute le palefrenier des voisins, et devant son air ahuri, je n'ai même pas eu la présence d'esprit de lever la voix. Elle a fini par se relever et éteindre sa cigarette. Puis les deux petites ont passé le week-end à se battre et à piétiner les fauteuils Louis XVI du grand salon parce que j'avais refusé qu'elles regardent un énième épisode de leur feuilleton stupide.

Ce n'est plus de mon âge. Heureusement que l'assurance de Thierry a été efficace et généreuse et que les pensions, ainsi que le capital, me mettent du baume au cœur, car sinon je crois bien que la tâche serait au-dessus de mes forces. Les faire aller à la messe tous les matins à la chapelle est une épreuve, mais je suis restée inflexible là-dessus. C'était ça, ou je renonçais. Je suis fatiguée de cette vie sans répit. J'aimerais juste cultiver mes roses et continuer de vendre le miel deux fois par an, je n'en demande pas plus.

Chapitre 52

Manon Jackson, septembre 2011

Nous avons fait une rentrée des classes fracassante ! Tous les neuf devant les portes de la maternelle pour accompagner Joseph qui rentrait à l'école pour la première fois. Mon bébé Jo, trois ans et demi, encadré de Luc et Blandine à qui il donnait ses toutes petites mains en leur jetant des regards inquiets, son cartable trois fois trop grand qui lui mangeait tout le dos, Alma derrière qui gloussait comme une pie avec Constance et Mathilde et faisait sa grande parce qu'elle connaissait la maîtresse, et Gaby, Bruno et moi derrière à les mitrailler de photos. J'étais d'une fierté sans nom.

On prenait tout le trottoir rien qu'à nous neuf. Je riais aux éclats, pour rien, ou peut-être juste parce que c'était sans doute le plus beau jour de ma vie. Tous mes enfants, réunis, avec moi, Bruno… On a ensuite déposé Alma qui rentrait elle aussi ce jour-là, avec son petit cartable à roulettes redécoré au feutre par Blandine. Ma petite choute prenant la pose pour les photos, envoyant des baisers, faisant une dernière blague de derrière la grille et encourageant ses deux grandes sœurs avec des airs d'adulte concernée : « Ça va bien se passer, les filles, moi aussi j'irai dans votre école quand je serai grande. Maman elle dit que c'est la meilleure de la ville ! » Une fois qu'elle s'est engouffrée dans sa classe, derrière le potager, j'ai donné un coup de coude à Constance et Mathilde : « À vous deux, maintenant ! » elles ne veulent plus qu'on leur prenne la main, et nous avons traversé la rue et parcouru le pâté de maisons pour aller au collège. Je les sentais un peu tendues. L'école où je les avais inscrites n'avait rien à voir avec leur pensionnat de la Fraternité et elles ne savaient pas trop ce qui les attendait, elles n'avaient jamais été à l'école publique. Luc avait été sceptique sur mon choix, il aurait préféré que je leur trouve un pensionnat catholique hors contrat, comme ils avaient toujours eu, mais quand Élizabeth m'avait « rendu » les enfants, j'avais pu poser mes conditions : je choisis les écoles, je n'ai pas de compte à lui rendre et je m'engage à les lui amener autant qu'elle voudra, mais uniquement au moment des vacances. Elle a accepté, bien sûr, je crois qu'elle était vraiment au bout du rouleau, mais sans toutefois me faire bénéficier de leur rente. Il m'incombait donc de tout payer pour les enfants.

Sans Bruno, ç'aurait été impossible. Il a dit que pour le moment, il avait les moyens de les élever tous, et qu'il préférait ne rien avoir à faire avec « cette dame ». C'est hors de question, bien sûr, mais c'est comme ça que nous avons commencé. Il sera toujours temps de rediscuter avec Élizabeth. Nous avons dû laisser les filles quelques centaines de mètres avant les grilles de l'école pour ne pas leur « coller la honte, on n'a plus l'âge d'avoir nos parents qui nous accompagnent à l'école, OK ? » OK. On les a regardées s'éloigner, on s'est tournés vers Blandine : « J'imagine que tu n'as pas très envie toi non plus qu'on t'accompagne pour ta rentrée en terminale, Princesse ? » Elle s'est marrée : « Non, pas vraiment la peine, vous risqueriez de me faire foirer tous mes plans dès les premières secondes, c'est pas top... ». Et elle est partie sans se retourner, mais en faisant le V de la victoire avec ses doigts.

Et voilà... L'année commençait sous de bons augures. J'avais récupéré les trois derniers enfants de Thierry, et Luc et Gaby vivaient leurs vies dans des chambres étudiantes à Lyon, suivaient leurs cours et venaient nous voir les week-ends quand ils en avaient envie.

C'est grâce à Bruno tout ça. Sans lui, rien de tout le bonheur qui m'arrive aujourd'hui ne serait possible. C'est mon clone, mon double, mon âme, je ne sais pas ce que c'est, mais il m'est vital. Il a redonné sens à ma vie, il a fait pousser du bonheur sur des cendres, colmaté les brèches, réparé les fissures de mon cœur. Il donne tout et n'attend rien en retour. Il est calme et actif à la fois. Il veut nous emmener partout, il veut voyager, arrêter de travailler pour nous faire découvrir le monde. Il dit n'importe quoi, mais rien que rêver avec lui, ça nous fait du bien.

Il ne m'a rien dit quand il a acheté la maison avec une chambre pour chacun de tous les enfants. Il savait que je m'y serais opposée. Je ne pouvais pas prendre ce genre de responsabilité, j'avais encore beaucoup de mal à m'engager sur l'avenir. Mais sans la maison, je n'aurais pas pu tous les prendre. Il l'a fait comme ça, sans rien me demander en échange, juste parce que moi, sans eux, je ne vivais plus. On l'a visitée un jour, il m'avait fait croire que la ville pensait l'acheter et la réhabiliter et il voulait mon avis. Je l'avais adorée, mais je ne l'avais jamais envisagée pour nous. Elle est énorme. Magnifique. Accueillante. Originale. Je l'ai repeinte en entier avec Blandine cet été, ça nous a beaucoup rapprochées. Je l'ai découverte presque adulte, décidée, volontaire. Elle ira loin, c'est une fille formidable, qui essaie de se reconstruire malgré tout ce qui lui est arrivé, à un âge compliqué, avec un cœur en or massif. Un soir avec Bruno, on a écrit le nom de chacun des enfants sur les portes de leurs chambres, comme Agnès l'avait fait dans leur maison de Strasbourg.

J'ai même refait les petits cœurs sur les points des *i* de Blandine et Gabrielle.

Une façon de boucler la boucle.

De clore pile dix ans de mon existence.

Et de commencer une nouvelle vie.

Chapitre 53

Bruno et Manon Vidal, août 2013

Bruno et Manon
ont la joie de vous annoncer leur mariage
qui sera célébré par le père Thaddée, ami de la famille,
en présence de leurs enfants et témoins :
Luc, Gabrielle, Blandine, Constance, Mathilde,
Alma et Joseph,
et vous prient de vous joindre à eux
pour partager leur bonheur.

Épilogue

BLANDINE LEPRINCE, 2015

Ils se marièrent et ils vécurent heureux, avec des enfants qui n'étaient pas les leurs, jusqu'à la fin de leurs jours, sérieusement… ?

Qui a pu croire une seconde à ce conte de fées de pacotille ?

Ils se marièrent, certes, mais ils ne vécurent pas avec ces enfants qui ne savaient pas être heureux. Qui ne pouvaient pas être heureux.

Voilà la vraie histoire.

Celle qu'on ne veut pas entendre, parce que ça fait moins joli dans les salons, parce que Bonne-Maman a dit : « Non, tout, mais pas elle » et que ç'a tout compliqué ensuite, parce que nous sommes cinq enfants qui toute leur vie chercheront à comprendre pourquoi personne ne veut d'eux, alors qu'il n'y a rien à comprendre tant l'absurdité de nos destins dépasse la fiction.

Rien n'est vrai, rien ne dure, et surtout pas l'amour de tes parents. La voilà, la sordide vérité.

Alors oui, Manon s'est remariée, elle a refait sa vie et elle a essayé de nous mettre dedans, avec une ferveur envahissante, une bonté débordante et un amour qui ne pouvait pas durer, on le savait tous.

Parce que c'est qui, Manon et Bruno, dans nos vies ? C'est qui ? Pas nos parents, même pas nos beaux-parents, pas nos tuteurs, pas nos copains, pas notre famille.

Rien.

Légalement, ils ne sont rien pour nous. C'était de la graine d'abandon, ça nous pendait au nez et ils ne le voyaient même pas. Jusqu'à la dernière seconde, ils y ont cru. À cette belle histoire de famille recomposée, à ces pauvres enfants qui auraient retrouvé un foyer. Ils se sont donné du mal, ça, on ne peut pas dire le contraire. Avec des chambres pour chacun d'entre nous et nos noms peints sur les portes, avec des voyages « en famille », des escapades en camping-car, des soirées au coin du feu, des séances de médiation familiale à neuf, des pensionnats pour ceux qui voulaient de l'air, des psys pour tout le monde.

Ils ont été impeccables.

Mais on ne peut pas réparer l'irréparable.

Personne ne nous a gardés.

Pas ma mère.

Pas mon père.

Même pas ma grand-mère.

Nous sommes les enfants de plus personne.

Alors Manon ? Manon nous aurait gardés ? Pourquoi elle aurait fait ça ? Nous, les enfants de l'homme qui a failli la détruire, comme elle dit. Nous sommes un mauvais souvenir ambulant. La raison pour laquelle elle a souffert, pour laquelle elle est restée presque jusqu'à y laisser sa peau. Ceux avec qui elle a failli sombrer. Elle s'en serait rendu compte un jour et elle serait partie elle aussi, elle nous aurait lâchés, pour respirer, pour s'affranchir de son passé, pour recommencer à zéro.

Il y a quelque chose en nous cinq qui pousse les gens à nous abandonner, ça doit être génétique, des phéromones qui déconnent, on n'est pas compatibles avec le reste de l'humanité. On n'a pas le droit au bonheur ni à l'amour. C'est comme ça.

Alors on a préféré prendre les devants plutôt que de se faire lâcher une dernière fois.

Moi d'abord. Je suis partie, j'avais l'âge, le bac, l'argent de l'assurance de Papa. J'ai pris un studio à Dijon. Je reviens chez Manon quand je veux, mais au moins, c'est moi qui décide. Moi qui pars. Moi qui reviens. On ne m'abandonnera plus jamais.

Luc avait déjà mis les bouts, s'était embarqué dans une vie où il était sûr qu'il ne serait jamais abandonné, parce que Dieu n'abandonne jamais les siens, pas vrai ? Séminariste. Homme de foi. Plein d'espérances. Il a dit à Manon de ne pas s'en faire pour nous, que c'était notre chemin, que c'était à nous de nous sauver nous-mêmes, que personne, pas même elle, ne pouvait le faire à notre place. Depuis que Bonne-Maman nous a rendus à Manon comme on renvoie un colis chez Amazon, « je n'en veux plus, ils ne m'amusent plus, tiens, je te les donne », il s'occupe de nous plus que personne ne l'a jamais fait. Il se sent responsable. Parce que c'est l'aîné. Parce que Papa le lui avait demandé. C'est lui qui gère les petites. Il les a inscrites dans l'internat géré par les bonnes sœurs à côté de chez lui. Les filles sont entourées de bienveillance et de bondieuseries. Mais au moins, elles n'ont pas à se demander chaque jour si Manon les aime autant que Joseph et Alma. Au moins, elles ne souffrent plus de n'être les enfants de personne, elles sont elles-mêmes, ça suffit. Et c'est déjà assez dur comme ça.

Gabrielle vit sa vie, elle travaille dans une maison de couture, elle a une vie parisienne, exaltante, moderne. Elle déjeune par Skype avec Manon toutes les semaines. Elle emmène les petites aux défilés, elle les prend parfois chez elle quand Luc ne peut pas sortir de son séminaire. Elle s'en sort bien. C'est la seule à s'en sortir d'ailleurs.

Mais on y retourne. On ne peut pas s'empêcher d'y retourner. Quémander un peu de chaleur, de douceur, de légèreté. J'en ai honte presque. J'en suis venue à la détester d'être aussi douce. Pourquoi ce n'est pas ma vraie mère ou mon père qui me donnerait cette tendresse-là ? Pourquoi faut-il que j'aille la quémander, comme une droguée qui a besoin de son shoot, à une inconnue ? Manon nous ouvre les portes et les bras, on se retrouve comme avant et ça fait du bien, même si on sait tous que ça ne peut pas durer. On retrouve nos chambres, celles avec les noms dessus. Bruno et moi, on cuisine. On rigole. On est bien.

Mais on sait que c'est pour de faux.

Je les observe s'embrasser tous les deux, se toucher et je la revois faire les mêmes gestes à mon père. Rire de la même façon. Égoïste. C'est juste une sale petite égoïste. Et si c'était Papa la vraie victime de cette histoire ? Et si c'était elle qui l'avait poussé à bout ? Et si elle était en train de mettre le grappin sur un autre homme, puis après ce sera encore un autre, et un autre. Papa avait raison : c'est une mante religieuse, elle bouffe ses amants, elle les consomme, elle s'en repaît et elle recommence, insatiable. Et nous, on la regarde faire, on doit applaudir devant son nouveau mariage, sa nouvelle maison avec nos putain de noms d'avant écrits sur les portes. Et elle profite, Manon, elle est heureuse, Manon, elle aimerait bien qu'on le soit aussi, ça la dérangerait moins, ça ferait moins tache sur son nouveau millième faire-part de mariage qu'elle va à nouveau rater d'ailleurs, parce que tout ce qu'elle touche se casse, ou meurt. Manon la vampire. Manon la traître. Manon qui est capable de redevenir heureuse quand pour nous c'est sans espoir. Manon qui se reconstruit quand nous on s'éteint à petit feu, sous ses yeux. Je suis presque déjà morte. Je ne veux plus rien parce que je ne suis rien pour personne.

Sauf pour Alma et Joseph peut-être. C'est sans doute les seuls sur la planète à avoir besoin de nous car nous sommes leur seul lien avec leur père biologique, il est notre ciment à tous, notre pilier, « mon père ce héros ». Regardez-moi ça, je tords la réalité pour qu'elle me soit plus facile à digérer, je peux transformer ce père défaillant en héros si je veux, cette providentielle mère de substitution en marâtre, il n'est plus là pour arbitrer, je fais ce que je veux, parce que je suis seule comme le chien qu'on a abandonné sur le trottoir un soir de départ en vacances !

Ils lui ressemblent. Ça désespère Manon, elle dit qu'elle ne voit pas une goutte de ressemblance, mais je sais qu'en disant ça, elle espère surtout qu'aucun gène déficient de Papa ne circule dans leurs veines, elle aimerait effacer sa part d'ADN en eux, être leur géniteur unique à cent pour cent pour qu'aucune névrose ne leur soit transmise. Parce que Papa était malade, paraît-il. Déséquilibré. Génétiquement dangereux.

Ça fait quoi de nous, un père comme ça ?

Qu'est-ce qu'on fait de cette maladie qui coule peut-être aussi dans nos veines ? Qui plane sur notre hérédité ? Qui menace les enfants que peut-être on aura si l'un d'entre nous, un jour, par hasard, a la force d'en faire ? Et Maman, notre vraie mère, qu'on nous a dite malade aussi. Dépressive. C'était une maladie congénitale ? Ou juste contextuelle ? Bonne-Maman ne veut rien nous dire. Papa n'est plus là pour expliquer. Et Manon ne sait pas. Deux parents qu'on a aimés avec toute notre force d'enfant et qui ont préféré mourir plutôt que de rester avec nous. Comme si on était l'enfer sur Terre, le purgatoire, la punition ultime.

Personne ne sait rien. Tout le monde s'en fout, chacun continue sa route, et nous, on fait ce qu'on peut. Seuls, avec pour unique objectif de ne pas sombrer trop vite.

Alma et Joseph vont peut-être réussir à nous faire basculer du côté positif de leur vie. Ils ont déjà récupéré un père, tout nouveau, tout neuf. Un père de magazine, gentil, beau, sportif et aimant. Leur bonheur va peut-être déteindre sur nous, circuler entre nos gènes communs, ils vont peut-être nous apprendre à rire et à aimer de nouveau.

Encore faut-il en avoir envie.

Note de l'auteure

J'ai rencontré Manon un été, quand elle avait 20 ans, sans savoir qu'elle deviendrait ce personnage de roman. À l'époque, elle était pleine d'une radieuse envie de vivre. Quelques années plus tard, je l'ai retrouvée et j'ai pu mesurer les effets de l'emprise, sociale et amoureuse, et l'impact de la maladie mentale sur les proches. J'ai voulu écrire un livre qui raconterait le courage d'une femme qui doit tout affronter et supporter, par pur amour, bonté et sincérité. Une femme qui découvre la maternité, sous toutes ses formes, et qui s'y abandonne, qui découvre l'amour et qui veut y croire malgré toute la violence que cela lui impose.

Ce roman est une fiction, fondée, hélas, sur des faits réels… Les situations, les personnages, ainsi que les propos qu'ils tiennent, sont entièrement issus de mon imagination.

Remerciements

Merci à Cécile sans laquelle ce livre n'aurait peut-être jamais vu le jour.

Merci à Louise Danou de m'avoir donné la chance de travailler avec elle et avec la belle maison qu'elle représente, à Laure Saget pour sa constante bienveillance, à Caroline pour sa relecture implacable et précise, à Guillaume pour les détails militaires et à Nicolas pour les psychiatriques, à Martine et à Matthieu pour leur indéfectible soutien.

Merci à Manon pour sa confiance.

Et enfin, merci à mon mari et mes enfants, Matisse, Max, Tancrède et Barthélemy, de leur lumineuse présence.

Imprimé en France par CPI
en avril 2022

NORD COMPO
multimédia

Composition et mise en pages
Nord Compo à Villeneuve-d'Ascq

Dépôt légal : mai 2022
N° d'édition : L.01ELJN001011.N001
N° d'impression : 169476